文学旅踪与海外风景

《当代作家评论》创刊40周年纪念文集

主编 韩春燕
副主编 李桂玲

北方联合出版传媒（集团）股份有限公司
春风文艺出版社
·沈阳·

图书在版编目（CIP）数据

《当代作家评论》创刊40周年纪念文集：全5册/韩春燕主编. —沈阳：春风文艺出版社，2023.10
ISBN 978-7-5313-6536-5

Ⅰ.①当… Ⅱ.①韩… Ⅲ.①作家评论—中国—当代 Ⅳ.①I206.7

中国国家版本馆CIP数据核字（2023）第181485号

北方联合出版传媒（集团）股份有限公司
春风文艺出版社出版发行
沈阳市和平区十一纬路25号　邮编：110003
辽宁新华印务有限公司印刷

责任编辑：平青立	责任校对：张华伟
封面设计：选题策划工作室	幅面尺寸：155mm × 230mm
字　　数：1643千字	印　　张：113.5
版　　次：2023年10月第1版	印　　次：2023年10月第1次
书　　号：ISBN 978-7-5313-6536-5	
定　　价：340.00元（全5册）	

版权专有　　侵权必究　举报电话：024-23284391
如有质量问题，请拨打电话：024-23284384

《〈当代作家评论〉创刊40周年纪念文集》编委会

编委会主任：杨世涛
编委会成员：杨世涛　韩春燕　李桂玲　杨丹丹
　　　　　　　王　宁　周　荣　薛　冰
主　　编：韩春燕
副 主 编：李桂玲

一份杂志与一个时代的文学批评
——序《〈当代作家评论〉创刊40周年纪念文集》

王 尧

在我们不断追溯的20世纪80年代,产生了许多影响深远的历史事件。1983年那个寒冷的初冬,我在苏州的吴县招待所为陆文夫创作研讨会做会务,那是我第一次在现场感受"作家"和"作品"。当时我尚不知道,在遥远的北国沈阳,有几位先生正在紧锣密鼓地筹备《当代作家评论》的创刊。1984年与读者见面的《当代作家评论》第1期,刊登了《寄读者》和《编后记》。今天重读旧刊,《编后记》中的"江南草长,塞北冰融"一句,仍然让我动容。编辑部诸君说:"在编完了这本刊物第一期的时候,已经到年终岁尾。春来了,我们仿佛已感到了她的气息,听到了她的脚步声。"这样的修辞,简单朴素甚至稚嫩地传递了一个时代文学理想主义者的情怀。流光如箭,因循不觉韶光换,如果从1983年筹备之时算起,《当代作家评论》40年了。

这份跨世纪的刊物,在改革开放大背景下与中国当代文学同频共振,给中国当代文学批评史和中国当代文学史都留下深刻痕迹,堪称中国当代文学史上的"文学事件"。不妨说,读懂《当代作家评论》,便能读懂近40年中国的文学和文学批评。应运而生的《当代作家评论》是80年代文学与思想文化的灿烂景观之一,它当年未必特别引人注目,但近40年过去了,它依然保持着80年代文学的理想、情怀和开放包容的气度，这一点弥足珍贵。90年代以后，《当代作家评论》经受住了消费主义意识形态的考验，其不断增强的"专业"精神守护住了"文学性"和"学术性"。在文学回到自身的80年代，在文学守住自身的90年代，以及在其后的时间里，《当代作家评论》避免了起落，以自己的方式稳定发展出鲜明的气质，在同类刊物中脱颖而出。同时我们看到，一些曾经风骚一时的刊物出于各种原因消失了，一些原本专业的刊物转向了。今天仍然活跃着的几家刊物，如《文艺争鸣》《小说评论》《当代文坛》《南方文坛》和《扬子江文学评论》《中国文学批评》《中国当代文学研究》等，与《当代作家评论》交相辉映，构成了中国当代文学批评的良好生态。中国当代文学的阐释和中国当代文学批评的成熟，我说到的这些刊物功莫大焉。

在这样的大势中，《当代作家评论》成为"文学东北"的一个重要文化符号。我这里并不是强调这份杂志的"地方性"，近几年来文学研究的地方性路径受到重视，包括地方性文学史料的整理也逐渐加强。在现有的期刊秩序中，刊物通常会划分为"国家级"和"地方级"，而"地方级"刊物通常又被"地方"期待为"地方"服务。我觉得《当代作家评论》近40年以自己的方式突破了这样一种秩序。作为辽宁省主办的刊物，它自然会关注辽宁和东北的文学创作，重视培养东北的批评家。《〈当代作家评论〉30年文选（1984—2013）》中有一卷《新生活从这里开始》，专收研究辽宁作家的文论，许多东北批评家的成长也与《当代作家评论》密切相关。但无论辽宁还是东北文学都是中国当代文学整体的一部分，《当代作家评论》以更开阔的视野关注当代文学创作的重大问题，从而使这本杂志集结了中国和海外的优秀批评家，赢得了广泛的学术赞誉。我曾经关注海外中国文学研究，在国外大学访问时会专门去看看东亚系的图书室，常在杂志架上看到《当代作家评论》，当时的感觉就像在异国他乡遇到故人。这些年东北经济沉浮，振兴东北成为国人的强烈期待。正如马克思主义经典作家论述的那样，历史上，某一国家或地区的经济发展和文化发展有时是不平衡的，恩格斯说经济落后的国家在哲学上仍然能够演奏第一小提琴。因此，换一个角度看，《当代作家评论》不仅在文学上，在文化上对辽宁和东北都极具重要意义。

文学期刊也是"现代性"的产物。多数当代文学批评刊物的创办和成熟都是在20世纪八九十年代，几本后起的刊物如《扬子江文学评论》和《中国文学批评》则在近十年。20世纪八九十年代是文学相对自觉和学术转型的年代，21世纪之后得以发展的刊物在很大程度上是因为传承了20世纪八九十年代文学和学术的基本精神。在文学制度层面上考察，文学批评杂志作为文学生产与传播机制的一部分，它的办刊方针无疑会遵循文学制度的原则要求，但批评的"学术体制"则需要刊物自身的创造。在这一点上，《当代作家评论》经过40年的探索，形成了其成熟的文学批评生产机制。以我的观察，这个生产机制至少有这样几个层面：主管单位指导而不干预；主编的学术个性事实上影响着刊物的气质；以学术的方式介入文学现场，在场而又超越；即时性的批评与文学研究的经典化相结合；像关注作家那样关注批评家；等等。这一机制的产生，显示了当代学术刊物作为文学"现代性"产物的成熟。在当下复杂的文化现实中，干扰刊物的"非学术"因素很多，而办刊者如何坚守学术理想、良知和责任，在很大程度上维系着这个机制的运转。我是在20世纪末和林建法先生相识的，他背着一个书包出现在我的面前。在短暂的交流中，我感觉他除了说杂志还是说杂志。在此后将近20年的相处中，我们是非常亲近的朋友。我在写这篇序言时，重新阅读了我们之间的邮件，回忆了相处的一些细节，发现几乎都是在谈杂志、谈选题、谈选本，也臧否人物。我本来是一个温和的人，后来有了些锋芒，可能与建法的影响有关。曾经有朋友让我劝劝建法不必那么固执，我直接提醒了，建法不以为然，说若是不固执，刊物就散了。韩少功先生在文章中好像也说到建法的这一特点。

我曾经提出这样的观点，一份杂志总是与一个人或几个人相关联。在《当代作家评论》创刊40周年之际，我们要记住那几位已经在我们视野中逐渐消失的名字：思基、陈言、张松魁、晓凡和陈巨昌。这是20世纪80年代主持《当代作家评论》的几位主编，他们的筚路蓝缕和持续发展的工作，值得我们记取。我现在知道的是，原名田儒壁的思基早年奔赴延安，毕业于鲁艺；陈言，新四军战士；张松魁、晓凡和陈巨昌都曾在辽宁省作协任职，各有文学著述存世。余生也晚，和几位先生缘悭一面。我不熟悉他们的写作，但他们最大的作品应该是《当代作家评论》。当年大学毕业时，我和几位青年同事组"六元学社"，在《当代作家评论》发过一篇对谈，因此知道陈言先生是我的盐城同乡。2010年10月陈言先生在沈阳病逝，林建法先生致电我，我停车路边，斟酌建法写的挽联。从建法平时零零碎碎的叙述中，我知道这几位老先生一直心系杂志，陈言先生在晚年偶尔还看看稿子。新文学史上有许多同人刊物，当代称为同人刊物的大概只有昙花一现的《探求者》。《当代作家评论》当然不是同人刊物，但和许多杂志不同的是，这份杂志具有鲜明的主编个人风格。《当代作家评论》创刊时，林建法先生在福建编辑《当代文艺探索》，两年后他从福州到沈阳。从1987年1月担任副主编，到2013年卸任主编，林建法先生的青年和壮年以及老当益壮的晚年的全部心血都用在了《当代作家评论》上。这份杂志的成熟和发展一直是林建法先生念兹在兹的事，他因此赢得了文学界的尊重。我和高海涛先生在林建法先生组织的一次活动中相识，后来他联系我，希望我们这些老作者继续支持杂志。那次活动是我主持的，我特地说到辽宁省作协对主编的尊重，因为这是办好杂志的条件之一。我第一次见到韩春燕教授是在渤海大学，那几年《当代作家评论》在这所大学办过几次活动。2016年韩春燕教授离开她任教的学校到《当代作家评论》当主编，在我的意料之外，又在意料之中。这六七年思想文化语境发生了深刻变化，韩春燕主编倾心尽力，保持了《当代作家评论》的气质，又发展出新的气象。

在某种意义上说，文学批评刊物的主要功能是介入文学现场，在与创作的互动中推介作家作品，以及在作家作品和文学思潮现象的阐释中推动文学批评自身的成熟和发展。重读40年的《当代作家评论》，我们可以发现它对文学现场的介入是深度的。今天我们在文学史论述中提到的作家作品，《当代作家评论》几乎没有遗漏，尽管这些最初的论述未必是精准的，但至少是最早确认这些作品价值的文字之一。敏锐发现作家作品的意义，是当代文学批评刊物最重要的职能，也是《当代作家评论》最大的学术贡献。在文学现场中发现作品和引领文学思潮现象，成为《当代作家评论》作为文学批评刊物的主要研究内容，也使其在文学批评刊物中脱颖而出。特别值得我们重视的是，《当代作家评论》是近40年来中国当代文学批评初步经典化的主要参与者之一。这种参与的方式是主动的和学术的，刊物、作者和作家的良性互动，成为文学经典化的重要环节。要摆脱非文学非学术因素的干扰，主编及其同人的学术眼光便十分重要。在这一思路中看，《当代作家评论》的最大贡献是介入文学现场的同时参与了作家作品最初的经典化工作。选择什么研究对象，呈现的是一个杂志的价值判断。《当代作家评论》不乏批评的文字，但它最大的特点是在对研究对象的选择上，选择什么，放弃什么，这本身便是褒贬。《当代作家评论》最早出现的栏目是1986年第5期的《新时期文学十年的经验（上）》和第6期的《新时期文学十年的经验（下）》，严格意义上说这个栏目其实是专题文论。一份杂志的成熟，很大程度反映在栏目的设计上。从这一点考察，我们可以看出《当代作家评论》的"主旋律"和"多样化"。确定什么样的栏目，是学术刊物视野、品格的直接体现。

在当代中国的文化结构中，大学、研究机构和作家协会，是文学批评的主要学术来源，在社会主义市场经济体制确立之后，文学批评的自由撰稿人也越来越多。我注意到，近40年来，重要的文学批评刊物，多数是作协创办的，少数是研究机构创办的，大学学报人文社科版基本都是综合性的。作协办批评刊物，与当代文学制度最初的设计有关，文学批评一直被置于文学生产的重要环节。20世纪五六十年代，承担文学批评功能的报刊主要是《文艺报》，以及1957年创刊的综合性刊物《文学研究》（1959年改为《文学评论》），一些文学作品刊物如《人民文学》《上海文学》等也设有文学批评的栏目；另一方面，大学和研究机构，特别是大学在很长时期内并不掩饰它对文学批评的偏见，将文学批评排除在文学研究之外，或看轻文学批评的学术含量。但在中国当代文学批评的发展进程中，作家协会的批评家、研究机构的学者和大学的教授，实际上都参与其中。"文革"结束后，文学创作和文学批评的秩序重建，作家协会、大学和研究机构的批评家都异常活跃，《当代作家评论》在办刊的最初几年便呈现了这样的气象。如果做大致的比较就会发现，作家协会的批评家更擅长于作家作品论，特别是作品论；大学的批评家则善于专题研究，习惯在文学史的视野中讨论作家作品和文学思潮现象。

20世纪90年代以后，文学批评的作者结构、文学批评自身的特征都发生了诸多变化。随着大学对文学批评的再认识，特别是中国当代文学作为"现当代文学"学科的一部分，越来越多的批评家都具有了在学院接受文学批评训练的背景。作家协会的批评家仍然十分活跃，但这些批评家中的多数也是"学院"出身。这条线索便是文学批评"学院化"的进程。中国作协和中国现代文学研究会联合主办的《中国现代文学研究丛刊》，这些年也出现了批评和研究的融合，从作协转入大学的批评家们，其文学批评也逐渐体现学院体制的规范要求。在诸多刊物中，《当代作家评论》始终把与大学的合作作为办刊的主要路径，是文学批评"学术化"的倡导者之一。这一办刊特点，催生了越来越多的兼具学者和批评家身份的文学研究者。《当代作家评论》从一开始便重视发表作家的创作谈和访谈录，这构成了中国当代文学批评的另一个重要内容。近10年来，很多作家成为大学教授，这一方面改变了大学文学教育的素质，一方面也促使许多作家兼顾学术研究和文学批评。

当我这样叙述时，自然而然想到"学术共同体"这一概念。《当代作家评论》和当下许多文学批评刊物一样，已然成为文学批评的"学术共同体"。我觉得这是考察中国当代文学批评史的一条重要线索。在改革开放之后，与海外学界的人文交流增多，因而海外学者也成为《当代作家评论》等杂志的作者。除了直接发表或译介海外学者的文章外，关于海外汉学的研究也成为《当代作家评论》的新特色。这样一个变化，最重要的意义不仅是观点和方法的介绍，而是建立更大范围学术共同体可能性的尝试。我在和韩春燕主编合作主持《寻找当代文学经典》栏目时，也注意译介海外学者的相关成果。这几年，《当代作家评论》和《南方文坛》《小说评论》等杂志先后开设海外汉学译介和研究专栏，我以为是一个值得坚持的学术工作。尽管在百年未有之大变局中，全球化、地缘政治和人文交流等都有新变，但跨文化的学术对话无论如何都应当持续而不能中止。就像我们以批判的态度对待西方批评理论一样，对海外汉学的批判也是建构学术共同体的题中之义。

一份成功的学术刊物总是会集结一批优秀的作者，甚至会偏爱这些作者。《当代作家评论》的40年，也是一大批批评家成长发展的40年，不妨把它称为文学批评家的摇篮。任何一份刊物的学术理想都需要通过批评家的实践来落实，《当代作家评论》的成功之处便是吸引了一批优秀批评家来共同完成其学术理想。将批评家作为研究对象，也是《当代作家评论》的用心所在。已经实施了十多年的"《当代作家评论》年度优秀论文奖"和"中国当代文学优秀批评家奖"，无论是评奖程序还是颁奖仪式，都体现了杂志对文学批评和批评家的尊重。我们只有把文学批评和散文小说诗歌一样视为"写作"，视为思想与审美活动时，文学批评才能创造性发展。集结在《当代作家评论》的几代批评家，如吾辈也会感慨时光静好，可我老矣。《当代作家评论》的活力既体现在壮心不已的资深批评家的写作中，但更多来自青年学人的脱颖而出。这些年来，从事文学批评的学人也会抱怨"内卷"，发论文、申报项目和获奖之难困扰无数中青年学人，这一问题的解决需要重建学术评价体系，也需要学人摆脱学术的急功近利，同样也需要学术刊物为青年学人优秀论文的发表创造条件。《当代作家评论》一直重视青年批评家的培养，翻阅这些年的杂志我看到了越来越多的陌生面孔，我知道他们是《当代作家评论》的"青年"。

《当代作家评论》创刊30周年时，林建法先生出差南方，在常熟顺便开了一个座谈会。我在会上建议林建法先生编选出版一套创刊30年文选，他接受了这一建议，后来在文选序言中谈到这次会议和他对如何办杂志的理解。这套由辽宁人民出版社出版的10卷本文选，包括《百年中国文学纪事》《三十年三十部长篇》《小说家讲坛》《诗人讲坛》《想象中国的方法》《讲故事的人》《信仰是面不倒的旗帜》《先锋的皈依》《新生活从这里开始》和《华语文学印象》。这10卷文选各有侧重，或20世纪中国文学史研究和史料整理，或小说家的讲演和文论，或诗歌研究，或莫言研究专辑，或港澳台作家及海外华人作家研究，或当代辽宁作家研究，大致反映了《当代作家评论》创刊30年的主要成果。林建法先生给我初选目录时，我和他讨论，可否做一卷当代批评家研究卷，建法觉得以后考虑。

倏尔10年，接到韩春燕主编邀为40年文选作序，我一时恍惚。这10年，文学语境发生深刻变化。《当代作家评论》一如既往在文学现场，我们现在读到的由韩春燕、李桂玲主编的《〈当代作家评论〉创刊40周年纪念文集》，大致遴选近10年文论，分为《当代社会与文学现场》《语境更新与文化透视》《文学气息与文化气象》《批评大义与文学微言》和《文学旅踪与海外风景》5卷。纪念文集5卷中的文章，我平时也读过，现在再读，觉得这5卷可以和之前30年文选10卷作为一个整体来阅读。40年和40年中的10年，既有整体性，也有差异性。前30年讨论的许多问题仍然延续在后10年之中，但今夕非往昔，文学批评所处语境和面对的问题都和前30年有了不同。在这个意义上，创刊40周年纪念文集正是对"不同"的回应。

《当代作家评论》创刊后的一年我大学毕业，我没有想到自己经由这本杂志认识和熟悉了"东北"以及当代文学。人在旅途中会遇见不同的风景以及风景中的人，和《当代作家评论》的相遇，不仅是我，也是诸多批评界同行的幸运。时近秋分，听室外风雨瑟瑟，忆及过往，心生暖意，不免感慨系之。我断断续续写下这篇文章，谨表达我对《当代作家评论》的敬意。

目录

钱锺书与昆德拉：存在主义语境中的共融与相通 ……… 杨经建 / 001
文学翻译：过程与标准
　　——葛浩文访谈录 ………………… 闫怡恂　葛浩文 / 018
小说评价范本中的知识结构
　　——以中国80年代小说的域外解读为例 ……… 毕文君 / 039
中国"马氏神话"与马尔克斯的"百年孤独"
　　………………………………… 孙宜学　花　萌 / 055
框架理论视野下美国主流报刊对莫言小说的传播与接受
　　……………………………………………… 张　晶 / 067
英译选集与中国现代文学的海外传播
　　——以《哥伦比亚现代中国文学选集》为视角
　　………………………………… 李　刚　谢燕红 / 090
作为"动态经典"与"文学文本"的阐释
　　——浩然作品的海外传播与研究 ……………… 曹　霞 / 105
当代中国文学与文化研究的双重标本
　　——王蒙作品的海外传播与研究 ……………… 薛红云 / 118

基于英文学术期刊的中国现当代文学与文化研究
——以 Modern Chinese Literature and Culture 的 18 个特刊为例
……………………………………………………………郭恋东 / 133
葛浩文的目的论与文化翻译策略 …………………王汝蕙　张福贵 / 157
日本主流媒体关于鲁迅的报道与传播
——以世界发行量首位的报纸为中心 ………………………林敏洁 / 178
论当代文学海外译介的可能与未来
——以贾平凹《高兴》的英译本为例 …………………季　进　王晓伟 / 192
"神秘"极地的本土性与世界性
——迟子建小说的海外传播与接受 ………………………褚云侠 / 209
论美国的中国现当代文学研究的"批评回流" ……………杨　肖 / 230
六个寻找杜甫的现代主义诗人
……………………………〔美〕王德威 著　刘　倩 译 / 243
《九月寓言》：人类梦境的另一个维度
……〔罗马尼亚〕阿德里安·丹尼尔·鲁贝安 著　赵祺姝 译 / 265
铁凝小说在海外的译介与研究 …………………………王　玉 / 271
新诗、文体问题与网络文学
——贺麦晓教授访谈录…………………易　彬　〔荷兰〕贺麦晓 / 291
论海外汉学家鲁迅研究的方法论问题 ………王张博健　李掖平 / 309
《蕉风》与马华现代主义文学的发展
——以文学翻译为中心 ………………………岳寒飞　朱文斌 / 328
"偶然"的诗学
——《哈佛新编中国现代文学史》中的"文"与"史"
…………………………………………………………顾文艳 / 344
阿卜杜勒拉扎克·古尔纳在中国的翻译和接受 …………熊　辉 / 361

钱锺书与昆德拉：
存在主义语境中的共融与相通

杨经建

钱锺书早期创作（即20世纪30—40年代的创作）具有存在主义倾向已是学界的某种共识。为了对此进行更确切的阐明和更深入的探究，笔者拟将其与存在主义文学的经典作家昆德拉进行对位性解读。显然，所谓对位性不仅指一些创作现象上的相应、通约，更是指彼此之间的整体共通性和趋近性，或，一种从审美气质到创作观念的内在相通。其次，这种对应性之所以以西方存在主义文学的标志性作家为参照坐标，亦有向经典靠拢、敬仰经典的含义，毕竟存在主义文学的原创性和影响源都在西方。

一

昆德拉作为举世公认的存在主义文学的标志性人物是毋庸置疑的。且不论昆德拉本人在《小说的艺术》中强调小说家的使命是对"存在"的"发现"和"疑问"，小说创作是让人类免于海德格尔所谓的"存在的被遗忘",并认为"小说不是研究现实,而是研究存在。存在不是已经发生的,存在是人的可能的场所,是一切可以成为的,一切人所能够的。小说家发现人们这种或那种可能,画'存在的图'","小说家是存在的勘探者"。①而诸如此类的阐释更富于说服力:"昆德拉的小说及小说理论都是阐释'存在'的,其情感之思和理性智慧之思都指向了对人生与世界'存在'的拷问,如果说海德格尔是哲学意义上关于'存在'的审问者,那么昆德拉就是文学(小说)意义上'存在'的审问者。"②国内学者李凤亮先生在《诗·思·史:冲突与融合》③一书中则提出昆德拉的小说诗学这一话语概念,并将昆德拉的小说诗学置于存在本体论层面进行考量和阐释:昆德拉的小说诗学包含了革新文体的形式诗学,探究存在的思辨诗学,剥离情节的历史诗学——所有这些最终都熔铸为一种审美存在论诗学。以此观之,钱锺书早期创作的艺术理念和审美意识与昆德拉具有明显的对位性。

毋庸赘言,钱锺书与昆德拉的最为相似之处在于:他们创作的小说不仅仅是文学家对存在的描摹、寻找和希冀,并且更多蕴含着思想者对存在的追问、解蔽和道说。

"昆德拉的小说也许不能用存在主义来概括,但他对存在的研究却可以纳入存在主义的大传统……昆德拉的独特之处在于他对'存在'有他自己的理解。他认为,存在并不是已经发生的,存在是人的可能的场所,'人物与他的世界都应被作为可能来理解'。这就为我们提供了'存在的可能性'的范畴。了解这一范畴是理解昆德拉

---

① 〔捷〕米兰·昆德拉:《小说的艺术》,第42、43页,孟湄译,北京,生活·读书·新知三联书店,1992。
② 彭少健:《米兰·昆德拉小说:探索生命存在的艺术哲学》,第14页,上海,东方出版中心,2009。
③ 李凤亮:《诗·思·史:冲突与融合——米兰·昆德拉小说诗学引论》,北京,商务印书馆,2006。

小说学的关键，也是理解昆德拉构想小说中人物的关键。"[1]完全有理由认为，昆德拉及其创作代表着一种独特的生存方式和存在状态。如果说，海德格尔是从哲学的角度反思了"存在"，那么，昆德拉则是从小说学的意义上抵达了"存在"，它构成了昆德拉思考笔下人物的情境以及人的存在的重要维度，也使他的小说具有了独特的魅力。

其《生命不能承受之轻》直指现代社会人类生存的困境，以此来实现"小说家是存在的勘探者"的创作理念。在小说中，昆德拉叙写了托马斯、特蕾莎、萨比娜以及弗兰茨等以不同方式存在的个体怎样对生命之"轻"与存在之"重"做出探索。以昆德拉之见，生命中的"轻"是一种临近"虚无"而产生的无处着落的感觉。所谓"重"则是当人感觉到生活有质地，生命有特定的使命和意义，甚至还拥有与之相匹配的苦难与不幸时，他便意识到自己的存在之重；也许最沉重的负担同时也是生活最为充实的象征，负担越沉，人的生命存在也就越贴近大地，越趋近真切和实在。作品的主人公托马斯就渴望摆脱存在之重：重量、重责、重负，去寻找一份没有负荷的生命之轻。他先是背叛父母的意愿而决意离婚，并不停地更换情人，在众多情人中寻觅到特蕾莎作为自己的伴侣；在祖国沦陷时选择逃亡，最后又因特蕾莎而选择回国；他拒绝在一张收回自己文章的声明上签字，后来又拒绝在一张呼吁政府赦免政治犯的文书上签字。托马斯始终在沉重与轻松之间徘徊着，同时又根本无法对生命之轻做任何的改变。正因为如此，昆德拉在小说中进行了存在主义式追问："沉重便真的悲惨，而轻松便真的辉煌吗？"要言之，在《生命不能承受之轻》中，生命之轻与存在之重的冲突显示了人类对把握自我的无能为力，最终却只能以灵与肉的妥协、调和谋得现实的安适。昆德拉借此完成了存在主义的诗之思。

与此相应的是，钱锺书《围城》中的方鸿渐们也始终徘徊乃至

---

[1] 吴晓东：《对存在的勘探》，《天涯》1999年第3期。

挣扎在生命之轻与存在之重中，只不过，这种"轻与重"具体表现在"进城"与"出城"这一反复实施的人生过程中。准确地说，方鸿渐们对于"轻与重"的徘徊与挣扎更因为是在一个给定的情境——"城"或卡夫卡式的"城堡"中。而"进城"与"出城"/"轻"与"重"的生存方式，借用作品中曹元朗的一句话形容则是"不必去求诗的意义，诗有意义是诗的不幸"。唯其如此，"轻"与"重"/"进城"与"出城"才成为勘探生命存在的艺术哲学。很明显，方鸿渐的人生旅途先后经过了教育、爱情、事业和婚姻（家庭）四个阶段，小说就是通过人生最为基本的四个阶段展示了方鸿渐之于"进城"与"出城"/"生命之轻"与"存在之重"之间的徘徊、挣扎。钱锺书在作品中曾借方鸿渐一行赴三闾大学途中遇到的一家火铺屋后的"破门"喻指人生恰似"一无可进的进口，一无可去的去处"。有学者因而断定："整个《围城》就是这样，进城、出城、进城，好像这种进和出，不断重复的动作，都是盲目的，受一种本能支配的，甚至可以说鬼使神差的，进来又想出，出去又要进，就是在做'无用功'。好像人生，往往就是这样：无用功。整个小说给人的一种感觉，如果你往深里分析，整个人生处处都是围城，但是每个人都是本能的驱使，要去寻找，要去寻梦，每个人都在寻梦，到哪一天你完全没有梦了，什么梦都没有了，特别清醒了，清醒得简直是那个境界一般人达不到，也就没意思了。"①正如小说所写的，在方鸿渐看来，人生犹如众多电台的节目，跳来跳去地听这些电台的节目就听不出什么"意思"，但选择其中一个听下去其"意思"就会显现出来。而这样一个沉重的话题却被孙小姐的"呵欠"给"打断"了。而且，方鸿渐虽然知晓"选择"在生命存在过程中的重要性，但他又意识到自己比不上别人有"信念"，所以，往往没有足够

---

① 温儒敏：《从不同层面理解作品的丰富意蕴——怎样读钱钟书的〈围城〉》，第153页，北京，中央编译出版社，2005年。

的"勇气"去"选择"。须知,这种不选择实质上也是一种选择——自觉地逃避了存在之重和自为地选择了生命之轻。最终他半推半就地走进了生存的荒诞之所——"围城"中。在此,"围城"式生存不啻为一种颠沛流离的生活境遇,一种无所归依的恐惧和失落的荒原,一种与社会、与他人隔离的孤独和绝望的人生。那么,人的存在的意义是什么?也许钱锺书也认为沉重优于轻飘,但他却限定笔下的人物别无选择地走向了"轻",理智在非此不可的生命感觉面前是无力的。"正是通过方鸿渐的存在体验,钱锺书深入地揭示了人生的虚无与无奈的荒诞。"[①]《围城》在结尾曾写到一口老是延时的时钟:"这个时间落伍的计时机无意中包含对人生的讽刺和感伤,深于一切语言,一切啼笑。"如果说海德格尔终其一生探索着"存在与时间":时间组成了人生,生命的状态在于时间——时间使得生命获得了"存在"的意义;那么钱锺书笔下这口老是延时的钟以其对时间的混淆暗示着"存在"无异于"虚无"(时间)。于是,"出城"和"进城"/"生命之轻"与"存在之重"升华到"存在"与"虚无"的人类境况,钱锺书也因此完成了"生命不能承受之轻"的诗之思。

二

问题还在于,钱锺书的创作之所以在当时别具一格独具风采,是因为他的创作展露出一种与昆德拉神似的幽默艺术。

客观地说,钱锺书对幽默艺术有其独到的把握,他在《关于上海人》一文中谈到他本人偏好幽默文风,但他对林语堂式的"新幽默"却评价甚低。他以为此类幽默脱离社会环境,充斥怀旧意识,既无"拉伯雷的强健"(Rabelaisian heartiness),也无"莎士比亚的

[①] 解志熙:《生的执着——存在主义与中国现代文学》,第211页,北京,人民文学出版社,1999年。

博大"（Shakespearean broadness），不过是上等文人的小把戏。无独有偶，昆德拉在被授予"耶路撒冷文学奖"时的讲演中说："在十八世纪，斯特恩和狄德罗的幽默是拉伯雷式欢乐的一种深情的、还乡般的追忆……我喜欢想象某一天拉伯雷听到了上帝的笑声，遂生出要写欧洲第一部伟大小说之念。"关于"莎士比亚的博大"在此难以深究，而对于拉伯雷式幽默的共同感应则在某种程度上将钱锺书和昆德拉牵扯到一起，即，两者幽默的通约性就是向着已知与未知世界表明姿态：小说就是一种质询的力量——对既定规则的否定，对流行于世俗之间的道德伦理包括知识道德的嘲弄，对一切藩篱和秩序的冲破，最终，是对生命存在的探询。

昆德拉在《被背叛的遗嘱》中这样解说"幽默"：幽默是一道神圣的光，它在它的道德含糊之中揭示了世界，它在它无法评判他人的无能中揭示了人；幽默是对人事之相对性的自觉迷醉，是来自于确信世上没有确信之事的奇妙欢悦。昆德拉在小说创作中运用了存在主义现象学的认知方式——"悬搁"理性判断或悬置道德律令和延缓价值判断，并以美学沉思来代替道德评判和价值估衡。他只关注人类的存在以及存在的可能性，而不去审断它。他擅于从"生命"与"存在"的错位关系中型构他的幽默世界，把一切都置于雅斯贝尔斯所谓的"极限情境"[①]中，从而展开一种悖论语境，进而以"游戏"方式切入存在的主题，探索和发现存在的可能性和不确定性。"在昆德拉关于小说幽默的论述和实践中，对小说认识功能的本体探求、对幽默在现代条件下审美价值的理性思辨是密切交融的，它们共同奠基于昆德拉关于人类存在境况的'生命之悟'。"[②]昆德拉曾认为海德格尔忽略了从小说中来思存在，因而在他的小说中有强烈的

[①]〔德〕亚斯贝尔斯：《悲剧的超越》，第45页，亦春译，北京，工人出版社，1988。

[②] 李凤亮：《诗·思·史：冲突与融合——米兰·昆德拉小说诗学引论》，第111页。

本真存在意识，或者说，沉思的质问（质问的沉思）是其全部小说构成的基础。而沉思的质问在某种意义上无非是揭示生命的遗忘和被遗忘，描述存在并通向幽默——通过幽默才能揭示全部的存在。

如果说"'昆德拉式的幽默'既不同于东方朔、张天翼的插科打诨的滑稽闹剧，亦迥异于老舍、果戈里、契诃夫、马克·吐温等人的引起'含泪的笑'的幽默。'昆德拉式的幽默'除了揶揄、谐趣等之外，更多的则是基于'诗性沉思'的那种睿智的自嘲和反讽。这种睿智的自嘲和反讽常与深沉的感伤和冷峻的怀疑相交织，构成一种形而上的幽默"[①]，那么，钱氏幽默也不同于鲁迅像匕首和投枪的那种幽默冷峻，老舍的笑中含泪的幽默诙谐，亦非林语堂《论幽默》中所指称的广义的东方式幽默，而是直指西方式幽默，即上述的"拉伯雷的强健"和"莎士比亚的博大"，从而与"昆德拉式幽默"互通相应——在悖谬与反讽当中亦有一种忧郁和透明的诗情。

在钱锺书的创作中，不仅在《围城》和短篇小说集《人·兽·鬼》中融入无限的生机和情趣，而且随笔集《写在人生边上》亦极尽嬉笑怒骂之能事。其中的"幽默"表述一方面可视为古人所说的解颐语，由人生经验生发而出，并使微妙达于极点，针对世相与艺术遂成新解；但另一方面更在于，上述创作均以其独特的生命视角审视了人类灵魂的空虚与充盈、存在的轻飘与沉重，其对生命存在困惑的目光触及到一个个两疑的悖论，关于媚俗和抗俗，关于自由和责任，关于自欺与欺人，以及每个人都在按照各自的生活目标而努力，但每个目的却都有着其本身的空虚，犹如方鸿渐们反复地"进城"与"出城"，最终也许像卡夫卡《城堡》中的K，现实世界中有无"城堡"还是个待解的存在之谜。如果说"'昆德拉式的幽默'除了揶揄、谐趣等之外，更多的则是基于'诗性沉思'的那种睿智

[①] 李凤亮：《诗·思·史：冲突与融合——米兰·昆德拉小说诗学引论》，第95-96页。

的自嘲和反讽。这种睿智的自嘲和反讽常与深沉的感伤和冷峻的怀疑相交织，构成一种形而上的幽默。"①那么"幽默"的"形而上"在钱锺书这里是指深入骨髓的洞见和通达超脱的生存智慧的融汇，是在一种超脱精神乃至游戏心态下去究察存在的本相，换言之，这可视为作家面对悖谬与错位的世界时，诗性地沉思存在的另一种方式。

　　承前所述，以《围城》为代表的创作发露了人们不能承受的生命之轻。钱锺书置身于局外去描绘、讽喻"城内"的生命困惑与存在悖谬时，表现了对世态人情的精微观察与高超的描写。而这一切都构建在"世事洞明皆学问，人情练达即文章"的入世方式上。这才有了由苏文纨家的情感角逐而"孕育"的方鸿渐的三闾大学之行，而三闾大学内部的不同系统倾轧和好朋友的"桃色事件"导致了方鸿渐回上海的决心。所有这些都缘于方鸿渐们的消极逃避、怯懦认命的世俗化生存态度。他（们）疲于应付日常琐碎的一切，背着精神包袱与各种不得不打交道的人事周旋。于是最初那个轻蔑世俗、心高气傲的方鸿渐最后又只能在世俗的洪流中逐渐没顶。爱情被拉回纷繁芜杂的世俗社会生活中，有的只是尘世男女为生存、权势、虚荣所做的选择与交易；三闾大学的学者们的眼睛不在书上，他们满世界飞来飞去，表面上为了学术交流活动，实际上是追逐名利、寻欢作乐——张大眼睛在世俗社会中寻找满足；小说中的所有人物都被世俗欲望所驱使着。"围城"中的芸芸众生似乎无法脱离这样的世俗性生存，世俗性存在又使彼此间心灵无法真正地契合与沟通。钱氏幽默也由此完成了其内容载体的艺术功用——与昆德拉一样实现了存在本体论上的审美要旨："从昆德拉所发出的智者的笑声中，我们既能感受到处于窘境中的现代人类所特有的生存尴尬，也能从

---

① 李凤亮：《诗·思·史：冲突与融合——米兰·昆德拉小说诗学引论》，第95—96页。

审美的角度领略幽默在现代小说中所担当的多重使命。"①也即，这里幽默不仅仅属于叙事风格范畴，它更是小说的主体精神，一种审美存在论意义上的价值所在。

三

昆德拉有一部《生活在别处》的小说，而西南联大时期的钱锺书曾写了一本《写在人生边上》的散文集。两相比照便可意会到，无论是"生活在别处"还是"写在人生边上"，其实彰显的都是创作精神的超脱性。

尽管昆德拉反对在他小说中寻找所谓的意义，他认为小说只是在探寻被"遗忘"的"存在"，存在之所以被遗忘，是因为生命在理性与非理性的冲突中分裂和异化。"那么面对这一存在本态，昆德拉告诉我们不妨以'捉弄'的眼光来对待一切。什么是捉弄？昆德拉告诉我们就是'一种不把世界当回事的积极方式'。捉弄意味着一场游戏，一切都不当真，作家惯常于以游戏的方式对待笔下的故事。通过游戏的召唤来促使我们跟他一起思考世界之中人的可能存在之图。"②在此，"一种不把世界当回事的积极方式"体现在昆德拉的创作中则是一种观照世界和体认人生的方式——赋予生命存在以超越性意义。

这里所谓的超脱，并不是超然物外、遗世独立，而只是与自己在人世间的遭遇保持一个距离。其实严格地说，昆德拉式超脱在某种程度上是一个精神漂泊者的超脱。20世纪末学界有关昆德拉与哈维尔之争尤为引人瞩目。在这场关于"谁更有勇气"的争论中，其

---

① 李凤亮：《诗·思·史：冲突与融合——米兰·昆德拉小说诗学引论》，第111页。

② 吴海霞：《遗忘与记忆——论米兰·昆德拉的三部曲》，《名作欣赏·文学研究》2008年第8期。

中的一种说法是，昆德拉是"智者"，哈维尔是"圣人"。这种说法不一定十分准确，但有其道理所在。显然，昆德拉是一个永远"生活在别处"的旅者。他从一个国度到另一个国度，诚如他在《解放的流亡，薇拉·林哈托瓦的说法》中通过摘抄和评价林哈托瓦的一些话语给自己的精神流亡加以注释："依照薇拉·林哈托瓦的说法，流亡生活经常可以将放逐变成一次解放的开始，'走向他方，走向就定义而言是陌生的他方，走向对一切可能性开放的他方'。"唯其如此，昆德拉流亡到西欧后再反观祖国一切荒谬透顶的事件，因而具有了"距离的美感"。有了这个距离，他采取的是冷眼看人间的方式，历史已然如此，他得出的结论是：不参与才是真正的参与。这就使他同时又能超脱于现实境况，因而有一种很强烈的置身于事外的态度。这种情形一方面与布莱希特的"叙述体戏剧"的"陌生化效果"的方法很接近，但另一方面两者之间又有不同，昆德拉在"俯瞰"时带有浓重的"出世"色彩，而布莱希特则是通过"陌生化效果"引起观众对其中社会批判内容的关注，"入世""参与"意识极强。于是，"昆德拉反复将自己小说的历史情境与现实基础确立为'极限悖谬（terminal paradox）'的时期……生存悖谬成了无所不在的东西，错位感成了人的基本存在感受。置身于世界的荒谬性之中，小说家所能做的，就是揭示它的荒谬性，保存人性中仅有的一丝尊严。"[①]昆德拉并没有局限于描写个人的和民族的那种极限悖谬的存在境况而是将其普遍化，表现为世界性的存在感受。而就其创作实践意义而言，它被转化为"人的生存状况"与"人的可能性"两个相关但不同的指向。

昆德拉坦言，小说家不是布道者，他不鼓吹真理，而是执行对真理的发现。问题恰恰在于，存在本体论认为"存在"不是研究

---

① 李凤亮：《诗·思·史：冲突与融合——米兰·昆德拉小说诗学引论》，第209-210页。

"存在是什么"而是探讨"如何是存在"。研究"是什么"的目的是想弄清存在的来源、属性、本质等问题，了解存在到底是什么东西；探讨"如何是"则追询存在究竟如何呈现、显出、展示，直接领悟存在的意义和被遮蔽的真理。存在论的任务就是把存在从存在者中显露出来，解说存在者的存在本身，所以"存在"不是实在的东西——不是具体确定的存在物或固定的实体，而是不断生存过程中的存在自身的一种呈现。

可以说，昆德拉在他的每一部小说中都进行着关于存在的哲学思考，他把人类生活中那些重要命题：关于生命中的沉重负担与失重状态哪个更难以承受，关于灵与肉的分裂与统一，关于媚俗，关于遗忘等等，都在他的小说中一一呈现。实际上，倘若一个作家清醒地知道世上并无绝对真理，同时他又不能抵御内心那种形而上的关切，他该如何向本不存在的绝对真理挺进？昆德拉用他的作品和文论表述着，小说的智慧是一种非独断的智慧，小说对存在的思考是疑问式的、假说式的。由是，昆德拉笔下的人物不像其他作家笔下更不像传统小说中的人物那样具有性格、事件和历史的连续性，而是往往诞生于一个句子、一个情境或一个隐喻，而这些本身就包蕴着未被人发现或觉察的生存的可能性。也即，昆德拉从勘测生命存在这一意图出发，将人类生存的可能性进行编码，其小说写作的语词、人物、场景乃至论述都围绕这一编码展开，玩笑与严肃、轻逸与沉重、记忆与遗忘、媚俗与不朽附着在整体性的存在主题上。这不仅仅是一种小说艺术的变革，更展示出昆德拉的创作理念和叙事智慧。比如在《生命不能承受之轻》中，昆德拉充分演示其艺术的"游戏"特征：随意拆解故事的连贯性，时空的游移不定、视角的变换灵动，融各种文体于一炉，甚至将音乐成分引入文本构思和人物型构中——小说中的四个主要人物就是四种乐器的化身，作者借此描述出于不同制度和情境中的知识分子生存的多种可能性和生命存在的暧昧性。

这是超脱中的昆德拉才能体会到的。比如他的小说中对政治和性爱的主题诉求。在他看来,政治是人们公共生活的核心,而性爱则是人类最隐秘最私人的部分,两者其实是处于人类存在的两极区域的,这两者都与权力有关,都体现着对控制的欲望和对自由的追求。作家完全可以从政治这个公众领域中发现个人的无意义和荒诞,更能从性爱这个私人领域中寻找到人类存在的意义和真实。因此,昆德拉将政治伦理与性爱叙事并举,使放荡故事与哲学思考为邻,深邃的东西被置于故事与非故事之间。他于是在作品中调侃历史、政治、理想、爱情、性、不朽,乃至调侃一切神圣和非神圣的事物,借此把一切价值置于问题的领域。将生命的沉重化为文字之轻盈:存在的思考在此化身为轻逸的虚构,对现代性的抗争也诉诸精彩的嘲弄。也因此他的作品具备了独特的超脱气质——在上帝的笑声中勘探存在。究其实质,昆德拉是身处生命存在的精神困境中以超脱的方式在言说一种人生态度与生活方式,同时也使其小说真正成为勘探人之存在的多种可能性的艺术。

与昆德拉相似,钱锺书创作也体现着一个"智者"的超脱而不是"圣者"的伟大。有学者将这种创作超脱描述为"爱智者的逍遥"[①],此言甚当!与昆德拉一样,钱锺书是一个现代知识分子。准确地说,钱锺书更是一个纯粹的现代中国文人。如果说,现代中国文人总是有意或无意地遵从着"格物、致知、诚意、正心、修身、齐家、治国、平天下"等《大学》谓之的八条目,典型者如冯友兰,一生身体力行着由这八条目所规定的一个完整的过程(尽管最终他并没有能抵达),要么像顾准那样重在"修身、齐家、治国、平天下",认为自己腰杆是硬的,肩膀是铁的,可以担尽天下的忧乐,挽狂澜于既倒。那么,钱锺书显然不像冯友兰那样认为自己应该而且能够"为帝者师""为王者师",也不像顾准那样,钱锺书十分明晓

---

① 龚刚:《钱锺书:爱智者的逍遥》,北京,文津出版社,2005。

自己的生命存在的价值是"格物、致知、诚意、正心"。《写在人生边上》是钱锺书创作于西南联大时期的散文集。"边缘性"是《写在人生边上》中探赜索隐的主题，而边缘化是钱锺书自给自足的思想空间。由是，不管钱锺书闭门谢客的生活方式有没有限制他的文学观，他的这种"内向化"生存暗示他要去除生命存在时空上的任何心理方面的限制。也因此，钱锺书的洞察与豁达是一般人难以企及的。在他的笔下，人生有如一部大书，很多人因太过执著于尘世间的得失却从此失去了更纯粹的快乐，也许只有像钱锺书这样"写在人生边上"才能将这个世界看得清清楚楚、明明白白、真真切切。其间既有置身其中的困惑，更有超脱之外的清醒。"今天我们看《写在人生边上》，它无疑是一次自我意识的狂欢行为，对自我精神的张扬是'五四'散文传统的特征，但钱锺书散文里的'自我'又是极为特别的，它不再是卿卿我我的'我'，不再是沉沦苦闷的'我'，也不再是意气风发的'我'，这里的'我'是'众人皆醉我独醒'的'我'。具体说来，这个'我'看透了人生的一切荒诞，独尝着一种冷寂的孤独，真正树立了一种独一无二的散文风格。"①钱锺书泰然任之地进入自我认定的"人生边上"的"此在"世界。所谓泰然任之不只是关涉到人的心理气质和性格，也不只是人的某种认识、意愿和情感的表达，而是显示了人与世界真实关系的一种存在状态。在这样的存在状态中人不再征服万物，因此人便终断了与物相互奴役的关系；人不再囿于利害，人也不会由于物的占有和物的丧失而惊喜和忧虑。人的自身也是物，它的生与死也不将成为人贪生怕死的根源。于是，万物因此而存在，自身因此而存在，"此在"因此而澄明。

君不见，王国维在《静庵文集·自序二》中曾如此言说："哲学上之说，大都可爱者不可信，可信者不可爱。"王国维所说的属于

---

① 范培松、张颖：《钱锺书、杨绛散文比较论》，《文学评论》2010年第5期。

"可信"一类的，如知识论上的实证论、伦理学上的快乐论、美学上的经验论，皆属于哲学上的经验主义话语范畴；而属于"可爱"一类的，如伟大之形而上学、高严之伦理学、纯粹之美学，则属于理想主义的话语范畴。唯其"两难"，王国维才感叹："余知真理，而余又爱其谬误。"甚至以取消生命存在的方式来解决存在的困惑。问题在于，王国维的生命存在困境也是钱锺书必须面对的。钱锺书化解这一存在困境的举措则是将"可爱"之学与"可信"之学融为一体：其创作和治学似乎就是为了向世界证明：真理与乐趣是能够和谐统一的，是以出世的逍遥与入世的从容、内在心境的旷达与外界事功的淡漠完满地结合于一身。钱锺书也由此化作一个现代知识分子邈远虚幻而不甚可及的理想人格的文化符号。

必须指出的是，钱锺书到英国留过学，这使他濡染上英国绅士风度的温和与宽厚；但在精神气质和文化情趣上，他更接近中国传统文人的范型。具体说，钱氏的超脱彰显出一种南朝名士的风度型范。这里的南朝名士风度意指其时的贵族化文人身上所表现的精神面貌和人生姿态——既不如正始时期、竹林时期的狂放不羁，亦不及正始时期和竹林时期之高蹈玄远，而是追求一种自由、洒脱的心灵和高雅、稳定的人格。用杜牧《润州二首》谓之即是："大抵南朝都旷达，可怜东晋最风流。"如果把历史的发展视为人的发展的历程，那么南朝士风就是人个性品质由外扬到内敛，从飞扬踔厉到潇洒文雅，从对外部世界的征服到内心世界的体味，这是一个转折、凝缩进而沉淀的过程。这里的"风流"（包含灵气、睿智、飘逸和洒脱，既是外在的风姿，又是内在的气韵）和"旷达"也可用来概述钱锺书的精神气质和文化情趣。就此论之，钱锺书的超脱与昆德拉的超脱的根本区别在于，前者有意无意地突出非主体性——在无我中蕴含有我，后者则要确立主体性——在无我中凸显有我，因而注重生命意志和知性愉悦，企求将生命激情、生存焦虑上升到存在本体论。钱锺书的超脱则是讲究人的灵性气质和人格风范，它是一种温柔的东西，恭敬的东西。所谓无心而顺有，游外以弘内，虽终日挥形而神气无变，俯仰万机而淡然自若。故能以主体的虚怀应和客体的虚无。钱锺书的创作因而将人情世故艺术化，以至把文学转化为转述其风流潇洒的话语空间，在一种表面不甚在意的游戏心态中却撞见了生命本真的美好，进而沉湎于个人式的存在——离所处时代越远，就离自己内心越近；只是，钱氏的清醒与睿智使其并不拘泥于个体生命的美化雕琢，其为人仍表现出一种自制的超然，由此着眼于左右时运的势力权衡：静观与实践、艺术与事功尽在一种平衡通融中。这正是他能巧妙地将"可爱"之学与"可信"之学融为一体的关键所在。

不仅如此，钱锺书与王国维、昆德拉的"为人"也是"为文"的不同还在于，钱锺书的超脱在某种意义上是一种"游于艺"（《论语·述而》）——艺术创造与知识学层面上的"逍遥"姿势。如果说"游于艺"是孔子政治失意后所采取的一种生活和心灵安顿方式，孔子的"游于艺"是朝着超越世俗、恢复自我的天性发展，以致身心自适、顺畅而入优游之境——达明道（仁道）之功；那么，钱锺书的"游于艺"之"游"所指的显然是"游戏"。游戏乃是人类的一个普遍现象和人生的存在方式之一。正如著名的荷兰学者胡伊青加在《人：游戏者》中所说，文明是在游戏中并作为游戏兴起而展开的。从文化学意义上说，游戏关涉人对生命本质活动的理解，游戏理论追求生命价值的探讨，它规范自由价值和非自由价值，探索人生意义和人生目标，因而，游戏的本质探讨就与生命本质活动密切相关。"游戏论"因而表现为生存论意义层面的"游戏理论"。

由游戏论发展起来的审美游戏论实质上关涉审美创造或艺术创造的生命本质特征。比如在席勒那里，他将生命主体性与生命和谐性统一起来，将审美目的论与存在本体论统一起来，认为审美与游戏是相通的，正是在审美中才能摆脱任何外在的目的，而以自身为目的，心灵各种内力达到和谐，因而是自由的。于是，审美游戏论被提升到存在本体论与价值论的高度。换言之，只有在游戏冲动中，人才能克服来自内部和外部的强制，在无限创造和精神超越中达成对存在本真的敞亮和对生命自由本质的理解——"此在"的澄明，这种境界也就是审美的境界。它颇似海德格尔所说的存在的本然状态。海德格尔认为存在或世界的本性就是游戏，并具体表现为天、地、人、神四元的游戏。而"思"与"大道"是共属一体的，大道之显现自身为"诗"，领会这大道之显现就是"思"，而诗、思、道圆融一体的终极境域就返归到天、地、神、人之四方游戏境界——诗意地栖居。

由此观之，钱锺书的"游于艺"显然不是指从事于"艺"（礼、乐、射、御、书、数等"六艺"），这些活动要求人的身体和心灵得到训练从而达到心灵手巧，而是强调"游"这种身心的自由状态。杨绛曾谈到钱锺书在创作《围城》的过程中他们夫妇的"笑"："每天晚上，他把写成的稿子给我看，急切地瞧我怎样反应。我笑，他也笑；我大笑，他也大笑。有时我放下稿子，和他相对大笑。"[①] 这里有解嘲、有嘲世，却少有自嘲。从中体现出的是由"游于艺"所呈现的创作超脱精神以及因此而衍生的精神优越感和智力玩味感。李泽厚在《先秦美学史》云："孔子'吾与点也'的这段著名的对话，形象地表现了孔子'游于艺'的思想，它说明孔子所追求的'治国平天下'的最高境界，恰好是个体人格和人生自由的最高境界，二者几乎是合一的。"[②] 在此，只需将其中的"治国平天下"转换为"格物、致知、诚意、正心、修身"便可显出孔子与钱锺书的殊异。或者说，钱锺书在此追求的是生命内涵的广度和人格的稳定性，要求在任何情况下也不为外力（无论成与败、荣与辱）所动摇——海德

---

① 杨绛：《将饮茶》，第119页，北京，中国社会科学出版社，1992。
② 李泽厚、刘纲纪主编：《中国美学史》第1卷，第121页，北京，中国社会科学出版社，1984。

格尔的坚守"此在"而不于"共在"中"沉沦"。这是极具优越感的精神气质,虽不免带有某些贵族式做作;而这也是钱锺书与王国维的区别,关键是其"出世心"的精神依托,对生命个体独立性的体认,因为置身事外,是以自适从容,所有这些成就了钱氏的超脱精神。

惟其如此,钱锺书的写作绝不像其他作家那样写得那么艰辛和劳累,那么心力交瘁。尽管《围城》也是在忧患之中创作的,但是你会觉得他写得很从容。人之群体生活在钱氏看来亦囊括于天地万物之中。当他从"人事"之网中出离后,他看待众生纷扰的世俗生活——"共在"也便具有了"此在"的超然。具体表现为以高深修养了悟世事人生的超越感和对人生、命运采用"一笑置之"的游戏态度。《围城》中被人称道的所谓想象力欢愉、叙述性欢愉(反讽叙事)和哲理欢愉等实际上都拜游戏态度所赐。或许可以说,钱锺书创作中"游于艺"给人的启示是:只有当文学(艺术)在充分意义上是文学(艺术)的时候,它才游戏;只有当作家游戏的时候,他才是真正的创造者。质言之,"游于艺"不啻为一种强调生命自由和自我去蔽或敞亮"此在"的价值论命题。

必须指出的是,钱锺书的家族门户地位和富绰的物质生活、高雅脱俗的精神境界,亦间接地促成了其创作超脱心态和贵族式的个性气质。或者说,完满自足的优裕环境与偏安于"艺"和"学"之一隅之间也有着某种必然的联系。事实上,偏安于一隅未必就不是另一种执著;而入世有为却无所着染,"应物而不累于物",何尝不是更深一层的看透?正如萨特在其童年自传《词语》中宣称的:"我写作,故我存在。"

本文原刊于《当代作家评论》2014年第1期

文学翻译：过程与标准
——葛浩文访谈录

闫怡恂　葛浩文

2013年10月，葛浩文（Howard Goldblatt）先生应邀来沈阳参加"中华文化对外传播学术研讨会"。从美国来华之前，就约定好了这次访谈。访谈中葛先生低调、幽默，风趣不失严肃。谈及的话题从文学翻译的过程、方法到翻译的标准以及如何评价一部翻译作品等等。访谈持续了两个多小时，充实而愉快。访谈语言以中文为主，也有英文夹杂其中。本文经采访者翻译、整理而成。

闫：我之前在读您写的东西，包括别人写您的文章，媒体对您的报道。我是觉得有这么一个外国人，他对中国文学如此热爱，又源于对一个作家——萧红的追寻，是很让人感动的。我还看到有一张您在她墓前的照片，那时您很年轻，看到那样的照片我真的眼泪都要下来了。

葛：我的脸啊，我好久没看了，我也能看出我感慨万分啊。

闫：我在中国长大，一直特别喜欢英文。但是由于我工作的关系，我没有翻译很多国外的作品，我在教书。然后当我了解到您的这些情况的时候，我就觉得我怎么就一下子喜欢上了葛浩文呢，我指的不是这个人，而是他的翻译作品、他的精神、他的思想等等。昨天在研讨会上，听到您讲作者与译者关系这个话题。我今天想从翻译过程这个话题切入。

葛：我先说一个情况，也算是笑话又不是笑话，我既然说出来了也就算是俏皮话了。亚瑟·韦利大家都知道，一个鼎鼎有名的老翻译家。亚瑟·韦利死的那一年是我开始翻译的那一年，我不信教的，我更不信佛教的轮回。可是亚瑟·韦利人死了，他的灵魂会不会偷偷跑到我这边来呢？这是俏皮话，可是我不能说完全没有道理。而且那个时候，我也看了他很多作品。在我的导师中，亚瑟·韦利当然是一个，再就是杨宪益、戴乃迭夫妇。那时我就看他们翻译的文学作品，看他们翻译的鲁迅作品，还有《红楼梦》《儒林外史》，还有好多其他的。看了这些英译作品，那时候又看不懂中文，我就觉得这些东西真是不错的，应该多多接触。所以亚瑟·韦利对我来说，是一个现象，也是一个偶像，指引着我。好吧，说起翻译过程，你愿意我说哪一方面呢？

闫：比如说您在读一部作品，有一个阅读的过程，还有一个理解的过程，还有一个您翻译时再创作的过程。那说到阅读过程，您觉得它是一个什么样的情形，和普通的读者有没有区别？

葛：翻译的一切过程都由阅读开始。翻译是阅读过程，阅读也是翻译过程。因为在阅读的时候脑子里也是做翻译的。刚开始翻译的时候，是在20世纪70年代，因为没有任何出版社找我，没有任何一个作家找我翻译，也没有一个代理人，我选的那些要翻译的作品，就是我自己选一本书看看，看完了就放在那儿，看完了就放在那儿。

闫：出于一种兴趣去选择吗？

葛：就是兴趣。

闫：萧军的《八月的乡村》是您读的第一本汉语小说吗？

葛：是第一本，最早在旧金山。

闫：完全是奔着这本书去寻找呢？还是因为图书馆找不到别的书？

葛：因为图书馆没有太多别的东西。当时，我的一个老师在旧金山州立大学，这个老师我忘了名字，姓杨，不是博士，不是教授。他就住在旧金山，能看懂中文的书，所以有人请他来教书，真的很不错的一个人。他对东北作家群特别感兴趣，不是因为他们的书，是因为他们的私人关系。他们的私人关系非常戏剧化，萧红跟萧军，萧红跟端木，端木跟萧军，他讲得就像花边小报里的故事，我们听了都哈哈笑了。有一天在图书馆看到这本《八月的乡村》，我就想会不会是这个萧军啊。当时用点时间我就看了，我很兴奋啊，因为这是我看的第一本中文小说。后来，我到印第安纳大学跟柳无忌先生开始读博士，他就问我博士论文你想写哪一方面？我说我还没有想过，柳先生。他说你回去想一想，我说朱自清的散文怎么样？他说，不好。他不是说朱自清不好，而是说选这个就没意思了。我说那戏剧方面呢，像田汉呢？他说不行不行，不要做这一方面。他说你也不要一定跟我一致。他研究元曲和杂剧。他说我知道你兴趣在哪儿。

闫：真的很难得有这样一个老师，鼓励您去考虑不跟他完全一致的研究方向。

葛：是啊，很难得的。到最后我写的时候碰到些问题，我说柳先生，这方面你看合不合理。他说，你还问我，这方面我一点也不知道，你是专家了，你写完后我还要学你的东西。你知道他的背景，柳亚子的公子，他真是一个好老师。

闫：你很幸运，有这么多中文老师帮助您，您那时候多大？

葛：博士毕业我35岁，那是在我30到35岁的阶段吧。有一年我在香港一个旧书店，那个时候香港旧书店很多，现在都没有了。我找到一本叫柳无垢的人写的东西，是他姐姐编的一个抗战时期的日中词典。我拿回去给他，他不知道有这么一本书，他也很兴奋。我说这是不是您姐姐写的？他说，大概是吧。另外，他也不知道柳亚子和萧红有过短时间的交往。

闫：所以您当时说要研究萧红的时候他特别高兴？

葛：他也有所收获了，因为要写到有关他家里的事情嘛。柳先生，他非常好。他说你要写东北作家，这样好了，你就选一个作家，这个学期你就做他的研究。第一个学期就开始做萧军了。我说萧军的作品，《八月的乡村》写得还可以的，其他作品就一般啊。后来又看了萧红的。当我看了萧红的《呼兰河传》，二话不说，就是萧红了。

闫：所以我说萧红对您的影响是一生的，有起始点的。

葛：对，没错。

闫：除了研究萧红，您又开始翻译萧红的作品。后来又开始翻译其他现当代作家的作品，我统计了一下，您翻译的中国现当代作家的作品，包括台湾、香港的作家，大概有42位。这个数字准确吗？

葛：大概不会太离谱吧。

闫：在这样的一个过程当中，应该说翻译真的是成了您生活中的一部分，或者说一大部分。可能每天您都会经历一个翻译过程，您对整个翻译过程一定是非常有体会的。

葛：本来是由阅读启发开始做翻译的。后来慢慢地，有些人说是不是找葛浩文来翻译，到现在呢，我很少自己找一本书看看，说我要翻译这本，很少。

闫：那都是什么情形呢？

葛：都是出版社找我。可也有例外，比方说，《红高粱家族》是一个。另外一个，就是五六年前看到的王安忆的《富萍》，我也翻译了王安忆的其他作品。

闫：王安忆的作品您好像翻译得不多。

葛：不多，不多。但是我看《富萍》写得比她其他的大本书作品细腻，有意思，讲的是小弄堂的那些保姆的生活，写得真好。这个我已经跟她说了要翻译，我已经翻译了四分之三，但是出版社难找。前年，我们在哈尔滨见了面，我跟她说，总会有的。她说交给你了，我信任你。

闫：她的英文怎么样？

葛：不太好。

闫：也是像莫言一样，反正读不懂小说（笑声）。

葛：可能比莫言强一点。比莫言的英语弱一点的人不多（笑声）。

闫：那您怎么来确定哪些作品可以翻译哪些不翻译呢？

葛：有些作品没有把它翻译成第二种语言的必要，或者没有把它翻译成第二种语言的可能性。

闫：可能翻译的时候会丧失很多原文的美丽，是有不可译的现象的。

葛：对。

闫：那么在选择翻译作品的时候，除了出版社直接给您的翻译作品，如果您自己选择翻译作品，您看什么？看语言还是看文化？还是美国读者或者世界范围内的英语读者对作品感兴趣的程度？

葛：不费我很多时间的吧（笑声）。因为我看书看得慢，特别是中文书看得很慢。《红高粱家族》那本书我看得爱不释手，也花了一个礼拜的时间。我现在挑厚厚的一本看不可能的。但好书，我是不在乎的。我还是以语言为主，人物的描写我喜欢。我认为以前的中国小说如果有一个缺点就是把人性写得不够仔细深刻。表面结构都好，故事也好。但是现在就慢慢改变了，有一些年轻人还是懂得这些人物刻画的技巧的，不知道为什么。

闫：可能是受到全球化的影响吧。

葛：可能是，可能是。

闫：您翻译的作品应该属于翻译文学，它在美国的市场是怎样的呢？就是有多少人会去读翻译文学？

葛：在美国，出书总量平均一年大概是五万到七八万左右。3%

是翻译的，97%是英文的。所以呢，这个市场非常非常小，打都打不进去的。但是在意大利，有50%是从英语翻译到意大利语的。英语还是一个世界性语言吧，所以说老美啊，我们同胞们都会想，为什么要看翻译的东西呢？不是英文写的还有价值吗？他们都是这个狭隘的想法。所以翻译的文学作品市场很小，亚洲的翻译作品又占这3%中的一个小部分。在美国，中国当代小说翻译成英文出版的一年也不过十来本。

闫：比如说您刚才谈到《红高粱家族》，那个时候莫言还没有现在这么出名。就像韩少功翻译的昆德拉的《生命中不能承受之轻》，后来一位法语教授许钧就曾评论过说：我很佩服他。因为相当于韩少功发现了昆德拉，把他的作品翻译过来并推介给了中国读者。从某种意义上讲，您对于莫言的《红高粱家族》，可能也是这样，您从一个译者的角度，把莫言的作品推向了世界。

葛：我插一句，昆德拉是我发现的，他的名字也是我先译的。我在台湾的一个《中国时报》有一个专栏，专门介绍昆德拉。写完之后，我问韩少功：你看了吗？他说看了。但是韩少功对昆德拉进行了翻译，而我没有翻译，我只是介绍。

闫：所以我想，您当初选择《红高粱家族》这部作品应该说是独具慧眼的。是什么吸引了您？作为译者，在选择作品的一刹那，您的意识是什么？有一个声音在呼唤吗？

葛：是这样的，我在美国要看英文的书评的。有的作者我认识，有的不认识。我就是看书评里的，每个礼拜有好多个书评的。

闫：你读书评，然后从中选择？

葛：对，但是我不读中文书评。我知道台湾有《中国读书》，还有其他一些杂志，都介绍书评。现在我这些都不大看的，过去是看的，现在没时间看。可是英文的报纸上每个礼拜的书评都有十来个，我就很快地看。所以选的中文的小说，有几条路，一个是出版商，比如长江文艺出版社，那边有时候会送一些书过来，或者告诉我有什么新书。还有几个出版社他们有人会让我知道，新书有哪一些。比方最近有一个年轻的女孩子，李锐的女儿，笛安。我还没看过她的书，可出版社建议说应该去看看，所以这样的书我也要看的。有一两个在香港的朋友，他们对新发行的小说消息很灵通的，他们有新出版的书也会告诉我。问题是这些书在美国是买不到的，一定要从中国内地或香港或是什么地方，送过来，寄过来，或者亚马逊网上购书也可以，可是太贵了，我不是花不起，就是花得不高兴了。那现在呢，主要的来源是几个作家，一个莫言，我翻了他10本；一个毕飞宇，我现在翻了他第三本；一个苏童，我翻了他四五本；一个刘震云，翻了两本；还有王安忆，还有贾平凹，因为这些人的作品排队的已经够我翻译好几年的。可是如果有新来的，特别是年轻的，我会腾出时间来翻译，一定要花一些时间翻译年轻作家的。

闫：您是觉得这是对年轻人的一个支持？

葛：因为不能老是那一群熟悉的作家作品。

闫：您想扩大您的翻译对象？

葛：对，扩大我的翻译对象，以及读者的阅读范围，一定要的。还有台湾的作家，不能忘的。因为我现在就在写我的回忆录，已经写了三分之二，大概是我与台湾的半个世纪之情，因为我是1961年到台湾，一直到现在，我夫人丽君是台湾人。所以我跟台湾的关系非常密切，那是我的第二个故乡。我现在去得少，不像以前了。

闫：就是说那时候的经历都比较集中在跟台湾的联系上。

葛：对，中国大陆当时我是进不来的。

闫：那个时候您又年轻，是一个成长的情怀，可能更容易在您的心里有烙印。

葛：对，那个时候我也是个浪子，喜欢到处跑。所以呢，台湾的作家，黄春明、白先勇，这些我都很熟了，他们的作品我也翻了不少，还有李昂、朱天文，所以我很想让台湾的作品占我翻译的一部分。

闫：您的意思是一定要有他们的作品。

葛：一定要有他们的。所以要是有新的，像朱天文的《巫言》我就想翻译。丽君说你绝对不要翻，因为不会有任何人要出版的，非常难翻的，也不是什么小说，归类就很难定了。但是我很喜欢这个东西，所以就想翻译。

闫：你喜欢的原因是什么呢？觉得有情愫吗？

葛：就是一个挑战。

闫：挑战，你喜欢挑战？

葛：是的，我喜欢挑战，我喜欢朱天文的作品，我愿意翻译她的作品。我跟她提了，她说你不要浪费你的时间，我说我还是看看吧。所以呢，这些老作家，像贾平凹啊，莫言啊，甚至于毕飞宇，已经算老作家。但是不能占全部的翻译啦。可是问题呢，问题是出版社。

闫：出版社要寻找那些比较知名的作家。这是一个大的矛盾。所以，您作为译者是不断地发现新人，发现挑战，但是出版社为了市场，会寻找那些著名作家，这样的话您在选择作品上可能要花很多的心思吧？

葛：对，要花很多心思。

闫：那说到您的翻译作品，有人会因为您删减或者做了一些结构调整，对您的翻译提出批评。那您作为译者，怎么看待一个翻译作品的好坏？或者说我们在谈一个翻译标准的问题，就是到底根据什么来判断一部好的翻译作品呢？

葛：这是你问的问题里面最难答的问题。说到翻译，当然有批评，每一本书都有批评，不仅仅我的翻译受到批评，其他的人也有的。因为我们有自己的视角，自己的译法。删减是一个非常头疼的问题。有几本有删减的，一个《狼图腾》，一个《丰乳肥臀》，还有刘震云的《手机》。一个朋友愿意出版这本译作，他就提出说美国读者会不会对20世纪30年代的中国感兴趣？我说，那很难说。我就有一个想法，作品第二章里的开头，也不过两三页，讲的是现在的事情，说到男主人公闹离婚。我就问刘震云，那个时候我们还不认识，我说如果我把那几页放在前头，开头不是20世纪30年代的，而是眼前的，然后又回到从前的。他说可以啊，没问题，我就做了调整。

闫：就是一种叙述结构上的处理。

葛：我没有删，就是把一些结构做了调整。

闫：那您当时为什么一下子就找到这一段，说把这个放到前面，就能增加它的可读性，是从读者本身去考量还是你自己的一个直觉？

葛：就我自己的吧。

闫：这是经验吗？

葛：就是觉得这部分可以动，有些地方就不可以动，不能随便拿一个就放在那儿。那就会拆乱作者的整个创作。莫言的《天堂蒜薹之歌》的情况你知道吧？

闫：好像不厚，讲农民的事的，是吧？

葛：讲农民闹事情的，是莫言老家发生的一个真实的事情。这十九章都写这个故事，也有一点魔幻现实主义那一类的，很不错。可是莫言这个人，他真是一个才子，他的脑筋是清楚的，他的小说几乎都是在脑子里面写的，定了，他就坐下，抽烟，喝茶，写啊写啊，几天就把它写完了。他的《生死疲劳》写了43天，就一个多月。

闫：就好像是他小时候听过的故事一样，写出来一下子就成作品了。

葛：对，就一下成了。我相信《天堂蒜薹之歌》还没写完呢，他已经开始想第二本了，下一本了。《天堂蒜薹之歌》的最后一章，写的不过是报社的一些贪官给调到什么地方，撤掉了职务。出版社说，这算什么结尾？

闫：所以你不喜欢这个结尾？

葛：不是我不喜欢，出版社不喜欢。他们说，这不是最好的结尾，很多人物都没有下落。我就给莫言写信，我说有这么一个看法。

不到两个礼拜,他又邮来了一个新的结尾,二十页,我还保存着那个手写的章节。出版社高兴极了,说好,真是好。我马上给翻译过来,几天吧,熬夜就翻完了。

闫:这个故事我听到过,后来好像这个《天堂蒜薹之歌》在国内出版了两版。第一版是没有结尾的,第二版是您翻译完之后建议重新加上的。一般来说,我们说译者是隐身的,那这个时候实际上您的意见是影响了作者的。出版社其实也是译者这一方的了,因为出版社是出版您的译作,而不是莫言的。那您觉得译者该登场吗?该什么时候登场?

葛:这个事情我们后来也没有说出来,在中国大家可能知道。在英文读者这面,我们没让任何读者知道有这么一个事情。何苦啦。

闫:假如莫言跟您的关系不是很熟,他会接纳您的意见去加一个结尾吗?

葛:我也不大可能会提出这个问题了。但是那时我只翻译过他一本《红高粱家族》,《天堂蒜薹之歌》是第二本。所以其实那个时候我们并不认识,我们没见过面,我们见面认识是通过《酒国》。那个时候就是通过作品认识,通信什么的。但是我认为出版社花钱、花工夫出作品,还要挂上出版社的名字,他们如果有什么意见,还是值得听一听,值得考虑的。

闫:另外也是因为您在翻译当代作家的作品,有机会跟他们对话,甚至成为朋友。所以才会有机会把这个文学翻译做得更丰富、更圆满,然后做译者的时候,您加了您的意见,我觉得这真是很难得的。

葛:我觉得我跟莫言合作得蛮有意思的,而且大家都没有任何不高兴的,我们都心满意足地说:"哎,又做了个事儿。"

闫:所以实际上您在加这个结尾的时候,相当于您是他的一个好朋友,读小说的时候提出来:"这样好不好?"这个时候您不是译者的角色,译者是没有办法去影响作者说你要去怎样写什么东西,就像您昨天也讲，说作者是没办法心里想着译者的事情的，他一定要想着他自己的创作，如果他只想着怎么去翻译，那他的创作可能就失去了它原本的意义。

葛：中国作家跟他国的作家差不多，有一个共同的毛病，但是如果能克服这个毛病，那就更好了。

闫：您指的是？

葛：作者没有办法从自己写的东西里退出来，从而作为读者重看你自己刚写的东西，而不把你写作的经验放在脑子里面。这不好做，但是如果你能这样，你会发现很多问题。美国作家、中国作家都有这种情况。这时如果有一个特别能干的编辑就很好。可是现在美国的编辑的水准也不是那么高的，不像过去，因编辑建议，海明威、菲茨杰拉德他们的东西有的是重写了。有个叫马修的编辑，大概是20世纪三四十年代的吧。他就曾对海明威说，你的这个结尾不好，修改吧，就这样。然后海明威就要回去重写，因为这个编辑说不行。现在，不大可能有这样的情况了。

闫：这样的编辑很负责任。

葛：现在，不管在哪儿都不会有这样的情况。

闫：现在编辑会很尊重作者的选择。您觉得这是个好事吗？

葛：不是好事情了，美国和中国应该培养出一批有权威，或者能给出版社提供建议的编辑。编辑不要怕作者，因为是出版社付钱，给出版社做。作者对你不高兴没有关系，出版社来妥协、协商。这样，读者对作品才会更满意，读者才会更受益。现在，读者往往会说"译者为什么这么做？""译者为什么要加那个东西？"如果有一个好编辑之前就说出来，读者就不会有这个问题了。

闫：那您在做翻译的过程中，碰到过特别好的编辑给您提些意见吗？

葛：有的，有的非常好。但是，有的会愚蠢到什么地步呢，比方说，他们就说这个地方的逗点可不可以放在那一边？我说随便放。

可是那些重要的问题、文字里面的问题、值得讨论的问题就错过了。现在的编辑，一般在美国的情况是，别的国家我不大清楚了，大部分编辑都是大学刚刚毕业的艺术硕士（Master of Fine Arts），没上过写作课的，没有经验也不够成熟。

闫：他们主要是搞设计的，文字的排版之类的工作更多是吗？

葛：对，是这样的。

闫：所以可能对文字本身和写作不是特别了解。

葛：而且，他们是按规矩处理的，那些句子都是规规矩矩地处理。实际上规矩应该由作者定，因为他们才是创作者。应该让作者随便弄的，有的时候弄得越怪越有意思，越值得看的。

闫：好像中文也有这样的现象，语言就是这样的。

葛：对，中文也是这样。所以毕飞宇对生词新词创造的用法，我们很欣赏。可是我和丽君翻译的时候就会说，怎么翻译这些新词呢？我们不知道，我们还要问作者。我给你举个例子，这个很好玩的。他的《青衣》的第一句话，"乔炳璋参加宴会完全是个糊涂账"。这要怎么翻译呢？什么是"糊涂账"？会计我知道，但是"糊涂账"到底是什么？怎么会是一个"糊涂账"？

闫：那后来您翻译的时候是怎么去处理的呢？

葛：我们问作者。他说，在中国，人们请客是这样子的，有些有钱人他们请某甲、某乙、某丙，还有其他人，但是这些人之间是不认识的，根本不知道还有谁参加，到了宴会那边才知道，这就是糊涂账。后来丽君就说翻译成 like a blind date。

闫：他的语言很灵动，很生活。

葛：对，他的胆子很大的，是自信感非常强的一个人。

闫：我记得您曾说，毕飞宇将来肯定是一个大作家。

葛：他已经在往那边靠近，在他的《推拿》中，他对那些天生就是盲人和那些后来才看不见的盲人的人生观的描写是不一样的，他不是在小说中说他们人生观很不一样，而是你一读，你就会知道原来他们的人生观很不一样。

闫：您的意思是说，他很有写作天赋吗？

葛：可以这么说。但是不能老和他说这句话，要不然他的头就变大了。

闫：就膨胀了。（笑声）

葛：他这个伙计很好，我们在英国一起四五天，推销他的第一本书《青衣》，那几天我们都混在一起，就发现他是一个非常有趣的人。他一点也不缺自信。

闫：而且，他写女性也很有特别之处。我反倒觉得有些男作家写女性更突出。比如莫言的《丰乳肥臀》里描写的母亲，理论上来讲，在中国的文化中来看，这不是一个好女人。但是，读过之后你没有这样的感觉。你会觉得这个女人一生含辛茹苦，女儿们命运也都各有不同，有很多都很悲惨，你就会觉得女性很不容易。心里感觉在流泪。

葛：真的不容易，真是不容易，我老师他是华裔的，那个时候正是"文化大革命"，在中国遇到很多不愉快的事情。他回来后说女人确实不容易，男人能做的，女人都能做，可是白天做完了之后，还要回家洗衣服、烧饭，做这个、做那个。可是男人不做这个，在那个时候，绝对不会有男人带孩子的。

闫：所以莫言说这本书是献给母亲的。母亲非常不容易。

葛：母亲确实是不容易，我的一位同事，他说，我要去见我的父亲时，如果父亲在屋里坐着，那我就要站在门口等，死等，等到父亲什么时候抬头看。要是父亲不看我的话，我就得一直等。我就问，那你妈妈怎么样？他说：我和你说，妈妈叫什么名字我不知道的，大家叫她太太，我叫她妈妈，没有任何人愿意用她的名字的。后来，他说她的那个墓上刻的是曾周氏。

闫：对，在莫言作品中也是这样，《丰乳肥臀》里面的母亲叫上官鲁氏。

葛：还有，在那个小说里，男人都是窝囊废。除了国民党里像个爷们的那个，其他都是很窝囊的。很多人不喜欢那本小说，那是他们没有看准。

闫：我很喜欢。我看完之后觉得，莫言对女性的描写真是到了极致了。他并不是用那种积极的语言来赞美，而是用事实来描写。我还特别喜欢您在翻译时加了人物关系表。这太重要了。

葛：这对美国读者很重要，可能对中国人来说也很重要。

闫：很重要。因为作品里面出现那么多的人物，一时真的搞不太懂他们之间的关系。莫言笔下的这个女人不是所谓的"良家妇女"，在那样的一个年代，把这帮儿女养大，这些女儿们的命运又很悲惨，那您在翻译和阅读的过程中有没有很难过，情绪受影响，还是说您能客观、冷静地翻译下去呢？

葛：我没有什么印象。但是肯定是会有的，我是比较重感情的一个人，所以肯定是会的。他的小说有的不好翻译，不是说文本本身。比如说，他的《檀香刑》，我要翻译那些残忍的杀人的、枪毙的场面的描写等等。还有，你看过我在《萧红传》的序文里说的，我在写论文的时候，快写完了，就要写她在1942年在圣玛丽医院，因肺病快死掉了，我写不下去了。说到这，我现在都想哭了。当时我就到外面散步，抽支烟，后来再硬着头皮写，就好像把她弄死了，我也有责任一样的。

闫：您觉得您不停笔，萧红就一直活着。我觉得您做翻译，能把作品当成一个孩子一样，再比如您对萧红的这种感受，其实您是一个很中国的人。

葛：我跟你说个很秘密的事，我翻译的小说，出版之后，我不愿意去看。可能有例外，但大部分我不敢去回头看。因为我会觉得对不起作者，对不起文本，对不起一切。事实上，翻译的时候我尽全力了。但回头看，我一定会发现很多问题，会发现还有好多没有做好的和我可以做好但是没有做好的。

闫：就是每一部作品，您都觉得不够完美？那再翻译下一部作品的时候，您会带着这样的情绪进入吗？

葛：不会，通通都忘掉了。书译完了，放在书架上，我是不会拿下来看的。偶然看到某个书评，我会拿出来再对一下。有时候发现问题，就想给编辑写一封信。当跟一个做出版商的老朋友提这件事时，他说绝对不要，因为这些很快就过去了，没人记得。要是提了，会有人很注意这一点。然后就会一直提下去。

闫：在中国就会有人说您炒作了。（笑）

葛：苏童有个作品，中文名字是《河岸》。起初这个中文名字我是不知道的，为什么呢？因为我译的时候他还没有出书，我是用电脑稿翻译的，当时还没有确定书的名字。我翻了三分之一的时候，他又来了一个稿子，说旧的稿子要扔掉了，可是我的翻译要作废的。我就和他说，千万别这样，我已经翻译了，就定稿了好不好。他说好，后来我都翻完了，出版社出书，香港的《南华早报》登了一个书评，评论这小说很好，等等。可是译者为什么没有把原文的第一句话译出来呢？我就太奇怪了，为什么没有？我回去查看原文，又看我的翻译。结果是他又加了一句，没告诉我，我气坏了。我真气坏了，我就骂他。第一句话就是 It all started with my father，这是很简单的一句话，我和苏童说，这是非常不够朋友的一件事情（笑声）。

闫：可能会有人对此做文章，绝对不会有人想到这是一个误会。

葛：没有人会想到原来原文中没有。后来苏童道歉，说他忘记了，现在我们还是朋友了（笑声）。这样的事情还有很多，所有的人都不会说作者，不会的，都是说译者，一定是译者这样子做的。所以在翻译时，我们译者特别小心。现在我不会去翻译任何一本还没有成书的小说，必须是以成书的形式才行。莫言给过我电脑版的，但是莫言不会再加，他已经想到下一本书了。还有他的传记，叫《变》。一本小薄册子。我已经翻译完了。他应人之邀写了一本小传，打了一个电脑稿给我，让我很快就把它翻译出来，就是印度的那个出POW!（《四十一炮》）的出版社出的。

闫：谈到做翻译，译者的素养很重要。您觉得译者的素养是怎样养成的？您有没有对母语做有意识的提高，如何去做的呢？

葛：有，我认为这是很重要的责任。多看，多看一些英文的，多看一些小说，多看一些翻译文的，翻成英文的，德文的，不管是哪国语言的，只要我看得懂，我都要看。

闫：为什么要看翻译的呢，是为了要去和原文进行比较吗？

葛：这些也要是以英文为主的，我要看他怎么处理。当然英文原作看得最多。像加拿大的爱丽丝·门罗，2013年得了诺贝尔文学奖，我特别喜欢她的作品。我认为翻译要先把自己的母语搞得差不多，要把母语搞好。原语是其次的，原语好查，因为有问题就问人，看不懂就问人，可是你的目的语，你还问谁呢？我现在知道我的中文大大地退步了，因为我在家里很少用。以前因为我教书，有中国学生还会用一些，尤其是我在旧金山州立大学的那十几年，我上研究生课，学生全部是中国人，我还能用中文讲课的。我在台湾也有专栏，我还可以用中文给报纸投稿的，我到台湾或者大陆还是会用中文说话的。可是现在，我知道我的中文退步了。

闫：您翻译的是当代作家的作品，所以您有可能跟作者对话。是不是也是基于这样一个原因，您愿意选择当代作家的作品，而不是已经逝去的作家的作品呢？

葛：也不见得。20世纪30年代的作品，语言比较西化，好译。那个时候，中国提倡中学为体，西学为用。所以茅盾、巴金，还有萧红，他们的写法比较接近西方，好译。老舍的语言还有点不大一样。后来到了当代的就不太好译了，因为有中国自己的特点嘛。那么年代更远一些的，像清末的小说，我不大碰。但我那时候喜欢读，比如《红楼梦》《西游记》等。我以前还翻译过《西游记》，大概翻译了三分之一。我在大学读研究生的时候给柳先生译的，后来就放弃了。因为还有太多的别的事情，还有功课要做，还有论文要写，还有家里人。我家里有两个小孩儿，现在孩子都四十多岁了。那个时候，家里事情也够多了。

闫：我们常说，中国文学"走出去"，中国文化"走出去"，您觉得这个"走出去"的翻译任务由谁来做更合适？

葛：我一直都认为，一个翻译应该只译入他的母语。我一直都这么想的，可是呢，人数就很有限。你刚才说的传播中国文化，传播中国文学到国外，我认为你们谁都要做，就是作家本人不要做。他就要写小说，就写他自己的小说。现在也有不少，像丽君和我两个人合译的，她的英语比我的汉语要好，但英语毕竟不是她母语，所以我们两个人合译。我认为是，将来会继续发展这种像我们这样两人合作翻译的模式。当然，也会引起一些问题，也会有不同的意见，要是一个人翻译，我说了算。像我们这样是一家人的，还好，有长处。我认识好几个合作翻译的。最近，铁凝的一个长篇，是一中一外的两个人合译的。外国人是不懂中文的，这是一个问题。我认为最理想的像我们这样，我也懂中文，丽君也懂英文。我的母语是英语，她的母语是中文。两个语言两个人都能用的，这个更好一点。总之一个中国人想做翻译，又不想做外翻中，想做中翻外，那就最好是找人跟他合作。

闫：就是要有一个外语是母语的人合作。

葛：没错。如果没有几十年住在英文的环境里面，那些细小的语言表达，还没有深入你的语言中。我译过一两篇英翻中的，发现太困难了，我知道这个意思，可是我就无法自然而然地就想到那句话。如果有人翻出来，觉得就是这句话，平时说话的时候我也会用。可到了翻译的时候，我就是想不起来。这是一个不可避免的问题。

闫：语言习得有一个过程，知道和说出来是两回事。您自己的汉语水平已经很高了，您对汉语似乎有特殊的情感。

葛：我打个比方，就好比两个人恋爱、结婚，但是三十年后这种爱完全变了样子，完全是一种新的感受，不同于年轻的时候。这种爱可能就变成了一种习惯，甚至是一种舒适的感觉。虽然我的汉语还没有纯熟到这个程度，但是不再像以前是一种热情，现在更多是一种成熟的情感。这就是我对翻译的感觉，对中国文学的感觉，对中文的感觉，这些已经是我的一部分了。爱，是你对一个人、一件事的表达，我现在对中文的感觉就不只是说我爱中文，而是中文已成为我生命的一个部分。我真的不太好用任何语言来表达。我发自内心地去爱中文，就是觉得它是世界上最美好的东西。我的中文大不如从前了，有的时候我会因此不开心，因为我刚才也说过，又教书，又要过日子，忙忙碌碌的。

闫：您曾经说，力求自己的翻译不比原文更坏，要老老实实尽一个译者的本分。您觉得译者的本分到底应该是什么？其实这里面就涉及您的一个翻译观，也就是您对翻译本身的一个看法。到底什么是一个译者的本分？

葛：有人说，他就是一个中间人物嘛，他就是桥梁。我觉得一个翻译也是一个创造者，是有创作的责任和本分的。虽然也要听原作者的，要把原作忠实地表现出来，不能把它加得变样子，也不能减得变样子。有人曾经问翻译中的改动的问题。翻译都是要改动的，这就要看改动的方式。我懂中文，我又能用英文，可是中文跟英文之间的转化是存在创造性的，这是我们要抓住的，也是最难抓住的。我们歪曲原文，那是不对的；在表达英文的时候超过原文，也是不对的。我们常说的翻译标准是"信、达、雅"，我倒认为"雅"比"信"和"达"重要。

闫：那您说应该是"雅、达、信"？

葛：对，"雅、达、信"好了，或者"雅、信、达"都行。翻译中，我认为"雅"是最重要的。当然这三者不能分的。有时大家都说"信"。"信"什么呢？忠于什么呢？文字，意义，还是文章的语气？那是当然的了。那说到"达"，这是理所当然的。原文说我有一个妈妈，要是翻译成 He has a father，那就错了。而"雅"是很重要的，这是译者的创造性的问题。

闫：所以，您的翻译观里边包含了译者的创造性，还有忠实，译文要贴切，要表达得踏实，明明白白，对应，然后同时还要考虑一个接受的问题。所以您说要做好译者的本分。

葛：所以我做翻译，要是我一个人，要一稿二稿三稿，起码要四稿。第一稿呢，不大查字典。我不明白的，就跳过，或者有时会影响我下面继续译的，那我查一下字典。第二遍，就把查出来的对一下，看看有没有什么大问题。那么第三遍呢？我是把原文搁到一边，不管它，再弄一下稿子。如果我真的遇到一个问题，这个可能是什么，如果我看不出来，那就又要把原文拿出来看看。第四稿呢？是什么？"雅"，就是到"雅"这个层面。

闫：润色。

葛：但是遇到我不确定的，我总是反复回到原文，我不要"雅"压到"信"。如果"雅"压到"信"，那就不好了。所以，遇到自己满意的翻译，我就会说："哎呀，我非常高兴。这句话译得真美！"就会拿出来看，太美，臭美（笑声）。

闫：那像做结构上的调整的时候，您是在第几遍的过程中做的呢？刚才提到的《手机》《天堂蒜薹之歌》，这个是全译完之后的呢？还是一边翻译一边做结构调整？

葛：是全译完以后才调整的。

闫：这应该还都属于"雅"这个层面的。

葛：有些人翻译的时候，他们随便从某个地方开始，中间跳来跳去的。我不行，我必须得从最一开始的段落开始翻译，如果要调整的，也要跟作者有直面的联系沟通。我不能随便调整，随便翻译。如果原作里的一句、两句的调整，那是可以的。而且我认为，不但是可以的，也是必须的。因为中英文的句子结构不同，中国人的逻辑跟美国人的逻辑也是不一致的。在中文中，第一句话引起第二句话，可是在英文呢，可能是有第二句话才会有第一句话。如果有人说这是改动的，那他要回去考察一下原文的。这是翻译，不是什么改动，这才是翻译。

闫：我在一篇论文里面也提到，就是说译者的认知观、翻译观决定了你遣词造句以及对待整个文本的态度。

葛：今天，我说了几句很精彩的话，以前没有说过的，但是记不得是什么了。以后看到这个访谈，我会说，"哎，葛浩文还有一点思想了"（笑声）。有时候，我在讲这些事情，我会想到以前根本没有想过的。像那个"雅"，这是我想过的。有时说完了某一句话，就会问自己，我为什么那么晚才想到这一点呢？

闫：今天有吗？

葛：今天有。可是想不起是什么。很期待读到这篇访谈。

闫：有人会对你的翻译挑毛病，你如何看待？

葛：经常有。有一个叫陈红的英国学者。她说葛浩文的翻译都是一律的，都是一个味儿的。她到科罗拉多州去采访我，然后就说我坏话。我说，陈红，你是我的最坏敌人，哈哈，然后我们就喝酒去了（笑声）。她现在在香港的那个中文大学，以前在伦敦的。我经常也会收到邮件：亲爱的葛浩文先生，您的翻译棒极了，可是您能告诉我，为什么把这个字翻成这个，为什么不用那个词等等。还有一个人写论文，硕士论文还是博士论文，我记不得了。他问我很多问题，我不认识他，而且他的态度我不是特别欣赏。他说写完了我就寄给你。我说免了，我为什么要读一个让我很伤感的，对我的自信心产生动摇的论文呢？为什么要看这个呢？我不会的。有一年，莫言写信来，他说他在北京参加一个会议，汉学方面的，他说里头有些人对我的翻译和他的小说有所批评，把很多我们已经谈好的，认为是译坏的，归成我的错了。他说，我们当时就这个问题都谈好了。所以，他就写了一个小论文，就是护着我的。然后给我看，说："我站在你身后。"我说："我知道你会的。"翻译这个东西，真是费力不讨好。你不可能让大家都高兴，有的时候不讨好作者，有的时候是不讨好读者。

闫：其实也不必讨好谁啊。

葛：是啊，我们需要讨好谁呢？

闫：我们自己。

葛：对，我们自己！

闫：非常感谢您！

葛：谢谢！

本文原刊于《当代作家评论》2014年第1期

小说评价范本中的知识结构
——以中国80年代小说的域外解读为例

毕文君

自"新时期文学"被作为描述当代文学重新焕发生机的命名开始,20世纪80年代的文学连同对它的研究、评论与探讨都成为当代文学至今也无法规避的重要实绩,其中80年代的小说无论在创作还是研究抑或批评的层面尤其显得突出。随着文学时空的展开与观察视角的拉开,对某一时代文学的再回顾以及基于更多参照系的探察成为当代文学研究中越来越受到关注的研究取向。这里面既有再解读、知识考古等研究方法的采纳与借鉴,也有在对80年代文学思潮的认真爬梳下对具体作品发表之时所遭遇文坛景况的细描与呈现。这些研究问题的介入理路立足于80年代文学的历史时空,显现了对那段文学辉煌时期的持续关注。然而,80年代小说的影响远不止于1980-1989年这一具体的历史时段,它的前后延展性是不能被忽略的。同时,时间上的绵延性也带来了地域上的延伸性。随着中国当代文学越来越多地被翻译与介绍到海外,不同评价参照系的引入毋庸置疑是能够深入探察中国当代小说发展与走向的视角的。就中国

80年代小说的域外评价与解读而言,大致可以看到如下的情况,即:在不同文化背景、语言传统的浸润下,形成了基于不同知识结构的小说评价范本。一方面,是以英美语言文学为主要评价视点的西方评价视角占据了西方世界对中国80年代小说评价情况的主流,例如英美文学界新批评一脉所采取的文本细读对中国当代文学中"小说之读法"的巨大影响,但是这种情况和影响又因具体历史处境和文化环境的不同而难以做出整体的归类。因而,才会出现诸如德语世界的80年代小说评价范本中对"政治性"的强调,以及研究主体对研究和评价中"德国特点"缺失产生的强烈焦虑。另一方面,与西方世界对80年代小说的解读语境不同,日本的当代文学研究领域以其一贯的资料详实性和对东方文化的共享性显示出独特的观察力,因而,在对80年代小说的评价与解读中,日本研究者对80年代中国小说家个案的呈现与体察,也与西方世界如法语世界的研究者有着明显不同。

一、德语世界的80年代小说评价:
对政治诉求、文化策略的言说方式

据中华书局1994年7月版张国刚《德国的汉学研究》一书附录所辑"德语国家中国学家小传"和"德国汉学研究丛书简介"相关资料,德语世界对中国文学尤其是中国现当代文学的关注虽然不能改变传统的汉学研究中中国古代典籍、儒家文化、中国古代历史等翻译、解读与研究占主导的局面,但马汉茂(Helmut Martin)、顾彬(Wolfgang Kubin)等汉学家的推动无疑促成了诸如"中国新潮文艺"周(Chinesisch Avant-garde)和《中国论文集丛书》(Series Chinathemen)等聚焦中国当代文学翻译与评介的研究趋势。不妨对这其中与80年代小说域外的翻译、评价、解读有直接相关性的研究做一简略梳理。

马汉茂主要研究中国文学、中国政治,主持翻译了王蒙、冯骥才、巴金、白先勇、钱锺书、李昂等作家的中国现当代文学作品，与卜松山（Karl-Heinz Pohl）合编《寻找光明的黑眼睛——八十年代中国作家创作谈》（1991）。顾彬在《二十世纪中国文学史》一书第三章"一九四九年后的中国文学：国家、个人和地域"第四节"中华人民共和国文学"的第二部分"人道主义的文学（一九七九——一九八九）"中则以注释的方式十分详尽地提示了80年代小说在德语世界的翻译、研究和评价情况，例如对古华《芙蓉镇》、戴厚英《人啊人》、谌容《人到中年》、王蒙《夜的眼》、李国文《花园街五号》、铁凝《哦，香雪》等作品的翻译和介绍情况等。①同时，该书也有因张贤亮、张洁等作品的翻译所引发的德语世界对80年代小说讨论情况的提及，如80年代初期中国的伤痕小说、反思小说与德国废墟文学之间的平行研究；还包括对王安忆、陈染、林白等女性作家的作品在德语世界引发的探讨等。毕格（Lutz Bieg）的主要论著有《一九七八——一九八四年间现代中国短篇小说的倾向》（1986），译有白桦、陈若曦、余光中等人的作品。格汝纳（Fritz Gruner）主要研究中国现当代文学，翻译和研究过鲁迅、茅盾、田间和王蒙的作品。乌里希·考茨（Ulrich Kautz）翻译过1987年由人民文学出版社出版的王蒙的长篇小说《活动变人形》。坎-阿克曼（Michael Kahn-Ackermann）译有1981年人民文学出版社出版的张洁的长篇小说《沉重的翅膀》。梅薏华（Eva Muller）翻译介绍过艾芜、陈国凯等人的作品。拉霍纳（Anton Lachner）对台湾作家王文兴的小说进行了深入的研究与评介。施毕尔蔓（Barbara Spielmann）译有上海文艺出版社1986年出版的张辛欣、桑晔合著的非虚构文学作品《北京人——一百个普通人的自述》。以上对中国80年代小说与文学的关注与翻译情况在"一九八七年达到了前所未有的高潮……德国读者对

---

① 〔德〕顾彬：《二十世纪中国文学史》，第306-315页，范劲等译，上海，华东师范大学出版社，2008。

当代中国文学的兴趣已经相当提升了。"[1]正如雷丹（Christina Neder）在其《对异者的接受还是对自我的观照？——对中国文学作品的德语翻译的历史性量化分析》一文中所言："中华人民共和国于1978年开始改革开放，在德国，公众对于中国的兴趣也随之重新高涨。除了'中国经济'这个主题，中国的文学也在德国读者中激起了反响。尤其是'新时期'文学作品在不同的出版社以单行本或者合集的形式出版；与此相应，在80年代中期，翻译作品数量至少在西德达到了新的历史高度。"[2]但实际上，翻译数量在这一时期的激增很大程度上是由于政治语境的变化而导致的研究需要，尤其是这些翻译作品大都印数不多，基本属于研究用书意图下的翻译行为。而到了90年代以来，与英美世界对中国当代文学的关注一样，基于文化消费领域的图书出版市场行为与猎奇心理下对某些作品的夸大与误读也对德语世界的当代小说翻译和解读造成了不可忽视的影响。

对于这一点，汉雅娜（Christiane Hammer）《处于现代化痴迷中的文化交流——中华人民共和国的文学及在其中作者和德语图书市场政策的作用》一文的梳理与评价视角，可以作为德语世界中国80年代文学评价范本中被放大的个案来考察。该文较为详细地梳理了1949年后中国当代文学在德国的翻译与出版情况，但很显然作者在文中对当代文学的评价更倾向于在政治与文学之间寻找平衡，而这种寻找平衡的观照点自90年代以来又进一步扩大到市场消费与文化策略之间的复杂关系。如果说作者在该文一开篇借助诗人之语为我们勾画了一副流亡知识分子面临的悲观图景，这的确显示了文学在当代世界所遭遇的普遍性危机与生存境况，那么，论者对诸如虹影、棉棉、卫慧等作家在德语世界出版情况的激烈批判则发人警醒。事

---

[1]〔德〕马汉茂等主编：《德国汉学：历史、发展、人物与视角》，第37页，李雪涛等译，郑州，大象出版社，2005。

[2] 同上书，595页。

实上,畅销书与严肃性文学作品无论是在文学品质,还是在出版份额上日益加剧的分野,都是被研究者越来越多地意识到的。从这个意义上来看,德语世界对中国新时期文学的关注和在80年代中后期出现的集中翻译与介绍就不能不有着政治诉求之外的意味。最为明显的例子就是该文中对寻根小说的理解与评价视点,在将莫言的文学作品放入寻根小说的背景下予以阐释时,论者认为:"莫言是在其军旅生涯中开始进行创作的,那时他并不需要很长的时间探寻所谓创作之根……尽管他常常以谴责的、直接的以及冷酷的方式来描写让人不堪忍受的乡村生活,不过在他的作品中还是可以窥知,他跟心地善良的沈从文在诸多方面有惊人的一致。沈从文——这位值得推崇的以描写农村现实生活见长的编年史家,长期以来已经为人们所遗忘,他在半个世纪以前所创作的有关湘西的小说,今天跟以往任何时代相比都变得时髦了。"①从这样的解读可以看出,在对异文化的接受中的确存在着相当程度的"偏差"与"误读",且不说将莫言的作品与沈从文的作品放在一起比较是否有效,即便是对沈从文的理解也是建立在作家某一时期文学史地位的沉浮这样较为笼统的层面上。这也是对于中国当代文学的域外解读中值得注意的一点。

如果说,欧美文学界对中国当代小说的阅读与翻译中其评价视角的展开是从较为明显的政治性诉求开始,那么随着冷战的结束,这一诉求亦为更为宽泛的文化策略所包裹,无论是在译介作品的选择,还是解读小说的知识取向上,始终无法摆脱的恰恰是评价理路的某种单一性。这一点有时则激起了研究者强烈的角色焦虑感。如德国埃尔朗根—纽伦堡大学中远东语言文化学院院长、汉学系主任、讲座教授朗宓榭(Lackner Michael)为马汉茂主编的《德国汉学:历史、发展、人物与视角》一书撰写的贺辞所言:"在本书的研究成果中不乏自我批评的声音,鉴于学术和政治一度过于密切的关

---

① 〔德〕马汉茂等主编:《德国汉学:历史、发展、人物与视角》,第648页。

联,这也是不足为怪的,而汉学同样也无法逃离政治的桎梏,德国的汉学和其他国家的汉学相比也不例外。有关汉学中有没有'德国特点'是一个很难回答的问题……除了某些带有强烈政治色彩的特点之外,很难勾勒出所谓的'德国轮廓'。"[1]由于中国当代文学及文化同政治与现实的复杂纠葛,域外的中国当代文学研究显然在汉学研究中极为边缘,这一点在汉雅娜《德国汉学的沧海桑田》一文中的表达尤为引人深思:"尽管(或者说正是因为)几年来在教授席位的分配和研究领域的定义方面存在这些日常问题,但还是能看到一个'语文学意义上的转变'(philological turn),也就是说从中国当代文学和文化的研究中退回到传统汉学意义上的对经典以及最古老文本的诠释上来,这既可以理解为固执的逃避现实主义,也可以认为是历史的辩证法。"[2]从中国当代文学这一关切现实的汉学研究领域向传统汉学的转向,这与其说是无奈的退回,毋宁说是文化传统影响的符号化过程中对中国当代文学及文化的无从判断。相较于德语文学世界中歌德、里尔克、卡夫卡、海涅、席勒、布莱希特等作家对20世纪中国文学以及"(中国)作家自我意识的影响"并"在思想文化、诗学观念上改变着中国新文学的面貌……(而这正是和)德语文学通常富有的强烈思想性相关的"[3]这一情形,中国传统文化经典的独特价值与思想辐射力也许正是德语世界的研究者们对"思想性"这一文化传统重要特质关注之原因所在。而我们也不得不承认,也正是在"思想性"这一点上,中国80年代的小说作品中仍缺乏有力的文本实践,乃至中国当代作家仍然在文学作品的思想性上需要做出更为持久而艰难的探索。

---

[1]〔德〕马汉茂等主编:《德国汉学:历史、发展、人物与视角》,第1—2页。

[2] 同上,第8页。

[3] 范劲:《德语文学符码和现代中国作家的自我问题》,第17—18页,上海,华东师范大学出版社,2008。

二、法语世界的80年代小说评价：接受共性与评价差异

在以评价史的视阈为参照点来重新回顾中国80年代小说时，会发现在对80年代文学经典化的过程中，重要文学作品的评价也同时是在80年代中形成并被固定化。一方面，在评价具体小说与诗歌的时候，80年代批评家与评论者们的评价视阈与批评姿态往往是极具说服力和开拓性的；另一方面，进入新时期文学史讲述中的对80年代文学作品的阐释，也仍然是从即时性的评价中发现文学史的话语建构模式。但是，今天如果仍旧要考察评价史的视阈对一个时期文学作品经典化的影响与校正，那么，就不能不注意到域外的当代文学研究者对80年代文学的理解与评论。因为，对一部作品的评价所构成的历史正是该作品如何被经典化的最明显依据，在此意义上，所谓评价史就不单单是作品如何被阅读、被理解与被评论这样的接受过程，以及作品产生了什么样的争议等文学价值的考量，它更应该是我们理解某一时期文学风貌与文化语境的触媒。因此，在对中国80年代小说域外解读的考察中，就不仅有英语世界、德语世界从宏观的政治诉求、文化策略这一大叙事背景下的文化参照系存在，更有诸如法语世界、日本学者以80年代中国小说家为具体个案的细微探察与透视。

法语世界对中国80年代小说的评价中最引人注目的当是杜特莱（Noel Dutrait）教授。他1951年出生，是法国普罗旺斯大学中国语言与文学系教授、中国文学与翻译研究部主任，当代中国文学翻译家。[1]他和夫人丽丽安合作翻译了中国当代许多著名作家的作品，其中莫言的《酒国》曾获得"2000年度法国最佳翻译小说奖"。2001年

---

[1]〔法〕杜特莱：《跟活生生的人喝着咖啡交流——答本刊主编韩石山问》，《山西文学》2005年第10期。

杜特莱和夫人丽丽安被法国政府授予"法兰西骑士勋章"。①而在杜特莱的当代文学译介与解读中，对阿城这位作家的关注应是其最为重要也最具代表性的研究实绩，几乎可以这样认为：如果没有杜特莱这位法语世界的翻译家对阿城小说的发现、译介与评说，那么也许就不会有阿城小说在法国的为读者所知。实际上，也正是杜特莱对阿城这位作家及其创作的独特发现构成了阿城的"三王"、《遍地风流》等作品的重要域外评价史。事实上，杜特莱教授坦言，他80年代初就已经"喜欢上了阿城、韩少功等人出版的充满新气息的东西，与此同时我也开始翻译他们的佳作。他们的作品在法国问世后很受读者的欢迎，这使我很受鼓舞，从此一发不可收拾，不停地翻译，不断地出版"②。由此可见，在杜特莱这位域外评价者的中国当代文学作品阅读历程中，他对阿城、韩少功等中国80年代小说的了解与这些作家作品在当时的出现是呈现出一个相对同步的样态，这一点极为难得也特别值得注意和思索。因为，这种"相对同步的阅读状态"和通常我们在研究新时期文学抑或80年代小说时所抱持的某种知识结构形成了有意味的反差，即新时期文学抑或80年代小说的出现往往是中国当代文学内部的生机孕育与读者接受的广泛性所致，其评价机制与批评策略也往往是基于当时中国大陆文学界的促进与推动，但是，今天如果能够稍稍放大一下对评价史视阈的考察范围，那么就会发现80年代小说在域外的被阅读不仅是其经典化的一个重要参照维度，而且它所表征出的文学阅读接受共性与评价差异亦是检视域外的小说评价范本的知识构成时不能忽略的一面。

仍然回到杜特莱先生对阿城小说的研究与解读上来，最能代表其个人化解读视角的评论文章是他1993年用法文撰写的"Le roman

---

① 〔法〕杜特莱：《莫言谈中国当代文学边缘化》，《山东大学学报（哲学社会科学版）》2003年第2期。

② 〔法〕杜特莱：《跟活生生的人喝着咖啡交流——答本刊主编韩石山问》。

impossible, d'ecriture dans les nouvelles et recits d'A Cheng",该文由当时在法国攻读学位的中国译者刘阳全文翻译并发表于《中国文化研究》1994年第4期,译文标题为《不可能存在的小说:阿城小说写作技巧》,全文共6页,由形式、作品的构思、写作技巧、风格、结论五部分构成。该文所论详实,对阿城80年代小说"三王"的解读精到而多有所见,可以说是一篇史论与洞察力以及行文、视角皆为上乘的评价与研究文章。尤其值得注意的是,他在该文一开篇并非是把自己对阿城小说的看法先置于首要位置,而是用作家阿城1991年3月写给研究者本人的一封谈论作家个人文学见解与创作出发点和写作态度的书信开始,并详细引述了书信中的重要内容。比如,在这封信中阿城谈道:"早先,笔记小说(essai ou note)在中国十分发达。在某些阶段,它的地位几乎与散文平起平坐……然而,笔记这一文类消失了。这是我想写笔记小说的理由之一……一九八四年,我开始一段一段地写些我的《遍地风流》……在写笔记小说的当代作家中,我偏爱汪曾祺。说实话,汪曾祺是忠实于笔记小说的唯一作家。这种文类大概同时具有诗、散文、随笔和小说的特征。可以通过它把我们的许多遗产传之后世,同时可以在描写中超前进行各种各样的实验,例如句子的节奏、句调、结构、视角等等。"[①]通过作家的现身说法并基于这种比较客观的解读路径,杜特莱教授才在其文中从形式到内容等不同层面详细展开了他对这位由衷喜爱的中国80年代小说家的细腻体察。这里既有与当时的中国研究者所基本相近的接受共性之呈示,也有源于不同文学素养与文化背景的阅读差异性之渗透,不妨分而论之。

首先,从接受共性来看。杜特莱对阿城《棋王》《树王》《孩子王》的解读与评价,一方面是以小说文本的具体构型要素为出发点,

---

① 〔法〕杜特莱:《不可能存在的小说:阿城小说的写作技巧》,《中国文化研究》1994年第4期。

带有强烈的从文本内部开始进行研究与评价的特征。比如，他对小说中第一人称的运用以及阿城写作风格的探察都是在谈论阿城80年代小说时不可回避的层面。另一方面，在对阿城小说的接受中，这种评价与解读也是基于研究者本人的阅读兴趣所致，尽管这种个人阅读兴趣看似掩盖在图书出版的市场行为之下，但是，如果不注意阅读兴趣较之翻译、出版、评介、研究行为的优先性，那么，对纯文学写作与畅销书运作之间的复杂关系可能就难以有更为具体的认知。实际上，越是将中国当代文学的域外传播与接受作为观察与谈论的对象，越会发现：文学作品接受共性的背后往往带出的是自审式的评价结果。比如，在《跟活生生的人喝着咖啡交流——答本刊主编韩石山》这篇对杜特莱教授的访谈中，访谈者的追问姿态与问题设计则隐含了中国研究者对中国当代文学价值判断的急切。这种时候"自我的镜像"所反映出的不仅是被访谈者的知识构成，它也更连缀着提出问题的访谈者——"我们"。与其说我们追问的对象是域外研究者对中国当代文学的看法与认识，倒不如说这也是对自身的一种反问，也是中国当代文学如何被更为广泛的文化体系内的读者所熟悉、所确认的问题。

其次，从阅读的差异性来看。杜特莱更看重作家个人的文学传统认识，如阿城提出的对"笔记小说"的写作尝试。同时，也更关注那些表现中国传统文化符号与寓意的作品，例如最为明显的阅读差异就是杜特莱认为阿城的"三王"是从中国水墨画中吸取灵感与滋养，而其他也受到法国文学界关注的80年代中国作家其作品更像是西方油画，言外之意即是也许比起那些更"西方化"的作品，如杜特莱般法语世界的读者们更愿意去了解和欣赏带有浓厚"天人合一"这样中国古老文化色彩的棋道与人生。从其《不可能存在的小说》一文中对风景与人关系的细察，即可明显看出。他谈道："阿城以一个一生描绘虾或小鸡的中国画家试图抓住重建的现实的方式，描写了风景、人物、奇特或普通的情境，乐此不疲，以便描绘一幅巨大的画图。"①在此，杜特莱认为阿城80年代的小说为读者展示了"人消失在风景中"这一接应中国传统文化精髓的审美方式，表达了作者观照自然的悲悯态度。

三、日本学者的积极阐释：及时细读与"错位"解读

谈到80年代小说的域外解读，那么，从研究的广度和深度以及对解读对象的阅读范围和文本翻译数量看，最有影响的仍是日本的中国当代文学研究。《日本研究中国现当代文学论著索引（1919—1989）》一书以资料性编纂的方式呈列了日本学者对中国当代文学的积极阐释，据1980-1989年的研究资料索引，可以看到它涉及了中国80年代文学中重要的小说家及其作品，如王蒙、刘绍棠、邓友梅、陆文夫、宗璞、高晓声、白桦、李国文、张弦、刘心武、谌容、张洁、戴厚英等五十余位作家②，有的是翻译作品的情况介绍，有的是研究情况的举列。大致说来，凡是在中国80年代引起广泛讨论和关注的小说家及其代表作都被日本学者注意到并形成了一定的研究聚焦点，单以张洁这位作家为例，据该书索引所辑录1981年至1989年日本学者撰写和发表的相关文章就有11篇之多，与此同时，还出现了张洁小说《方舟》的多个译本和集中评论③，因此，可以说这些涵盖了中国80年代重要小说作品的翻译、评论极为有力地支撑了日本的中国当代文学研究。这仅是从日本学者对中国80年代文学的翻译、引介程度而言，实际上，在密集的阅读与翻译中，更应看到的是日本学者对这些中国80年代文学作品与文学现象的积极阐释，如《日本学者中国文学研究译丛 第六辑——新时期文学专辑》一书即是这种积

---

① 〔法〕杜特莱：《不可能存在的小说：阿城小说的写作技巧》。
② 孙立川、王顺洪编：《日本研究中国现当代文学论著索引（1919—1989）》，第4-5页，北京，北京大学出版社，1991。
③ 同上书，第308-309页。

极阐述的集中展示。从该书所收集的研究成果来看，既有对新时期文学的总体性描述，例如松井博光《中国当代文学研究在日本》[①]，也有代表性小说家及作品的个案解读，例如吉田富夫《"故国八千里风云三十年"——王蒙的位置》[②]、釜屋休《追逐梦的作家之蜕变——王安忆与〈小鲍庄〉》[③]、山田敬三《挫折的诗人——张贤亮试论之一》[④]，这些实绩不能不说是日本中国当代文学研究者的用力甚勤，而且其研究视点的获取不只是相当快速的同步阅读的结果，更是隐含了对中国当代文学的整体性理解。而从该书所收"日本研究中国当代文学目录索引（1976—1986）"中极其详细的辑录更能看到研究者们对中国新时期文学的热切关注与研究兴趣，无论是对"文革"文学状况的理解，还是对新时期文学的判断，它们无一不是及时细读的结果。这一方面得益于地域上的便利和东方文化传统的共享性，另一方面也是相对于日本学者对中国现代文学的研究而做的自然而然的延续性工作。从更为广泛的研究层面而言，这也是日本的中国学研究根深蒂固的研究特色，即：在时代的同步性中看中国。这一点正如松井博光《中国当代文学研究在日本》一文所言："近来流行'看中国'等说法，我倒以为要写'看中国'的入门指导之前，作者该先摸索出识别动与不动的方法……既然以同时代的文学为对象，自然会带有时势时评的侧面，有必要捕捉其表面动向，对争鸣作品和备受青睐的文坛新秀以大量笔墨作以介绍也无可厚非。这且不多论，但作为评论者、介绍者究竟是为什么，为谁而写呢？……特别是以同时代为对象时，'动中探静，断续中求连续'

---

① 刘柏青等主编：《日本学者中国文学研究译丛 第六辑——新时期文学专辑》，第265-272页，长春，吉林教育出版社，1993。
② 同上书，第14-29页。
③ 同上书，第147-158页。
④ 同上书，第223-243页。

（竹内好）才是其铁的原则。"①从对研究对象的及时细读开始，将对80年代小说的观察与感受作为研究与评价的基本出发点，寻求这些小说作品与先前作家作品存在的关联性，在变动的当下性中寻觅相对稳固的文学阐释主题，这是日本学者在解读中国80年代小说时的知识构成与观照路径。

从这一角度看去，日本学者近藤直子对中国80年代小说家残雪的评价就更有着在持续阐释中获得与解读对象的深度认同，并在不间断的思考与探寻中生发出感兴趣的小说研究话题。尽管，在近藤直子与残雪的一次对话中她也表达了对残雪在1986年写作的《阿梅在一个太阳天里的愁思》（原载《天津文学》1986年第6期）、《我在那个世界里的事情——给友人》（原载《人民文学》1986年第11期）应如何做出解读与评价的"疑惑"，但是她同时也认为恰恰是残雪小说所具有的"难解性"为域外的文学阅读者带来了更多的理解面向与视野，她认为："在残雪女士的小说中，的确是几乎看不到老一套的表现方式。所有的与平凡相左（陈腐庸俗）的联想一一地隐藏在深处，出人意料。对喜爱这种描写方式的人来说，是一种了不起的魅力……翻译残雪女士小说中遇到的烦恼，不仅仅限于翻译成日语……这种辛苦的回报是得到了极大的乐趣。这是因为翻译之后，感到至今还没有看过如此令人激动的有趣的小说。"②在这个意义上也可以认为，近藤直子对残雪80年代小说的翻译与评价无异于是在文本的意义空间层面进行了一次具有相当难度的"重写"行为。毋庸置疑的是对残雪小说的解读也是经由近藤直子开始，继而构成了日本的中国当代文学研究界不可被忽视的研究领域。

从最能体现近藤直子对残雪80年代小说解读实绩的《有狼的风

---

① 刘柏青等主编：《日本学者中国文学研究译丛 第六辑——新时期文学专辑》，第265-272页。
② 残雪：《为了报仇写小说——残雪访谈录》，第33-37页，长沙，湖南文艺出版社，2003。

景——读八十年代中国文学》一书中,我们可以看到这位日本的当代中国文学研究者对中国80年代文学广泛涉猎又不乏深入的理解。她对残雪80年代小说的评价与解读范本,诸如:以残雪《我在那个世界里的事情——给友人》为核心文本的《有狼的风景》,以残雪《黄泥街》(原载《中国》1986年第11期)、《突围表演》(1987年完稿、上海文艺出版社1990年出版)为核心文本的《残雪的世界》,以残雪《阿梅在一个太阳天里的愁思》、《旷野里》(原载《上海文学》1986年第8期)为文本集合的《读八十年代的中国文学(二)》,这些评价文章蕴含的评价视阈与知识结构是在小说阅读的"错位"效果中寻找残雪80年代小说显现出强烈独异性的本质元素。近藤直子1974年开始学习汉语,从对"文革"时期的小说阅读开始,她发现了某种阅读的无趣与不过瘾,即:"文革"时期中国小说中那"惊人的明朗"与"可怕的单纯"[1]的小说世界与她在中学读到日文版鲁迅小说时的阅读经验构成了难以调和的矛盾与反差,这也在研究者个人阅读史上造成了中国当代小说接受过程中的断裂与空白,这一状况直到80年代中后期才得以改变。她坦言:"我在中国文学中,开始遇到真正孤独的,因此才值得遇到的人,是进入80年代后的几年,新的摸索、尝试逐渐开始出现的时候。我在那些新的小说里听到了狼的嚎叫……将人的想象力引诱到超越白天生活的无限时空去的、那可怕的、真正的夜晚——中国文学80年代中期的夜晚远远超过了我的预料,既浓又深。"[2]在完整地回溯了中国当代文学阅读经验的基础上,近藤直子开始追问:"一旦灭亡了的文学再苏生时,它到底想说什么?"[3]于是,文学的"说"什么与如何"说"在近藤直子对中国80年代小说的评价中是带有本源性的命题。

---

[1] 〔日〕近藤直子:《有狼的风景——读八十年代中国文学》,第1页,廖金球译,北京,人民文学出版社,2001。
[2] 同上书,第2页。
[3] 同上书,第3页。

因而，她更执著于在残雪的作品中发现作家对文学语言原生性状态的召唤，"语言问题"成为她评价残雪80年代小说的重要入口。一方面，近藤直子以充满隐喻的方式提出了在语言这一"垃圾山"上作家应同语言的僵硬化状态相对抗的敏锐观点，认为残雪小说的不可思议之处正在于"它利用了语言而恢复了语言以前的思考方式"①，在残雪的世界中"语言是一个永远难以摸索得到的'东西'"②。另一方面，与对语言问题的敏感与质疑相关的则是对文学与现实关系的看法，在她看来，残雪80年代中后期的小说写作"彻底否定了当今中国的小说作为当然前提的'现实'的自明性，是从否认这种公认的'现实'之中产生了残雪女士的世界。"③不妨说，正是在对"'语言'的可疑性、暧昧性、不确切性"④的思考中，近藤直子对残雪80年代小说的解读才构成了至今看来依然关键而难以忽略的评价视点。她将残雪与不同时期作家如卡夫卡、鲁迅等的相关性勾连，与同时期作家如莫言等的并置性区分，极为清晰地显现了这样的评价意图，即：残雪80年代小说写作的意义正是在与语言的抗衡与对现实的反叛中显现了她独特的错位性。而这种错位性的存在无论是对80年代的文学场域，还是对今天的残雪研究都值得认真对待，正是在这位域外学者的"错位"解读中残雪的80年代小说获得了有效阐释。

结　语

当然，就中国80年代小说的域外接受情况来说其范围并非仅限于英语世界、德语世界、法语世界与日本，笔者还查阅到了西班牙研究

---

① 〔日〕近藤直子：《有狼的风景——读八十年代中国文学》，第254页，廖金球译。
② 残雪：《为了报仇写小说——残雪访谈录》，第32-33页。
③ 同上书，第32-33页。
④ 同上书，第32-33页。

者撰写的考察西班牙中国现当代文学翻译与研究情况的英文文献，其中涉及大量中国80年代小说在西班牙的翻译与评介状况的描述。这些域外的评价丰富了中国80年代文学的研究内容，也为我们探讨研究者的知识构成与介入研究对象的方式提供了更多参照。仅就中国80年代小说的域外评价而言，不同文化传统的小说评价范本既承载了各自的知识背景与看待中国的角度，也放大了它们各自的局限与问题。无论是拘囿于文化社会学的层面将中国80年代小说等同于社会问题报告，继而覆盖至对当代中国的理解，还是偏向于一己之喜好，耽溺于在中国发现文学新大陆的想象，这些过于简单和一厢情愿的处理方式是域外的80年代小说评价范本在如何最大限度地呈现中国80年代文学的复杂性上皆有所缺失的原因。也正是由于这一原因，域外的80年代小说评价范本虽然构成了80年代小说评价史的重要维度，诸如杜特莱对阿城"三王"小说的评价之于《棋王》评价史的意义，或者近藤直子对1986年残雪小说的评价之于先锋小说评价史的意义，但是这些评价还无法真正到达批评的层面，批评的建立在这里相对而言是困难的。

本文原刊于《当代作家评论》2015年第1期

中国"马氏神话"与马尔克斯的"百年孤独"

孙宜学　花　萌

马尔克斯在中国的影响广泛而深远,得到了作家和读者的集体膜拜,从而形成了中国的"马氏神话"。实际上,这种"神话"掩盖了真实的马尔克斯,造成了中国当代文学在接受其影响时,基本仍停留在形式上的"模仿和套用"和"本土化"方面,未能创造性地吸收其精神内核,实现"创造性的内化"。

马氏神话：走上中国神坛的拉美文坛巨匠

从1977年《世界文学》杂志首次介绍马尔克斯开始,后历经1983年首届马尔克斯学术研讨会,80年代中期的"寻根文学"、先锋文学中的"百年孤独热",90年代读者心中"20世纪文学"排名位列榜眼,再到2011年中国首次推出《百年孤独》的正版全译本和2015年中国各界人士对马尔克斯逝世的隆重集体悼念,30多年来,马尔克斯及其作品在中国掀起了一波又一波的"马尔克斯式的拉美风潮",呈现出"马氏神话"的中国盛景。

在创作界,从20世纪80年代开始,马尔克斯及其《百年孤独》几乎成了"拉美文学大爆炸"和"魔幻现实主义文学"的代名词,渗透到当代作家的创作和文学观念的血液中——"在许多作家作品中都能看到受到马尔克斯影响的痕迹。"①莫言、贾平凹、余华、阎连科等为代表的优秀作家,毫不掩饰自己的推崇和赞赏之情,并承认自己在作品中刻意模仿过"马氏的语音语调"。"他的确是迷人的,新时期十年中的影响超过了所有其他的外国作家。"②

理论界则普遍认为《百年孤独》拥有极高的审美价值和无限的阐释力。自1979年陈光孚在《外国文学动态》第3期上发表《拉丁美洲当代小说一瞥》开始,每年都有一定数量的相关研究论文发表,且从未中断过。研究者们从各种角度论证了马尔克斯的伟大和《百年孤独》的经典性——"马尔克斯是与塞万提斯比肩的作家"③,"《百年孤独》跨越拉丁美洲古今文化,跨越欧洲和拉丁美洲文化,跨域中西异质文化,是古今中西文化群居杂交的宁馨儿"④。

而普通中国读者眼中的马尔克斯俨然一位"国王",且其"王位"三十多年来无人撼动。1984年首次出版《百年孤独》时,仅上海、北京两地首印数就高达十万余册。90年代,《百年孤独》在中国读者心目中的经典地位再一次得到加强。2011年《百年孤独》第一次合法出版,不到半年就销售一百万册,并呈现供不应求的局面。马尔克斯在中国就这样一步步登上神坛,他征服了创作界,影响了理论界,主宰了读者界,成就了具有中国特色的"马氏神话"。

---

① 王蒙:《关于九十年代小说》,《天津师范大学学报》1997年第5期。

② 张炜:《域外作家小记——马尔克斯》,《融入野地》,第385页,北京,作家出版社,1996。

③ 曾利君:《马尔克斯在中国》,第53页,北京,中国社会科学出版社,2012。

④ 黄俊祥:《简论〈百年孤独〉的跨文化风骨》,《国外文学》2002年第1期。

马氏误读：真实的马尔克斯与"真实的"中国当代文学

实际上，中国"马氏神话"狂热的背后蕴藏着对其本人和拉美真实的遮蔽。回归拉美的"现实土壤"，重新审视马尔克斯及其作品，就可发现中国赋予其的神圣光圈与真实的马尔克斯有巨大的反差。回溯马氏在中国的传播史，可以概括为五大基本"马氏误读"：

1. 作家的使命："呐喊者"还是"失声者"

马尔克斯十分重视作家肩负的历史责任，他曾不止一次地主张作家应该"以提醒拉丁美洲公众牢记历史为职责，刻意反映拉丁美洲的历史嬗变、社会现实及浇漓世风"①。为了反抗哥伦比亚左派罗哈斯·皮尼亚将军的独裁统治，他以《一个遇难者的故事》揭露独裁政府的凶残嘴脸，最终被迫流亡巴黎、东欧、苏联等地。再次回到拉美后，他又一次将个人得失与安危置之度外，同美国及古巴前政府支持者展开了激烈的笔战，最终以被"晾"在纽约而收场。可见他在以"面对丑恶，沉默就是犯罪"为信条，以对社会现实和政治的人文情怀为基础，用自己独特的文学方程式向世界"呐喊"，以此呼唤真、善、美的回归。

然而言必称"马尔克斯拉美精神"的中国文坛面对当代社会现实却大都选择了"政治沉默"，出现了"集体失声"。作家缺乏历史责任、社会关怀；作品逃离现场、偏离现实。"市场逻辑和商业标准"让一些作家丧失了身为作家最基本的道德底线。即使如《檀香刑》这样的杰作，也弃置丰富的现实题材，而痴迷于对历史暴力的叙说，诚如其"后记"所述，"《檀香刑》大概是一本不合时宜的书"②。显然，

---

① 〔哥伦比亚〕加西亚·马尔克斯、门多萨：《番石榴飘香》，第5页，林一安译，北京，生活·读书·新知三联书店，1987。

② 莫言：《檀香刑》，第518页，北京，作家出版社，2001。

中国当代文学在"市场标准取代了文学标准"的创作语境下,淡化了作家的"社会使命"和"政治立场"。"马尔克斯式呐喊"在许多中国作家的内心似乎只是一个虚幻的"乌托邦"。

2. "魔幻现实主义":真解还是曲解

自20世纪70年代后期开始,"魔幻现实主义"就"魔幻般"地席卷了整个中国文学界。马尔克斯和《百年孤独》激发了作家们的灵魂和灵感,一部部所谓的"魔幻现实主义"作品"应声而生",一批批作家自豪地被冠以"魔幻现实主义作家"称号。"魔幻现实主义"成了一种流行符号,且历经三十载而不衰。然究其根源却基本上可以说:三十载的狂热,三十载的误读。

首先,何谓"魔幻现实主义",在拉美并没有明确统一的定义,且其在拉美文学研究中的地位与在中国受到的"顶礼膜拜"形成了鲜明的对比。自文学批评家赫尔·佛洛雷斯首次在1954年提出"魔幻现实主义",关于该概念的定义就一直众说纷纭。而且,在拉美没有哪一个作家被看作是典型的"魔幻现实主义"作家。尤其是马尔克斯,他认为"'魔幻现实主义'这个词并不合适"[①]。反观国内文学界,"魔幻现实主义"却成了"拉美文学爆炸"的代名词。很多中国作家仿佛对"魔幻现实主义"着了魔,都或多或少地在其作品中加入"魔幻"元素;一些评论家则似乎可以在任何作品中找到"魔幻现实主义"影子。《百年孤独》俨然成为了中国文学作品的参照物。任何带有"神奇事物"的作品似乎都可被纳入"魔幻现实主义"作品范畴。张贤亮的《男人的一半是女人》,宗璞的《泥沼中的头颅》,刘心武的《无尽的长廊》,等等,"魔幻现实主义"似乎海纳百川,无所不容。即使作家扎西达娃否认自己是个"魔幻现实主义"作家,但其作品仍被评论家视为与《百年孤独》"一脉相承",具有典型的"魔幻现实主义"色彩。

---

① 〔西班牙〕约瑟夫·萨拉特:《介入政治太多,我怀念文学——马尔克斯访谈》,尹承东译,《译林》2005年第2期。

其次,"魔幻现实主义"不可简单地被公式化为"魔幻+现实"。马尔克斯认为"魔幻现实主义"就是纯粹的现实主义,他一再强调"在我的小说里,没有一行字不是建立在现实的基础上的"[①]。而国内作家和研究者虽然一直以"现实性"为原则赏析和模仿马氏作品,但认为魔幻只是一种工具,"魔幻现实主义"创作就是"工具+对象"的再生产。于是在一些作家笔下,魔幻调了色变了味,成了"太平广记""聊斋志异",现实则换了命转了运,超自然的魔幻力量竟可以改变情节安排与人物命运;而这都是与马尔克斯笔下的"魔幻现实主义"相去甚远的。《百年孤独》里俏姑娘雷梅苔丝的飞上天空取材于"有一位老太太,一天早晨发现她孙女逃跑了,为掩盖事实真相,她逢人便说她孙女飞上天空上去了。"[②]而飞向天宇的工具——"床单"也来源于现实生活——"一个来我们家洗衣服的高大而漂亮的黑女人在绳子上晾床单,她怎么也晾不成,床单让风给刮跑了。当时,我茅塞顿开,受到了启发。"[③]由此可见,在马尔克斯的字典里,魔幻不仅仅是表现现实的一种艺术"工具",其本身就是在拉美大陆时时刻刻发生的现实。

再者,"魔幻现实主义"不是普通意义上的"寻根文学",更不是第三世界的"民族文学"和"西方现代派文学"的机械结合。"魔幻现实主义"所赖以生存的文化土壤不具有同一性,即拉美文化不属于任何单一的"民族文化",而属于一种"欧洲、印第安和非洲文化相互渗透,彼此溶合的特殊文化结构"[④]。依此类推,拉美文学也不是单一的"民族文学",而是多种文化根源共同建构的"混血文学"。因此马尔克斯在作品中"文化寻根",颠覆欧洲殖民者书写文

---

① 〔哥伦比亚〕加西亚·马尔克斯、门多萨:《番石榴飘香》,第48-49页。
② 同上书,第48页。
③ 同上书,第49页。
④ 杨士恒:《拉丁美洲魔幻现实主义的文化背景》,《河南大学学报(哲学社会科学版)》1989年第5期。

化史的同时，无法规避多种文化交叉在过程中的影响，尤其是西方文化的强力介入。但是在中国，"魔幻现实主义"却仅被当作拉美向世界输出的新文学样式，"西方境界+中国形式"的文学发展新路径也由此提出。1986年，贾平凹在答《文学家》的问题时就说，"我首先震惊的是拉美作家在玩熟了欧洲那些现代派的东西后，又回到他们的拉美，创造了他们伟大的艺术。"①然而需要指出的是，马尔克斯之所以能在寻根的创作中驾轻就熟地用西方境界讲述本国故事，绝离不开西方文化对拉美血液的深层沁入和融合。意欲极速地吸收和内化"西方境界"是脱离中华文化现实语境的，留下的只能是异域文学样板化的一种本土化的模仿和套用。

可见，"魔幻现实主义"在中国的传播过程中出现了严重的曲解，造成了作家认识上的混乱和创作上的误导。"魔幻现实主义"在世界的"一夜成名"具有历史和文化语境的特殊性，生拉硬拽地移植它的成功法则，认为"西方境界+中国形式"的"中西合璧"就可实现中国文学世界性的想法是行不通的。

3. 文学创作本质："真性情"还是"假呻吟"

马尔克斯认为文学创作是一种"真性情"的无意识涌动。文学的惟意识论在马尔克斯看来是无法理解的。一切只从概念出发而不基于"真性情"的虚构和幻想最终只会导向文学本质的迷失和"非理性主义"的肆意横行：

……就好比一个人开始把一些零散部件粘贴起来一样，直到有一天，故事好似泉水喷涌，倾泻不止，无法遏制。②
……我认为文学创作中那种无意识的东西最好让它原封

---

① 贾平凹：《贾平凹答〈文学家〉问》，《文学家》1986年第1期。
② 〔哥伦比亚〕加西亚·马尔克斯：《加西亚·马尔克斯访谈：写作是莫大的享受》，柳苏、江泰仁译，《外国文学动态》1994年第5期。

不动地呆在那儿……想象归根结底只不过是加工现实的工具，但一切创作的源泉总是现实。我不相信虚构，我反对虚构，我认为虚构是瓦尔特·迪斯尼式的纯粹简单的杜撰，是令人厌恶透顶的东西。"①

然而中国当代文坛却呈现"文体解散，辞有爱奇"的异景：某些作家"躲进小楼成一统"，虚拟地宣泄个人的"春花秋月"，这种"为文而造情"取代了"为情而造文"的做法是马尔克斯穷尽毕生精力所抗争的。"文质附乎性情"的千年创作古训似乎早已被抛置脑后，大家要么在市场中"搏出位"，要么在政治前"投其所好"，"与脚下的土地同命运"的创作观念沦为令人不齿的"陈规旧例"。更为可悲的是，一些精英作家也纷纷远离"真性情"的城堡，投入了"浓妆艳抹"的媚俗怀抱。写作不再是基于一种不可遏制的现实情感，而是在精美文字包装下以臆想的故事和荒诞的方式与市场媾和言欢。

4. 文学创作对象："大众化"还是"精英化"

马尔克斯指出："写出让人喜闻乐见的大众化的优秀作品，是我们应该努力去做的。"②在创作中，他坚持"脑子里是一直装着读者"，"一旦发觉开始写的部分使人厌倦，我就设法给它增加点色彩，寻求使读者不为任何东西分心的办法……我希望我的作品从第一行起到最后一行止都能紧紧地抓住读者。"③但中国当代文学却出现了"精英化"的怪现象。"纯文学"日益圈子化，他们自我生产，自我赏析，自我研究，"完美地"实现了文学的精英内部循环。优秀文学的"精英化"和"大众化"理解能力之间的矛盾在他们眼中是不可调和的，

---

① 〔西班牙〕约瑟夫·萨拉特：《介入政治太多，我怀念文学——马尔克斯访谈》，尹承东译，《译林》2005年第2期。
② 同上。
③ 〔哥伦比亚〕加西亚·马尔克斯：《经历与作品——与埃马努埃尔·卡瓦略的会见》，朱景冬译。

但马尔克斯却不那么认为：

> 当然这里有很多限制，而最大的限制就是大众本身的文化水平……不过，我认为，一切优秀的文学都可以走得更远，发挥更大的作用，问题是在评论家和理论之间有一种倾向，他们把自己看成是享有特权的社会精英，认为"文学是为我们的，不是为大众的"。这是不正确的。人们喜欢文学，他们对文学的理解比表面看起来要深得多。[①]

可见，当时的拉美文坛和现今的中国文坛出现了类似的问题，马尔克斯不仅指出了根源——大众文化程度的制约，而且提供了方向——优秀文学应该回归大众读者，担当起提高全民文化素质的责任。

5. 文学创作态度："经典意识"还是"消费意识"

文学创作需要"十年磨一剑"的耐心和治学严谨的态度。虽然马尔克斯用不到两年的时间完成了《百年孤独》的写作，但在动手写作之前，他竟花了十五六年来构思这部小说。《一件事先张扬的凶杀案》则苦苦酝酿了三十年。此外，他还提出了"创作中不解决结构问题，绝不动笔"[②]"打字错误等于创作错误"[③]"现在我动笔每用一个词都掂量再三，想想如果用错了会带来一大堆什么样的后果"[④]等经典的创作观点。可以说马尔克斯在文学创作中切身体会到：创作中的耐心与孤独方可成就作品的极致与经典。而在日益"消费主义化"的中国文坛，很多作家的行为却南辕北辙于"马氏创作"：他们逐渐失去了叙

[①]〔西班牙〕约瑟夫·萨拉特：《介入政治太多，我怀念文学——马尔克斯访谈》。

[②]〔哥伦比亚〕加西亚·马尔克斯、门多萨：《番石榴飘香》，第121页。

[③] 同上。

[④]〔西班牙〕约瑟夫·萨拉特：《介入政治太多，我怀念文学——马尔克斯访谈》。

事的耐心,"短平快"地生产着浅表化的"消费品"。

马氏神话:外因语境下的文化内因阐释

事物的发展是内因和外因共同作用的结果。中国的马氏神话也不例外,它的出现离不开外部文化语境和内部本质因子的共同影响。

1. 外因语境:文学现代化语境

马尔克斯在中国的传播始于20世纪70年代末80年代初,整个文坛在"去政治化"的解放中意气风发,渴盼外来新文学血液的灌输。该时期的文学被看作是对"五四"的"复归","写真实"和"现实主义"的文学理念再次被提升到一个新的高度。刚刚挣脱思想禁锢的中国作家此刻急于突破左翼文学的陈旧话题和传统的"写实"方法。马尔克斯及其作品适时进入。"魔幻现实主义"一词不但讨巧地强调了该文学流派的"现实主义性",更是给"现实"披上了一层夺目的"魔幻新衣"。1982年马尔克斯获得诺奖的事实更是引发了作家和读者的"顶礼膜拜",以期通过研究学习马尔克斯及其所代表的拉美文学反思中国文学如何走向世界。因此马氏作品成为中国文学现代化进程的参考经典是顺应中国文学现实发展的。然而文学现代化语境的外部动因并不能成就"马氏神话",其内部的本质因子才是其"一蹴而就"的根源。(见图1)

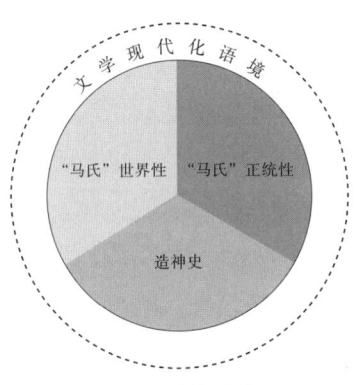

图1 马氏神话成因

2. 文化内因:"正统性""世界性"与"造神史"

首先,马尔克斯在中国的传播"根正苗红",且具有"群众基础",具体表现为政治的进步性和传统的亲缘性。一方面,长期以来,新老学者认为拉美与中国同属第三世界,是"圈子"内的兄弟,因此总是有意无意地强调马尔克斯及其作品内容的思想先进性,是反霸权主义、反殖民主义的典范。另一方面,马尔克斯对拉美的"文化寻根"不但唤醒了中国作家对中华五千年文明的"集体回归",更是完美地契合了国人固有的"民族中心主义情结"。于是在"政治误读"和"传统情结"的交相辉映下,马尔克斯和其作品在传播的过程中同时具备了上层意识形态和下层群众基础的双重正统性。

再者,马尔克斯本人及其作品的世界性为其在中国"经久不衰"的传播与影响保驾护航。从《枯枝败叶》到《百年孤独》再到《苦妓追忆录》,马尔克斯每一部作品的问世都受到了世界范围的广泛关注。以代表作《百年孤独》为例,在大众读者界,"自一九六七年五月在阿根廷出版以来,销量已达三千万册"[①];在学界,多年来各国学者从未间断过从思想内涵、审美意蕴、艺术手法等各个角度对作品进行经典性的论证。可以说马尔克斯及其作品是在"自我经典"的基础上,经过"市场经典"的过滤和"话语权力经典"的包装,最终成为历史经典。

最后不得不提的是,中国人历来都有造神的喜好。倾向于将任何符合道德特征的优秀人物捧上神坛。在中国人眼中,马尔克斯无疑是优秀的"文坛圣者":他为人正直善良,有着"先天下之忧而忧,后天下之乐而乐"的社会责任感;他笔下的"马孔多"是整个世界的现实缩影,他宣扬着真善美的品德;他的文学创作为整个中国文学开启了"希望之窗"——"原来小说可以这样写!"……就

---

① 曾利君:《论〈百年孤独〉的中国化阐释》,《西南大学学报(社会科学版)》2009年第2期。

这样，集诸多美德于一身的马尔克斯在"正统性""世界性""造神史"和"中国文学现代化语境"的内外力共同作用下逐渐完美地被神化。

正视马氏误读：中国当代文学的新思考

一种文化在另一种异质文化语境传播的过程中会因文化过滤而造成发送方文化的损耗。接受方会对所接收的文化进行选择、加工和改造，从而产生不同程度和不同方式的文化误读现象。文化误读是一种客观存在，是接收方一种抑或有意识抑或无意识的主体行为。它对接收方会产生消极性和积极性两种不同的影响。

如前文所述，马尔克斯及其作品在中国的传播经历了五大消极性"马氏误读"。按照诱发原因分类，主要有以下两种：其一是由于受不同文化传统和思维模式影响而造成的片面误读，如对魔幻现实主义内涵的曲解等；其二是"指鹿为马"式的有意误读，如一些国内作家深谙马氏所倡导的作家"现实"使命和文学创作理念，却由于受各种消费主义诱惑故意"反其道而行之"。

然而，不可否认的是，"马氏神话"三十载的中国盛景也离不开"马氏误读"的积极性影响。第一种是有意识的创造性误读。作家莫言在创作的过程中有意识地时而"趋近"时而"避开"马尔克斯式"高炉"，最终内化、改造并形成了独特的莫氏言说。第二种是无意识的创造性误读。扎西达娃等中国作家之所以不承认自己是魔幻主义作家，是由于马尔克斯及其作品对他们产生了"集体无意识"作用，潜移默化地使其进行"创造性阅读"，从而灵感爆发，作品浑然天成。

因此，中国当代文学在对待任何异质文化移植本土的过程中要正视一切形式的误读。对于两种积极性误读要继承发扬，使其"为我所用"，实现"创造性的内化"。而对于另两种消极性误读要防微杜渐。一方面努力提升自身文化修养以减少交流障碍;另一方面勇敢地对"消费主义"文学市场说"不",以回归文学本身。

本文原刊于《当代作家评论》2015年第1期

框架理论视野下美国主流报刊对莫言小说的传播与接受

张 晶

众所周知,莫言是中国当代著名的作家之一,2012年获得诺贝尔文学奖后更是声名鹊起,时常被作为中国文学走向世界的一张名片而得到官方的大力宣传。对于莫言获奖的原因,不少人将其归功于莫言小说的多语翻译与跨国出版,由此也催发了近年来国内外学界对莫言小说在海外传播与接受现象的研究热。在现有的学术研究成果中,既有众多从语言转换层面探讨莫言小说各语种译本翻译技巧的微观研究,也不乏以跨文化视角对莫言小说在世界各国的译介、出版与研究情况进行系统梳理与评析的宏观研究。无论是微观的文学翻译研究还是宏观的文化传播研究,莫言小说的英译始终是学者们关注的热点。这一方面是由于英语是目前中国学界最普及的外语,但更重要的原因还是在于研究对象——莫言小说英译作品的丰富性和集中性:截至2014年底在英语世界发行的莫言小说英译作品已达10本之多,而这10本中有9本都是出自美国翻译家Howard Goldblatt

(中文名：葛浩文）一人笔下。①葛浩文对莫言小说长期不懈的翻译不仅让莫言成为了中国文学乃至世界华文文学版图上拥有最多英译作品的作家，更奠定了他本人在美国乃至英语世界中国文学翻译领域的权威地位。然而，一国文学在世界的传播绝不止于翻译。葛浩文对莫言小说持之以恒、数量可观的文本翻译是否就意味着莫言小说挺进英语世界的征程从此一帆风顺、一片坦途呢？翻译之后又怎样？面对愈来愈热的莫言小说英译研究，笔者想进一步追问与探寻的正是莫言小说在被葛浩文大量翻译之后美国社会各界对莫言小说英译本的接受问题。

自20世纪90年代以来，随着多部莫言小说英译本在美国维京（Viking）、阿卡德（Arcade）等商业出版社的发行，《纽约时报》《华盛顿邮报》《纽约客》《纽约书评》《出版商周刊》《图书馆杂志》等美国著名的综合报纸和行业杂志都相继刊登了评价或介绍相关莫言小说英译本的书评。尽管美国各大报刊有关莫言小说英译本的书评数量众多，但无外乎报道英译本出版资讯的通讯类书评和深度解析小说思想与艺术内涵的评论类书评两种类型。通讯类书评大多发表在《出版商周刊》《科克斯书评》《图书馆杂志》《图书榜单》等图书行业期刊上，这类书评篇幅短小，简明扼要，主要是为美国各大图书出版商、销售商和图书馆提供莫言小说英译本出版销售的基本信

---

① 截至2014年12月已出版的莫言英译作品有：《红高粱家族》（*Red Sorghum: A Novel of China*）、《天堂蒜薹之歌》（*The Garlic Ballads*）、《酒国》（*The Republic of Wine*）、《丰乳肥臀》（*Big Breasts and Wide Hips*）、《生死疲劳》（*Life and Death are Wearing Me Out*）、《四十一炮》（*Pow!*）、《檀香刑》（*Sandalwood Death*）7部长篇小说，《爆炸及其他》（*Explosions and Other Stories*）和《师傅越来越幽默》（*Shifu, You'll Do Anything for a Laugh*）和自传体中篇《变化》（*Change*），共10本，即将在2015年出版的长篇小说《蛙》（*Frogs*）的英译本没有统计在内。除了最早的莫言短篇小说集 *Explosions and Other Stories* 是由香港大学翻译中心的Janice Wickeri和Duncan Hewitt翻译外，已出版其他9本莫言英译作品都是由Howard Goldblatt一人翻译完成。

息,以促进英译本在美国图书市场的商业流通为主要目的。深度评析莫言小说的文化评论类书评则主要发表在《纽约时报》《华盛顿邮报》《纽约客》这类综合性的主流报刊,撰写书评的作者也都是来自美国传媒界、文化界与知识界的精英。有鉴于此,本文略过美国图书行业期刊上有关莫言小说英译本的通讯类书评,而以在《纽约时报》《华盛顿邮报》和《纽约客》这三家美国主流报刊上发表的莫言小说书评为研究对象,从框架研究的心理学和社会学视角探讨美国报刊莫言小说书评在评价内容、评价方式和评价过程中所体现的框架意义,揭示当代美国传媒建构的中国形象与美国报刊莫言小说书评之间循环互动的框架建构关系。

一、美国报刊莫言小说书评框架的建构内容

"框架"(frame/framing)的概念最初是由美国社会学家欧文·戈夫曼(Erving Goffman)通过其代表作《框架分析》引入文化社会学,并在20世纪70年代后广泛运用于人文社会科学研究领域,其依据在于认为人们所有对现实生活经验的归纳、结构与阐释都依赖于一定的"框架"。对于发表在美国主流报刊上的莫言小说书评,笔者以为其既是文学评论,也是新闻报道,它们在报道、评论莫言小说作品时有其特定的心理模式和认知结构在依循。

美国文化界一直以西方文化正典的传承者和当代时尚潮流的引领者自居,其自大、保守、排外的倾向由来已久。多年前美国鲍克公司发布的一份美国图书市场调查报告中就有"美国出版市场上,翻译图书只有区区3%"的消息传出。[①]美国罗切斯特大学文学翻译系从2008年开始连续三年调查外国文学译作在美国出版情况的"百分之三计划"所得到的结果更令人震惊:"百分之三只是就全门类译

---

① 练小川:《美国的外国文学图书市场》,《出版参考》2009年第30期。

作而言,而在小说和诗歌领域,译作比例竟连1%都不到——大约只有0.7%"。[①]事实的确如此,包括中国文学在内的外国文学译作在美国出版后大多乏人问津,只有极少一部分得到报刊或学界的关注,而能够登上《纽约时报》《华盛顿邮报》这类美国大报书评版面的文学译作可谓凤毛麟角。莫言小说正是这类译作中的翘楚。据笔者统计,目前在美国图书市场上流通的10部莫言小说英译本中就有8部获得了《纽约时报》《华盛顿邮报》和《纽约客》这3家美国主流报刊的关注。详情见表1。

表1

莫言小说英译本	《纽约时报》	《华盛顿邮报》	《纽约客》
Red Sorghum. Viking. 1993	Wibora Hampton, Anarchy and Plain Bad Luck, April 18, 1993.		
The Garlic Ballads. Viking. 1995	Richard Bernstein. A Rural Chinese 'Catch-22' You Can Almost Smell. June 12, 1995. Tobin Harshaw. July 30, 1995.	Richard Lourie. The Good Earth. June 25, 1995.	
The Republic of Wine. Arcade Pub, 2000	Philip Gambone. June 25, 2000.	Carolyn See. Eating Chinese. April 28, 2000.	
Shifu. You'll doing anything for a laugh, Arcade Pub, 2001	Michael Porter. Eat Your Nice Iron. September 9, 2001.	Judith Shapiro. Great Leap Backward. August 5, 2001.	
Big Breasts and Wide Hips. Arcade Pub. 2004		Johathan Yardley. Mo Yan: 'Big Breasts & Wide Hips'. November 28, 2004.	John Updike. Bitter Bamboo 2005. Vol 5.
Life and Death Are Wearing me Out. Arcade Pub. 2008	Johathan Spence. Born Again. May 4, 2008.		

---

① 《2010年,美国文学太烂了》,《东方早报》2011年1月12日。

续表

莫言小说英译本	《纽约时报》	《华盛顿邮报》	《纽约客》
Pow!. Seagull Books. 2012	Ian Burama. Folk Opera in all their ghastly glory. February 3, 2013. Dwight Garner. A Meaty Tale, Carnivorous and Twisted. January 1, 2013.	Steven Moore. A meaty tale of depravity and excess. December 22, 2012.	
Scandalwood Death. University of Oklahoma Press. 2013	Ian Burama. Folk Operas in all their ghastly glory. February 3, 2013.		

表1的14篇书评中有9篇书评发表在《纽约时报》，5篇发表在《华盛顿邮报》，《纽约客》上虽只有一篇，但书评作者却是美国的国宝级作家——约翰·厄普代克。这15篇书评关注的8部莫言小说英译本，不仅都是莫言相关作品在美国的首版，而且无一例外来自"美国首席中国现当代文学翻译家"——葛浩文的翻译。除了《纽约时报》发表的Ian Burama的书评《民间戏曲中的可怕荣耀》（Folk Operas in all their ghastly glory）和《纽约客》上John Updike的书评《苦竹》（Bitter Bamboo）是一篇书评里评两部小说外（厄普代克的书评还评价了中国作家苏童的《我的帝王生涯》），其他书评均是一篇评一部莫言的作品。拥有书评数量最多的两部莫言小说是《天堂蒜薹之歌》和《四十一炮》，均有3篇书评关注，而这两部小说都是以当代农村社会生活为背景。《酒国》《师傅越来越幽默》《丰乳肥臀》都各有两篇书评关注，《红高粱家族》和《檀香刑》各一篇。尽管这14篇书评出自不同书评人笔下，又发表在不同时间、不同报刊上，评价的莫言作品也不尽相同，但综合来看，各篇书评的内容却大抵集中于以下四项：（一）莫言小说的主题思想；（二）莫言小说的艺术风格；（三）作家莫言的生平经历；（四）葛浩文的英文翻译。

莫言的小说究竟讲了一个什么故事？古今中外的小说书评大抵

都绕不过对小说内容的描述，作为中国当代文学的代表，美国报刊书评都在关注哪些莫言小说的故事元素？美国报刊书评又是如何将其转述、强调或凸显给英语读者的？首先，莫言小说的故事背景——20世纪历经战争与变革的高密东北乡是美国报刊书评重点关注的小说内容。这一方面是莫言多篇小说主题思想的应有之义，但另一方面也说明了历史变迁中的高密东北乡风貌无论是从审美还是认知上都满足了美国读者的需要——"把中国的乡村文化介绍给对此并不熟悉的西方读者"[1]、"把高密东北乡安放在了世界文学的版图上"[2]。"历史的画布很难完好地覆盖小说的框架，但当它做到时便能以超乎寻常的想象力照亮一段历史和一个地方"[3]，这是第一篇在《纽约时报》发表的莫言小说书评的开场白，它不仅赞赏了《红高粱家族》将一个家族三代人的故事置于高密东北乡的成功，更是在此之后引导多篇美国报刊书评关注莫言小说独特时空背景的箴言。其次，对莫言小说人物形象的分析也是美国报刊书评把握莫言小说思想主题的另一条重要途径。《纽约时报》专职书评人 Richard Bernstein 就曾将莫言获得诺贝尔文学奖归功于他小说中"真实得无以复加"的人物形象："莫言迄今为止所有作品的核心都是人物本身，是那些风情、邋遢、倾向暴力、残忍、固持个人主义、真实得无以复加的人。在莫言笔下那些独出心裁的生存故事中，他们最终都获得了些许安慰，甚至是伤亡惨重的胜利残痕。"[4] 2004年当莫言长篇小说《丰乳肥臀》的英译本在美国问世时，美国著名作家 John Updike 和

---

[1] Wilborn Hampton. "Anarchy and Plain Bad Luck". New York Times Book Review. April 18, 1993. 引文为笔者自译。

[2] Wilborn Hampton. "Anarchy and Plain Bad Luck". New York Times Book Review. April 18, 1993. 引文为笔者自译。

[3] 同上。

[4] Richard Bernstein：《莫言，用黑色幽默对抗残酷现实》，许欣译，《纽约时报中文网》2012年10月12日。

《华盛顿邮报》资深书评家Johnathan Yardley都分别在各自的书评中对小说《丰乳肥臀》中的女性形象和上官金童的男性形象进行了细致深入的分析。厄普代克在书评《苦竹》里引用小说原文描写上官鲁氏幼年裹脚和上官金童喝奶的几个片段,以说明母亲的不屈不饶和儿子的病态压抑。Johnathan Yardley则在他的书评中表达了他对《丰乳肥臀》中女性形象的同情,其中特别提到了生育对上官鲁氏的摧残和鲁氏8个女儿的死,他称《丰乳肥臀》中的女性是"勇士","她们虽然都死去,却死得壮烈和勇敢"。①除了《丰乳肥臀》中病态恋乳的上官金童,莫言小说《四十一炮》里爱吃肉的罗小通也被多篇书评重点解读。《纽约时报》的书评《一个耐人寻味的故事:嗜肉的和扭曲的》(A Meaty Tale, Carnivorous and Twisted)称罗小通是"食肉的天才""全世界最能吃的男孩"。②另一篇《可怕荣耀中的民间戏曲》(Folk Opera in All Their Ghastly Glory)认为罗小通坚持不与成人世界同流合污的纯洁比炮弹更危险,"当成长于浊世中的压力忍无可忍时,他的纯洁便会以一种极端的暴力方式爆炸"。③

作为中国当代文学的先锋之作而被引入美国翻译文学市场的莫言小说,不仅要以百年历史变迁的农村故事吸引美国读者,还必须要以出色的叙述能力征服挑剔的美国读者。美国报刊书评对莫言小说叙事形式和艺术风格的评价正好可以让我们看到美国文化界是如何领会莫言讲故事的技巧的。首先,莫言小说讽刺现实的黑色幽默是美国报刊书评感受强烈并大加赞赏的艺术风格。Richard Bernstein的以《一个让你想到"二十二条军规"的中国乡村》(A Rural Chi-

---

① Johnathan Yardley. "Mo Yan: 'Big Breasts & Wide Hips'". The Washington Post. November 28, 2004.

② Dwight Garner. "A Meaty Tale, Carnivorous and Twisted". The New York Times. January 1, 2013.

③ Ian Burama. "Folk Opera in All Their Glory". The New York Times. February 3, 2013.

nese'Catch-22'You can Almost Smell）为他在《纽约时报》上的书评，暗示莫言的《天堂蒜薹之歌》拥有《第二十二条军规》这部美国黑色幽默代表作的遗风，并认为《天堂蒜薹之歌》幽默风趣的语言会让人更容易理解他笔下的中国乡村。Johathan Spence（史景迁）则认为莫言小说的幽默不仅在于语言，更在于以超然笔调描绘苦难与悲情的历史时刻，由此他称赞莫言的《生死疲劳》是一部"相当有远见和创意的小说"。Carolyn See将小说《酒国》描写食婴事件的讽刺性称作是"艺术家们通过味觉实践批判社会"①的一种方式。另外，莫言小说在叙事手法上的多样性也为美国报刊各篇书评所称道。《纽约时报》的书评多次肯定《红高粱家族》生动的细节描写："莫言以丰富生动的细节描述了一个家族三代人的故事"，"《红高粱家族》的每一页都在用生动的细节重现这个残酷野蛮时代的恐怖和幽默"，并以小说中描写日军活剥人皮的细节说明《红高粱家族》的细节描写"就像战争记录片一样真实的可怕"。②Richard Bernstein在《纽约时报》的书评中称赞小说《天堂蒜薹之歌》擅长运用倒叙的手法，并认为正是这"万花筒般"的叙述顺序才得以让《天堂蒜薹之歌》中的主要人物和次要人物像狄更斯小说里的人物那样轮番出场。Johathan Yardley则在《华盛顿邮报》的书评中赞赏《丰乳肥臀》处理战争、暴力和自然剧变等重大戏剧场面的叙述能力。对于《酒国》混杂的叙述形式，《纽约时报》书评赞赏这部小说从功夫小说、侦探小说、中国神话、美国西部小说和魔幻现实主义小说中借鉴多种叙述元素而形成的一个迷人的后现代的大杂烩。《华盛顿邮报》也称它是一个汇聚了古今中外文学名著的巨大知识库，不仅集合了乔伊斯的《尤利西斯》、劳伦斯·斯特恩的《项狄传》和真真

---

① Carolyn See. "Eating Chinese". The Washington Post. April 28, 2000.
② Wilborn Hampton. "Anarchy and Plain Bad Luck". The New York Times. April 18, 1993.

假假的中国格言,甚至将美国的黑色文学、德国的童话故事和18世纪的英国书信体小说也融于一身。

尽管美国报刊有关莫言小说的书评都是针对在英语世界发行的英译本,但无一例外每篇书评都会对小说原作者——中国作家莫言有所介绍。首先会提到笔名"莫言"的由来,虽然大多只是用简短的英文短语(don't speak/abstain from speech)来解释"莫言"二字的中文涵义,但其背后的隐射之义不言而喻,这一点在莫言获得诺贝尔文学奖后的书评里表现得尤为突出。其次,突出莫言来自农村的身份背景和其饥饿与辍学的童年经历。《纽约时报》在1993年《红高粱家族》英译本首次在美国出版时发表了第一篇有关莫言小说的书评,其中有对莫言的介绍:"莫言,他正是从《红高粱家族》里的山东高密东北乡走出来的,他在'文化大革命'期间辍学做工人,而后又用充满着火药、鲜血和死亡的粗俗写作出色地再造了那里的生活。"①擅长传记写作的资深书评人Johnathan Yardley在发表在《华盛顿邮报》的书评里也特别用一段文字为莫言立传:"莫言出生在中国山东省的一个农民家庭里,小说里虚构的高密东北乡就像福克纳笔下的约克纳帕塔法小镇。根据葛浩文的介绍,莫言几乎没有上过学,他在田野里养牛羊,又在'文革'时进了工厂。"②在纽约巴德学院人权与新闻专业任教的Ian Buruma教授在他的书评中将莫言对中国民间艺术精彩极致的文学想象归结于莫言的一种农民气质。布鲁玛教授一方面委婉地批评莫言在政治上拒绝发言和不做不同政见者的懦弱,但另一方面他也认为正是因为莫言把远离政治的农民气质投入到"书写人类欲望"的写作中才成就了莫言的文学造诣,"和他所赞美的那些流浪艺人、弄臣以及在广场上讲故事的人们一样,莫言也

---

① Wilborn Hampton. "Anarchy and Plain Bad Luck". New York Times. April 18, 1993.

② Johnathan Yardley. "Mo Yan: 'Big Breasts & Wide Hips'". The Washington Post. November 28, 2004.

可以为他的国家描绘一幅准确得令人惊讶的印象画。虽然很扭曲,但也极度真实"。①正因为如此,他把莫言和苏联作家米哈伊尔·布尔加科夫(Mikhail Bulgakov)、捷克作家博胡米尔·赫拉巴尔(Bohumil Hrabal)归于一类。

在对莫言小说及其原作者莫言的评价上,美国报刊书评虽各有侧重,但总体倾向基本一致,然而在评价葛浩文的英译时却表现出了两种截然相反的态度:精通中英双语的汉学家们对葛浩文的翻译一致推崇,而不懂中文的美国本土作家和书评人却对莫言小说的译文提出异议。《纽约时报》亚洲顾问 Richard Bernstein(白礼博)在1995年评价《天堂蒜薹之歌》的书评里就曾预言葛浩文对莫言小说的"娴熟翻译"将会让他成为"美国最值得称道的中国文学翻译家"。耶鲁大学著名汉学家 Johathan Spence(史景迁)教授在评价长篇小说《生死疲劳》时称正是葛浩文"优美流畅、经验丰富"的译笔,才使莫言以超然于外的笔法描写乡村政治那种滑稽悲情的黑色幽默在译文中得以再现。毕业于荷兰莱顿大学中文系的 Ian Buruma 教授在评价《檀香刑》和《四十一炮》的书评 Folk Opera 中同样肯定了葛浩文的翻译功劳,认为他的翻译成功地把握住了莫言小说那种将文学想象与农民气质相结合的独特氛围,"译文既流畅又没有丢失原作的中国味"。尽管白礼博、史景迁和 Ian Buruma 三位汉学家都对葛浩文的译文赞赏有加,但他们的书评中都没有结合中文原著和英文译本作细节的比较与分析,只停留于印象式的评判。相反,完全不懂中文的美国本土作家和书评人却对葛浩文的翻译提出了质疑和批评,他们不仅谈到自己作为读者的亲身感受,更摘引多处小说译文的原文举例说明。据说已为三千多本书写过书评的《华盛顿邮报》资深书评家 Johathan Yardley 在读完《丰乳肥臀》英译本后认为这部

---

① Ian Burama. "Folk Opera in All Their Glory". The New York Times. February 3, 2013.

小说"行文平庸、结构松散、人物庞杂",①并以自己在阅读《丰乳肥臀》英译本时必须来回翻看人物姓名表的尴尬体验,批评葛浩文在翻译时对人物姓名处理不当,"采用中国人的姓名会使不懂中文的美国读者难以辨认小说中的人物",②因而推测葛浩文或许还是难以在忠实原文和译文的可读性之间取得平衡。Jonathan Yardley对《丰乳肥臀》英译本的看法和美国著名作家,曾两次获得普利策文学奖的John Updike(约翰·厄普代克)不谋而合。厄普代克在2005年5月号的《纽约客》上发表了一篇名为《苦竹》的书评,先批评小说《我的帝王生涯》英译本里有不少英语译文在他看来是"陈词滥调,显得苍白无力",怀疑葛浩文的翻译"失去了中文原著的不少韵味"。此后以一句"但葛浩文此处的努力,较之对莫言作品的翻译,实在算不了什么"③转到对莫言小说《丰乳肥臀》的批评。厄普代克举出《丰乳肥臀》英译本中多处描写难产、恋乳等生理细节的片段,以及在他看来"异常活跃和丰富"的比喻句,批评"中国小说或许由于缺乏维多利亚全盛期的熏陶,没有学会端庄得体"。④可见,在Johathan Yardley和John Updike这两位在创作和阅读经验都十分丰富的美国文学高手眼中,葛浩文对莫言的翻译既失于文学应有的优雅,也缺乏对部分美国读者阅读习惯与审美趣味的考虑。

从框架理论来看,美国报刊莫言小说的书评内容正是书评作者作为社会个体在社会认知框架影响之下理解、归纳和评价莫言小说的具体信息,这些有关莫言小说的信息既是书评人作为读者在阅读莫言小说过程中感受较为深刻的部分,同时也是他们作为书评作者向莫言小说的其他读者和书评的隐含读者预设的一个召

---

① Johathan Yardley. "Mo Yan: 'Big Breasts & Wide Hips'". The Washington Post. November 28, 2004.
② 同上。
③ John Updike. "Bitter Bamboo". The New Yorker. 2005 (5).
④ 同上。

唤结构,并最终通过《纽约时报》《华盛顿邮报》和《纽约客》等美国主流报刊的媒介影响力强化和凸显了美国社会认知结构中的中国形象。

二、美国报刊莫言小说书评框架的建构方式

美国社会学家戈夫曼认为:"人们对于客观现实生活经验的归纳、结构与阐释都依赖一定的框架,框架使得人们能够定位、感知、理解、归纳众多具体信息。"[1]学者吉特林由此进一步明确了"框架"的概念,即"框架就是关于存在着什么、发生了什么和有什么意义这些问题上进行选择、强调和表现时所使用的准则。"[2]根据上文从主题思想、艺术风格、作家经历和译本翻译四个方面对美国报刊莫言小说书评内容的归纳,我们将美国报刊书评选择相关莫言小说信息,并在书评的阐释与评价过程中不断予以凸显、强化这一系列书评生产行为背后的心理模式和认知结构,概括为以下三种框架:一是以美国的核心价值观批判中国社会与中国人性的意识形态框架;二是以西方审美规范衡量莫言小说艺术得失的诗学形态框架;三是以读者为本位满足社会主流读者阅读需求的大众传媒框架。

美国报刊莫言小说书评在选择以莫言小说"高密东北乡"的乡村历史背景和小人物形象作为莫言小说思想主题予以报道和评价时,其实隐含的正是书评将莫言小说的虚构性与中国社会的现实性直接对应的思维模式。在这样的思考框架中,莫言小说中贫穷、落后、腐败的乡村图景就被看作是中国农村的真实风貌,小说塑造的既粗俗野蛮、愚昧好斗又饱受苦难与压迫,既自私冷酷又顽强坚韧的小

---

[1] E. Goffman. *Framing Analysis: An Essay on the Organization of Experience.* New York: Harper and Row, 1974: 21.

[2] T. Gitlin. *The Whole World is Watching: Mass Media in the Making and Unmaking of the New Left.* Berkeley: University of California Press, 1980: 6-7.

人物形象也被看作是中国人性的生动写照。曾担任《时代》周刊驻北京第一任办事处主任的 Richard Bernstein 在 1995 年为《纽约时报》撰写了一篇评价莫言小说《天堂蒜薹之歌》的书评，书评中最引人注目的便是多处对小说背景"天堂县"的生动描述："那是个粗鲁无情的地方……天堂县住满了懒惰专制的领导、野蛮迷信的农民，那里天天有暴力，到处是污垢和与黄土为伴的困苦的生命，就像唐代诗人杜甫的那句'人人思果腹'"①，"在天堂县里，麻木的领导被冷漠的大自然和无情的环境污染所映射出来"②，"天堂县里有着成群的苍蝇和有毒的毛毛虫，大黄蜂潜伏在人们未来的藏身之处"③。自然环境的脏、乱、差，充满强权与专制的社会体制，是这篇书评多次有意强化和凸显的内容，由此引发书评读者用小说的"天堂县"去想象中国农村落后腐败的面貌。耶鲁大学的中国近现代史研究专家 Johathan Spence（史景迁）在书评《重生》中特别强调了《生死疲劳》这部小说与中国当代历史的关系，他将《生死疲劳》看作是忠实记录新中国成立后五十年历史发展的政治长剧："他的小说几乎涵盖从 1950 年到 2000 年中国的整个革命历程。因此，在某种程度上，《生死疲劳》是一部纪实史料，它带领读者穿越时空，从全面内战结束后的土地改革开始，经过 20 世纪 50 年代中期的互助组和初级合作社，到 50 年代末 60 年代初的'大跃进'和三年自然灾害等极端岁月，再到后来的新经济时代。"④一个中国历史研究的权威如此强调《生死疲劳》在历史叙述上的真实性无疑大大增强了这部小说对美国读者的吸引力。小说《丰乳肥臀》里恋乳成癖的上官金童不仅在译

---

① Richard Bernstein. "A Rural Chinese 'Catch-22' You Can Almost Smell". The New York Times. June 12, 1995.
② 同上。
③ 同上。
④ Johathan Spence. "Born Again". The New York Times. May 4, 2008.

者葛浩文那里被看作是"中国人种的退化和性格的衰弱",①在厄普代克眼中也是"不成熟的懦弱者"和"一个发育不良的个案",厄普代克在书评的末尾如此写道:"书中那些更勇敢、更积极的人物都死了,而懦弱者却活下来成为故事的讲述者。他们放纵自私虚弱的本性以及天然的诗意,并对这个社会展开批判。"② Jonathan Yardley也因为《丰乳肥臀》塑造的上官鲁氏及众多女性形象而称赞莫言"激情的女性主义"立场,并由此发表了一大段对中国女性处境的评述:"在西方社会做一个女权主义者并不难,但在中国却是另一回事……不能不结婚,不能没有孩子,有孩子但如果只有一个女儿也是不光荣的。女人要在家庭获得地位的唯一方法就是生儿子。"③

莫言多部小说中都有对"吃"和"性"等本能欲望既惊悚而又夸张的描写,这既让美国书评人瞠目结舌,更成为他们借题发挥的好素材。《华盛顿邮报》有一篇书评,标题就叫做"Eating Chinese",其批判的锋芒直指中国人的贪吃。《纽约时报》在评价《四十一炮》(Pow!)的书评里多次嘲笑阅读莫言的小说让人感觉像是在参加"竞吃比赛""食肉嘉年华"和"食肉者的年度节日",并特别提到小说中肉商给肉注水增重、注射甲醛让肉保鲜等情节,以此推断可怕的食肉性已经让中国人失去了理智。美国报刊书评对莫言笔下极端夸张的"贪吃"描写如此情有独钟,一方面是为了贬低中国人的品质,因为在他们看来吃与性不过是动物的本能,另一方面更将中国人性这样反常的表现归因于中国的社会和历史,认为正是这些造成了中国人对本能欲望的极端渴望与病态释放。

对于莫言小说的艺术风格和其英文译本的翻译,美国报刊书评常

---

① Howard Goldblatt. Introduction. *Big Breasts and Wide Hips*. New York. Arcade Publishing, 2004.

② John Updike. "Bitter Bamboo". The New Yorker. May 9, 2005.

③ Jonathan Yardley. "Mo Yan: 'Big Breasts & Wide Hips'". The Washington Post. November 28, 2004.

不由自主地以西方的审美规范和诗学形态来衡量莫言小说，凡是符合西方审美习惯的艺术手法和叙事风格就会得到书评的赞赏与夸奖，反之则将其归于低俗之流。这是美国报刊书评以西方经典为尊的民族文化优越感在艺术价值判断上的体现。比如 Richard Bernstein 称赞《天堂蒜薹之歌》倒叙手法的运用使小说的主次人物就像狄更斯小说里的人物那样轮番出场。而莫言在《酒国》等小说中运用的元小说、蒙太奇、意识流等前卫的叙事结构和艺术手法就会让书评人将其与意大利的皮兰德娄、德国的布莱希特和阿根廷的博尔赫斯等人的先锋艺术理念联系起来。在评价莫言小说所具有的讽刺性时，多篇美国报刊书评都提到了拉伯雷、斯威夫特、狄更斯、卡夫卡等西方文学大师，有的则将其以美国的黑色幽默为参照。《华盛顿邮报》的专职书评人 Carolyn See 为了更好地说明《酒国》的讽刺性是和西方众多艺术家一样，以味觉实践来批判社会，特别举出了英国作家乔纳森·斯威夫特小说中煮食爱尔兰婴儿、英国喜剧"巨蟒剧团"中暴饮暴食的 Creosote 先生最终在餐厅里爆炸，以及邪典电影 The Freshmen 中获救而没有卖去作食物的科莫多巨蜥等英美文学和影视作品讽刺饕餮之徒的情节。同样，也是在由西方文学已有的经典作家、作品和审美规范所构成的坐标体系的参照下，莫言小说的某些艺术特点也可能会成为美国报刊书评批评的缺点，甚至成为西方文学高雅得体的反面典型。莫言的《丰乳肥臀》让书评人 Johathan Yardley 想到了同样出自非西方作家描写本民族家族传奇的恢弘巨著——拉什迪的《午夜的孩子》和马尔克斯的《百年孤独》，但他认为莫言的《丰乳肥臀》却并未达到这两部作品的高度，"《丰乳肥臀》的野心值得称赞，其中的人道主义情怀也显而易见，唯独缺少文学应有的优雅和光芒"。[①] 而《丰乳肥臀》中不加节制的生理描写和过于活跃的比喻都让美国著名作家厄普代克难以

---

① Johathan Yardley. "Mo Yan: 'Big Breasts & Wide Hips'". The Washington Post. November 28, 2004.

接受,甚至给他留下"中国小说或许由于缺乏维多利亚全盛期的熏陶,没有学会端庄得体"①的印象。同样,在Johathan Yardley和John Updike这两位挑剔的美国文学高手眼中,葛浩文对莫言小说《丰乳肥臀》的翻译既失于文学应有的优雅,也缺乏对部分美国读者阅读习惯与审美趣味的考虑。或许恰恰是因为葛浩文在翻译的过程中最大程度地保留了莫言小说原作的语言风貌和精神气质,这才使得汉学家们赞赏的"流畅"与"忠实"在厄普代克和Johathan Yardley那里成为应当诟病之处。

而美国报刊莫言小说书评以美国核心价值观批判中国社会与中国人性的意识形态框架,和以西方审美规范衡量莫言小说艺术得失的诗学形态框架,其实归根结底,都是书评作为报刊传媒的文化产品坚持以读者为中心的大众媒介框架的体现。美国报刊书评在意识形态框架下对莫言小说意识形态化的解读,满足或迎合了大多数美国读者对中国长期以来的刻板印象和异托邦式的想象,而在诗学形态框架下,将莫言小说与西方文学相关联,又能迅速而有效地帮助美国读者与莫言小说建立起必要的文化亲近感。从书评的表述内容上看,多篇美国报刊书评都会在评价莫言小说时选择美国人熟悉的文化包袱拉近与读者的距离,提升美国读者对阅读莫言小说的兴趣。《纽约时报》专职书评人Dwight Garner在评价莫言小说《四十一炮》的英译本时认为这部"有关生产肉和消费肉的科幻作品",会让西方读者想起自己的文化包袱,那便是他在书评中列出的一长串美国民众熟悉的文化符号:童谣《杰克·思布拉特》里不吃肥肉的杰克·思布拉特,《奇幻森林历险记》中拥有蛋糕和糖果房子的汉泽尔与格蕾太尔,库尔特·威尔和贝托尔特·布莱希特《加农炮之歌》里的歌词"quick as winking chop them into beefsteak tartar",以及厄普顿·辛克莱(Upton Sinclair)曝光肉食生产的《屠场》等。荷兰作家

---

① John Updike. "Bitter Bamoo". The New Yorker. May 9, 2005.

Ian Buruma 为了书评读者更好地理解小说《四十一炮》主人公"罗小通"这个人物形象，便将"罗小通"与德国作家君特·格拉斯《铁皮鼓》里的"奥斯卡"作比较：小奥斯卡是孩子的身高成人的智慧，而罗小通则是成人的身体孩子的心智，还将罗小通称作是大智若愚的"中国好兵帅克"。从书评的表述方式上看，我们能从美国报刊莫言小说书评的词语和修辞中明显感觉到隐含读者无处不在的身影。我们以《纽约时报》专职文学评论人 Dwight Garner 为《四十一炮》撰写的书评和《华盛顿邮报》资深专职书评人 Johanthan Yardley 为《丰乳肥臀》撰写的书评为例，分析读者意识在书评文本中的呈现。之所以选这两篇书评为例，是因为这两篇书评的作者都是在《纽约时报》和《华盛顿邮报》长期工作的专职书评人，他们能在一定程度上代表和践行美国两大报的立场和框架。在 Dwight Garner 的书评《一个耐人寻味的故事：嗜肉的和扭曲的》（A Meat Tale, Carnivorous and Twisted）中，书评人 Dwight Garner 除了以 you（2次）/the western reader（1次）来指代书评的读者，更以指代书评人和读者的 we（2次）/our（1次）与指代莫言的 he 明确区分开来。另外，这篇书评擅长使用比喻来把书评人阅读莫言小说的感受形象地传递给读者，如"莫言冗长的小说会让你觉得是在参加一次竞吃比赛，有些粗鲁，又需要你花些时间去消化""《四十一炮》是那种能让小女孩有能力像相扑运动员那样打嗝的书""《四十一炮》的情节像掉在锅里的肥肉朝两个方向迅速化开"①……这些比喻不仅生动幽默，还都与吃相关，巧妙地与小说《四十一炮》嗜肉的主题相匹配。所以《纽约时报》的这篇书评读起来诙谐有趣，毫无说教的气息。另一篇《丰乳肥臀》的书评不但出现了隐含读者 you/ a reader，还出现了包括隐含读者和书评人在内的"由于不熟悉中国人姓名而分不清

---

① Dwight Ganer. "A Meaty Tale, Carnivorous and Twisted". The New York Times. January 1, 2013.

小说人物"①的 us/the western reader，以及书评特殊限定的一些读者——the reader，比如懂中文的读者、熟悉李安电影《卧虎藏龙》的读者。不同于上一篇书评的是，书评人 Dwight Garner 将自己阅读莫言小说的感受以形象化的修辞方式直接传达给书评的读者，Johathan Yardley 则是以自己作为《丰乳肥臀》的一名读者去想象其他阅读莫言小说的读者在阅读时可能遇到的情况。可见，两篇书评对读者的定位其实是有差别的，Dwight Garner 在书评中所指的读者是阅读他书评的西方读者，书评的作用是激发起普通大众读者去自行阅读莫言小说的兴趣，而 Johathan Yardley 的读者则既有书评的读者，也有和他一样已经读过莫言小说英译本的读者，甚至还有读莫言小说中文原著的读者，所以他的书评更像是与多层次读者进行的一次读书交流会，并且有意帮助不熟悉莫言小说的普通西方读者厘清小说线索。可见，这两篇书评都深刻地体现了美国报刊书评以英语读者为中心，尽可能满足美国多层次读者阅读需求的媒介框架。

三、美国报刊莫言小说书评框架的形成机制

通过上文对美国报刊莫言小说书评框架在建构内容与建构方式的分析，我们发现：美国报刊莫言小说的书评框架既属于一种名词性的、充当界限的概念，决定书评人将哪些莫言小说的信息纳入他本人和所在社会的固有认知中，但同时又是一种潜在的建构，是书评人赋予莫言小说在美国解读并产生新意义的过程。正因为如此，对美国报刊莫言小说书评三大框架形成机制的溯源就一方面要回归个体，分析书评人的身份与经验对莫言小说书评框架的影响，另一方面又要放眼社会，发掘书评框架与20世纪90年代以后美国社会文

---

① Johathan Yardley. "Mo Yan: 'Big Breasts & Wide Hips'". The Washington Post. November 28, 2004.

化意识之间的联系，而个人与社会两个方向的追溯最终都汇集于主流报刊这一焦点上。

首先，我们从书评人的角度寻找个体经验对美国报刊莫言小说书评框架的影响。通过《纽约时报》《华盛顿邮报》《纽约客》的官网、维基百科和谷歌引擎，笔者对发表在《纽约时报》《华盛顿邮报》和《纽约客》上的14篇莫言小说书评的作者进行了全面搜索，除一位署名为Michael Porter的作者尚未确定真实身份外，其他书评人的身份都已查实。按照记者、编辑、专职书评人、自由作家和学院教授这5个类别，我们将12位书评人的身份归类如下（见表2）：

表2

书评人身份	纽约时报	华盛顿邮报	纽约客
记者	Wilborn Hampton, Richard Bernstein		
编辑	Tobin Harshaw		
专职书评人	Dwight Garner	Johathan Yardley, Carolyn See	
自由作家	Philip Gambone	Judith Shapiro, Richard lourie	John Updike
学院教授	Johathan Spence, Ian Burama		

从表2可见，《纽约时报》上发表的莫言小说书评多数是由《纽约时报》的记者、编辑和专职书评人等报社内部人员撰写。20世纪90年代为两本莫言小说英译本 Red Sorghum 和 The Garlic Ballads 撰写书评的作者一个是在欧洲有着多年新闻报道与书评经历的 Wilborn Hampton，另一个曾是《时代》周刊驻北京的第一任办事处主任 Richard Berstein，作为《纽约时报》的记者，两人都有着非常丰富的海外新闻报道经验。尤其值得一提的是，Richard Bernstein 是哈佛大学东亚历史与文化专业的博士，从70年代起就在中国的台湾、香港和北京等多地生活过，称得上是美国传媒界资深的"中国通"。Tobin Harshaw 和 Dwight Garner 都是《纽约时报》的编辑，尤其是 Dwight Garner不仅在《纽约时报书评》做过十年的高级编辑，在为《四十一炮》（*Pow!*）撰写书评时已调任《时报书评》文学评论部的专职书评人。另外，汉学家也是为《纽约时报》撰写莫言小说书评的主力。Johathan Spence（史景迁）是欧美汉学界研究中国近现代史的权威，这位来自英国的汉学家有着十分显赫的教育背景，毕业于英国剑桥大学，获得耶鲁大学硕士和博士学位，1993年被耶鲁大学聘为斯特林讲席教授并在2004年当选美国历史学会的主席。Ian Burama和Johathan Spence一样，也是从欧洲来美的汉学专家，他毕业于欧洲的汉学重镇——荷兰莱顿大学中文系，曾专攻中国文学后又前往日本学习电影，2003年来美后任教于纽约巴德学院并时常为《纽约时报书评》《纽约书评》等美国知名报刊供稿。这两位汉学专家不仅有美国文化界仰慕的欧洲文化背景，更活跃在当代美国的传媒界和知识界。发表在《华盛顿邮报》上的莫言小说书评的作者，不是著作等身的作家，就是阅文无数的书评家。Johathan Yardley曾两度获得普利策书评奖，迄今为三千多本书写过书评。同样长期担任《华盛顿邮报》专职书评人的女作家Carolyn See不但出版了包括五本小说在内的九本书，还是加州大学的美国文学博士。另外两位非《华盛顿邮报》专职书评人的Judith Shapiro和Richard Lourie都是自由写作者，Judith Shapiro在为《师傅越来越幽默》英译本撰写书评时也是一个独立写作者，她同时拥有加州伯克利东亚研究和伊利诺伊大学比较文学的双硕士学位。评价《红高粱家族》英译本的Richard Louire在写作和翻译（俄语文学）领域都广受好评。《纽约客》虽只发表了一篇莫言小说的书评，但其书评作者却是美国赫赫有名的国宝级作家John Updike，他曾两次获得普利策小说奖，代表作"兔子四部曲"和"贝克三部曲"在美国几乎无人不晓。这12位分别来自美国传媒界、知识界和文化界的书评人，他们在评价莫言小说时不可避免地会打上个人经验的烙印，也因此形成了各自书评的特点。来自传媒界的记者对莫言小说的新闻价值更敏感，往往是从莫言小说的思想内容入手寻找与美国社会焦点对接的话题，展开对中国社会体制和意识形态的批判。来自知识界的汉学家，他们凭借自身的语言优势和学术专长能够对莫言小说的文本进行更深入和专业的解读。而来自美国文化界的作家们，他们不仅能够发现莫言小说创作技巧的细微妙处，还将莫言小说的艺术特性与西方文学对比，寻找其中的关联或差距。

书评人的身份与经历不仅决定了他们评价莫言小说的观点和如何评价莫言小说的立场，更隐藏着报刊通过选择书评人而对莫言小说书评框架产生的影响。为了说明书评人和报刊的关系，我们以《纽约时报》的独立书评周刊——《纽约时报书评》为例对美国综合性报刊的书评发表流程做一个说明。《纽约时报书评》有独立于《纽约时报》的专门的编辑部，其中有预读编辑、助理编辑和主编等多位专职编辑。预读编辑从美国各出版社寄来的样书中先选出一部分作品交给助理编辑，助理编辑再次遴选后提交一份有关所选书目和建议书评人的方案给每周四由主编主持的编辑部会议讨论，由编辑部所有编辑集体决定四十至五十本上版面的书目及撰写书评的人选。确定书目和书评人后，助理编辑负责给确定的书评人联系，寄去样书，交代书评篇幅和交稿时间。对于书评人交来的书评，编辑部充分尊重书评人的观点，只在书评的结构或表达上微调。[①]美国其他综合性报刊的书评栏目大抵也是按照这样一个流程生产书评：（1）编辑部选书；（2）编辑部根据选定的书目选择合适的书评人；（3）编辑部联系书评人；（4）书评人撰写书评；（5）刊物发表。可见，构成美国报刊书评的两个关键元素——书和书评人其实都是由美国报刊书评栏目所决定的。因此，我们对美国报刊莫言小说书评框架形成机制的探讨，就必须由个体的书评人追溯到选择书评人的书评栏目，甚至是报刊媒体本身。

[①] 见郑丽园：《美国〈纽约时报书评〉如何选书与评书》，《出版参考》1997年第4期。

另一方面，从社会文化意识对美国报刊莫言小说书评框架的影响来看，《纽约时报》《华盛顿邮报》《纽约客》作为美国最重要的主流报刊媒体，它们理所当然是美国社会政治意识形态和文化价值观念最得力的传播者和实践者。这样的评价不仅适用于描述以上三家美国主流报刊对国内外新闻事件的报道，也同样体现在它们以莫言小说作为评价对象的书评中。《纽约时报》是其中唯一明确主张"书也是新闻"的报刊媒体，《纽约时报书评》的前主编 Sam Tanenhaus[①]如此强调书评的新闻性："我们是新闻记者，我们报道有新闻性的书籍，不是宣告新书上市而已。我们该做的是提醒读者，有哪些书是读者应当知道的作品。"[②] 从1993年到2013年一共有8本莫言小说英译本得到了《纽约时报》《华盛顿邮报》和《纽约客》14篇书评的关注，这足以说明莫言小说的新闻价值。和许多美国媒体的涉华报道一样，莫言小说的新闻价值很大程度上在于它们符合了20世纪90年代以来美国社会舆论和公众认知对中国的偏见和误读，能被美国媒体当作塑造中国负面形象的好素材。

对于美国媒体的中国形象研究，近年来国内外学者多有涉及，有不少研究注意到了20世纪90年代后美国社会进入了一个将中国"妖魔化"的舆论时代："进入九十年代，由于冷战的结束，苏联的消失，在妖魔化的作用下，中国成了'坏孩子'。美国主流媒体的中国报道长期处在阴雨天。在这个时期，敌视、破坏和阻碍中美关系发展的势力是主流，这股势力的声音占据了美国主流传媒和舆论的主导地位。"[③] 在我

---

① Sam Tanenhaus 在2004年3月到2013年4月期间担任《纽约时报书评》的主编，在此期间《纽约时报书评》上发表了史景迁评《生死疲劳》和 Ian Burama 评《檀香刑》的两篇书评。

② 〔美〕布莱恩·希尔，迪伊·鲍尔：《畅销书的故事：看作家、经纪人、书评家、出版社及通路如何联手撼动读者》第78页，陈希林译文，台北，脸谱出版，2006。

③ 李希光、刘康：《美国媒体为什么消极报道中国》，《环球时报》2000年10月13日。

们对美国报刊莫言小说书评框架的分析中，我们同样发现从1993年到2013年这20年间《纽约时报》《华盛顿邮报》等美国主流报刊发表的多篇书评虽出自不同领域的多位书评人笔下，但对莫言小说内容所作的意识形态化的解读却出奇地一致，总是从莫言小说虚构的情节里找到批判中国社会的理由。美国报刊莫言小说书评二十年不变的意识形态框架，如果以美国政府对自由媒体的操控来解释或许有些牵强，但若能联系到20世纪80年代后美国传媒行业股权交换的商业化进程，我们就可以将其看作是美国主流报刊书评以读者为中心，以市场为灵魂的体现。"冷战结束后，中国经济和政治上的进步与开放不符合美国公众长期以来从学校、传媒和好莱坞电影看到的形象。这样一个保守的公众心理无法承受中国在共产党领导下发生巨大的社会经济与政治进步这样一个现实，这个现实与他们心目中的共产党形象有天壤之别。如果不刻薄地报道中国，就会令很多公众失望和倒胃口，就会失去读者。"[①]这段评论将冷战后美国媒体继续丑化中国形象的原因归于读者，认为是美国社会民众的冷战思维要求媒体为了迎合读者而刻薄地报道中国。也有学者指出美国媒体报道中国负面形象的原因是出于国家利益的考虑，以中国的种种负面报道来掩盖美国的社会矛盾。以上对美国媒体中国形象的研究都说明，20世纪90年代以后美国主流媒体中的中国形象与当代美国社会的公众舆论和文化认知关系密切。因此，如果我们将莫言小说书评看作是美国主流报刊发布的一种特殊的涉华报道，那么毫无疑问，莫言小说书评的意识形态框架也是美国社会民众后冷战思维的中国观念的产物。

本文原刊于《当代作家评论》2015年第3期

---

① 李希光、刘康：《美国媒体为什么消极报道中国》，《环球时报》2000年10月13日。

英译选集与中国现代文学的海外传播
——以《哥伦比亚现代中国文学选集》为视角

李 刚 谢燕红

自20世纪30年代,纽约Reynal & Hitchcock出版社推出埃德加·斯诺(Edgar Snow)的《活的中国:现代中国短篇小说选》(*Living China: Modern Chinese Short Stories*)以来,西方世界又相继推出了数十部综合性的中国现代文学英译选集。这其中,既有美国哥伦比亚大学系列选集这样的主要用于大学教材的选集,也有M.E.Sharpe、Edwin Mellen、New American Library等出版社的普及本选集("普及本"一词为美国学者金介甫Jeffrey C.Kinkley所定义①)。选集的编者既有王际真(Chi-Chen Wang)、夏志清(C.T.Hsia)、刘绍铭(Joseph S.M.Lau)、李欧梵(Leo Ou-Fan Lee)这样的华人学者,亦有杜博妮(Bonnie S. McDougall)、林培瑞(Perry Link)、葛浩文(Howard Goldblatt)等海外非华裔汉学家。经过近百年的积累与发

---

① 〔美〕金介甫:《中国文学(一九四九——一九九九)的英译本出版情况述评》,查明建译,《当代作家评论》2006年第3期。

展,中国现代文学英译选集呈现多样之风貌,体现了西方世界对中国现代文学的选择态度与评价标准的历史嬗变,成为中国现代文学海外传播的风向标。

  在众多选本中,哥伦比亚大学出版社于1995年发行的由刘绍铭、葛浩文主编的《哥伦比亚现代中国文学选集》(*The Columbia Anthology of Modern Chinese Literature*,以下简称"哥大选集"),因其入选作家作品的丰富性、代表性和广泛性,是第一部覆盖了中国大陆、香港、台湾现代作家和作品的综合性英译选集,由此成为西方读者接触了解中国现代文学的重要窗口,也成为西方大学进行中国文学教学的典范教材。2007年,这部选集的第二版面世。从某种意义上说,《哥伦比亚现代中国文学选集》由西方名校出版社出版发行,可谓中国现代文学在英语世界传播的权威载体,代表了英语世界对中国现代文学的接受态度与选评标准,也为当下中国现代文学的海外传播提供了极具参考价值的出版实践。

一

  《哥伦比亚现代中国文学选集》的编者刘绍铭先后任教于香港中文大学、新加坡国立大学、夏威夷大学、美国威斯康辛大学、香港岭南大学等高校,曾协助夏志清出版《中国现代小说史》中译本,并翻译了部分章节。另一位编者葛浩文因莫言小说《红高粱家族》的翻译在中国声名鹊起,在莫言获得诺贝尔文学奖之后,葛浩文也一跃成为西方汉学界首屈一指的大家,而他也是20世纪哥伦比亚大学出版的中国现代文学多部选集中唯一一位非华裔西方人。这种中西合璧式的编者组合方式,也代表了当前西方学界在研究中国问题时的一种趋势。虽然早在20世纪30年代,埃德加·斯诺即编选中国现代文学选集,但由于西方对中国现代文学的价值存有偏见,再加之处于发生期的中国现代文学本身的影响力较弱,实际并没有多少西方学者关注。长期以来，向西方世界推介中国现代文学的主力还是王际真、夏志清、刘绍铭、李欧梵这样的华人学者。虽不能否定华人学者的努力，但正如西方文学在中国的传播离不开大批中国学者的介绍和翻译一样，没有本土学者的积极介入，中国现代文学的海外传播在推动力上明显不足。当葛浩文、杜博妮、林培瑞、金介甫等西方学者主动参与到中国现代文学的传播中来，中国现代文学在海外的影响力才不断扩大，也表明在西方，无论是学界还是读者群都生发了了解中国现代文学的需要。有葛浩文这样的西方本土学者参与到哥大选集这个经典选本的编辑中来，对中国现代文学的海外传播无疑是有积极意义的。

编者在选集的前言中自豪地指出："现代中国文学英译本的选集通常被限定在特定的流派、地域或者时期，直到现在，还没有任何一部选集可以覆盖大陆、台湾、香港三个区域，同时贯穿整个现代文学阶段。"[①]从时间跨度、取材范围与文体类型等方面来看，这部选集均做到了西方中国现代文学研究界一直想做而没有做到的事。1995年版的《哥伦比亚现代中国文学选集》共有82位作家入选，时间跨度从1918年至1992年，收录小说、诗歌、散文共148篇；2007年版则有90位作家入选，时间跨度从1918年至2002年，收录小说、诗歌、散文共164篇；由于篇幅的限制，两部选集均没有收录戏剧和长篇小说。两版选集都按时间顺序排列，依次为"1918—1949""1949—1976"和"1976以后"；同一时间段则按小说、诗歌、散文三类文体排列。时间分期与中国大陆习用的对于中国现代文学、中国当代文学的分期基本一致。需要注意的是，由于选集覆盖了台湾、香港地区的文学，故"1949—1976"的文学虽将大陆十七年文学与"文革"文学包含在内，但在目录中并未单独列出，而在前言中，编

[①]〔美〕金介甫：《中国文学（一九四九——一九九九）的英译本出版情况述评》。

者特别提及十七年文学和"文革"文学的概念。哥大选集对中国现代文学的分期采用了大陆文学界的通常做法，只是考虑到台港文学的存在，故未在目录中进一步细化。对海外读者来说，过于琐细的文学分期其实并不利于他们对中国文学的接受，分期背后的复杂的历史背景和文学事件会影响他们对文本的解读，从而影响他们的文学判断。

1918-1949年入选的中国现代小说基本以已经经典化的作家作品为主，包括鲁迅、许地山、叶绍钧、郁达夫、茅盾、老舍、沈从文、凌叔华、巴金、施蛰存、张天翼、丁玲、吴组缃等人，选入的作品也多是这些作家的经典名作，如鲁迅的《狂人日记》《孔乙己》、许地山的《商人妇》、郁达夫的《沉沦》、沈从文的《萧萧》、茅盾的《春蚕》等，这些作品为大陆的读者所熟知，并在大陆的各类现代文学选集中反复出现；另有一部分作品，如巴金的《狗》、张天翼的《中秋》、萧红的《手》、张爱玲的《封锁》等并不是大陆常见选集的经典篇目。比如老舍，一般来说大陆选集会选择《月牙儿》《断魂枪》等为读者所熟悉的作品，哥大选集却选择了《老字号》这样一篇不那么为一般读者所熟知的小说，除了作品本身充分体现了老舍创作风格的原因之外，选择该作品更多是为了迎合西方读者多少有些局限性的阅读想象。正如编者所介绍的那样："尽管清帝国在1911年被推翻了，但在共和制早期，很多情况并没有得到改善，正如我们在巴金的《狗》中所看到的，中国人的形象是可怜的和令人厌恶的。"①无论是《老字号》还是《狗》，编者都想为西方读者展示中国社会从封建王朝向共和制转变的痛苦过程，小说对中国社会新旧转换时期的文化转型的书写，作品所具有的社会学意义更符合西方读者的阅读取向。在谈到巴金的《狗》时，编者明确表示："艺术上很

---

① 〔美〕金介甫：《中国文学（一九四九——一九九九）的英译本出版情况述评》。

粗糙",只是可以"作为测量中国社会从半殖民状态到自治状态过程中的一把尺子",作品才得以入选。①由此,我们也更能理解为什么丁玲的入选作品不是早期的《莎菲女士的日记》,而是《我在霞村的时候》——众所周知,后者与其同时期作品《在医院中》《三八节有感》一样,因文中显明的阴郁气氛与落寞情绪在延安时期遭受批判,作品流露的对环境和人事的不满情绪与当时延安文学的总体氛围是相悖的。哥大选集在前言中反复强调一个词"另一个世界"(Alternative World),或许可以解释为何选择丁玲的这部作品而不是其他。而所谓"另一个世界"实际也是可以从社会学和历史学的层面上来解读的,对西方读者来说,"另一个世界"所具有的陌生化效果也是他们接受中国现代文学的一个重要因素。

在2007年出版的第二版中,1918—1949年的小说增添了台湾作家赖和和吴浊流的两篇作品,分别为《一杆"秤仔"》和《先生妈》。赖和是台湾日据时期一位重要的作家,也是台湾20世纪30年代所公认的文坛领袖,曾主编台湾新潮文库的林衡哲尊称赖和为"台湾现代文学之父";吴浊流1941年曾赴南京任新报记者,一年后返回台湾。两部小说均以台湾在日本殖民时代的生活为主题,表现台湾人民对日本殖民统治者的抗争。大陆现当代文学界一般将台港澳文学作为特殊情况单列,这与海峡两岸及香港、澳门多年来的政治割裂有关,哥大选集将同根同族同一语言文化的台湾文学纳入中国现代文学的整体中来考察,补齐了中国现代文学的台湾版图,在文学史上是有突破意义的,更不用说政治上的积极意义了。

相比小说,哥大选集在这个时期的诗歌与散文的篇目选择上,均以一般读者所熟悉的大陆作家作品为主,刘、葛二人认为中国现代诗歌尤其凸显了中国现代文学的复杂性:《死水》《狱中题壁》体

---

① Joseph S.M.Lau, Howard Goldblatt. *The Columbia Anthology of Modern Chinese Literature.* New York. Columbia University Press. 1995.

现了忧国忧民的宏大主题，这些作品中的"爱国主义情怀可以上溯到战国时期的屈原"①；徐志摩的《再别康桥》《爱的灵感》《偶然》，李金发的《弃妇》《永不回来》等作品则可以看作诗人自我主体性（self-regarding propensities）的张扬。

总体而言，无论小说、诗歌还是散文，哥大选集对于1918—1949年期间的中国文学是持肯定态度的，认为这个时期的作家可以"将他们对社会现实的看法相对自由地表达出来"。②由此可见，编者将中国现代文学介绍给西方读者时考虑到了难以避免的中西文化冲突，西方读者的阅读期待、阅读习惯、阅读偏好、阅读评价等，同时严格遵循了文学的艺术标准。哥大选集这一时期的选择与我们通常的认知并没有泾渭分明的分歧，哪怕放在世界文学的层面上，1918—1949年这一时期的入选作品，都堪称优秀和经典。

二

与对1918—1949年期间中国现代文学持普遍认可态度不同，哥大选集对1949—1976年的中国现代文学的认知与大陆文学界存有较大分歧。上文已述，1918—1949年时期以早已经典化的大陆作家为主，1949—1976年时期则是台湾作家和香港作家占据主要篇幅。1995年版哥大选集1949—1976时期共选入小说6部，分别是朱西宁的《铁浆》、陈映真的《我的弟弟康雄》、白先勇的《冬夜》、王文兴的《欠缺》、黄春明的《癣》和王祯和的《嫁妆一牛车》——这6位作家无一例外均为台湾作家。2007年版去掉了朱西宁的《铁浆》，并将黄春明的《癣》替换为他的另一部作品《鱼》，同时又增添了两

---

① 〔美〕金介甫：《中国文学（一九四九——一九九九）的英译本出版情况述评》。

② Chi-Chen Wang. *Contemporary Chinese Storie*. New York. Columbia University Press. 1944.

部大陆作家作品：王若望的《五分钟电影》和华彤的《延安的种子》。入选诗人中除穆旦尚在大陆、周梦蝶在香港之外，包括纪弦、余光中、洛夫、痖弦、郑愁予、白萩、叶维廉、戴天、杨牧、敻虹等均为台湾诗人。2007年版选集选择了两篇"文革"时期的诗歌——王锡鹏的《知识青年下乡来》与陈劲华的《扎根农村志不移》——作为这一时期大陆诗歌代表作品。入选的散文作家梁实秋、林语堂也早已成名，并在1949年后移居台湾，其他散文作者如潘琦君、吴鲁芹、余光中、杨牧悉数为台湾作家。这一时期，大陆作家作品的缺失与新中国成立后"文学工具论"的规约不无关系，在西方学者看来，被严格规训后的大陆文学很难为西方读者所接受，哥大选集的这一立场也为大陆这一时期的文学在海外遭遇传播困境做出了解释。

相比以往的选集，1995年版哥大选集在意识形态的倾向性上已淡化了很多，但中国现代文学在西方传播过程中仍无法完全摆脱意识形态的影响，如尽管选取的是1957年发表的小说，王若望的入选无疑具有一定的政治意味。《哥伦比亚现代中国文学选集》在英语世界公开发行，面对的读者当然是对中国文学感兴趣的英语世界人群，但遗憾的是，中国现代文学在西方的传播效果并不尽如人意，普通西方读者对中国现代文学的兴趣远没有我们想象的那么大，这部选集的主要阅读人群还是西方大学学习中国文学专业的学生。关于这一点，编者在前言中也并未否认，甚至提出教学中使用这部选集是可以随意复印的。

我们可以从美国历史第二悠久的大学威廉玛丽学院教授Emily Wilcox的一份教学大纲中管窥美国大学开设中国现代文学课程的主要目的。Emily Wilcox教授开设的课程名为《20和21世纪的中国文学》（20th and 21st Century Chinese Literature in English），她在课程介绍中说明这门课程的一个主要目的是让学生了解中国当代的文学，并了解中国的文化与历史，而后者主要是通过文学作品中的在20世纪中国发生的历史事件、政治、文化运动来达成。直到今天，中美两国在意识形态上的分歧依然存在，我们也就不能说哥大选集在文学经典的选择上已经彻底放逐了意识形态因素。使用这部教材的美国天普大学 Yun Zhu 博士在中国现当代文学教学大纲中也说明：此课程是"通过文学让学生了解中国社会政治的剧变和转型"。《延安的种子》这样一篇创作于"文革"时期表现阶级斗争的小说的入选，也许最能说明上述问题。这篇小说可以视为"文革"时期最早的"知青文学"作品，而"文革"中产生的"知青文学"，无论作品的艺术性还是思想性，都难以进入中国大陆文学作品选，哥大选集将其列入，较多地是从社会的、政治的因素出发的。如果说《五分钟电影》这部小说在艺术表现上尚算优秀的话，将《延安的种子》《知识青年下乡来》《扎根农村志不移》等作为代表作品列在中国现代文学这样一个大标题下，迎合西方读者对中国的刻板想象的意图不言自明。

哥大选集之所以对1949—1976年时期的中国文学做出这样的选择，主要是因为编者认为，这一时期的大陆文学受政治因素的影响过大，文学的工具性大于艺术性，文学价值乏善可陈，而这一时期的台港文学却延续了"五四"文学传统，"发出了作家个人的声音"，具有更高的文学价值。编者在前言中提出，1949—1976年时期的台湾小说继承了"'五四文学'反映现实和讽刺"的创作手法；同期的台湾诗歌，以纪弦为代表，延续了20世纪30年代的现代主义风格。有趣的是，编者认为这个时期台湾诗歌所体现的现代主义风格并非无缘无故，而与当时台湾压抑阴郁的政治气候密切相关，仅仅因为没有如大陆的命令主义那样走的那么远。"①台湾诗歌凭借现代主义的表达方式发出了自己的声音。可见，即便台湾诗歌因其现代主义的

---

① 〔美〕金介甫：《中国文学（一九四九——一九九九）的英译本出版情况述评》。

表现手法跟上了西方诗歌创作的主流,也不可避免地被编者放置于想象中的政治气氛中予以考量。

　　编者虽然认为这一时期国民党在台湾的政治高压对台湾文学有着难以回避的影响,但对台湾文学还是秉持一种认可态度,并将其视作中国现代文学在那个阶段的代表。彼时的台湾文学除了体现中国现代文学自身的质素外,台湾作家表现出来的国际化气息也是其文学作品易为西方读者接受的主要因素。这时期入选的台湾作家如陈映真、白先勇、王文兴、王祯和、洛夫、余光中、痖弦、郑愁予、叶维廉、戴天、杨牧、吴鲁芹等人都具有外语专业背景或在西方大学进修学习的经历,林语堂和梁实秋更是著名的文学家、翻译家,台湾作家得天独厚的外语优势和对西方文化的理解,"超越了地理、民族、人种甚至文化的限制"。①台湾作家对"全球化叙事"的热衷,使他们得以在短时间内迅速赢得西方读者的认可,并较为容易地获得西方主流话语的认同。金介甫认为:"在台湾,世界主义替代了本土主义,这确乎为文学之公正。"②并以李昂的《杀夫》与白先勇的《孽子》为例,再次强调"这两部精彩的小说为夏志清、刘绍铭、葛浩文、李欧梵一直念叨的观点提供了佐证:中文小说,台湾的更好。"③早在1944年,哥伦比亚大学出版社发行的《现代中国小说选》(Contemporary Chinese Stories)的编者王际真在谈到他的编选原则时就指出:他所选择的小说都是深受西方小说技巧影响的作品,这样的作品才能尽快地为西方读者所理解④;刘、葛二人认为台湾这一时

---

① Joseph S.M.Lau. Howard Goldblatt. *The Columbia Anthology of Modern Chinese Literature.* New York. Columbia University Press. 1995.

② 〔美〕金介甫:《中国文学(一九四九——一九九九)的英译本出版情况述评(续)》,查明建译,《当代作家评论》2006年第4期。

③ 同上。

④ Chi-Chen Wang. *Contemporary Chinese Stories.* New York. Columbia University Press. 1944.

期的文学体现了"成熟的技巧和适度的风格",显然也是站在西方文学标准之上做出的认定。在西方叙事就是全球叙事的话语魔咒中,台湾作家的外语能力和西学背景显然为作品的国际传播提供了便利。

三

刘绍铭、葛浩文尽管在前言中提及斯诺在20世纪30年代的无奈,但他们对新时期中国文学仍不无赞赏:"如果斯诺在今天重做这部选集,他一定不会如此委曲求全。1980年代新一代的中国作家不仅与他们的前辈一样忧国忧民,而且通过他们富有天赋的写作将20、30年代的批判现实主义发扬光大。"①哥大选集在面对1976年后的中国文学时,似乎得心应手了很多,特别是大陆新时期文学的繁荣,为哥大选集提供了更多选择。经历了一段低谷之后,那种历史或社会学意义上的文学传播的尴尬动因得到改善,中国文学特别是大陆文学开始因其较高的文学价值得到西方读者的认可。哥大选集对这一时期中国文学的选择即便没有完全将眼镜摘下,至少"有色镜片"的浓度是越来越淡了。

对于1976年后的文学,哥大选集重新将目光聚焦在大陆文学上,这一时期,两版的入选作家均以大陆作家为主:1995年版共入选小说作家21人,其中大陆作家12人,分别是汪曾祺、乔典运、王蒙、李锐、残雪、韩少功、陈村、刘恒、莫言、铁凝、余华、苏童;2007年版入选24人,其中大陆作家16人,增加了王安忆、阿来和春树等作者。编者引用顾城反驳他父亲的一段话来说明他们对新时期大陆文学的态度:"表现世界的目的,是表现'我'。你们那一代有时也写'我',但总把'我'写成'铺路的石子''齿轮''螺丝钉'。

---

① 〔美〕金介甫:《中国文学(一九四九——一九九九)的英译本出版情况述评》,查明建译,《当代作家评论》2006年第3期。

这个'我',是人吗?不,只是机械!"在他们看来:"后毛泽东时代的中国作家已经勇敢地进入了多种可能的叙事新世界,他们可以规避政治禁忌,利用多样的文学形式,如寓言、喜剧、现代主义、先锋主义和最近的魔幻现实主义来描述中国的现实。"①在谈到北岛、舒婷、顾城、杨炼的诗歌时,哥大选集认为,以他们为代表的中国朦胧诗继承了"五四时期李金发式的象征主义手法的光荣传统,这一点同时体现在台湾诗人叶维廉的创作中"。②显然,哥大选集对"五四文学"念念不忘,将其视作中国现当代文学的典范,体现出西方学界对"五四文学"传统的尊重;他们对何为中国文学经典的选评态度,对当下中国文学的创作和海外传播具有积极的启发意义。

大陆文学史对于新时期文学的叙述,通常是从伤痕文学开始的,在大多数作品选中,刘心武的《班主任》和卢新华的《伤痕》为必选篇目。作为新中国第一份英文文学期刊,《中国文学》在70年代末就刊载了这两篇小说,试图向海外展示解冻后的新时期文学的成就。诚如梁丽芳所述:"海外读者想通过文学看中国的状况,争论性和具有轰动性的作品,又常常是反映文艺思潮和政治斗争(这是1949年以来的种种政治运动造成的印象),以及中国的社会尖锐矛盾的媒介,而且有情节,比较有趣味。所以,一些'伤痕文学'作品,就先被翻译出来。"③而哥大选集却没有循常规而行。今天来看这些被称为"伤痕文学"的作品,事实上存在很多当时没有注意或有意忽略的问题,对"伤痕"的表述被认为是围绕着政治规约而进行的,历史意义超过文学价值。哥大选集并未选入上述两部作品,或许正出

---

① 〔美〕金介甫:《中国文学(一九四九—一九九九)的英译本出版情况述评》。

② Chi-Chen Wang. *Contemporary Chinese Stories*. New York. Columbia University Press. 1944.

③ 梁丽芳:《海外中国当代文学的英译选本》,《中国翻译》1994年第1期。

于此因。但对中国当代文学的介绍无法回避"文革"主题,哥大选集选择了两篇散文——巴金的《怀念萧珊》和文洁若的《人间地狱》——作为这个主题的代表。相对于伤痕文学(小说)一定程度上的叙述性和建构性,散文以其真情实感的如实诉说更为真实地代表了当代中国作家的"文革"书写。

此外,哥大选本并没有选取在大陆文学作品选中常见的王蒙小说《春之声》《海的梦》等,在大陆文学界,这些小说被反复强调使用了意识流手法,具有一定的创新意味或现代主义风格,但哥大选集对新时期小说的要求已经不仅仅是创作手法上的新奇了。如果说对朦胧诗的肯定主要是出于其创作手法上的象征主义的话,对这一时期小说的认可则更强调"人的状况"的表现。编者在前言中这样说道:无论为他们贴上何种艺术标签,现代主义、超现实主义或者魔幻现实主义,他们至少都有一个共同点,那就是对当下中国社会人的状况的非仪式化的表现。哥大选集放弃了王蒙的名气更大的意识流小说,而选取了其更具现实感的4篇微型小说(《牢骚满腹》《小小小小小》《维护团结的人》《越说越对》)也就不难理解了。

为了强调哥大选集所谓表现"人的状况"(human condition)的编撰原则,在前言中,编者特别介绍了残雪、莫言、韩少功三位作家的三部作品:残雪的《山上的小屋》、莫言的《秋水》《铁屋》与韩少功的《领袖之死》。这三部作品均具有现代主义的特征:残雪的作品《山上的小屋》"就像一幅具有寓言性质的关于幽闭空间的画作,在这个空间中,内心严重受伤的主人公仿佛走投无路的动物一般表现出堕落与兽性";[1]莫言的《秋水》《铁屋》与韩少功的《领袖之死》对民族特质的隐喻描述、现代手法的运用固然有其价值,但

---

[1] Joseph S.M.Lau. Howard Goldblatt. *The Columbia Anthology of Modern Chinese Literature.* New York. Columbia University Press. 1995.

作品所表现的人性的残酷、绝望与残雪作品一样更符合哥大选集对"文革"之后中国"人的状况"的想象与界定。

哥大选集中90年代文学的部分，展示了中国社会发生的翻天覆地的变化，体现社会的巨大转型给文学带来的深刻影响，中国文学的多元化特征在这一时期表现得更加明显了。在2007年版哥大选集中，大陆80后作家春树的小说《生不逢时》（选自《北京娃娃》）、台湾作家邱妙津的同性恋小说《蒙马特遗书》、台湾原住民兰屿达悟族作家夏曼·蓝波安的散文《亲子舟&黑潮》等的入选，体现出哥大选集视角的独特性和视野的宽泛性。大陆80后作家的作品固然有着广泛的青少年读者群，但其文学价值和文学地位在正统文学中尚未得到确认，甚至因其与商业文化联系过于紧密而被当代中国文坛所排斥。不可否认，部分80后作家因商业化的裹挟在文学的严肃性和纯粹性上难以令人满意，但忽视80后作家这个创作整体显然是不明智的。当然，春树的入选与她在美国的知名度不无关系，2004年，春树成为美国《时代周刊》杂志封面人物，美国人称她为"新激进分子"。杂志封面上，春树身着黑色皮夹克、穿着牛仔裤、手上戴着造型奇特的戒指、一头染红的头发，眼睛直盯盯地看着前方，这样的造型直接颠覆了西方读者对中国社会和中国青年人的固有认识，中国究竟怎么了？哥大选集选择春树的作品或许就是给西方读者的一个答案。对他们来说，春树就是当代中国的一个符号，但能被选入哥大选集，也为西方读者显示了中国当代文学的新生力量。台湾作家邱妙津26岁时在巴黎自杀身亡，她在文学上的影响主要因其作品触及了敏感的同性恋话题。同性恋主题在现代文学中虽算不上一个禁忌话题，但尚没有作家大张旗鼓将其作为写作的标签加以宣扬，当同性恋问题在西方世界成为一个普遍的社会问题时，来自亚洲国家的同性恋文学令西方读者瞠目结舌。《蒙马特遗书》在邱妙津自杀一年后出版，或许也是因为作者已逝，再加之题材之前卫，从而引起了西方读者的注意，后来被哥大选集所看重也在情理之中。春树、邱妙津和夏曼·蓝波安等人的入选，从选本学的角度看，《哥伦比亚现代中国文学选集》对中国现代文学的介绍更具整体性，而这些作家也都因其自身引发的话题，有效引起了西方读者的注意，他们的文学作品也随之得到了传播。

文学的传播说到底是一种文化的交往，哈贝马斯认为交往合理性的核心是主体间的关系，它所处理的是主体间达成一致的可能条件。就中国现代文学的传播而言，传播主体与接受主体之间如果需要具备达成一致的可能条件，一个可以被接受主体注意并引发讨论的话题是不可或缺的。葛浩文曾经提出了中国文学海外传播的"波动原则"，即中国现代文学的海外传播与中国新闻在西方媒体的曝光率相对应，如果一阶段没有相关中国新闻，这一时期的中国现代文学的接受和消费便相应减少。葛浩文所提到的中国新闻正是主体间达成一致的可能条件，对于中国作家和出版界来说，更应该认真对待文学传播背后的媒体因素和文化传播规律。

中国现当代文学是在世界文学的影响下发展起来的，五四时期，中国文学与世界文学之间存在着一个压力差，处于发生期的中国现代文学，只能被动地接受外来影响，中西文学的交流主要以引进为主。如今，100年过去了，中国现代文学已然成为世界文学的一股重要力量，如何向世界展示中国现代文学的成就与魅力，成为当今中国出版业和作家急需思考的课题。在莫言获得诺贝尔文学奖之后，中国现代文学在某种程度上已经得到了西方学界的认可，但这种接受毕竟还仅仅局限在某些特定的人群中，将中国现代文学介绍给更广泛的西方读者或许比一两个文学奖项更为重要。

作为一本涵盖百年中国文学的作品选集，《哥伦比亚中国现代文学选集》或许并不完美，一些应该入选的作家被忽略了；一些更经典的作品没有选入；而因为政治或其他因素，一些被选入的作家和作品或许名不副实，有误导西方读者之嫌；更由于篇幅的原因，一些作品无缘进入，但作为直至20世纪末才得以面世的第一部综合性的中国现代文学选集，其在西方普通读者特别是大学生读者中的影响是不可低估的。对想要走向世界的中国现代文学而言，"他山之石，可以攻玉"，这部选集的成功或不成功之处都是我们可资借鉴的。

本文原刊于《当代作家评论》2016年第4期

作为"动态经典"与"文学文本"的阐释
——浩然作品的海外传播与研究

曹 霞

在"十七年"的作家中,浩然一直受到两极分化的争议。从1956年发表《喜鹊登枝》开始,他的创作主要以"农业合作化"为主题,赋予了农村以浓烈的"革命"和"阶级斗争"意蕴,而且"两条路线"的斗争无一例外都是以无产阶级的胜利而告终。可以说,"浩然"未必有很高的文学性和艺术性,却有很强的"历史性"和"文学史性"。

与那些在新中国不断改变创作方向的老作家老舍、巴金、曹禺等人不同,"农家孤儿"浩然亲眼见证了共产党领导下的农村天翻地覆的变化,他的世界观与创作谱系之间没有扭曲和裂缝,甚至可以说达到了同构:"一个人的信仰和世界观的形成很复杂吗?要有一个漫长的过程吗?也许是。然而,对我来说却是极为简单而迅速的。"①

---

① 浩然:《浩然口述自传》,郑实采写,第125页,天津,天津人民出版社,2008。

这个世界观就是面向共产党做出的政治选择。同时，他虔敬地接受《在延安文艺座谈会上的讲话》的宗旨，把它看成是"指路明灯"和"当空的太阳"，①"歌颂光明"这种单向度的明朗是他的作品受到肯定的特质，也带来了他的苍白和薄弱。

从浩然在不同历史时期受到的不同评价，可以看到历史语境与意识形态的变迁，这在他的海外传播中也得到了一定的体现。通过考察其作品的译介状况，我们能够看到不同政体在那个特殊时期对于社会主义中国的立场和态度；另一方面，借着"他者"更为多元和多维度的视野，我们可以进一步探索浩然小说及其与时代之间的微妙关系，有助于我们反思某些被固化和政治化的思维方式。

一、浩然小说的海外译介情况

"文革"时期，由于浩然的创作主题与时代政治相契合，其作品能够公开发表和出版，茅盾所说的"八个样板戏，一个作家"中的"作家"指的就是浩然，他也是在这一特殊历史阶段中被译介最多的中国作家。从目前的资料来看，他的作品最早被翻译成英文是1959年发表于 Chinese Literature 杂志的 Moonlight in the Eastern Wall（《月上东墙》）。《艳阳天》《金光大道》和《西沙儿女》为浩然带来了极大的声誉和政治地位，被视为"阶级斗争"和"无产阶级革命"的代表作，在海外译介中也有着重要的地位。笔者将浩然小说在海外的翻译与出版情况（以英语为主）进行了粗略的梳理，可以一窥其作品的译介状况。②

---

① 浩然：《答初学写作的青年》，第19、177页，沈阳，春风文艺出版社，1984。
② 这里的译介情况主要依据 Chinese Literature 杂志和外文出版社的发表与出版目录、哈佛图书馆相关资料整理。朝鲜文版、蒙古文版、维吾尔文版和日文版的部分译介情况，见孙大佑、梁春水编：《浩然研究专集》，第704-709页，天津，百花文艺出版社，1994。

从1959年第11期到1975年第10期，Chinese Literature译介浩然小说如下：

《月上东墙》（Moonlight in the Eastern Wall），译者Yu Fan-chin，1959（11）；《春雨》（Spring Rain），译者Sidney Shapiro，1964（8）；《喜期》（The Eve of Her Wedding），译者Gladys Yang，1965（6）；《姑嫂》（Sisters-in-law），译者Gladys Yang，1965（2）；《送菜籽》（The Vegetable Seeds），译者Zhang Su，1966（6）；《幼芽》（A Young Hopeful），1973（5）；《红枣林》（Date Orchard）、《两只水桶》（Two Buckets of Water），1974（4）；《西沙儿女》（Sons and Daughters of Hsisha），1974（10）；《欢乐的海洋》（A Sea of Happiness），1975（1）；《金光大道》（The Bright Road），1975（9）、（10）。

其他刊物和出版社的译介情况如下：

《失踪的鹅卵石》（Little Pebble is Missing），Chao Yang Publishing Company，1973；《彩霞》（Bright Clouds），译者Tung Chen-sheng，Chen Yu-hsien，Foreign Languages Press，1974；《树上鸟儿叫与其它儿童故事》（The Call of the Fledglings and Other Children's Stories），Foreign Languages Press，1974；《出道》（Debut），译者Wong Kam-ming，Bulletin of Concerned Asian Scholars，1976（2）；《金光大道》（The Golden Road），译者Carma Hinton；Chris Gilmartin，Foreign Languages Press，1981；《铁面无私》（Aunt Hou's Courtyard），收入Furrows: Peasants, Intellectuals, and the State: Stories and Histories From Modern China（《田沟：农民、知识分子与国家：现代中国小说与历史》），译者Kate Sears；Helen Siu，Stanford University Press，1990。

从浩然小说的译介情况来看，翻译最多的语种是英文，其他语种集中于中国周边的亚洲国家和地区。在英语翻译中，大部分是在Chinese Literature杂志上发表和外文出版社出版的，Chinese Literature杂志还专门刊登文章对他进行介绍,①这在当时是很少见的。可见,在浩然的海外传播与研究中,这种由国内组织翻译"走出去"的策略起着主导作用,主要集中于20世纪70年代前半期。这一方面是由于这一时期其他国家对于中国持隔绝和排斥态度,翻译数量不多;另一方面是由于中国的政治形势使文化交流基本处于封闭状态,为数不多的交流也是发生在苏联、阿尔巴尼亚等社会主义阵营之内。Chinese Literature杂志和外文出版社成为当时极少的、官方的对外交流窗口之一,担负着"对外宣传工作"的任务。在1971年国务院召开的出版工作座谈会上,提出"外文书刊的出版工作是一项重要的政治任务。目前存在种类少、出书慢、针对性不强、译文质量不高或外国人难懂的问题,应该加强领导,充实和培养翻译、编辑人员"。②既然是"政治任务",那么,作为这一时期几乎是唯一具有"合法性"的著名作家,浩然成为译介重点也就不足为奇了。

这在蔡梅曦(Meishi Tsai)编的《当代中国长篇和短篇小说(1949—1974)》(*Contemporary Chinese Novels and Short Stories,1949—1974*)中可见一斑。该书是这样介绍浩然的:He has been one of the most important proletarian writers since the Cultural Revolution.("他是'文化大革命'以来最重要的无产阶级作家之一。")该书对他作品的介绍多达十三部(篇),包括长篇小说《艳阳天》《金光大道》《西沙儿女》,短篇小说集《苹果要熟了》《新春曲》《杏花雨》《彩霞集》《春歌集》《杨柳风》《风雨》《北斗星》《春蚕结茧》《父女》。③这个数量远远超过了丁玲、杜鹏程、周立波、周而复等作

---

① Chao Ching. "Introducing the Writer Hao Jan, Beijing". Chinese Literature. April 1974. p.95.

② 戴延年、陈日浓编:《中国外文局五十年大事记》(1),第263页,北京,新星出版社,1999。

③ Meishi Tsai. *Contemporary Chinese Novels and Short Stories*, 1949–1974. Cambridge: Harvard University Press. 1979. pp.94–100.

家。通过由国家组织的对外翻译等手段对浩然这样的作家进行推介，可以"向异文化移植作者在原语社会中新时期代表性作家的地位"，以取代之前进入到异文化语境中的"三十年代作家"和"十七年"作家的位置。①这种政治和文学的同一性使浩然在几乎是一片荒芜的"文革"文坛获得了绝无仅有的殊荣。

二、作为"动态经典"的解读

在浩然的作品中，基本呈现出以下叙事特点和写作模式："公共话语"（主要指"阶级话语"）对"私人话语"（"日常生活"）的遮盖、扭曲与塑形，这无形中主导了对个体的评价标准：评判一个人不是依据其品质，而是是否符合无产阶级"革命"的标准。他的作品既是对当时中国"阶级斗争"的"真实"反映，也由于其与政治的一致性而成为向外展现和宣传意识形态的最佳工具。伊塔马·埃文—佐哈尔提出了"静态经典"（static canons）和"动态经典"（dynamic canons）两个概念，"动态经典"能够提供一种话语生产的模式，为译入语的文化系统提供具有"能产（productive）"性的原则和作用，②浩然的作品当属后者，也就是"具有较高意识形态利用价值的作品"③。

在海外研究中，这种为"意识形态"服务的"阶级性"是浩然受关注的主要方面。他的小说与"文革"的关系是论述的重点，King Richard 的《文化大革命小说中的修正主义与转型》、④Yang Lan

---

① 马士奎：《中国当代文学翻译研究（1966—1976）》，第199页，北京，中央民族大学出版社，2007。

② 伊塔马·埃文—佐哈尔：《多元系统论》，张南峰译，《中外文学》2001年第30卷，第3期。

③ 查明建：《文化操纵与利用：意识形态与翻译文学经典的建构——以20世纪五六十年代中国的翻译文学为研究中心》，《中国比较文学》2004年第2期。

④ King Richard. "Revisionism and Transformation in the Cultural Revolution Novel". Modern Chinese Literature. Spring 1993. pp.105-129.

的《对文化大革命的文化修复：浩然〈金光大道〉的传统视角》①便在这一问题上进行了政治性阐述。还有对《西沙儿女》的研究，这部作品是浩然创作中政治色彩最浓重的。Mark Elvin将这部小说分为"新生""岛屿""大救星""革命继承者"和"海龙"等若干部分，围绕"the magic of moral power"（道德力量的魔力）这一主题进行评介。作者认为浩然能够让读者感受到道德判断的喜悦或责任，表现的是反对阶级敌人、民族敌人和落后思想的革命斗争的未完性，而这种道德力量会带来必然的胜利。②虽然Mark Elvin没有对"道德"进行定义，但从文中论述可以看出，它指的是与"无产阶级革命中国"相关的政治品质。

  W.J.F.Jenner对"阶级性"的阐述颇具代表性。他指出，《艳阳天》讲述的是北京东北部一个高级农业合作社发生的政治与阶级斗争的故事，这本身比小说的风格更加有趣。这是对一个中国村庄在历史关键时期的充分合理和坦率的陈述，是对集体化运动中一些农民行为的细致入微的记录，能够有效地补充中国官方中文报纸和海外国际的观察。③King Richard在Milestones on a Golden Road一书中，将"中国革命"分为四个阶段：全面内战（1945—1949）、"大跃进"运动（1958—1960）、"文化大革命"（1966—1976）和后毛泽东时期（1979—1980）。该书的研究对象包括浩然的《金光大道》、马烽和西戎的《吕梁英雄传》、周立波的《暴风骤雨》、李准的《李双双小传》、张抗抗的《分界线》和张一弓的《犯人李铜钟的故事》

---

① Yang Lan. "Cultural Restoration Versus Cultural Revolution: A Traditional Perspective on Hao Ran's The Golden Road". China Information. November, 2004. pp.463-488.

② Mark Elvin. *Changing Stories in the Chinese World*. Stanford. 1997. p.149.

③ W.J.F.Jenner. "Class Struggle in a Chinese Village—A Novelist's View". Modern Asian Studies. January, 1967. pp.191-206.

等文本。King Richard将"'金光大道'上的浩然"放置于中国革命的整体进程之中进行阐释，主要关注以下问题：作家如何描写中国乡村的变革，如何体现了"文化大革命"和斗争的精神，以及如何向读者描述乌托邦共产主义的未来。①King Richard的重点没有落在作品本身的分析上，而更多着眼于外围的描述和论述。

有意思的是，研究者对于"阶级斗争"的关注并非只是"他者"意识形态的异域想象，在当时任教于北美洲的嘉陵（叶嘉莹）那里，《艳阳天》反而是以"文本"的方式为她提供了重新认识现实和了解现实的重要途径。出于对政治影响文学的反感以及对国内现实的陌生，她之前不甚待见新中国成立后写革命和斗争的小说，"颇有成见"。直到1974年夏天，友人推荐她读《艳阳天》，她读到第一册一半的时候就"被小说中生动的人物和紧张的情节吸引住了"，前后一共看了三次，由此引起了对于国内现实的强烈兴趣。在回国探亲的时候她参观了不少人民公社，与社员们谈话，对于土地改革和农业合作化"感到兴趣和关心"。也就是说，在嘉陵那里，恰恰是小说对于现实的"真实"描写才促使她阅读和研究，开始真正地关心农业合作化，她认为小说中写到的斗争对于"中国经历社会主义革命，在农村所掀起的巨大变化的忠实反映"具有"极重要的时代意义"，这使她一向反对"政治—文学"的观念发生了巨大的变化。②嘉陵将《艳阳天》作为"历史真实"的书写进行认知，为回国后在现实生活中看到的对应性而兴奋。这种情况在国内不会发生，这里涉及"语境"和"认知"的关系问题。对国内的批评家和研究者来说，不存在从"文本"到"现实"的转换，因为他们本就身处于这个历史进程之中，"写实性"无需验证。这也可以从另一个侧面看到，

---

① King Richard. *Milestones on a Golden Road: Writing for Chinese Socialism*. 1945-80. Vancouver. UBC Press. 2013. p.111.

② 嘉陵：《我看〈艳阳天〉》，原发表于香港《七十年代》1976年第4期，转引自《浩然研究专集》，第471-475页，天津，百花文艺出版社，1994。

浩然的叙事和现实之间的无缝对接如何使之成为社会主义革命的有效宣传。

三、作为"文学文本"的分析

与当时国内研究不同的是，海外研究还注意到了浩然小说的美学风格、社会特征、人性化和戏剧性等特征。有些比较晚期的翻译不一定重在"阶级"标准，如 Helen Siu（萧凤霞）的《田沟：农民、知识分子与国家：现代中国小说与历史》(*Furrows: Peasants, Intellectuals, and the State: Stories and Histories From Modern China*)，该书收入了从五四时期到20世纪80年代的中国小说，"以农民与知识分子的关系为纵"，[1]其中包括浩然的《铁面无私》。[2]这篇小说创作于"文革"时期，描写爱护集体的侯大娘，她"铁面无私"地对待那些爱占集体便宜的人，同时充满热情地帮助和保护军属、五保户。这本书还收入了茅盾的《泥泞》、萧红的《牛车上》、杨绛的《〈干校六记〉一章》等，说明在编者的观念里，《铁面无私》并没有被当作"阶级"文本，而是有着与茅盾、杨绛小说同等或近似的叙事维度。还有研究者注意到小说中"人性化"的一面。Joe C.Huang 指出，《艳阳天》里萧长春和焦淑红的爱情有其重要性，认为小说虽然写的是残酷的阶级斗争，但是由于交织着"爱的故事"而使其具有了人性化色彩。萧长春作为一个社会主义英雄，他有两面性，面向公众的是政治化的一面；在个人生活上，在对待家人、朋友、邻居和爱人的态度上，他证明了一个男性的温暖感情。[3]这些评判标准都有别于

---

[1] 梁丽芳：《海外中国当代文学的英译选本》，《中国翻译》1994年第1期。
[2]《铁面无私》最初发表于《北京日报》1972年1月25日，收入 Chinese Literature 杂志 1972年7月号时改名为《房东大娘》。
[3] Joe C.Huang. "Hao Ran, The Peasant Novelist". Modern China 2. 3. July 1976. pp.369-396.

对"阶级话语"的诠释,而显示出从艺术性和人性角度理解浩然的更为宽广的可能性。

浩然小说中的人物角色功能也是海外学者关注的重点。Wong Kam-ming认为《艳阳天》之所以具有特色核心和认知方向在于,小说叙述的情节在很大程度上是根据人物角色的发展得到了描述和勾画。对大量有代表性的角色的考察启发了浩然的情节结构、人物、情境、小插曲,以及他用以揭示社会主义社会阶级斗争意义的写作艺术,比如萧长春,当他在政治觉悟中获得持续成长时,他成为对其他人物变化负责的主要角色。Wong Kam-ming指出,浩然一开始就赋予了萧长春成长为党、合作社和接踵而至的夏收斗争中的领导的才能,因此他的成长道路也就决定了小说中所有重要的情节线索。Wong Kam-ming认为《金光大道》和《艳阳天》一样,是在情节与角色的斗争中展开认知过程的,不过在《艳阳天》中有一系列的中间人物,而在《金光大道》中是主要英雄高大泉,这个人物的性格发展决定了第一部和第二部叙述章节的界限。[①]这种论述虽然离不开互助组、合作社、农业改革等意识形态背景,但作者始终围绕"character"进行论述,保证了其分析是在艺术层面而非政治层面上进行的。

在关于浩然小说的艺术性方面,嘉陵做了集中阐释。她指出,从结构来看,《艳阳天》看似"头绪纷繁",但"正是这种错综的交织,才造成了这一部小说的完整的结构和雄伟的气魄",笔法也是多样的,"有正笔、有伏笔、有追叙之笔、有反衬之笔、更有象喻之笔",勾结相连,成为一个有机的整体;从对"人物"的分析来看,嘉陵比Wong Kam-ming更为详尽,她将人物分成不同类型:马之悦、

[①] Wong Kam-ming. *A Study of Hao Ran's Two Novels: Art and Politics in Bright Sunny Skies and The Road of Golden Light*. Bochum. Brokmeyer. 1982. pp.120-121, 133-134.

弯弯绕、马小辫是"反面人物";萧长春、王国忠、韩百仲是"正面人物";焦淑红的父亲焦振茂、马子怀夫妇是"中间人物";马志德和李秀敏夫妇、马连福和孙桂英夫妇是"转化人物",还有李世丹这样的"错误的上级"。在这一系列分析中,对"中间人物"和"转化人物"的命名和分析是当时国内研究薄弱和匮乏的。"中间人物"这一理论曾经出现于20世纪60年代初的"调整时期",也是1962年"大连会议"上的重要话题,但很快就被政治运动中断了,嘉陵的分析是一个重要的补充。她认为"转化人物"证明了浩然虽然重视阶级成份,但不是"唯阶级论"者,"他也叙述了不同阶级的人也可以有分化、被争取和改变的可能",由此可见作者"眼光的深刻和心胸的博大"。①她对《艳阳天》中"转化人物"的提炼和分析极具新意。这应当是嘉陵的自创,笔者尚未看到其他研究者有类似提法,包括当下的研究界。她立足于文本的艺术性和作家的创作理念提出了这个概念,使得它们既能够有效地对《艳阳天》中的人物形象做出另辟蹊径的阐释,也与国内同期处于隐/现状态的"中间人物"论形成呼应。

嘉陵还从"正剧"这个角度分析了浩然小说的艺术特征,她结合时代背景和美学观念敏锐地看到了浩然写作的得失。她指出,写《艳阳天》时,浩然从生活实践中体验和激发起来的东西与当时党的政策恰好是一样的,因此可以无碍地获得认同。而在"文革"时期,政策有了偏差,浩然"无法激扬起与之相一致的感发的生命",又由于一贯的"跟随政策、服从写作任务的习性",勉强为之,导致了《西沙儿女》的失败。嘉陵认为正是由于浩然对于写作的痴心和坚持,不肯放弃手中的笔,在"文革"中"反而玷辱了自己对写作的

---

① 嘉陵:《我看〈艳阳天〉》,原发表于香港《七十年代》1976年第4期,转引自《浩然研究专集》,第482-500页,天津,百花文艺出版社,1994。

理想和品格",这是"极值得痛心"的事情。①在我目前看到的资料中,这是对浩然最具"同情之理解"的分析。这一方面是由于嘉陵身处异域,没有受到"阶级政治"和意识形态的影响;另一方面,则是由于她长期致力于古典文学研究而形成的对于写作者艰苦困境的认同感。这种分析摒除了简单的政治性因素,比当时国内的研究更具有文学心理性的观察深度。

结　语

一个不能忽视的悖论是,无论是从历史文献中关于农业合作化运动的描述来看,还是从批评家们的赞赏与肯定来看,浩然的小说确实达到了"历史之真"——这在嘉陵的《我看〈艳阳天〉》中得到了充分证实。他所关注和书写的"阶级斗争""两条路线"是时代的主潮。叶圣陶在读到《艳阳天》之后"喜不能禁"地写信给浩然说:"方针政策,农村中之两种矛盾,我皆知之甚浅,然观大作,亦能断其认识之真,体会之切。"②足见浩然是"真诚"的、无伪的。但是,为什么今天我们再读浩然,却产生了一种"虚假"之感呢?那些浩大火热的阶级斗争场景,那些为了捍卫无产阶级革命的"胜利果实"而兢兢业业的"英雄",都令人感到恍惚,这种不确定的感觉造成了"历史"与"叙事"之间的裂缝,从而在文学的"真实性"与"虚假性"这一问题上留下了难以弥合的时代之殇。现在再回过头来看,反而是那些忧虑和质疑社会变革对农村造成破坏损伤的"落伍"的小说越来越显示出了"真实性",比如赵树理的小说《"锻炼锻炼"》《套不住的手》《登记》等等,作家以真正的"农民"心态面对被

---

① 嘉陵:《浩然的"正剧"意识——访问浩然后记节录》,原题为《访问浩然后记》,发表于《海内外》1980年第3—5期,转引自《浩然研究专集》,第245-253页,天津,百花文艺出版社,1994。

② 叶圣陶:《给浩然的信》,《小说》1996年第6期。

"大跃进"、被"人民公社"的农村时,从内心生发出来的痛苦和踟蹰成为我们今天认知那个时代最好的"标本"。

这里的区别可能在于,对于浩然和赵树理来说,社会变革与现实生活的关系不同。在浩然那里,社会变革单向度地作用于农村生活,它裹挟着维系乡土中国千年不变的根基随时代洪流而去,因此可以毫无挂碍地塑造出"社会主义新农村"的"美好"图景;在赵树理那里,社会变革和农村生活之间是互相影响的双向度、作用与反作用的关系,即便有历史潮流的冲击,但农村经年不变的生存伦理却稳态地左右着、决定着人物的观念和行为方式。这个问题也可以在浩然的经历中找到答案。这位出身贫贱的矿工之子在共产党的帮助下拿回了田产,自己也在党的栽培下从农民成长为革命作家,完成了阶层的飞跃,这些都促使他发自内心地认同共产党、歌颂共产党。同时,他的文学资源也和赵树理不同,更多的来自解放区文学、巴人的《文学初步》、季摩菲耶夫的《文学原理》等马列主义文论,[①]这使他在观察农村的变化时,不太可能反向地思考和观察乡村伦理之于革命的影响。也正是这样的观念才导致他创作了《西沙儿女》和《百花川》,它们使他在"文革"后饱受非议,被贬为"'四人帮'反革命的修正主义文艺路线的特等吹鼓手",[②]其写作道路被概括为"从革命文学,到奉命文学,到阴谋文学"。[③]他曾经被肯定的特质也导致了他的被批判。这种反讽和悖谬表明,在浩然那里,"捧杀"和"骂杀"达到了同等效应,这在当代文学史上是绝无仅有的。

1977年,浩然主动下乡,定居河北三河县,潜心创作和培养文坛新人。1980年代创作了《山水情》《苍生》、"自传体三部曲"(《乐

[①] 浩然:《我的人生——浩然口述自传》,第170页,北京,华艺出版社,2000。

[②] 李冰之:《评浩然的"新道路"》,《广东文艺》1977年第2期。

[③]《这是一条什么新的创作道路——各地报刊相继批判浩然的毒草作品》,《文汇报》1978年5月2日。

土》《活泉》《圆梦》）和多篇中篇小说，并以"一个有所贡献、受了伤的文艺战士"和"我是亘古未出现过的奇迹"等自我评价而在文坛引发重大反响，2008年浩然去世成为当时的重要话题。

　　直到今天，浩然研究依然还在继续。更多的研究者不再执著于浩然与"政治性"的关系，而是将之视为"折射着革命意识形态与现代意识形态"关系的"历史的浮标"，[①]或着眼于浩然小说的"牧歌"情调及其"尝试某种缝合性的文学叙事形态"[②]的研究。种种阐释提醒我们，"十七年"意识形态铸形的作家及历史"痕迹"已经成为一种当代"奇观"，值得我们继续在更开阔的话语体系里进行有效的言说。

　　　　　　　　本文原刊于《当代作家评论》2017年第1期

---

①　任南南：《历史的浮标——新时期初期"浩然重评"现象的再评价》，《海南师范大学学报（社会科学版）》2007年第6期。

②　贺桂梅：《打开文学的历史视野——浩然与当代文学的激进实践重读》，《玉溪师范学院学报》2011年第3期。

当代中国文学与文化研究的双重标本
——王蒙作品的海外传播与研究

薛红云

王蒙是当代文学史上一个特殊的存在。他集作家、知识分子、干部等多重身份于一身，著述涉猎于文学创作、文学批评、《红楼梦》研究等多方面，又经历了新中国成立后的各种政治和文化风波，可以说是当代中国的一面镜子，是研究当代中国文学、文化包括政治的一个绝佳的标本。由于王蒙的特殊经历和特殊身份，他的很多作品被翻译到国外，并受到研究者的关注。很多学者在文学研究的基础上从"身份""场域"等角度对王蒙的作品进行文化研究，拓宽了王蒙研究的视野，弥补了国内研究的某些问题和不足。

近年来，当代文学的海外传播研究发展迅速并产生了一批成果。①相比于莫言、余华等作家，相比于王蒙自身丰沛的创作，王蒙作品的海外传播及研究都有些单薄。本文拟通过考察王蒙作品的翻译和传播状况，特别是海外的研究状况，探讨影响王蒙作品传播的因素，借助"他者"的眼光发现王蒙创作的独特价值，同时对照国内的研究，在凸显国内外研究方法等不同的基础上，力图呈现一种立体、多维的王蒙研究。

一、王蒙小说的海外译介情况

在当代作家中，王蒙的作品是较早翻译到海外的。据王蒙说，捷克共和国在1959年就翻译了他的《冬雨》，②但由于历史的原因，国外大规模的译介王蒙作品主要始于20世纪80年代。下面笔者将王蒙作品在海外的翻译和出版情况按照语种进行了梳理，以期相对清晰地呈现其海外传播的状貌与态势。③

英语：《蝴蝶及其他》（*Butterfly and Other Stories*），北京外文出版社，1983年，《王蒙作品选（2卷）》（*Selected Works of Wang Meng 2 vols*），北京外文，1989年；《雪球》（*Snowball*，译者Cathy Silber、Deidre Huang），北京外文，1989年。《布礼》（*A Bolshevik*

---

① 如刘江凯：《本土性与民族性的世界写作：莫言的海外传播与接受》，《当代作家评论》2011年第4期；《当代文学诧异"风景"的美学统一：余华的海外接受》，《当代作家评论》2014年第6期；褚云侠：《在"重构"与"创设"中走向世界——格非小说的海外传播与接受》，《当代作家评论》2015年第5期；冯强：《现代性、传统与全球化：欧美语境中的于坚诗歌海外传播》，《当代作家评论》2015年第5期。其他如《长城》从2012年起就开始这方面的专栏讨论，近两年包括《南方文坛》《小说评论》等刊物都有相关讨论。

② 王蒙：《王蒙自传·九命七羊》，第260页，广州，花城出版社，2008。

③ 该数据以世界图书馆联机检索（WorldCat）为主要数据来源，由北京师范大学中国文化国际传播研究院博士后刘江凯提供，同时参考宋炳辉、张毅主编《王蒙研究资料》中的"王蒙创作系年"（天津人民出版社2009年版），和朱静宇的《域外风景：王蒙作品在海外》（《中国比较文学》2012年第3期）。

Salute: A Modernist Chinese Novel，译者 Wendy Larson），华盛顿大学出版社，1989年；《新疆下放故事》（Tales from the Xinjiang exile），纽约 Bogos&Rosenberg 出版社，1991年；《坚硬的稀粥及其他》（The Stubborn Porridge and Other Stories，译者朱虹），George Braziller 出版社，1994年；《异化》（Alienation，译者 Nancy Lin、Tong Qi Lin），香港联合出版集团，1993年。

法语：《蝴蝶》（Le papillon），北京外文出版，1982年。《布礼》（Le Salut bolchevique，译者 Chen-Andro），巴黎 Messidor 出版社，1989年。《新疆下放故事》（Contes de l'Ouest lointain: nouvelles du Xinjiang）、《淡灰色的眼珠》（Des yeux gris clair）、《智者的笑容》（Les sourires du sage）、《跳舞》（Celle qui dansait，译者 Franc oise Naour）分别于2002、2002、2003、2004 由巴黎 Bleu de Chine 出版，其中《跳舞》2005年又版一次。

德语：《蝴蝶》，北京外文出版，1987年；《蝴蝶》，柏林建设出版社，1988年；《夜的眼》，瑞士第三世界对话出版社，1987年；《说客盈门及其他》（Lauter Fu rsprecher und andere Geschichten，译者 Inse Cornelssen），波鸿 Brockmeyer 出版社，1990年；《活动变人形》，罗曼·瓦尔特库特出版社，1994年。

意大利语：《西藏的遐思》，米兰赛维德书局出版，1987年；《活动变人形》（译者康薇玛），米兰加尔赞蒂书局，1989年；《不如酸辣汤及其他》，拉孔蒂马尔西利奥出版社，1998年；《坚硬的稀粥》，卡福斯卡里纳出版社，1998年。

韩语：《活动变人形》，中央日报社出版社，1989年；《Pyonsin inhyong: Wang Mong. changp'yon sosol》（译者 Hyǒng-junChǒn），首尔 MunhakkwaChisongs 出版社，1996年；《청춘만세/Chǒngch un manse）（译者 Ŭi-chǒn Kim），혹룡강조선민족출출版社，2004年；(Nabi: Wang Mǒng tanpyǒnsǒn)（译者 Uk-yǒnYi；Kyǒng-chǒlYu），首尔 MunhakkwaChisǒngsa 出版社，2005年。

日语：《蝴蝶》，大阪三铃书房出版，1981年；《淡灰色的眼珠》（淡い灰色の瞳，译者Hiroshi Ichikawa; Eiji Makita），由德间书店出版，1987年；《活动变人形》（译者林芳），东京白帝社，1992年。

越南语：《活动变人形》（Hoat dong bien nhan hinh），河内文化信息出版社，2006年；《蓝狐》（Caú xanh，译者阮伯听），劳动出版社，2007年。

匈牙利语：《说客盈门》，欧洲出版社，1984年。

罗马尼亚语：《深的湖》，书籍出版社，1984年。

西班牙语：《王蒙短篇小说集》，墨西哥学院出版社，1985年。

俄语：《王蒙选集》（Izbrannoe：〔sbornik〕，译者华克生），莫斯科Raduga出版社，1988年。

泰语：《蝴蝶》（Phīsu'a，译者Siridhorn），曼谷Naānmiībuk出版社，1994年，1999年。

由以上统计可见，王蒙作品的译介有以下特点：首先是语种很丰富，英、法、德及西班牙语这几种国际通用的语言都有了，连匈牙利语、罗马尼亚语、越南语等应用范围相对狭窄的小语种也有译介，这使得王蒙作品传播的空间范围很广，可以说遍及欧亚美三大洲；其次是在海外传播中经历了一个从"送出去"到"迎出去"的过程：在20世纪80年代前期，主要是我国的北京外文出版社主动向海外特别是欧美推介王蒙的作品，到了20世纪80年代后期及以后，主要是国外出版社主动翻译传播王蒙作品；第三是译介面相对狭窄，主要集中于王蒙的中短篇小说，特别是20世纪80年前后的《蝴蝶》《布礼》等一批作品和20世纪80年代末的事件性作品《坚硬的稀粥》上，长篇小说只有《活动变人形》被译介，早年的《组织部新来的青年人》和20世纪90年代之后的"季节"系列等长篇目前尚未见有译介。

王蒙作品传播相对单薄有多方面的原因，如大众文化的冲击、部分知识分子对王蒙文化立场的不认同等等，但主要的原因一方面跟作家和批评家的代际更替有关：20世纪90年代后，寻根作家、先锋作家及"50后""60后"后批评家渐渐登上历史舞台，右派作家及其一代批评家渐渐淡出，在国内受到的学术关注较少，必然影响其海外的传播，另一方面跟王蒙在20世纪90年代后在创作上转入"语言的狂欢"有关，他汪洋恣肆、旁逸斜出的语言在一定程度上造成了传播和接受的难度，也正因此，国外对王蒙的研究（因笔者语言能力所限，此处主要指英语世界的研究）主要集中在《蝴蝶》等作品和《坚硬的稀粥》上。

笔者发现，在王蒙的海外研究方面，存在着文学研究和文化研究两个路向，而且这两方面的研究在时间顺序上基本上是文学研究在前，文化研究偏后。再有，《蝴蝶》等作品国外较多从文学史意义、主题、叙述声音等角度入手进行文化研究，而《坚硬的稀粥》本身的事件性使得国际研究很难只关注小说而不关心其背景，所以更偏重文化研究。当然，这种区分并不是绝对的，王蒙的早期作品也有很多被纳入思想史等文化研究的框架的。下面笔者拟通过梳理国外对王蒙不同时期作品的研究来看海外研究的特点，并与国内研究进行比较和对照，以对王蒙研究形成一个整体的观照。

二、"意识流"阶段的海外研究

王蒙在20世纪80年代前后发表的小说是译介最多的，也是引起西方研究最多的。《夜的眼》等小说在国内发表后，因为"意识流"的西方色彩和现代主义的特点，让人联想到"资产阶级的腐朽堕落"，因而在当时引起很大的争论。国内的批评也主要是围绕着"意识流"这种手法以及与现实的关系展开。很多人肯定这种手法的同时又努力撇清与西方的关系，如陈骏涛认为王蒙的探索"打破了传统小说的写法"，"探索是取得了可喜的成绩的"，但王蒙的小说并不是西方"意识流"的简单移植，因为西方的意识流没有故事情节，人物的意识流动是"下意识"的或者是琐碎的、荒诞的、颓废的意识活动,而王蒙的小说是讲究故事情节的、不描写下意识的。[①]有的批评家则认为虽然王蒙"非常善于描摹人的意识状态",但这只是王蒙创作的"外观",他的小说是"扎根在现实的土壤上"的。[②]用今天的眼光来看,这些批评有明显的局限性,因为他们把社会主义现实主义理论作为最高的甚至唯一的准则,但在当时,这是对王蒙的创作的很大肯定甚至保护。陈晓明多年以后也从"意识流"与现实的关系进行阐释,他的阐释可能更深刻、更具有穿透力:他认为王蒙的"书写始终与现实构成一种深刻的紧张关系","王蒙运用意识流手法,并不是出于纯粹的形式变革的需要,而是出于表现他意识到的复杂的内容,在当时的政治语境中难以直接表达的那些意义,他采取人物心理活动的方式,把那种复杂性呈现出来",他是在运用艺术形式掩盖他的思想质疑,或者说"形式本身也就是内容",那种恍恍惚惚的心理表明了劫后余生的人们"对现实的犹疑"。[③]

海外对于王蒙这个时期的创作大多给予高度评价,如郑树森把这些作品放到文学史的框架中来看其意义,说"《海的梦》和之前讨论的两篇小说(指《夜的眼》《春之声》),总体来说,明确标志着一种新方向——不仅是王蒙的,也是中国小说的。这三篇小说不再强调情节的重要性,而是聚焦内在生命,显示了一种前所未有从模仿到心理的变化,这种变迁在中华人民共和国小说史上无疑是很先锋的",但他也指出"尽管这些技术创新可以说是现代主义的,但是王蒙一贯用与社会主义现实主义一致的光明的乐观主义的来结束他的

[①] 陈骏涛:《发掘人物的内心世界——王蒙新作〈蝴蝶〉读后》,《文汇报》1980年8月27日。

[②] 程德培:《扎根在现实的土壤上——读小说〈相见时难〉》,《文汇报》1982年9月24日。

[③] 陈晓明:《"胜过"现实的写作:王蒙创作与现实的关系》,《河北学刊》2004年第5期。

小说"。①这一点和李欧梵等人②的看法很相似。

菲利普·威廉姆斯（Philip Williams）对王蒙这个时期的作品进行了综合性研究并归纳出其共同特征。他把王蒙的作品主要分为三类："历史的反思、心理上的自我发现和讽刺类作品"。历史反思类作品包括《悠悠寸草心》《布礼》《蝴蝶》，心理上的自我发现类作品包括《海的梦》《夜的眼》。讽刺类作品包括《说客盈门》《买买提处长轶事》。在这些作品中，作者发现"几乎每一类都出现了四种共同特征：强调主人公对社会环境的情感和心理反应多过强调对环境本身的反应；采用了非历时手法例如闪回和非直接的（第三人称）内心独白的叙述结构；单人视点；从某种意义上的创伤中解脱出来的、以乐观结尾为标志的喜剧模式。"他高度评价王蒙的创作，认为"现代中国小说作为一种艺术的持续的提升或许更加依靠像王蒙这样的文体家的著作"。③

以上郑树森和菲利普·威廉姆斯等人的研究，基本上都是文学的内部研究，他们的结论和国内对于王蒙研究的一些定论是相通的，或者说是相同的，甚至在某种意义上来说，他们的研究并没有超越国内的研究。

在文化研究视野的观照下，国外对王蒙作品的研究呈现出很多新意。如马丁·赫尔马特（Martin Helmut）对《相见时难》的解读，他从当代中国文学中的外国主题切入研究，同时运用性别、身份等文化研究的角度，超越了纯粹主题研究的局限性。他认为小说对蓝

---

① Tay William. "Modernism and Socialist Realism: The Case of Wang Meng". World Literature Today 65. March 1991. pp.411-413.

② 李欧梵：《技巧的政治——中国当代小说中之文学异议》，尹慧珉译，《文学研究参考》1986年第4期。

③ Williams Philip. "Stylistic Variety in a PRC Writer: Wang Meng's Fiction of the 1979-1980 Cultural Thaw". Australian Journal of Chinese Affairs. November 1984. pp.59-80.

佩玉和翁式含关系的描写有很深的含义:"不同文化和不同教育背景的中国人的交锋反映了中国与西方的交锋","它让人看到重新定义中国人的自我意识的问题,向我们呈现出部分中国知识分子在对外开放政策所描绘的复兴蓝图中的心理定位"。在把王蒙小说与冯骥才的小说进行比较时发现他们都采取了"简单的选择:弱者遇见强者!绝望孤独的女性与强壮自信的爱国者(男性:笔者加)的对比"。[1] 虽然作者没有涉及"第三世界文学"的理论,但王蒙的这篇小说恰恰属于"第三世界文学",是"民族寓言"[2]的绝好注脚,是第三世界国家的男性遭遇第一世界国家时的下意识反应:把对方女性化,特别是把对方描写为单身不幸的女性。当时李子云认为王蒙没有"能够把握住、揭示出她(指蓝佩玉)的充满矛盾很不一般的心理状态"[3],可以说只是看到了表面,没有看到其实质。曾镇南看到小说中翁式含"保持着一个对蓝佩玉稍稍俯视的角度","对蓝佩玉与西方文化的内在的、现实的联系描绘不够,这是被他当时确定了的小说主题的取值方向决定的",因为作者要表达的是"中华民族的自信心与内聚力"。[4]用"第三世界文学"和"后殖民主义理论"来看,曾镇南仍然没有揭示王蒙小说中存在的这些不足的真正原因。

波拉·埃文(Paola Iovene)则把《相见时难》放在文化认同的视野中进行研究。她认为王蒙引用李商隐诗歌有深刻的用意,因为李商隐诗歌的互文性"在中国诗歌传统和现代主义的文学实践之间

---

[1] Martin Helmut. *Painful Encounter: Wang Meng's Novel Hsiang chien shih nan and the "Foreign Theme" in Contemporary Chinese Literature.* Taipei. Institute of International Relations, National Chengchi University. 1986. p.32-42.

[2] 〔美〕杰姆逊:《处于跨国资本主义时代中的第三世界文学》,《当代电影》1989年第6期。

[3] 李子云:《关于创作的通信:致王蒙》,宋炳辉、张毅主编:《王蒙研究资料》(上),第325页,天津,天津人民出版社,2009年。

[4] 曾镇南:《一个富于时代感的难题的发现——〈相见时难〉的别一解》,《小说评论》1988年第1期。

建立了密切关系和连续性",不仅如此,李商隐诗歌还与文化认同有关:"按照叙述功能,李商隐的诗歌在主人公之间重建模糊的联系,为正在寻求从多年的政治暴力中康复的国家共同体提供了文化凝聚的可能元素"。①而文化认同与国家认同、身份认同之间有着密切而复杂的关系,建立了文化认同才有可能形成国家认同。在这个意义上,波拉与曾镇南认为小说要表达的是"中华民族的自信心与内聚力"是异曲同工的。

知识分子的身份问题更是西方文化研究者所关注的。拉森·温迪(Larson Wendy)通过阅读王蒙的《布礼》来考察中国知识分子的处境,在对《布礼》进行细致的文本解读后,他发现王蒙尽管"对毛泽东时代的传统中国文学和社会主义现实主义维持着道德立场",但他还是用现代派的技巧和结构挑战了当代意识形态——这种意识形态宣扬知识分子也能是革命的,而王蒙则断言,"从1949年到1979年间中国所定义的'革命'和'知识分子'的术语,是不相容的、自相矛盾的":"惟一确定'革命'身份的方法对知识分子来说是难以达到的——因为身体力行地积极参加革命不再可能,而即使知识分子参加体力劳动,他或者她的作为知识分子'真正的本性'被看做经常潜伏在表面之下。因此,在《布礼》中,现代派的结构和技巧同时作用,创造了一种异化的、不完整的知识分子身份。"②

鲁道夫·瓦格纳(Rudolph Wagner)也从"身份"入手研究王蒙的作品,他探讨的是王蒙的干部与作家的双重身份对作品的影响。他对《悠悠寸草心》的研究可谓新颖:既探讨小说的叙述声音,又

---

① Paola Iovene. "Why Is There a Poem in This Story? Li Shangyin's Poetry, Contemporary Chinese Literature, and the Futures of the Past," *Modern Chinese Literature and Culture*. Vol.19. No.2(FALL, 2007). p.71-116

② Larson Wendy. "Wang Meng's Buli (Bolshevik salute): Chinese Modernism and Negative Intellectual Identity". In *Bolshevik Salute: A Modernist Chinese Novel*. Seattle. University of Washington Press. 1989. pp.133-154.

把中国当时的漫画引入研究。他认为小说发表的时间——1979年9月，是一个"戏剧性的转折点"，小说写出了"重放的鲜花"这一代"右派"作家在复出之后，在两头作战——外部要面对领导和读者对于文学的不信任、内部在邓小平提出"向前看"后要对自身经验的重新调整——的情况下重建信任的努力，表现出文学与政治之间的紧张。他认为王蒙采用了第一人称的叙述声音，用一个老老实实、技术熟练的理发师作为叙述者，是试图由此建立作品的可信性。作者联系当时的漫画，证明理发师的工作有象征含义，因为"剃剃头"是"让人接受严厉批评的一个常见的隐喻"，而理发师/批评家和顾客/干部之间有"轻微的隐喻关系"。王蒙在20世纪50年代中期《组织部新来的年轻人》中就对官僚主义持一个温和的立场，在《悠悠寸草心》中同样认为"顾客"是愿意"理发"和"整容"的。因而，作者认为"文本中的理发师和领导以及他的同代人，更不用说他的诚实可靠的意图，可信性都很低"，"无论文本还是情节都与政治家王蒙附加上的物质相疏离"，这表现出"一个技巧熟练的文学工匠和一个试图用某种必要性说服自己和他人的政治家之间的紧张"。[①]

国内对于王蒙的"意识流"小说除了早期的争论之外，较多仍在文学研究的基本框架之内，而海外研究者们并未特别关注"意识流"这种手法本身——除了台湾去美、相对更了解中国文化生态的郑树森等人外，他们在对文本进行细读的基础上，尤其关注小说人物的身份以及作家的身份，更多进行文化研究，把作品当作了解中国文学、了解中国知识分子处境及心态的标本。这种研究确实视野开阔，让人耳目一新，但由于王蒙的特殊身份，也由于国外研究者总不免有窥秘的心态，有时也不免把标本当作真实去考证而做出政

[①] Rudolph Wagner. "A Lonely Barber in China's Literary Shop: Wang Meng's 'YouYou cuncaoxin' (The Loyal Heart)". *Inside a Sevice Trade: Studies in Contemporary Chinese Prose*. Harvard-Yenching Insititute Monograph; Harvard University Asia Center. May 1, 1992. pp.481-531.

治性解读，如鲁道夫·瓦格纳（Rudolph Wagner）认为《悠悠寸草心》中的"唐久远"与邓小平有千丝万缕的联系等，就显得牵强。

三、"稀粥风波"的海外研究

"稀粥风波"①出现后，港台及西方的媒体给予了很大关注，也引起了研究者的注意。但很多研究者更多关注的是这一事件，很有些窥秘、揭秘的性质，而很少关注《坚硬的稀粥》小说本身的美学价值。特别是有"中国通"之称的汉学家白杰明（Barme Geremie），把"稀粥风波"描述为王蒙和他的同仁对保守派的斗争，"从始至终不过是派系内斗的一个例子"，"尽管它可能对研究当代官方文化和精英文化的学生来说是迷人的，但它跟今天大众文化这一主要领域的革新没有任何关系"。②

凯泽（Anne Sytske Keijser）对《坚硬的稀粥》评价并不太高，认为小说是"一个讽刺性的寓言"，是"对1978年后中国社会特定的群体和几代人以及他们对改革态度的拙劣模仿"。但是旁观者清，他发现双方讨论的主要问题是"写作并出版一个批评当代中国社会和改革的短篇小说是否是合法的"，而从来没有人提出文本自足性的问题："有一点很显著，那就是所有的批评都认为王蒙就是故事中的'我'，假设叙事者表达的观点就是王蒙自己的观点，没有人提出文

---

① 1989年3月，王蒙在《中国作家》第2期发表短篇小说《坚硬的稀粥》。1991年5月，该小说获《小说月报》"第四届（1989—1990）百花奖"短篇小说一等奖。1991年9月14日，《文艺报》发表署名"慎平"的读者来信，批评《坚硬的稀粥》影射中国共产党领导人邓小平，嘲讽社会主义改革。紧接着《中流》《文艺理论与批评》《文艺报》相继发表一系列文章，呼应慎平的"影射说"。10月9日，王蒙向北京市中级人民法院递交民事诉状，控告《文艺报》和慎平侵害了他的名誉权，但被驳回。在有关领导的干预下，关于小说的争论平息下来。

② Barme Geremie. "A Storm in a Rice Bowl: Wang Meng and Fictional Chinese Politics" China Information 7. 2. Autumn 1992. pp.12-19.

本的自足性的论据。"①文学与生活、文学世界与现实世界的界限问题被忽略了。而中国的研究者似乎一直没有意识到这一点。

由于以上两位研究者发表文章的时间（均为1992年）比较接近事件发生的时间，所以他们还不能跳出争论作更深入的研究。而随着时间的沉淀，特别是文化研究的兴起，学术界对于《坚硬的稀粥》有了更新颖独到的发现。

关注中国新启蒙运动的闵琳（Min Lin），把文学研究和思想研究紧密结合起来。他深入到《坚硬的稀粥》的文本内部进行分析，认为小说"表面简单实际复杂"，"与其说小说是对中国政治场景中某些党派和个人攻击和批评，不如说它是对改革过程中出现的不可避免的深层矛盾和问题的揭示"，而这些矛盾和问题从19世纪中期中国开始走上现代化之路时就已经存在了。他认为小说是新启蒙思想在文学领域的体现，因为王蒙在描绘传统家长制的许多特性时，"突出了家庭结构的超稳定性和旧秩序的异常顽固性"，"在许多方面呼应了金观涛和刘青峰的著作"，小说"可以看做是对某些浪漫天真的现代主义者和传统保守派的批评，而王蒙因此可以稳稳地置身于中国新启蒙知识分子的主流中"。②从小说结论可以看出，作者是通过文本细读来探讨王蒙这一身份复杂的作家与新启蒙运动的关系，是从文学的角度来研究中国20世纪80年代的思想史。

与闵琳把《坚硬的稀粥》纳入思想史研究的框架不同，沙克哈·瑞哈夫（Shakhar Rahav）把"稀粥风波"纳入到布尔迪厄"场域"的框架内，虽然他也关注事件多于关注文本，但由于视角的不同，他的研究呈现出一些很新颖的东西。

---

① Keyser Anne Sytske. "Wang Meng's Story 'Hard Thin Gruel': A Socio-Political Satire". China Information 7. 2. Autumn 1992. pp.1-11.

② Min Lin and Maria Galikowaki. 'Wang Meng's 'Hard Porridge' and the Paradox of Reform in China. *The Search for Modernity: Chinese Intellectuals and Cultural Discourse in the Post-Mao Era*. New York. St. Martin's Press. 1999. pp.71-88.

沙克哈·瑞哈夫认为"稀粥事件""标志着新中国成立后政党国家和知识分子之间暧昧的合作关系的一种变化":"在整个80年代,政党国家和知识分子大都在'改革开放'的共识下合作","1992年重新确认的改革可能提高了个人自由,但是它也使知识分子和国家更加分离,因为改革是由市场经济的逻辑驱动的"。作者在市场经济的背景下,利用"场域"理论分析"稀粥事件",认为文学上的突出成就使王蒙获得巨大声誉,而这无形的象征资本"使他成为政党国家的文化部长,也使他在疏远国家并抨击它时有了可能性"。王蒙胜出的过程"具有讽刺意味",因为"文化领域的迅速变化和国家文化机构可选择性的增加,责难王蒙的企图反而增加了他的象征资本"。所以,对王蒙的攻击反而进一步削弱了保守派在知识分子中的地位。

不仅如此,此文还指出了之前研究存在的不足:"许多关于这个事件的研究运用了一种知识分子与国家对立的二元框架:西方关于中国知识分子的研究经常把知识分子定义为不同政见者,并且把他们理想化为体现了自由民主理想的勇敢的个人。"[①]由此可见,这篇文章反映出西方学术界对于中国事件研究的视野的开阔,跳出了二元对立的框架,也跳出了揭秘、窥秘式的研究,更为客观公允,也更为深入了。

相对于海外研究的热烈,国内对于《坚硬的稀粥》的研究很是冷落,这一篇有国际影响的小说在批评界既没有批评大家的研究,也没有特别有分量的文章,只有一些零星的研究,如张志平在一篇研究文坛影射事件的文章中指出了文学与生活、文学世界与现实世

---

① Shakhar Rahav. "Having One's Porridge and Eating It Too: Wang Meng as Intellectual and Bureaucrat in Late 20th-Century China". The China Quarterly. December 2012. pp.1079-1098.

界的界限问题,①指出了"稀粥风波"的盲区。在这篇作品的研读上,相对于西方研究的方法多样,国内的研究显得相对不足。

结　语

从以上研究可见,海外对于王蒙的研究一方面呈现出方法多样、视野开阔的特点,文化研究的方法以及对"身份""认同""场域"等的特殊关注,使得王蒙作品有更多的解读的可能性,这也启发国内的研究者可以尝试用文化研究的方法重新审视王蒙的作品;另一方面却显出很多不足,如某些研究过于关注作品内容,甚至过度阐释文本,将其作品当作研究中国文学、文化以至政治的标本,而对形成这个标本的"意识流"手法、对王蒙作品的语言、风格、文体意识等等的研究,与国内比起来却十分缺乏。这当然有各有所长的原因:文化研究本来就是从西方传入中国的,而王蒙汪洋恣肆、原汁原味的语言可能更适合中国的研究者。②

除此之外,还有研究视域方面的不足:国外的研究主要集中于20世纪80年代的中短篇小说,而对同样译介较多的长篇小说《活动变人形》却无人关注。而对王蒙20世纪90年代之后的作品如"季节"系列和《青狐》等,无论是译介还是研究方面都还是空白。再有,就是整体上的量的不足,笔者几乎查阅了所有研究王蒙的英语资料,而其数量只有30篇左右,这对于王蒙这样一位创作丰盛,身份与思想复杂,在文学史、文化史上具有重要意义的作家来说,未免太少了。

---

① 张志平:《文坛"影射事件"的思想根源——以王蒙的遭际为例》,《学术界》2010年第2期。
② 郜元宝的《戏弄与谋杀:追忆乌托邦的一种语言策略——诡说王蒙》、陈思和的《关于乌托邦语言的一点感想——致郜元宝,谈王蒙的小说特色》等文章,都对王蒙的语言进行了深入的研究。

其实，不仅仅国外对于王蒙的研究相对不足，国内的研究也存在很多不足。自20世纪90年代以来，王蒙的作品似乎就淡出了研究者的视野——这本身就是一个值得研究的问题：是王蒙的思想立场引起一些人的反感，还是他的创作已经不合时宜？是市场经济中大众文化的冲击，还是批评家的更新换代、兴趣转移？还是这些原因兼而有之？一直关注王蒙研究的朱寿桐认为：国内的王蒙研究"尚处于较为薄弱的环节，即是说，与王蒙的文学贡献、文化贡献乃至社会贡献相比，严格的学术研究尚处在起步阶段。这固然与一定的意识形态因素的疑虑及其约束有关，但毕竟是汉语新文学学术界的一个重大疏失"。[①]

笔者认为，或许正是国内研究的不足，才导致了海外重视不够，这就要求国内学界扎扎实实做好王蒙的学术研究，以弥补这一"重大疏失"。

本文原刊于《当代作家评论》2017年第1期

---

① 朱寿桐：《探讨王蒙研究的学术理路》，《理论学刊》2010年第1期。

基于英文学术期刊的中国现当代文学与文化研究
—— 以 Modern Chinese Literature and Culture 的 18个特刊为例

郭恋东

一、有关 Modern Chinese Literature and Culture

Modern Chinese Literature and Culture（简称MCLC）名为《中国现代文学与文化》，是由美国俄亥俄州立大学主办，在英语世界较集中、典型研究中国现当代文学与文化的英文期刊。新世纪以来，国内对此刊物的研究已经起步，但成果不多，不算系统。以MCLC纸质版及其网上电子资源库的介绍为依据，本文首先对此刊的整体情况进行介绍。《中国现代文学与文化》（MCLC）刊物原名为《中国现代文学》（MCL，1984—1998），是一本专门研究中国现当代文化的同行评议学术期刊，秉持对"中国"的了解并不局限于狭窄的、政治的含义，该刊的研究范围几乎覆盖所有文学流派、电影电视、流行文化、表演、视觉艺术、印刷与物质文化材料等。正如其网上资源库中"有关刊物"一栏的介绍：MCLC现由美国俄亥俄州立大学东亚语言文学系的邓腾克主编。其出版得到俄亥俄州立大学东亚研究中心和该校中国研究所的慷慨支持。同时，MCLC被列为艺术与人文（A&HCI）引文索引。综观期刊的整个发展历史，自1984年创刊到2016年秋季刊，MCLC已出版发行33年，共28卷51期，一般情况为每年出版春秋季两期，一年出版1卷，也有例外情况。1998年之前名为 Modern Chinese Literature（简称MCL），名为《中国现代文学》，主编为汉学家葛浩文(Howard Goldblatt)；1999年改名为 Modern Chinese Literature and Culture（简称MCLC），名为《中国现代文学与文化》，主编为邓腾克(Kirk Alexander Denton)；2003年秋季一期开始该期刊将纸质版中的书评栏目取消，放入网上资源库，目的是使书评不受纸质版篇幅的限制而能覆盖更广泛的领域，同时也可缩短从书出版到评论之间的间隔。

最值得一提的是该刊的主旨。MCLC网上资源库的"目标"一栏中写道：《中国现代文学与文化》是一本由同行评议的多学科文化研究期刊。除了文学研究之外，MCLC发表了范围广泛的文章。该刊所谓的文化观念既包括精英和流行文化，视觉形式和文字形式的，也包括日常生活中较少文本形式的其他文化形式。并鼓励投稿者使用照片、图片、电影或相关视频材料。MCLC的特点在于保持一贯的高学术水准，借由批评理论呈现中国现当代文化的前沿观点。"随着中国大陆、台湾和香港地区在世界经济发展中地位日益重要……现在对中国学者来说正是到了一个关键时刻——应该将中国作品传递给更广泛的支持者，同时挑战西方媒体对中国形象的呈现，同时更广泛地帮助读者深入了解有关中国现代性及其文化形态等问题。"[①]除此之外，MCLC也通过一部分翻译向西方读者介绍中国

---

① MCLC Journal: https://u.osu.edu/mclc/journal/.

大陆、台湾和香港地区出版的优秀学术成果。也就是说MCLC的目的在于将中国置于全球背景以及历史发展的纵横坐标轴内，通过刊登理论性、学术性强的中国文化研究成果，向西方该领域，更重要的是领域之外的学者、读者呈现一个真实的中国形象及中国文化形态。

二、有关MCLC的特刊研究

在对MCLC进行了基本介绍之后，让我们快速切入刊物内容。MCLC在其创刊至今的33年、28卷、51期、336篇主要文章（不包括书评和早期的各类杂项等）中，共计出现了18个特刊，特刊主要文章数量为137篇，占总数的40%以上。每个特刊自成一期，由一位或两位客座编辑主持；一般在简短的主编手记（按语）之后发表重量级的客座编辑引言，或称之为导论，以简介的方式陈述此期特刊的来源、意义、特点，同时概括特刊中每篇文章的主要内容及价值，因为MCLC纸质版中每篇文章都没有内容摘要和关键词，所以导论部分的介绍可以说弥补了这一不足。通过阅读每期特刊的引言部分可见18个特刊的共同特点：每期特刊围绕某个主题自成体系，特别注重文章的理论性、创新性与跨学科性。综观MCLC 33年的全貌可以说，特刊是其最具特色的亮点，也是了解MCLC研究重心和英语世界对中国现当代文学与文化研究特点的绝佳窗口。在呈现特刊的具体内容之前，首先以列表方式介绍18个特刊的基本情况（见表1. MCLC中的 18个特刊基本信息）。列表之后本文将通过对18个特刊的概括性介绍和分析，归纳这本英文期刊在学术视角、研究内容以及研究方法等方面的特点。

对MCLC中的18个特刊的介绍[①]

第一个特刊出现于1988年4卷1、2期合集，名为"性别，写作，女权主义及中国"，重点在女性写作和性别政治。主编手记中葛浩文介绍在此期特刊之后还将会有另外两期由客座编辑主持的特刊。此期是MCL的第一个特刊，代表着MCL这本期刊在发展过程中出现的一些变化。细看此期MCL的出版地和编辑基本信息会发现，编辑部人员发生了很大变化，密苏里大学的白露取代了加州大学的汤马·戈尔德，哥伦比亚大学的玛莎·瓦格纳成为期刊的书评编辑。另外值得一提的是此期特刊"算是创刊以来容量最大的一期"，主要文章共13篇，如果对照本文表1会发现此期特刊是至今18个特刊中容量最大、文章数量最多的一期。在白露所写的《导语：中国的性别、写作、女权主义》一文中提到此期特刊收文的重心和关键词为"性别"，这是用以了解现代性的一个核心概念，对中国来讲也不例外。[②]另外在此期两篇书评中也涉及这期特刊主题。一篇是《政治评价与中国当代小说的再评价》（Margaret H.Decker: Political Evaluation and Reevaluation in Contemporary Chinese Fiction），其中对5本由女性作家撰写或以女性为主题的中国当代作品进行评论，其中包括王安忆的《小城之恋》、张贤亮的《男人的一半是女人》，以及程乃珊的相关作品。另外一篇虽是书评，但可算是对残雪的深入评论。

[①] 有关MCLC的18个特刊中主编手记、客座编辑导论、每篇具体文章的引用等部分均由本文作者翻译。

[②] Tani Barlow. "Introduction: Gender, Writing, Feminism, China". *Modern Chinese Literature*. Spring & Fall 1988. p. 7.

表1 MCLC中的18个特刊基本信息

特刊	时间	特刊主题（英）	特刊主题（中）	客座编辑	篇数
1	1988年4卷1、2合集	Gender, Writing, Feminism, China	性别，写作，女权主义及中国	白露（Tani Barlow）	13
2	1989年5卷第1期	PRC Literature of the 1980s	80年代的中国文学	郑树森（William S. Tay）	7
3	1989年5卷第2期	Wartime Literature	抗战时期的中国文学	胡志德（Theodore Huters）	8
4	1992年6卷1、2合集	Contemporary Chinese Fiction from Taiwan	台湾当代中文小说	郑树森（William S. Tay）	10
5	1993年7卷第2期	Filming Modern Chinese Literature	中国现代文学改编的电影	郑树森（William S. Tay）	4
6	1994年8卷1、2合集*	Chinese Literature in Translation	翻译中的中国文学	无	5
7	1995年9卷第1期	Urban Literature	文学与都市	唐小兵（Xiaobing Tang）	8
8	1996年9卷第2期	Poetry	诗歌	奚密（Michelle Yeh）	9
9	2000年12卷第2期	Visual Culture And Memory in Modern China	现代中国的视觉文化和记忆	安雅兰（Julia F. Andrews）；陈小眉（Xiaomei Chen）	8
10	2001年13卷第2期	Poetry	诗歌	奚密（Michelle Yeh）	7
11	2002年14卷第2期	Gao Xingjian	高行健特辑	无	7
12	2003年15卷第1期	Taiwan Film	台湾电影	柏佑（Yomi Braester）；Nicole Huang	7
13	2005年17卷第1期	Chinese Culture in Inter-Asia	中国文化在亚洲	罗贵祥（Kwai-Cheung Lo）；彭丽君（Laikwan Pang）	8
14	2006年18卷第1期	Modernisms' Chinas	中国现代主义	韩瑞（Eric Hayot）	6
15	2008年20卷第2期	Comic Visions of Modern China	现代中国的喜剧愿景	雷勤风（Christopher G. Rea）；傅朗（Nicolai Volland）	7
16	2011年23卷第1期	Discourses of Disease	疾病的话语	罗鹏（Carlos Rojas）	8
17	2013年25卷第2期	The Dis/Appearance of The Political Mass in Contemporary China	政治大众在当代中国的消失/出现	阿努普·格雷瓦尔（Anup Grewal）；肖铁（Tie Xiao）	8
18	2015年27卷第2期	Hong Shen and the Modern Mediasphere in Republican-Era China	洪深和民国时代的中国现代媒体领域	刘思源（Siyuan Liu）	7

* 此期特刊未明确说明是特刊，但此期中单列一个"特别部分"，名为"Special Section"，本文视其为特刊。

20世纪80年代的第二个特刊出现于1989年5卷1期，名为"80年代的中国文学"。此期特刊的最大特点是鲜明的政治性，被称作"后毛时代的中国文学及其文学政治研究"。也正因为相关政治背景及原因，尽管只能借助于翻译作品，海外此时期对中国作家创作于20世纪80年代，实际是指1989年之前这段时期的作品极为关注。细读此期特刊的内容会发现，此时期海外关注的中国作家包括北岛、阿城、莫言和张贤亮；关注的体裁除了小说、诗歌，还强调电影。仔细阅读此期特刊中的7篇文章会发现它们的共同点在于都使用了前沿性的理论方法对80年代中国文学和文化进行解读。此期客座编辑为郑树森，主编手记中称这个时期的郑树森"正在成为有关中国大陆现当代文学选集的卓越的台湾出版商"。①

继1989年春季特刊之后，秋季5卷2期又出版了一期特刊，聚焦文学与政治的冲突，论证抗战时期作家创作失败之根源。MCL特邀胡志德为客座主编，组织了"有关抗战时期的文学和文学政治"的特刊主题。通过主编手记可知：胡志德在本期特刊中汇聚了文学评论家和历史学家的强大阵容以揭示对中国现代文学创作中被忽视的一个历史阶段——抗日战争时期的中国文学研究。②也就是说，此期特刊旨在补充少有人研究的抗战文学，也是为了激发对抗战时期文学和文学政治的研究兴趣。包括胡志德为此期特刊所撰写的引言以及邓腾克所撰写的《中日战争时期的文学参考书目（1937—1945）》，此期特刊共8篇文章，所涉及作家包括张天翼、老舍、王统照、茅盾、路翎和吴组缃，内容可谓丰富。贯穿特刊的主导思想即文学与政治的冲突，引言中认为这些优秀作家抗战时期创作的失败均因为政治与文学冲突之不可调和的悖论。引言中提到在抗战这一要求

---

① Howard Goldblatt. "Editor's Remarks". *Modern Chinese Literature*. Spring 1989. p. 5.
② Howard Goldblatt. "Editor's Remarks". *Modern Chinese Literature*. Spring 1989. p. 173.

"文学与意识形态高度融合"的特殊时期，出现了中国现代作家创作不成功的现象。当时大部分作家既非常痛苦又非常真诚地想要进行满足战争需求的创作，但却都出现了一种深刻的写作危机，这种危机不仅是因为作者自觉抵制文学为战争服务的做法，更在于他们的作品在背叛深刻的同时又无法获得认可。当时的作家真诚地寻找能够将文学创作和服务抗战的两种热情相结合的新方法，但是却鲜有人做到。此期特刊中的文章试图从新角度重新对抗战时期的著名作家进行解读，选择这些作家的原因在于他们都具有以下的共同点：均以自己的方式挣扎于真正的文学创作与战时政治动员的张力之中。①

进入20世纪90年代，特刊首先集中于台湾当代小说。1992年6卷1、2期合集出版了由客座编辑郑树森组织的特刊"台湾当代中文小说"。主编手记中说明了此期特刊的来由，这些精彩的文章首先"呈献于科罗拉多大学波德分校举行的有关来自台湾当代中文小说的会议"，集中探讨台湾中文小说的地位——是应该享有前沿作品的荣誉还是继子的地位。此期特刊10篇论文围绕这一争论进行。

到1993年MCL的关注焦点更明显地体现在电影上。1993年7卷2期出版了特刊"中国现代文学改编的电影"，旨在说明华语电影的重要性，客座编辑为郑树森。主要内容是4篇文章，另外还有一篇报告，两篇访谈，一篇参考书目。编辑手记中写道：海外对中国现代文学及文化的关注近来都认可电影的影响力。现当代文学作品若与电影作品相比，电影更受青睐。特刊中4篇主要文章虽然都论述电影，却呈现出多元化的特点：对高尔基的《在底层》的改编；对香港流行作家李碧华小说改编的电影《霸王别姬》的探讨；针对功夫电影技术和理论的分析；台湾电影的文学改编问题等。一篇报告是

---

① Theodore Huters. "Introduction". *Modern Chinese Literature*. Fall 1989. pp. 175-178.

焦雄屏对跨过台湾海峡的电影洄游模式的分析；两篇访谈是克里丝·贝里对两位在电影方面活跃的作家的访谈。最后，由 H.C.Li 筛选的有关中国电影的英文参考书目具有重要的资料价值。

下一个特刊聚焦于翻译。1994 年 8 卷第 1、2 期合集中出现了一个特别部分："翻译中的中国文学"。尽管没有说明此期是特刊，但可以将这个特别专栏看作特刊，共计 5 篇主要文章。

紧接着 1995 年 9 卷 1 期出了由客座编辑唐小兵组织的特刊"文学与都市"，旨在建构中国大陆城市文学的完整历史叙事。包括唐小兵的导言一文，此期特刊共 8 篇文章。在主编手记中提到由唐小兵组织的此期特刊为 MCL 带来了新鲜血液———一批年轻的评论家。在唐小兵所作的导言中明确阐述了此期特刊的内容及特点。首先他承认组织此期"中国城市文学"的动因来自其本人对 20 世纪 30 至 40 年代中国文化转型/复兴的个人兴趣。他提到在此期间中国农村的作用发生转变，不仅用以作为革命群众运动的前沿阵地，也成为另类现代性的试验场所；而都市感性在此时期则面临着比任何时候都严峻的挑战和否定，这一现象可在当时文学概念与实践同时发生改变的过程中被察觉。唐小兵明确提到此期特刊旨在尝试构建中国城市文学的完整历史叙事，并由此预测未来。此期特刊作为一个整体尝试了一种实验性的组织方法和理论，以期重新审视 20 世纪中国文学。①

1996 年 9 卷 2 期 MCL 推出一期诗歌特刊，将诗歌研究放在宏大的文化和历史语境中进行研究。此期特刊包括 9 篇主要文章，同时此期两篇书评也与诗歌紧密相关：对舒婷的评论和对顾城《英儿》的书评。此期主编手记简短，感谢客座编辑奚密组织此期诗歌精彩特刊。而重要信息则留在奚密所作的前言中。前言中提到特刊有 4 篇文章来自 1995 年的 9 月 28 至 30 日在荷兰莱顿大学举行的由荷兰国际亚洲研

---

① Xiaobing Tang. "Introduction". *Modern Chinese Literature*. Spring 1995. pp. 7−10.

究协会和加州大学戴维斯分校共同组织的中国现代诗歌国际工作坊活动。其中特别指出柯雷的文章是目前为止对20世纪六七十年代北京地下诗歌最全面的研究，柯雷一文填补了自"文革"时代以来有关中国诗歌复兴方面的研究空白。此文也是柯雷著作《语言的破灭：当代中国诗歌和多多》第二章的修改版本。同时，此期中梁秉钧所探讨的话题致力于香港诗歌的早期发展，其观点认为"香港文化的认同是一个一直处于变动之中的问题"，他在论文中所提到的诗人都具有"将现代西方文明与传统中国文化进行有必要的协商"的特点。顾彬和贺麦晓的文章则体现出他们的独创性；李典分析了北岛诗歌中所蕴含的多层次矛盾。此期特刊中的所有文章都具有以下特点：信息量大，且将他们的研究对象——作家及作品放在更宽广的文学和历史语境中，并为此提供至关重要的见解。展示了在过去80年中，包括中国大陆、港台地区和海外中国华人社群在发展、研究中国现代诗歌这方面所富有的生命力和丰富性。①

1998年10卷1、2期合集的编辑手记表明了MCL里程碑式的发展和转向：创建这本期刊的初衷是为了给日益增长的有关中国现当代文学和文化研究的学术新见解提供一个宽阔的传播渠道。15年来MCL一共出了10期，努力而且成功地保持着期刊在学术方面的高水准，其在理论方法、研究话题和种类等方面的传播都可谓广泛、丰富，且频繁发表高水准的学术性对话。现在正是合适的时机让期刊和编辑都迈向新方向了，从第11卷开始MCL将会经历一个重大转型，将会组成新的编委会，期刊封面以及版式设计都将会是全新的。并且更值得一提的是期刊的名字将会改为MCLC（《中国现代文学与文化》）。②值得注意的是在这15年10期的容量中，已涉及本文以上所

---

① Michelle Yeh. "Preface, Modern Chinese Literature". Fall 1996. pp. 165-168.
② Howard Goldblatt. "Editor's Remarks". *Modern Chinese Literature*. Spring/Fall 1998. pp. 5-6.

提到的8个高质量特刊。而新的MCLC欢迎有关中国文学和文化各方面的文章投稿,范围覆盖影视、表演、视觉艺术、建筑、流行文化、各种印刷文化等。其发表要求是:专业领域和非专业领域的人士都能够阅读,但要求所刊文章具备相当高的理论性和独创性。①

大转型之后的MCLC在2000年的12卷2期刊发了"现代中国的视觉文化和记忆"特刊,可谓对期刊转型的响应。此期是MCLC经历改革后的第一个特刊,无主编手记,由两位特邀客座编辑安雅兰和陈小眉撰写详细的介绍,这也是进入新世纪以来的第一个专题特刊。介绍中说:生活在城市化社会中的居民每天需要面对大众市场传播的大量产品。在20世纪中国复杂的经济、政治和文化景观下大规模生产的视觉产品以及大众对其的接受情况值得探讨。此期特刊由7篇主要文章组成,作者包括文学评论家、历史学家及艺术史研究者,通过对视觉形象的解析,探讨现当代中国一部分具体视觉形式的产生原因及其情况。这些论文以探索图像角色的复杂性为切入点进而探索现当代中国文化的可视性问题。这些文章首先是以会议论文的形式出现在1999年10月由美国俄亥俄州立大学举办的会议上,它们介绍了现当代中国文化中的一个或多个视觉观念,特别强调如何利用图片来构建文学、历史以及文化记忆。如此期最后一篇文章梅根·费里的《乌托邦中国:中国文化大革命在拉丁美洲的愿景》探讨了毛泽东及其相关意象在拉丁美洲的跨学科影响。特刊文章旨在研究现当代中国文化中的可视性问题。希望用一种可持续的方式,使文学家、历史学家及艺术史专家对其所调查的视觉形象以合作的方式进行持续交流,由此构成现代文化史的一种历史叙述。对现代视觉图像(包括艺术)的生产和接受进行跨学科探索有助于更加有效地理解和阐释一些本质问题,如对20世纪中国文化的记忆、如何

---

① Kirk Denton. "A Note From The Incoming Editer". *Modern Chinese Literature*. Spring/Fall 1998. p. 6.

记忆、以何种新方式来看待现代性等。①

2001年13卷2期又出一期诗歌特刊，此期特刊亦无主编手记，只有客座编辑奚密所作的一篇手记说明特刊的目的：证实诗歌的生命力、新颖性和社会文化意蕴。此期所包含的7篇主要文章涵盖了中国诗歌从五四到当代的整个历史时期，跨度和范围大。魏朴的文章阐释了一个基本的哲学与艺术问题，重点集中于中国现代诗歌的形成期。刘皓明旨在论证废名诗学的重大成就，认为其价值一直被低估，废名的诗学借鉴了欧洲以及佛教来源，并且强调意象法的想象力和虚幻性之融合。江克平的文章把我们引向20世纪四五十年代，文章考察了赞美诗这一种类，论文揭示了这种赞美诗所具有的革命激情以及所蕴含的张力。西敏阐释了顾城早期作品中的对称性，这种对称性是对中国古典诗歌对称性的一种超越，同时认为以前对顾城的研究主要集中于主题，呼吁应该关注顾城诗歌的艺术形式。马苏菲的文章是此期特刊中唯一一篇对台湾诗歌的研究，论述了一种反复出现的诗歌形式：组诗。②

特刊"台湾电影"出版于2003年15卷1期，旨在关注台湾新电影之危机。客座编辑为柏佑铭和Nicole Huang，客座编辑的引言详细陈述了此期特刊的起源、主要内容及目的。引言开篇提到"新电影之死"的来源：1991年一本名为《新电影之死》的文集经汇编而成，其中针对侯孝贤1989年的电影《悲情城市》展开争论，认为台湾新电影已经背叛了其本应具有的对台湾社会进行批判的使命。尽管本书中的攻击可能是对侯的误读，但文集的题目指出了一个重要倾

---

① Julia F. Andrews and Xiaomei Chen. "Guest Editor's Introduction". *Modern Chinese Literature and Culture*. Fall 2000. pp. iii—xiii.

② Michelle Yeh. "Guest Editor's Note". *Modern Chinese Literature and Culture*. Fall 2001. pp. iii—iv.

向——台湾电影已经处于危机之中。①引言在介绍了"危机中的台湾电影"这一名称的来由之后提出，了解20世纪90年代台湾电影危机的起源会对理解此期特刊中的所有论文有所帮助，因为这是这些论文产生的语境。引言中说道：本期中的6篇论文均涉及台湾电影场景，他们避免使用一种粗暴的政治分类的阐释方法。叶月瑜和王斑超越了台湾内部政治辩论的模式，作为对全球化统一愿景的对应，对杨德昌、蔡明亮和侯孝贤的电影进行解读，而这种全球化统一愿景可能是对本土特征的威胁。纪一新关注与台湾新电影并行出现的台湾新纪录片。邓志杰致力于新电影的历史背景研究，将重点放在侯孝贤的早期作品上。罗鹏、柏佑铭和叶月瑜分别从公共健康、城市规划和流行音乐等方面论述了台湾当代社会中新电影的语境和文化问题。同时，这些论文涵盖了按时间顺序排列的新电影和其所反映的当代文化的整个历史，包括新电影在20世纪90年代早期的全盛时期（罗鹏、柏佑铭和叶月瑜的文章），侯孝贤的学徒生涯（邓志杰的文章）和早期城市电影（柏佑铭的文章），再到侯孝贤的近期作品（王斑的文章），以及对纪录片制作不断增长的兴趣（纪一新的文章）。引言最后提到此期特刊中的文章揭示了学术界对台湾电影持续的兴趣，尽管台湾电影制作者不断看到危机的信号，但这正反映了台湾电影人对台湾电影的重视和危机意识。②

2005年17卷1期特刊"中国文化在亚洲"，重在强调亚洲内部文化交流的重要性。此期特刊具有鲜明的时效性和政治性，客座编辑为罗贵祥和彭丽君。仔细阅读主编手记可见此期的重点在于说明在政治冲突以及经济竞争紧张的现阶段，文化交流的重要性日益增加；此期特刊中的文章也是"对超欧洲中心论范式文化全球化的有效理

---

① Yomi Braester and Nicole Huang. "Guest Editor's Introduction". *Modern Chinese Literature and Culture*. Spring 2003. pp. vii–viii.

② Yomi Braester and Nicole Huang. "Guest Editor's Introduction". *Modern Chinese Literature and Culture*. Spring 2003. pp. vii–xi.

解和批判"。此特刊的目标是：为新跨亚背景下对中国现当代文化交流进行有效分析、调查、理论建构提供一个学术平台。旨在强调了解亚洲文化交流与全球化的重要性，并以此避免仅用欧洲作为参照物来理解当今世界。主编手记中说："此期中的各种文章展示了在历史、地域政治和经济权力冲突下，在文化的层面上把亚洲各国连结在一起的可能性和重要性。"[1]此期特刊的目标不仅在于提供一个在新跨亚背景下对中国现当代文化研究的学术平台；同时也提供了一个对超出欧洲中心论范式的文化与全球化的理解和批判的起点；真正的作用是通过了解亚洲之间的文化交流以及全球化，我们可以避免使用欧洲作为仅有的参照物。紧接着对此期特刊目标的介绍，引言随后介绍了此期特刊中主要文章的基本内容和价值。梁秉钧刊载的12首诗歌，标题为"亚洲的滋味"，诗歌是源于他与8位来自香港地区和新加坡、印度尼西亚、泰国等亚洲国家艺术家一起合作的装置艺术展。诗歌展示了亚洲各国和地区之间文化历史相互影响的程度要比想象中深得多。德里克通过聚焦上海，考察了建筑在殖民历史中所起的作用。加藤的文章是有关李小龙的功夫电影，李小龙被认为是跨中国的民族主义的标志性人物。该文章对电影的独特视觉语言、动作编排以及在影片中所运用的各种武器的象征意义进行了透彻分析。彭丽君仔细研究了新电影品牌"新亚洲电影"，这个术语在许多电影节和电影市场中的广泛使用，文章争论这种新的身份和概念的可能性以及如何模糊、抹去国家边界、高端艺术和大众艺术之间的区分标志。蔡如音在《全球化/后殖民亚洲的跨国明星论：媒介文化生产关系中的金城武》一文中以金城武——全球化亚洲中具有高度移动性的明星示范作为个案，企图对跨国明星地位提出脉络化的解释。此期特刊最后一文中酒井直树通过他自己使用多种语言编

---

[1] Kwai-Cheung Lo and Laikwan Pang. "Introduction: Chinese Culture in Inter-Asia". *Modern Chinese Literature and Culture*. Spring 2005. pp.1-4.

辑期刊《印迹》的经历，把我们带回到亚洲文化和语言多样性如何面对英语霸权这一尖锐问题上。他认为文化民族主义无论如何都不是针对西方帝国主义的合适解决方案。在面对英语霸权主义时，其实翻译可以为政治斗争和文化协商另辟蹊径。该文认为与其拿出本国语言的国族传统与文化特质来抗衡全球使用英语的趋势，不如将英语看成一种策略性的媒介，并透过多种语言的翻译来进行不同国族之间的互相交流。因此翻译是处理批评问题、研究政治抗争与文化协商的焦点和重心。基于特刊中的所有文章，可以看出此期特刊试图利用泛亚实体作为跳板，跨越二元对立模式来思考文化多样性问题。另外值得一提的是，此期特刊中的所有文章，除了梁秉钧的诗歌，都被翻译成中文在台湾期刊《中外文学》2005年6月34卷1号刊中刊出。①

2006年18卷1期为"中国现代主义"特刊，旨在概述有关中国现代主义的运作方式。特刊客座编辑是韩瑞。韩瑞在导语《中国现代主义》一文中说道：中国民族认同的事实是中国现代主义风格自觉发展不可避免的特征。同时，并不存在简单的"国家"文学。②

MCLC的第15个特刊刊于2008年秋季的20卷2期，名为"现代中国的喜剧愿景"，客座编辑为雷勤风和傅朗。此期特刊的目标在于重建中国喜剧的谱系以及重新确立喜剧的地位。综观此期特刊的引言以及相关文章可见其特点：采用新视角、新理论，力求全面系统地对中国喜剧进行补充、重评和创新性研究。此期特刊加上引言共计7篇文章。在引言中开篇即引用1939年钱锺书的文章《说笑》，当时钱锺书在昆明西南联大任教，此文是发表在《今日评论》上名为"冷屋笔记"系列中的一篇，旨在讽刺林语堂曾通过《论语》杂志向

---

① Kwai-Cheung Lo and Laikwan Pang. "Introduction: Chinese Culture in Inter-Asia". *Modern Chinese Literature and Culture*. Spring 2005. pp.1-7.

② Eric Hayot. "Modernisms' Chinas: Introduction". *Modern Chinese Literature and Culture*. Spring 2006. pp.1-6.

国民灌输幽默和其所谓的人文价值观。钱对林的讽刺在1939年似乎已经显得不合时宜，因为"到1939年中国的幽默年代似乎已经过去，林语堂的《论语》也在1937年停刊，林本人也离开中国去了美国"。①文中接着提到，幽默在中国总是属于历史的偶然事件，出现的频率极低。但是正是将幽默大师林语堂逐出中国的战争以及处于边缘化的"说笑"却给钱锺书带来了创作梅尼普斯式讽刺佳作《围城》的灵感，同时也促成了当时在沦陷区上海及国统区重庆地区喜剧创作繁荣的景象。这样的偶然和催生关系其实也在中国历史上的其他几个时期出现过，如晚清文学中的"游戏"文学和"文革"时期地下流传的笑话书籍。文章紧接着梳理了不同历史时期中国对喜剧接受的局限。引言最后，两位作者提到此期特刊汇集的6篇文章都反映了有关中国现代喜剧的一些共性：首先，中国文学及文化中采用喜剧模式不是为了逃避社会、政治和人性等问题，而是通过重新定义解释框架和观点来反映这些问题。其次，喜剧具有高度自我反省的作用，显示出喜剧作为叙事模式的力量和独到之处。再次，喜剧所具有的高度灵活性和适应性，能够联合而不是分散来自不同背景的观众。同时也指出，此期特刊中的文章只提到喜剧领域中的一部分，如小说、电影、话剧、连环画、广播节目、动画、民歌、网络作品，但一些传统的形式如相声、滑稽戏、传统戏曲等还是亟待探索的领域。在所涉及的地理范围上包括中国大陆和台湾，但这只是喜剧地图的一部分，还应该包括新加坡和海外华人社区。最重要的目的是需要全面重建中国喜剧的谱系。最后得出的结论是：喜剧对于中国现代文学的发展进程来说绝不是一个注脚，如果仅将其作为附属物或是教学的补充内容来对待，其实低估了喜剧对现代中国的影响力。现在到了对20世纪中国喜剧的丰富内容和影响力投入更

---

① Christopher G. Rea and Nicolai Volland. "Comic Visions of Modern China: Introduction". *Modern Chinese Literature and Culture.* Fall 2008. pp.vi.

多关注的时候了。①

第16个特刊发表在2011年春季的23卷1期上，名为"疾病的话语"。此期特刊依然秉持MCLC的一贯特点，将重心放在社会、政治和语言上。此期特刊使用医学概念和假设对文化文本进行分析，通过"身体"概念关注社会政治，医学隐喻被用来解释语言文化的运行过程。使用医学隐喻的原因在于两者之间的相似性：知识以及文化的传播与病毒具有极高的相似性。特刊客座编辑为罗鹏。主编手记中称："本特刊的目的在于说明疾病的逻辑如何渗透到文本中。从晚清开始直到现在的市场经济时期，疾病一直与中国文化现代性紧密相连，本期特刊所涉及的话题具有相当大的启发性。"②包括罗鹏所写的引言在内，此期特刊共计8篇文章，引言中指出：本期特刊定位于艺术和科学之间。这个问题的出发点来源于19世纪后期现代生物医学的发展，但它的焦点是医学概念和假设在文化文本中被使用的方式。这些文化文本提供了对健康和疾病的普遍理解以及想象性洞察。可以将此特刊中的7篇文章分为三个部分，第一部分聚焦于传染和免疫反应的相关问题，第二部分是心理学和政治，第三部分是语言和共同体问题。贯穿它们的主题包括感染和翻译，认知和摒弃，以及消费和破坏之间的关系。我们强调现代生物医学理论与传统医学范式的交叉，使用物质身体的模型来阐明对社会政治的关注，以及使用医学隐喻来解释语言和文化的运行过程。简而言之，这些文章分享了一个"病毒知识"的批评原理，通过理解病毒知识以及其他疾病形式的双重意义，认识知识和文化本身与病毒在传播方面具

---

① Christopher G. Rea and Nicolai Volland. "Comic Visions of Modern China: Introduction". *Modern Chinese Literature and Culture*. Fall 2008. pp.v–xvi.

② Kirk A. Denton. "Editor's Note". *Modern Chinese Literature and Culture*. Spring 2011. pp.ii.

有的高度相似性。①特刊中除罗鹏的引言之外,第一篇文章是宋安德的《中国现代文学中的传染病和痨症患者》,聚焦于"现代与传统"这一既对立又相互依赖的概念。通过两个例子——林纾翻译大仲马的《茶花女》和丁玲的《莎菲女士的日记》,讲述其实两部作品的写作都是利用对"传染"的更传统的理解来讲述一个相对现代的病症——结核病的故事。第二篇文章是罗鹏的《关于经典与吃人:〈狂人日记〉的心理免疫学解读》,旨在将科学模型转化为政治模型。作者认为,在中国新文化运动旗帜性期刊《新青年》的早期阶段,一部分作品应用微生物模型作为政治改革问题的表述,而《狂人日记》也属于这一范畴。第三篇文章是蔡建鑫的《抱恙或者康健:阎连科与自身免疫写作》,此文中作者采用了一套免疫学概念来审察阎连科最近几本小说中的生物政治逻辑。从第四篇文章开始进入此特刊的第二个板块——精神疾病。蓝峰的文章《从沉沦的文人到沉沦的知识分子:一名罹患忧郁症的旅日华人》认为郁达夫的文章中隐含着一种极大的反讽:郁达夫用一个极度西方的概念来表示主人公因背叛了中国传统文化转向西方,因此变得落魄与精神抑郁。王晓珏的文章《从庇护所到博物馆:沈从文1949年过渡时期的呓语狂言》分析沈从文1949年从文学转向历史研究的意义,认为精神分裂症提供了一个有用的模型,用以了解沈从文尝试逃避的原因。最后两篇文章属于此特刊的第三板块:共同体和语言问题。杨新的文章《女性疾病与康复的塑造:陈染与安妮宝贝》分析了中国女性及个体与社会机制分离的原因。此文所比较的两部当代小说都使用了疾病的隐喻来表现社会结构的转变。两部作品中的女性之所以生病都是因为承担了太多的来自社会机构的责任,她们治疗自己的方式是退出社会机构,甚至逃离城市。最后一篇文章是白安卓的《图像的胚芽:

---

① Carlos Rojas. "Introduction: 'The Germ of Life'". *Modern Chinese Literature and Culture*. Spring 2011. pp.1—14.

传媒性、病毒性以及中国写作》，作者检视了语言的病毒性质。认为汉语是最具传染性的语言，也是最容易受外部污染的语言。作者通过对三位迥然相异的作家的分析——20世纪早期的世界主义者胡愈之、墨西哥小说家萨尔瓦多·伊利多恩、当代台湾作家舞鹤——说明汉语的性质。

2013年秋季25卷2期为MCLC的第17个特刊，名为"政治大众在当代中国的消失/出现"。加上客座编辑阿努普·格雷瓦尔和肖铁的重量级引言，此期特刊共8篇文章。在邓腾克非常简短的主编手记之后，肖铁和阿努普·格雷瓦尔以余华2011年发表的《十个词汇里的中国》一书导入此期话题。余华所唤起的这种当代中国政治群体的消失/出现的状况正是此期特刊的话题。在此期特刊中我们思考这样一个问题：当我们将中国现当代政治人群的历史和理论重置于全球框架中，并在处理历史上以及目前构造中有关政治集体意义的学术研究时，打破中国研究想象的边界，而将内外结合起来，这会带来怎样的新问题？研究中国现当代"政治人群的消失/出现"需要寻求政治学的帮助，这种视角需要超越政治学中狭隘的、仅仅聚焦于政治斗争和暴力的局限，而以一种探索美学重新配置的方式"挑起"对于"可见度、可言语和可行性的新前景的论战"。①

2015年27卷2期"洪深和民国时期中国的现代媒体领域"特刊为18个特刊中的最后一个。此期客座编辑为刘思源和陈小眉，包括7篇主要文章。此期主编手记较其他特刊都显得详细和正式，大多数情况下，如果特刊有详细的客座编辑简介，主编手记都非常简短，但此期主编手记邓腾克不仅介绍了此期特刊的来由，对洪深进行了高度评价，还特别提及此期特刊的学术价值和意义——描绘了中国

---

① Anup Grewal and Tie Xiao. "Someone Say 'Crowd'? The Dis/Apperance of the Political Mass in Contemporary China: Introduction". *Modern Chinese Literature and Culture*. Fall 2013. pp.1–16.

文化现代性在其早期形式中所具有的流动性和异质性。主编手记首先介绍了特刊的渊源：2012年洪深的女儿洪钤为了写作有关父亲的新自传，特访俄亥俄州立大学并联系该校艺术史教授茱莉亚·安德鲁斯。洪钤的访问是为了搜集有关其父1916年至1919年在俄亥俄州立大学做学生时的资料。在准备洪钤的拜访时，安德鲁斯和其他人与俄亥俄州立大学的图书馆和档案室共同汇总了相关材料。在挖掘存档文件的过程中，发现洪深的英语戏剧《为之有室》实际上写于俄亥俄州立大学，是为了当时的一门英语课程而写，但以往学者一直认为此剧是洪深在哈佛学习时所写。另外，当时此剧是洪深以学生身份创作并排演的一个作品，该剧采用了恰当的男女性别以及种族混合的方式进行演出。此期特刊中另一文的作者何曼（音译）为俄亥俄州立大学中国戏剧系博士生，在这样的背景下他提出重演这部戏剧的想法用以庆祝和纪念洪深在俄亥俄州立大学的求学经历；同时也想以这样的方式提醒大家注意中国戏剧史上一部分被遗忘的跨国篇章。后续的发展是在刘思远的执导下，俄亥俄州立大学在2013年11月成功对该剧进行了重演。2014年相关作品结集出版，结集出版的集子名为"洪深和《为之有室》"，包括本剧的原版剧本、由何曼对其进行的首次中文翻译本、由洪钤拟写的前言、洪深的短篇自传和刘思远执导该剧时的笔记、电影版DVD等。为了向洪深的电影致敬，同时为洪深编剧、于1936年拍摄的电影《新旧上海》配以英文字幕。之后，为了使洪深的作品能够在更大的范围内传播，2013年11月名为"洪深和民国时期中国的现代媒体领域"的学术研讨会举行。此期特刊中除了一篇文章以外，所有的文章均在此次研讨会上首次发表。主编手记最后指出，洪深是一位充满魅力的知识分子，他对民国时期文化界的影响全面而深远。读者会发现这些文章不仅阐明了洪深的贡献和特点，更重要的是描绘了中国文化现代性在其早期形式中所具有的流动性和异质性。

在刘思源所作的引言部分，所有的论述都围绕此期特刊的目的，同时也是一个结论：洪深对中国现代传媒的参与具有先锋性，同时其所贡献的方法具有非同一般的创新性。首先在引言的开始提到，尽管洪深被公认为是中国现代戏剧和电影的先锋代表人物，在这两个领域他身份众多、贡献巨大，但与田汉和欧阳予倩相比，洪深在中国现代戏剧及电影的学术和叙事研究的历史中所受关注较少。紧接着提到现在针对洪深的一般研究具有局限性，如在电影领域对其的讨论多限于1930年他对反中国的好莱坞电影《不怕死》的抗议；而在话剧研究方面也多有重复，如其将《琼斯皇》中的表现主义技巧运用到《赵阎王》一剧中，对王尔德的《温莎夫人的扇子》的中国化改造等，这些都没有跳出以往的研究范围。但近年出现了一批新的研究成果：2014年陈小眉的文章《绘制新的戏剧典范：重写洪深的遗产》呼吁对洪深思想意识的复杂程度进行重新审视；另外也与以上引用邓腾克的主编手记相呼应，提到此期特刊的原动力，特刊中除了引言的另外6篇文章重点都在论证洪深对于中国现代媒体——电影和戏剧的先锋性参与，而其贡献主要在新方法上。刘思源概括道：特刊中的文章利用新资源、新方法和新角度，是对现有关于洪深叙事的挑战；同时也拓展了对洪深在中国现代文化生产中地位的重新评定。下面具体看看刘思源对这6篇文章的概述：黄学雷《主流媒体中的洪深：1924—1949》一文通过借助最近民国时代的报纸和杂志的电子版档案的证据，考查了洪深思想意识的复杂程度。另一文《当她/他不是娜拉时：洪深、大都会知识分子和20世纪最初10年的中美中文戏院》中何曼探究了洪深写于1919年的《为之有室》一剧所具有的创造性，以及本剧思想意识的谱系可追溯到鸳鸯蝴蝶派作者包天笑的短篇故事《一缕麻》（1909），再到梅兰芳的京剧和文明戏，《为之有室》其实是对包天笑"情"的重点的继承。在《洪深与中国现代戏院对西方戏剧的改编》一文中，刘思源将洪深的意识形态立场复杂化，认为洪深的"改编"为当时不成熟的实践者提供了宝贵的空间。特刊中的文章除了将注意力放在洪深复杂的思想意识形态以及他的中国化改编、创作对戏剧的发展所做出的贡献之外，其他的文章还研究了洪深在戏剧表演中的性别改革和尝试，特别是其在1923年使用适当性别的演员阵容进行表演。特刊中的另外两篇文章检验了洪深在更宽泛的范围内对中国现代媒体领域的贡献。罗靓的文章对媒体领域的重视提醒我们对洪深和田汉等人的作品使用跨学科的方法进行研究。洪深等人精通现代主义美学并渴望在中国现代戏剧和电影中做出贡献，同时他们还在大众教育和动员中非常前卫地使用了媒体这一中介。也正因如此，此期特刊的名称中出现了"媒体领域"一词，它为我们提供了一个在更宽广的范围内对洪深及其同行作品进行评价和研究的框架。刘思源在简介最后总结道：本特刊的6篇文章覆盖了洪深自1919年到20世纪40年代的整个创作生涯，为论证洪深对中国现代戏剧及电影的卓越贡献提供了新证据，进行了再评价，试图寻求与他作为现代戏剧"创始人"的一般规范叙述不同的结论。这些文章利用那些没有被收进《洪深文集》四卷本（1957—1959）——这是多年以来一直被用作研究洪深及其贡献的主要作品来源——中的作品，使我们对洪深的文化作品的某些重要方面能够进行更好的理解：如他在美国期间的学习和他的意识形态的复杂性之关联，他对于性别政治的观念，他的改编和创作的选择倾向，他的教学动力以及他在大众教育及动员方面的投入等。特刊的几位作者通过对很少在细节上被充分讨论或分析的理论和教学文献的研究，拓宽了对这位被忽视的文化人物的研究范围。同时，此期特刊的作者还对洪深在中国现代时期的贡献和地位进行重新定位，如证明了其在中国戏剧发展和戏剧改编方面的关键作用，他的思想选择和个人政治立场所具有的异质性等。最后刘思源高度评价此期特刊的意义：有几个最为核心的问题可以用来界定中国现代媒体领域，而洪深的经历比我们原先所想象的要典型得多。我们在本期特刊中致力于通过单个文化人物揭示这些最重要的问题，即民国时期中国文化生产的异质性，意识形态与政治驱动的缺陷，如何捕捉这些异质性的叙述，以及有关中国文化现代性的跨文化和跨国本质。我们希望本期特刊中这些文章所做的重构和修正性研究能够为学界对中国现代戏剧、电影和文化产品的整体研究和教学工作提供新思路。①

三、海外中国现当代文学及文化研究的特点和趋势

通过对 MCLC 的 18 个特刊的总结和分析可见其所具有的特点：

1. 覆盖文学类型广泛，内容丰富。尽管本文只涉及 MCLC 的 18 个特刊，内容仅占 MCLC 全部学术文章内容的 40% 左右，但特刊覆盖文类丰富，既包括中国现当代文学中的诗歌、小说、戏剧、电影等主要文类，还涵盖翻译文学、女性文学、通俗文学在内的其他文学类型。

2. 倾向于将中国现当代文学置入文化和媒体领域进行研究。在 18 个特刊中性别、区域、都市、美学、语言、身体、疾病等文化概念成为专题的核心概念；同时重视视觉艺术、印刷等技术媒体对文学的影响。

3. 创新与重新定位。18 个特刊选题、组稿及目标最明显的特征即求新。如刊于 1988 年的特刊 1 选择了"性别、女性主义及女性文学"为主题，关注不同历史阶段和地缘政治区域中女性文学及其相关主题，试图构建中国女性被遗忘的历史。1989 年特刊 3 "抗战时期的文学"是对中文及英文学界在对中国现代文学研究时偏爱五四和左翼文学，不重视抗战及战后文学研究的补充。2008 年特刊 15 "现代中国的喜剧愿景"，以及 2015 年特刊 18 "洪深和民国时期中国的现代媒体领域"重视中国现代戏剧研究以及对其的重评、重新定位问

---

① Siyuan Liu. "Hong Shen and the Modern Mediasphere in Republican-Era China: An Introduction". *Modern Chinese Literature and Culture*. Fall 2015. pp.1-8.

题，可谓对现代中国戏剧在英文学界研究中处于边缘化地位的纠偏。

4. 强调中国现当代文学和文化的政治功能。1989年特刊2有关"80年代的中国文学"实际上是对"后毛时代中国文学及其文学政治的研究"。再如2013的特刊17名为"政治大众在当代中国的消失/出现"。指出此期特刊中的文学和文化现象都旨在探讨政治人群及政治中国。尽管在18个特刊中不乏将美学品质视作研究中国现当代文学和文化之根本的学术佳作，但从特刊选题以及大量文章的切入角度及所运用的理论方法上可见MCLC期刊对"文学政治功能首要性"的强调。中国作家作品以及文化现象的政治性、意识形态特征是期刊关注的重心。对中国现当代文学文化进行研究的主要目的在于对中国现实社会，包括政治、历史、思想观念的认识和评价。

5. 全球化、亚洲文化多样性的视角和跨学科综合性研究方法的运用。综观MCLC的18个特刊，确实能反映出20世纪80年代至今这30多年中英语世界中国现当代文学及文化研究的一些基本特点和倾向。首先，视台湾文学与文化为中国文学与文化的一个重要组成部分而被英语世界所关注和研究。18个特刊中有两个台湾特刊，特刊4"台湾当代国语小说"和特刊12"台湾电影"；在其他相关各成体系的特刊中则将其视为不可或缺的组成部分包括在内，如特刊8诗歌专辑中提及希望在宏大的文化和历史语境中对过去80年中，包括中国大陆、港台和海外华人社群在内的中国现代诗歌进行研究和分析，以此完整展现此阶段中国现代诗歌所具有的生命力和丰富性。其次，英文学界在研究中国现当代文学与文化时重视亚洲间文化这一概念。特刊13"中国文化在亚洲"旨在强调亚洲间文化交流的重要性。反复强调对中国现当代文化交流的有效评价必须基于跨亚洲以及亚洲间的背景。强调亚洲间文化交流是全球化的重要组成部分，可以此避免仅用欧洲作为参照物来理解和参与全球化。在强调亚洲文化一体性的同时提出重视亚洲内部文化多样性的观点。正是在此基础上，特刊内容中的相当一部分是关于香港、台湾、海外华人社群的多样化文学创作和文化表现方式。第三个显而易见的倾向是对中国文学及文化现象的阐释越来越多采用跨学科、融合多种人文科学和社会科学的综合性研究方法。这既是求新的需求,更是文学文化研究向科学研究与人文学科之间的交叉方向发展趋势的体现。

MCLC 在其33年的办刊过程中出现过一次明显的转变,即1999年第11卷开始的改名和改版,名称由"中国现代文学"改为"中国现代文学与文化";同时,主编、封面、版式、编辑部人员都有重大变化。以此为标志可见英文学界对中国现当代文学研究的变化及趋势,即由传统的文学研究向文化研究转变,这一转变其实是从传统的文本研究转向文化生产领域包括电影和其他不同类型的视觉文化的研究。这一转变在MCLC的全部内容及特刊中都有体现,近期愈加明显。借由对MCLC特刊内容的翻译、总结和分析,其所体现出的"加强中国现当代文学与视觉文化之间的联系",以及"推动文学研究进入科学研究与人文学科之间的交叉领域、体现跨学科研究方法在文学文化研究中的优势"等倾向,都预示着未来英文学界对中国文学及文化研究的基本方向和趋势。

本文原刊于《当代作家评论》2017年第6期

葛浩文的目的论与文化翻译策略

王汝蕙　张福贵

中国文学的外文译介对我国本土文学以及中国整个社会文化的发展具有积极的影响作用。然而，在外国文学译介过程中，不同社会文化语境、不同民族的意识形态对译介的影响及其形态特征却未得以充分的研究与认识。①文化在其中起着十分重要的作用，那么文化到底是什么？从古至今，对文化的定义已有上百种之多。笔者较认同德国社会学家和翻译学家格林（Heinz Gohring）对文化的定义："文化就是我们所知、所行、所感，可以拿来判断社会里个人的举措行事，是否合乎这个社会的常情的；又或者是我们为了本身的利益，希望拿来指导自己的行为，使之合乎常情，而不至于因为违反社会常情而承担后果。"②文化即是一种融汇了各种能被国家传承的精神文明状态，其现象较为复杂，而语言恰恰是其种种复杂现象中的一环，

---

① 姜秋霞、郭来福、金萍：《社会意识形态与外国文学译介转换策略——以狄更斯的〈大卫·考坡菲〉的三个译本为例》，《外国文学研究》2006年第4期。
② 参见陈德鸿、张南峰：《西方翻译理论精选》，第155-156页，香港，香港城市大学出版社，2000。

语言与文化之间始终保持着相辅相成的关系。美国语言学家萨丕尔（Edward Sapir）曾指出："文化可以理解为社会所做的和所想的，而语言则是思想的具体表达方式。"①而在英语和汉语的词汇表达上，分别具有一定的文化内涵，当两种语言产生不对等的含义时，通过运用翻译策略进行译介，这些含义丰富的词便是文化负载词。

进入中国当代文学早期阶段，中国小说在美国单本译介较少，仅有老舍的《四世同堂》《鼓书艺人》《猫城记》、陈若曦的《尹县长》等。而在中国"新时期文学"时期，大量中国作家作品进入美国人的视线，其中莫言"御用"翻译家美国著名汉学家葛浩文先生译介了大量中国小说到美国，共50余部，如：萧红《呼兰河传》《生死场》《商市街》……苏童《我的帝王生涯》《碧奴》《河岸》《米》；王朔《玩的就是心跳》《千万别把我当人》；刘震云的《我叫刘跃进》《我不是潘金莲》；贾平凹《浮躁》；毕飞宇《推拿》《青衣》《玉米》等等。这些在中国受到追捧的作品在美国同样得到了较高的关注和反响。

20世纪80年代末，葛浩文第一次接触莫言的作品《天堂蒜薹之歌》，并对此产生了浓厚的兴趣，写信给莫言表达想要翻译此书的愿望，莫言欣然接受。不久，葛浩文在台湾注意到了莫言的《红高粱家族》，由此他对莫言小说的翻译之路正式开启，这也是葛浩文翻译生涯的重要转折点，同时也是中国小说家莫言为美国所了解的开始。本文将在目的论视域下以文学译介过程中葛浩文对文化负载词的运用以及影响翻译策略的各方面因素为切入点，以莫言英译小说《天堂蒜薹之歌》为研究对象，尝试运用实证的研究方法对葛浩文的翻译策略进行分析。

---

① Edward Sapir. *Language: An Introduction to the Study of Speech.* New York. Harcourt, Brace & Co. 1921.

一、文化负载词的翻译策略

新时期以来,有关翻译的研究已从单纯的语言文字分析转向对深层文化因素的探讨。翻译的主要目的其实是将文化内容由一种语言翻译成另一种语言。20世纪90年代提出的文化"走出去"战略以及当今世界都在倡导的跨文化之间的交流,对于文化负载词的翻译和表达的研究,能更好地使英语读者了解中国文化和中国文学,同时有助于更好地实现文学翻译的跨文化交流的目的。美国语言学家、翻译学家尤金·A·奈达(Eugene A.Nida)将文化负载词分成五大类,即生态文化界、宗教文化界、文化文化界、物质文化界以及语言文化界的术语。[1]笔者认为其分类概括比较清晰、精准,但稍显笼统,针对我国独特的文化传统,应该对其进行更加细化的分类,在莫言小说《天堂蒜薹之歌》中,很多词语体现了丰富的文化内涵。笔者依据英译版本《天堂蒜薹之歌》中的内容,对其文化负载词进行综合分析,整理出以下几种分类:生态文化负载词、物质文化负载词、社会生活文化负载词、历史典故文化负载词、宗教文化负载词、语言文化负载词和人名文化负载词。

(一)生态文化负载词

不同国家的地理位置和生活环境大不相同,这可能会导致不同文化的产生。生态文化负载词由生态环境、气候变化、地理环境、动植物等因素组合而成,由于文化的差异性,不同国家的人们可能对相同的生态特征有着不同的理解和认识,这就加大了文本理解的

---

[1] Eugene A. Nida. *Language and Culture: Contexts in Translating*. Shanghai. Shanghai Foreign Language Education Press. 2001.

难度。例如,"炕""村""县""寒冬腊月"等。

例1 东边的车路上,有一辆满载着豆棵子的牛车缓缓地移动着,赶车的男人高唱着:"六月里三伏好热的天——二姑娘骑驴奔走阳关——"他感到一丝力气也没有了。(莫言2012:79)

译文:Off to the east an ox plodded down the road, pulling a cart piled high with beans. "The dog days of summer, sweltering in the sixth month," the driver was singing. "Second Daughter rides her donkey out into the wilderness…"(Goldblatt.2012:64)

"三伏"一词是中国独特的节气,也是一年中最热的时节。葛浩文将其译为"The dog days of summer","dog days"这个术语最早出现在古希腊文中,因罗马天文学家发现炎热的天气与天狼星(狗星)有很大关系,故"dog days"由此而来。在汉语中,与狗(dog)一词相关的都是贬义含义较多的词语,而在西方,"dog"一词褒义含义偏多,例如,"a lucky dog""a top dog"等等。此处葛浩文属于意译处理,有利于西方读者的理解。

例2 他搓着胸脯上的灰泥,听到新生的婴儿在炕上啼哭。(莫言2012:3)

译文:With the sun beating down on his bare back, he scraped caked-on dirt from his chest. He heard the cry of his newborn baby on the kang, a brick platform that served as the family's bed.(Goldblatt.2012:2)

此处葛浩文采取了音译的手法,将"炕"译为"kang",既符合中国北方的语言特点,又满足了西方读者的口味,对传播中国文化和中国元素起到了重要的作用。

(二)物质文化负载词

物质文化负载词即反映某一民族衣食住行等物质层面的生活化

词汇。这些词汇还包括某个民族日常的工具、装备、作品等等。由于不同民族所处的地域和文化不尽相同，比如"打鞔子""擀饼杖""年画"等，不了解中国独特文化的西方读者，对某一民族或地区独有的物质文化负载词的理解是有一定难度的。但通过运用具体的翻译策略会使西方读者便于阅读理解。

例3 大树旁边那个水煎包铺子里的老板娘发现他走出来，热情地招呼着："这不是张扣大叔吗？站在这儿干什么？进屋，刚出炉的热包子，吃几个，不要您的钱。"（莫言2012：351）

译文：The woman who ran a snack shop near the big old tree saw him. "Is that you, Great Uncle Zhang?" she called out warmly. "What are you standing there for? Come on over for some nice meaty buns, fresh from the oven. My treat."（Goldblatt.2012：277）

"水煎包"在此例中被译为"snack"，意为快餐，点心，笔者认为这是误译，将其译为"Fried Buns"既展现出原文的文化之美又便于美国读者的阅读。"包子"一词葛浩文对此进行了改写，译成了"肉包子"："meaty buns"，虽与原语意义相近，但在此，笔者建议应译为"steamed stuffed bun"会完美地诠释原文内容。

例4 她感到心里一阵阵发慌，掀掉被单子，坐起来，倚着壁子墙，直呆呆地望着墙上那张年画，画上画着一个穿红兜肚的胖小子，胖小子双手捧着一颗红嘴儿的大桃。（莫言2012：70）

译文：Jinju, suddenly agitated, threw back the covers and sat up; she stared at a New Year's wall scroll with a cherubic boy in a red vest holding a large red peach like an offering in his hand. (Goldblatt. 2012：57)

（1）"年画"是中国汉族独有的民间艺术之一，也是一种独特的绘画体裁，且大都在新年时将其张贴以表达吉祥祝福之意。葛浩文采取意译手法，将其译为"New Year's wall scroll"笔者认为是合理的，由于上下文的内容重点并不在此，所以不必对其进行注解，只对其基本含义进行翻译即可。(2)"兜肚"俗称"肚兜",是中国的传统服饰中的贴身内衣,多用于妇女或儿童。葛浩文的处理是意译,"vest holding"意为"容纳的背心",由于在译入语中没有与"肚兜"相对应的词汇,所以此处的翻译已被具体化了。笔者认为如译为"bellyband"会更贴切,读者也都能理解。

(三)社会生活文化负载词

社会生活文化负载词是指某一民族社会礼仪称呼、风土人情、休闲娱乐名称以及政治事件等词汇。通过这些词汇我们可以了解到该国家或民族的生活习惯以及其特定历史状况。例如在中国,汉语中亲属之间的称谓较为复杂,上下四代中凡是有血缘关系和姻亲关系的人都会包含在内,并各自都有相应的称谓。比如,"爹""婶""小姨子""外甥"等等。而在西方国家却相反,他们崇尚个人主义,追求独立性,亲属之间的称谓较简单。在《天堂蒜薹之歌》中这类词汇不胜枚举,除此之外,还有一些例如:"文化大革命""贫下中农们""土地改革""红卫兵"等。

例5 小小雀斑女政府说:"你叫我声大姨,我就给你吃。"(莫言2012:219)

译文:"Call me 'Great-Aunt,'" the freckle-faced guard said, "and maybe I will." (Goldblatt.2012:171)

此例子中葛浩文采用了直译的操作方法,其中"大姨"被译成"Great-Aunt",在例5的语境中,女政府官员持有一种强势的,带有些许调侃意味的态度引诱年轻犯人称呼自己为"大姨",所以葛浩文灵活地使用了"Great"这个单词来强调"大姨"的分量。在汉语和英语概念意义相同的情况下,有些词语在英语文体中存在多种表达形式,正如此例子中"Great-Aunt"一词,既可译为大姨,也可译为姑姥姥和婶祖母。在这里运用直译的方法对"大姨"这个称谓进行强调。

例6 秃头老娘原来也是白发飘飘,很有些神气,经了半个文化大革命,神气半点也不剩,那飘飘的白发也被村里的贫下中农们撕扯得干干净净。(莫言2012:54)

译文:At one time his mother, too, had been a white-haired yet energetic old woman. But that changed halfway through the Culture Revolution, when her nice white hair was ripped out by poor and lower-middle-class peasants.(Goldblatt.2012:45)

葛浩文将"文化大革命"译为"the Culture Revolution",笔者认为此处处理过于简单,应加注解阐明事件的政治背景,否则很有可能令目标读者误认为"文化大革命"是一次积极正确的政治改良运动。同样,"贫下中农"是中国独有的,对农村阶层的等级划分,葛浩文的处理为"lower-middle-class peasants",同样没有给出详细的社会背景,这就会使目标读者对"lower-middle-class"疑惑不解,贫下中农们在中国历史中的意义和作用也就无从而知。笔者认为此处也应添加注解,使目标读者深切地体会原文的韵味,从而达到翻译的目的。

(四)历史典故文化负载词

历史典故文化负载词即作品中引用的古书中的故事或有出处的词句,或关于历史人物,抑或关于典章制度和传说等。典故往往内容丰富,民族色彩浓郁,它是人们在对世界的认知过程中形成的一种语言形式,与特定的历史文化语境密切相关,体现了不同文化背景下人们的思想观念、道德意识、价值取向和思维方式。[1]

---

[1] 卢红梅:《华夏文化与汉英翻译》,第272页,武汉,武汉大学出版社,2006。

例7 "人活一世,草木一秋。上树掏雀儿,下沟摸鱼儿,都好像眼前的事,可是一转眼,就该死啦!"四叔叹息着说。(莫言2012:241)

译文:"People survive a generation; plants make it till autumn. Climbing trees to snare sparrows, and wading in water to catch fish, it seems like only yesterday. But before you know it, it's time to die."(Goldblatt.2012:189)

例8 刘家庆次孙女刘兰兰与曹金柱长子曹文订立婚约三家永结秦晋之好河干海枯不得毁约。(莫言2012:32)

译文:The second granddaughter of Liu Jiaqing, Liu Lanlan, to the eldest son of Cao Jinzhu, Cao Wen. With this agreement, our families are forever linked, even if the rivers run dry and the oceans become deserts. (Goldblatt.2012:26)

美国语言中并没有相关经典的典故的概念,而中国却恰恰相反,悠久的历史文化和古老的成语典故已代代流传。"人活一世,草木一秋"和"永结秦晋之好"便是中国的典故,前句典故是比喻时间对于人来说转瞬即逝,如白驹过隙,生命是相对短暂的。后句意为春秋时期秦晋两国世代政治联姻,现如今已广泛使用在普通家庭之间的婚姻关系之中。但这两个著名的典故在美国语言中并不存在,为了方便美国读者阅读理解,葛浩文将其译为"People survive a generation; plants make it till autumn"和"our families are forever linked",巧妙地避开了"秦""晋"这两个中国古代超代名词的翻译处理难题,但仅从两个典故的字面和比喻意义角度进行翻译,并没有探究其历史内涵。

(五)宗教文化负载词

例9 想起了你的娘早去了那黄泉路上,撇下了你众姐妹凄凄惶

惶。（莫言2012：134）

译文：I think about your mother, who departed early for the Yellow Springs, Leaving you and your sisters miserable and lonely. (Goldblatt.2012：104)

中国道家文化中，"黄泉"指人死后所住之地，采取直译的方法不免使西方读者感到十分疑惑，对于他们来说这是一个新鲜的外来概念，在一开始可能不会理解，但随着阅读的深入，西方读者逐渐了解异国文化的风味，中国道教文化的译介将会成为一股新鲜的潮流。在宗教这一类别中，大多数词语都是采取异化的翻译策略。

例10 这句话被巡道神听去，向玉皇大帝做了汇报，玉帝动怒，即命令李天王和哪吒三太子夜里给张九五换骨头。（莫言2012：303）

译文：A passing spirit, overhearing the angry comment, reported it to the Jade Emperor, who was so incensed he ordered Heavenly Prince Li and his son Nuozha to go down and replace Zhang Nine-five's bones. (Goldblatt.2012：243)

"玉皇大帝"是道教中的天神，在汉族民间信仰中影响力最大的神灵。此处葛浩文采取了直译的手法，"the Jade Emperor"直观地刻画了"玉皇大帝"的形象，保留了中国的文化特色，同时也遵循了翻译的忠实性原则和目的论准则。"李天王"和"哪吒"都采取了直译法，由于译入语国家并没有与之相对应的词汇，所以这几个名字听上去显得比较突兀，难以理解，若是能加上注释，稍微对文化背景进行补充说明，效果会更好。

（六）语言文化负载词

对于语言的定义，许国璋先生曾指出：语言是人类特有的一种符号系统。当作用于人与人的关系的时候，它是表达相互反应的中介系统；当作用于人和客观世界的关系的时候，它是认知事物的工具；当作用于文化的时候，它是文化信息的载体和容器。[1]由于汉语和英语语言系统的差异的存在，进而衍生出语言文化负载词。汉语有时仅仅一两字就能够表达丰富的思想内容，这就给翻译增加了难度。例如成语和谚语，中文没达到一定水平是很难有深刻的理解的。所以笔者对《天堂蒜薹之歌》这类词汇进行了详细的总结和分类。现把语言文化负载词分为四类，分别是谚语、方言、量词和成语。

1. 谚语

例11 ……你的小模样长得这么强，嫁给刘胜利，好比鲜花插在牛粪上，又好比花蝴蝶嫁给屎壳郎。（莫言2012：20）

译文：She's too good for someone like Liu Shengli. Marrying him would be like planting a flower in a pile of cow dung, or seeing a gorgeous butterfly fall in love with a dung beetle. （Goldblatt.2012：16）

此例子中包含两句谚语，前者运用了意译手法，后者运用了直译手法，但笔者认为前句"插在"的含义没有正确地传递出去，使用"planting"这个词语虽然能与后面的词组相呼应，但并没有准确传递原语信息。笔者建议将该句谚语译为"a fresh flower on a heap of cow-dung"较为恰当。

2. 成语

汉语里成语结构多以四字为主。汉语中的成语均来自于古代经典或名著、历史故事或经过人们的口头流传下来，意思精辟，语言精当。成语的结构具有凝固性，一般不能随意改动词序，不能随意增减成语中的成分。[2]这就给翻译增加了难度。接下来，将对成语类别的文化负载词进行分析。

---

[1] 卢红梅：《华夏文化与汉英翻译》，第6页，武汉，武汉大学出版社，2006。

[2] 同上书，第234页。

例12　他短暂地感叹着：真如瞎张扣说的，貂蝉是绝色美人，脸上还有七个浅皮麻子，可见世界上没有十全十美的人。那两位姑娘看着破轮胎，手足无措。（莫言2012：244）

译文：Blind old Zhang Kou said it best: even a famous beauty like Diao Zhan had pockmarks, which proves that perfect beauty simply doesn't exist. The two women stared down at the flat tire and wrung their hands. (Goldblatt.2012: 191)

这个例子包含了两个成语，全部采用归化手法，意译的操作方法进行翻译，"十全十美"如果按照直译的方法译介，便是"ten full ten beauty"，在这里逐字翻译显得较晦涩，这种译入语国家文化的保留也是没有意义的，目的语国家读者并不会从中领会其概念意义和联想意义。在这里，笔者认为如果译成"be perfect in every respect"会更好一些。同样，"手足无措"被翻译成"wrung their hands"，意为"紧握他们的手"，此处表现了一种绝望的情绪。

3. 方言

汉语的方言比较复杂，按照其性质可分为地域方言和社会方言，在《天堂蒜薹之歌》中，存在着大量的山东高密的地域方言，是由当地人们根据自己的生活状况和社会习俗所形成的一种独特的语言体系，这也大大增加了翻译的难度。笔者统计，在《天堂蒜薹之歌》中，共有91个方言类别的文化负载词。

例13　这时，他才发现扎眼的钢圈箍在了自己漆黑的手脖子上。（莫言2012：4）

译文：That was when he noticed the shiny steel bracelets on his sun-burned wrists. (Goldblatt.2012: 2)

例14　老朱说："伙计，先盖上，等我把屋子先拾掇拾掇。"（莫言2012：49）

译文："Put the lid back on till I can tidy up the room," Zhu said. (Goldblatt.2012: 41)

"扎眼"属于北方方言，该词有三种解释，一种意为接触到了视线，一种引申指光线和颜色令人眩目，最后一种意为装扮或字句惹人注意，看了却不顺眼。在例12中，"扎眼"显然是最后一种含义，葛浩文译为"shiny"，这个词语是发光的，闪耀的意思，不难发现，在英语世界中找不到恰当的词语对其进行翻译，故运用意译的手法使美国读者易于理解。同样，"拾掇"一词也属于北方方言，这个词语有四种含义，第一种是整理收拾，第二种是修理，第三种是惩治，最后一种是采集、拾取。在此例子中，显然是整理、收拾的含义，"tidy up"意为整理，由于找不到对应词汇，葛浩文只能使用短语形式翻译。

4. 量词

在汉语中，类似"米""斤""丈""里"等量词是独特的存在，不同于美国的量词，有些量词在英语中并没有相对应的词汇，音译翻译会造成困惑，所以葛浩文采取意译法进行翻译，缩小文化理解的差距。

例15　金壳的手表手上戴，蒜薹脖子一丈多长。（莫言2012：19）

译文：A golden watch on his wrist, his neck a ten-foot garlic stalk.（Goldblatt.2012：15）

此例子中"一丈"被译为"ten-foot"，英语语言体系中没有与"丈"相对应的计量单位，所以只能舍弃直译，进行意译，用计量单位"英尺"来替代"一丈"。一丈约等于10.94英尺，所以葛浩文将其译成"十英尺"。笔者认为葛浩文此处处理将原文作者所要表达的意思尽其所能完整地传达了出去。

二、葛浩文的翻译目的论

德国汉斯·弗米尔（Hans J.Vermeer）是功能主义翻译目的论的创始人之一，他提出了著名的翻译目的论（skopos theory）。Skopos

在希腊语中是"目的、目标、意图、功能"的意思，①按照目的理论，决定任何翻译过程的首要原则是整个翻译行动的目的。②如上所述，《天堂蒜薹之歌》的翻译目的究竟是什么呢？从译者葛浩文在2010年举行的落基山现代语言协会会议上发表的演讲能够得到些许答案。葛浩文进入海军军官训练学校的过程中被派往台湾，从此开启了一段与中国及中国文化的不解之缘。同时葛浩文在演讲中回顾了自己与中国的40年情缘时说道："我不能说学习中文救了我的命，但毫无疑问，它的确做到了，将我的生命从最初的枯燥和平凡中拯救出来。中国话从来不会那么容易学习，因为会经常出错。印刷的文字或纸质版文字从记忆中消失时，声音本身就唤起了它们所指的图像，让我回忆起学习的时间，将记忆的线条转化为更广阔的记忆的催化剂。"③葛浩文刻苦学习中文，陆续翻译出数十部中国文学作品，由此可以看出，葛浩文是想将中国文化带入到西方世界，其交际目的是向西方国家读者详细介绍中国文化。所以，葛浩文在译介过程中采取了直译和意译相结合的原则，以完整、清晰地向目标读者传达中国文化内涵。

根据弗米尔的目的论，"翻译是文化的比较。由于语言与文化之间的密切关系，两种语言之间的翻译面临着一个棘手的问题：如何翻译文化，特别是文学作品中承载文化因素的文化负载词？事实上，译者是选择翻译策略的决策者，从而将翻译的文化内涵从原文传递到译文。多数译者用文化积累的知识来理解源文化现象。"④也就是

---

① 哈蒂姆（Basil Hatim）认为，对于一个注重翻译过程互动和语用目的的理论来说，skopos是个合适的名称。

② 卞建华：《传承与超越：功能主义翻译目的论研究》，第86、89页，北京，中国社会科学出版社，2008。

③ Howard Goldblatt. Speech from the Rocky Mountain Modern Language Association's 2010 conference. 2010.

④ Christiane Nord. *Translating as a Purposeful Activity: Functionalist Approaches Explained*. Shanghai. Shanghai Foreign Language Education Press. 2001.

说，译者应最大程度地满足目标读者的需求。目的论在对《天堂蒜薹之歌》文化负载词的翻译中得到了很好的应用，依据弗米尔提出的三项翻译原则，笔者将对这部作品进行详细阐释。葛浩文为了能够实现他的翻译"目的"，准确地表达原汁原味的中国文化味道，运用了以下的翻译策略。

（一）目的原则下的翻译

1. 扩展和简化处理

目的原则主要是指译文应能在目标语文化和情境中，按目标语接受者期待的方式发生作用。这就是说，只要达到预期的目的，翻译不一定"忠实、对等"于原文。①但这并不意味着在目的原则下的所有译文都要采取归化的手段，适当的情况下，运用直译或音译的方法也能符合翻译目的的要求。

（1）扩展

例句：热血在鼻腔里淤积着，头发涨，一股腥咸在口腔里散开，他知道血倒流进了喉咙。七窍相通。（莫言2012：37）

But the buildup of hot blood swelled his head, and as the salty taste spread through his mouth, he knew the blood was flowing down his throat. All human orifices are connected. （Goldblatt.2012：30）

此例子中"七窍"是指人体部位的七个孔窍，属于我国中医药学的理论范畴，这个含义自然并不为西方读者所知。鉴于此，葛浩文补充道"所有人的"，意在目标读者脑海中产生类似的语境效果。

---

① 卞建华：《传承与超越：功能主义翻译目的论研究》，第86、89页，北京，中国社会科学出版社，2008。

(2) 简化

有些时候,扩展处理可能会使西方读者阅读理解原文的含义感到十分费力,由于汉语结构独特且富于变化,一句话中往往带有深邃的隐含意义,同时,很多中国文学作品中不乏华丽的辞藻,但有时一种表达内容可能会产生语义的部分重叠,在文化负载词中存在同样的问题。因此,译者在翻译原文的过程中简化译文,表达出文化负载词的核心意义即可。例如:

"人家公家也不知怎么放的,放到寒冬腊月也是绿绿的,像刚从蒜苗地里拔出来的一样。"娘说。(莫言2012:68)

"I don't know how the government manages to keep them so nice and green all the way to winter, like they were fresh out of the ground," Mother said. (Goldblatt.2012:55)

四婶东扯一把,西扯一把。她把窗户上的绿绸窗帘撕下来,双手扯着,好像抓住一个人的头。(莫言2012:287)

Meanwhile, Fourth Aunt was grabbing everything in sight, including some green satin curtains, which she pulled down and began tearing to shreds, as if ripping a rival's hair. (Goldblatt.2012:228)

第一个例子中,"腊月"是中国特有的农历十二月,也是一年当中最寒冷的季节。"寒冬"和"腊月"语义上有重叠,所以葛浩文简化处理为"winter"以使译文简洁明了。第二个例子中"东扯一把,西扯一把"反映了中国语言对具体形象表达的意义特征。葛浩文译为"grabbing everything in sight"两个"扯"颇为啰嗦和繁琐,故译者在此简化了译文。

2. 省略

当原文和将要译入的目标国家文化背景存在巨大差异,两种不同语言之间的意识形态可能会使译者陷入困境。在不影响整体内容传递的基础上,应采取省略的方法,如此时仍坚持对其进行翻译,无论运用哪种策略,对目标读者来说都会产生扭曲或疑惑的感觉。例如:

(1) 村主任背靠在树上,像受到大人盘问的小孩子一样,机械地用脊梁撞着槐树,脸上的肌肉都横七竖八地挪动了位置。(莫言2012:5)

But Gao Jinjiao was rocking back and forth, bumping against the tree like a penitent little boy. A muscle on Gao Yang's face twitched. (Goldblatt.2012:3)

(2) 老朱说:"伙计,先盖上,等我把屋子先拾掇拾掇。"(莫言2012:49)

"Put the lid back on till I can tidy up the room," Zhu said. (Goldblatt.2012:41)

(3) 她感到心里一阵阵发慌,掀掉被单子,坐起来,倚着壁子墙,直呆呆地望着墙上那张年画,画上画着一个穿红兜肚的胖小子,胖小子双手捧着一颗红嘴儿的大桃。(莫言2012:70)

Jinju, suddenly agitated, threw back the covers and sat up; she stared at a New Year's wall scroll with a cherubic boy in a red vest holding a large red peach like an offering in his hands. (Goldblatt.2012:57)

例(1)中"横七竖八"仅仅是形容面部肌肉的纹路的数量之多,如果将其译成"横是七,竖是八"目标读者一定非常困惑。例(2)中"伙计"只是在中国北方地区是男性之间的称呼,而"伙"和"计"在英语术语中并没有对应词。例(3)中"倚着壁子墙"中的"壁子墙"在英语中没有对应的词汇,上述词语被省略处理并不会对整体语境效果造成影响。

(二)连贯原则下的翻译

目的法则下扩展、简化或省略的处理方法对文化负载词的翻译作用较大,但在某些情况下,这些翻译策略会令目标读者产生疑惑。

即使译者努力地找到目标语中与源文相对应的词汇,目标读者也未必心领神会。在这种情况下,葛浩文采取了更为灵活的翻译策略,以更好地实现传播中国文化的翻译目的。连贯原则要求"由译者产生的信息(目标文本)必须能够用与目标接受者情景相连贯的方式来解释"。[①]以下的翻译策略便遵循了连贯原则。

1. 意译

运用意译的方法虽然是以目的语为中心,缺少了原文的原汁原味,但却能使目标读者更好地理解原语国家的文化内涵。当文化负载词的翻译在英语中没有相对应的词汇,或是其文化内涵与所翻译的英文词汇并不匹配时,译者便可通过意译的方法实现语篇的语义连贯。例如:

师徒二人经常促膝夜谈,甚是投机。(莫言2012:300)

This act set in motion a series of frequent heart-to-heart talks between teacher and student, whose relationship could not have been closer. (Goldblatt.2012:239)

四婶哭着说:"俺正在家里吃饭,吃着谷面饼子就着红咸菜,就听到大门外有人叫俺。"(莫言2012:158)

Fourth Aunt grimaced again and was soon crying, "I was home eating," she said between sobs. "Grainy flatcakes and spicy salted vegetables. Someone called at the gate." (Goldblatt.2012:122)

"促膝夜谈"与"促膝长谈"为近义词,是中国的成语,在英语中没有对应词。如用直译去翻译是较为困难的,故译者采取意译的方法揭示其潜在含义,"heart-to-heart talks"意为"谈心",确保文化内涵能够被理解以及在文化层面上保持和谐。在中国文化中,"咸菜"是中国独创的一种下饭菜,用盐等调味料腌制而成。而"红咸

[①] Mark Shuttleworth and Moria Cowie. *Dictionary of Translation Studies*. Shanghai. Shanghai Foreign Language Education Press. 2004. p.19.

菜"是由萝卜、芋头和蔓菁等原材料组成。立春之后将其晒干变成了褐红色,所以"红咸菜"之名由此而来。在英语中没有对应的表达,故译者使用意译方法,"spicy"对于西方读者是很容易理解的。

2. 替代

由于译介过程中会出现源语文化与译语文化完全不对等的现象,因此一些深刻富有内涵的源文化无法得到正确的传播,在这种情况下,可以采用对等的替代词语进行翻译,替代是翻译文化负载词的一项重要手段。如:

"站住,不许动!你这个拒捕的反革命!"(莫言2012:14)

"Stand right there and don't move! You'll only make things worse by resisting arrest!"(Goldblatt.2012:10)

乡亲们种蒜薹发家致富,惹恼了一大群红虎眼狼。(莫言2012:41)

The townsfolk planted garlic for family fortune, angering the covetous tyrants of hate. (Goldblatt.2012:35)

"反革命"是极其中式的词汇,在西方世界中并没有对应词汇,故葛浩文译为"make things worse",增添了生动性,使译文变得流畅。"红虎眼狼"被"covetous tyrants of hate"所替代,意为"贪婪的暴君"。译文似乎变得更合理了。

(三) 忠实原则下的翻译

依据忠实原则,音译方法和直译方法能够达到翻译目的。这两种方法旨在保留源语国家或民族的独特文化,从而促进跨文化交流与传播。直译和音译也可以与注释或解释相结合。下面是具体例子。

1. 音译

(1) 人名

他短暂地感叹着:真如瞎张扣说的,貂蝉是绝色美人,脸上还

有七个浅皮麻子，可见世界上没有十全十美的人。（莫言2012：244）

He sighed. Blind old Zhang Kou said it best: even a famous beauty like Diao Zhan had pockmarks, which proves that perfect beauty simply doesn't exist. (Goldblatt.2012：191)

（2）地名

一九六〇年夏天，天堂县木沟公社高瞳村高级小学六年级学生王泰站在厕所里说。（莫言2012：120）

Announced Wang Tai, a sixth-grader at the Gaotong Village elementary school in Paradise County's Tree Trench Commune as he stood in the lavatory. (Goldblatt.2012：93)

（3）称谓

高马闪到一边，看到那人从一个黑革包里摸出了一瓶酒，一筒鱼罐头，放在桌子上，说："八舅，听说方家闹了乱子？"（莫言2012：36）

Gao Ma stepped aside and watched him take a bottle of liquor and some canned fish out of a black imitation-leather bag and set them on the table. "Eighth Uncle," he said, "what's this I hear about an incident involving the Fang family?" (Goldblatt.2012：29)

上述例子中，所有文化负载词都是通过汉语发音音译成相对应的英文字母。音译作为最忠实于原文的翻译技巧，能够最大限度保留汉语的韵味。但对于一些文化内涵较深的词语，音译方法已经不能满足目标读者，使其很难理解词语所传达的深层次的文化意义。这时，音译加注释便会起到作用。例如：

他搓着胸脯上的灰泥，听到新生的婴儿在炕上啼哭。（莫言2012：3）

He scraped caked-on dirt from his chest. He heard the cry of his newborn baby on the kang, a brick platform that served as the family's bed. (Goldblatt.2012：2)

2. 直译

"小—小子,你还—还跑吗?"结巴警察说,"躲过了初一,躲不过十五!"(莫言2012:234)

"Y-you think you can r-run away again? You might make it past the f-first of the month, but n-never past the fifteenth!"(Goldblatt.2012:183)

高马说:"人是铁,饭是钢,只要身体好,能干活,就不愁挣不到钱,你占着座位。"(莫言2012:140)

"People are iron," he said, "and food is steel.I need to keep up my strength to find work.Save my seat."(Goldblatt.2012:108)

"好啦,祖宗奶奶!"高马无可奈何地说,"真是女人,前怕狼,后怕虎,一分钟就变一个主意。"(莫言2012:135)

"All right, my little granny," he said, exasperated. "You women are scared of wolves in front and tigers in back, changing your minds every couple of minutes."(Goldblatt.2012:105)

上述三个例子中是中国成语或俗语,"躲过了初一,躲不过十五"意为终究无法从根本上逃脱命运的安排。"人是铁,饭是钢"强调人无论意志有多强大都要有物质保障。"前怕狼,后怕虎"比喻胆小怕事,畏首畏尾。乍一看上去,西方读者可能会在此产生困惑,因为他们对中国成语和俗语一无所知。但通过直译的方法,成语中隐喻部分的主体和喻体之间的关系一目了然。就像从"前怕狼"和"后怕虎"中可以明确理解作者的意图,另一方面,葛浩文也想通过直译的翻译方法让西方读者自由想象中国成语和俗语的内涵。

三、《天堂蒜薹之歌》中的误译

采用不同的翻译方法,葛浩文把文化负载词毫无保留地呈现给西方读者。不可否认,葛浩文已经很好地将中国文化传播给西方读者，同时对西方读者来说也获得了欣赏东方文化魅力的机会。但一切事物都不可能是十全十美的，在《天堂蒜薹之歌》中，也存在着误译的现象。例如：

高马苦笑一声，说："不是团长的老婆，是团长的小姨子，不过我可不爱她，我恨她，恨她们。"（莫言2012：24）

Gao Ma sneered. "It wasn't his wife, it was his concubine. And I didn't love her. I hated her—I hated them all." （Goldblatt.2012：19）

该例子中，"小姨子"在汉语文化里是妻子的姐妹的意思，是一种关于亲属关系的称谓。葛浩文译为"concubine"，意为妾和妃子，这与原文作者的表达相去甚远，便会造成目的语国家读者的误读。

综上所述，由于不同国家或民族的语言都根植于他们独特的文化之中，因此，文学翻译便可以理解为不同国家、民族和地域文化的相互传播。翻译的最大障碍便是由文化的不同而产生的巨大的语言差异，由于价值观念的不同，就需要依赖于译者所采取的翻译策略对源语国家文化进行解读，通过对葛浩文在《天堂蒜薹之歌》中文化负载词的翻译策略的分析，我们可以发现，翻译目的论平衡了自由翻译与忠实翻译、归化与异化和意译与直译之间的矛盾。莫言小说在英语世界的广泛传播，从某种程度上来讲，不仅弘扬了中国传统文化和当代文化，也对中国文化软实力的增加贡献了力量。文化软实力的本质是一种价值体系对世界的影响力以及世界性的认同程度。[1]葛浩文为了实现传播中国文化的目的，运用多种翻译策略相结合的方法，尽可能地保留了中国文化元素。

本文原刊于《当代作家评论》2018年第2期

---

[1] 张福贵、王俊秋、杨丹丹、张丛皞：《文学史的命名与文学史观的反思》，第153页，北京，北京大学出版社，2014。

日本主流媒体关于鲁迅的报道与传播
——以世界发行量首位的报纸为中心

林敏洁

引 言

早在20世纪初,鲁迅便已结缘日本主流报纸。自留学期间始一直坚持阅读日本报刊,而世界对鲁迅的首篇报道是在日本,[①]1909年到2015年12月的百余年间,《朝日新闻》《读卖新闻》两家报社报道鲁迅或与鲁迅相关的报道数量极为可观。《读卖新闻》约为695篇,《朝日新闻》约为875篇,因篇幅所限,自1909年至1977年止对鲁迅的相关报道研究将另文发表,有关戏剧方面的研究已在《日本对鲁迅作品戏剧形式的接受及传播——以日本剧作家改编作品为中心》[②]

---

① 〔日〕藤井省三:《日本介绍鲁迅文学活动最早的文字》,《复旦学报》1980年第2期。
② 林敏洁:《日本对鲁迅作品戏剧形式的接受及传播——以日本剧作家改编作品为中心》,《扬子江评论》2017年第3期。

及《鲁迅作品的戏剧形式在日传播及其影响》[①]详细阐释，在此不再赘述。近40年来，随着鲁迅研究在日本的深入、日本媒体技术的发展、日本读者基础的日渐成熟，媒体对鲁迅的报道，呈现出愈来愈理性、愈来愈深刻的趋势。另一方面，在鲁迅逝后几十年间，日本媒体对鲁迅依然保持着较高的关注，显示出日本媒体对于鲁迅精神的极大认同，同时也间接传达出了日本媒体渴求中日和平友好的文化心理。

鲁迅与日本渊源之深已通过日本媒体的报道得到印证。本文拟深掘媒体视角，同样采用发行量最大、报道鲁迅最早的主流媒体《读卖新闻》为主要数据来源，着重梳理在改革开放后日本媒体对鲁迅的相关报道。笔者对全部检索结果进行了归类整理，拟先将1978年以后的鲁迅相关报道划分成如下三个阶段进行探讨，并阐述鲁迅相关报道的时代背景及变迁。

第一阶段（1978年10月—1986年10月）

1978年10月，伴随中国改革开放，各种代表团开始访日，访问地主要为鲁迅曾居地仙台，《读卖新闻》对此均有详细报道，诸如1979年7月29日晨刊《雨中访仙台参观鲁迅之墓人民日报代表团》及7月30日《松岛之游　人民日报代表团》等数篇报道。与此同时，中日两国政府开始建立交换留学生制度。《读卖新闻》对在日中国留学生的报道亦主要关注与鲁迅留学相关事宜，如11月8日晨刊《中国青年"日本留学热"超精英选拔背负"现代化"的热烈期望》，文中介绍了鲁迅长孙周令飞的留学经历。

三省堂书店是鲁迅诞生之年开业的日本代表书店，1981年5月至

[①] 林敏洁：《鲁迅作品的戏剧形式在日传播及其影响》，《文学研究》2017年第2期。

6月在东京的总店举办了"鲁迅·诞辰百年展"活动,《读卖新闻》对此于5月27日晚报进行了详尽报道。

此后至20世纪80年代中期,《读卖新闻》每年均多次登载鲁迅的相关报道,本时期的报道按关键词检索共计213篇,其中直接报道鲁迅的有25篇,与鲁迅相关的报道85篇,包含与鲁迅作品、书籍的相关广告书评、电影及戏剧,亦有涉及上海历史、鲁迅故居、鲁迅纪念馆以及各种纪念活动及介绍其家人弟子朋友等的报道。另有引用鲁迅话语等涉及鲁迅的报道103篇。由于这一时间段中国处于转型期,日本对鲁迅的报道亦随中国社会运动的变化呈现出多元性、矛盾性等特点。

此外,由鲁迅作品改编的戏剧频繁公映,中国人因鲁迅而访日等相关新闻报道急剧增加。这些报道增进了中日之间的友好关系。与此同时,自中国的文化人可访日后,许广平等人访问仙台,追念鲁迅留日足迹,这也给日本人留下了鲁迅是中日友好关系的象征之一的印象。这时期《读卖新闻》对鲁迅的报道,显示出对鲁迅的关注度之高,关注之情的密切,亦表现出改革开放之后日本媒体希望借此引发日本国民的共鸣,密切两国关系的意图。由此可见,鲁迅于中日渐密关系中所发挥的潜移默化作用不容小觑。

第二阶段(1986年10月—1999年12月)

该时期的鲁迅报道多集中于纪念活动、出版物的介绍以及电影戏剧等方面。另有资料研究、新发现等相关报道。本篇章采用分类形式进行梳理和分析,从而探寻出本时期日本媒体的鲁迅相关报道之特点。

1986年至1999年间,《读卖新闻》提及鲁迅之名的报道共计83篇,其中围绕鲁迅进行详细报道的25篇。这一时期,报道主要集中于鲁迅纪念馆、纪念和展览活动、著作、留日期间珍贵资料的公开以及鲁迅研究等方面。

据1991年3月6日晚报报道，为纪念鲁迅诞辰110周年，上海鲁迅纪念馆集中展出了鲁迅曾经在上海开展版画演讲会时的150件学生作品"回乡版画展"，展示品包括鲁迅肖像及描绘当时上海风景、历史事件等的诸多珍贵作品。1994年4月30日晚报则对日本町田市立国际版画美术馆举办的"1930年代上海鲁迅展"进行了介绍。

值得关注的是，日本泡沫经济达至顶峰的1986年12月到1991年2月这一时期，经济过度繁荣的隐患也有所显露，1991年3月至10月间日本经济呈现大幅衰退之景。在此之季，《读卖新闻》持续对鲁迅进行报道，且报道量并未减少。由此可见，鲁迅之存在，不仅曾对深陷迷惘的中国人产生过醍醐灌顶之效，对于面临经济由盛转衰这一剧变的日本人而言，亦堪称一剂精神良药。

1994年对鲁迅作品及相关书评的报道更为集中。1月24日，晨刊在介绍王德威的专著《小说中国》时，评价该作中对于鲁迅独辟蹊径的论述。8月31日晚报报道了北京鲁迅博物馆学术资料汇编。9月12日晨刊中介绍了钱理群所著《丰富的痛苦》，并指出：该书认为鲁迅将堂吉诃德精神胜利法的消极面加以拓展，创造出阿Q这一人物，同时围绕"演出者和观众"这一主题，论述了鲁迅受到来自爱罗先珂等俄国文学家的影响关系问题。

在1997年12月2日晨刊中刊登了日本小学生撰写的鲁迅《故乡》的感想文。不难发现在日本，鲁迅及其作品的影响力并不局限于学者，更面向大众乃至未成年人，甚至渗透于学生的生活之中。这与鲁迅作品每年皆被选入日本课本密不可分。

与此同时，《读卖新闻》亦持续关注鲁迅留学期间的珍贵资料，旨在以公开珍贵资料的方式，为社会大众还原一个真性情、满腔热血的鲁迅形象。1988年7月20日晚报报道了发现鲁迅留日期间身着西装的照片，且最终赠予上海鲁迅纪念馆一事。

在此时期，鲁迅研究方面亦有所突破。1987年2月晚报报道了学者藤井省三被鲁迅文学的现代性所吸引,通过对比提出崭新的鲁迅形象的论点。报道指出藤井认为鲁迅文学的核心是"寂寞之中的希望",并引用藤井对鲁迅的评价"虽然宛如陷入绝望之中,但内心某处依然有微弱光亮。从在整体呈现出阴沉印象的诸多作品中始终可以感受到这种心境","他的魅力之处在于其现代性","然而我所关心的并非只是鲁迅,亦是通过其人解读当时的日本和时代。因此今后将运用社会史的解读方法进行探寻"。作为致力于鲁迅研究的代表人物,藤井的见解深刻揭示了鲁迅文学的内涵,为日本学者的鲁迅研究提供了新方向新视点。

此外,7月11日的晚报则对北京鲁迅博物馆研究员李允经发现了60年前鲁迅的原稿之事进行了详细报道。报道指出该原稿迅速引起了中日鲁迅研究者的极大关注。藤井省三在文中表示,该原稿是自1981年以来,包含书信在内,极为珍贵的译稿。

1986年至1999年,除相关鲁迅的系统报道之外,另有59篇报道提及鲁迅。其中,介绍其他著作、提及鲁迅或与鲁迅著作进行对比的报道有20篇,介绍鲁迅相关人物时提及鲁迅的计15篇,此外,在相关活动报道中提及鲁迅的21篇。所余3篇则是围绕内山书店及其他方面的报道。

从"文革"结束至改革开放带来经济高速发展的这段时期,日本的鲁迅研究迎来高峰时期。随着中国人留日正常化、日本人访华人数的急剧增加,对中日两国的鲁迅相关书籍的介绍、围绕仙台与绍兴等相关报道持续增加。日本人编写的鲁迅研究书籍、中国留学生与鲁迅的关系、鲁迅作品改编的戏剧、上海鲁迅纪念馆与绍兴纪行等相关报道频见报端。

第三阶段(2000年1月—2015年12月)

进入21世纪的这一时期,《读卖新闻》提及鲁迅的报道共计94

篇，其中未深入涉及鲁迅的报道有21篇，所余73篇皆从不同角度进行了详细报道。纵观这一时期鲁迅报道，相关纪念和展览活动仍然是关注热点。2000年2月12日晨刊登载了报道：为纪念友好城市合作15周年，西宫市招募人员参加与鲁迅诞生地绍兴市的交流，将在鲁迅故乡开展纪念和缅怀之旅。

2001年11月22日《读卖新闻》晨刊报道了绍兴市赠鲁迅铜像，并陈列于仙台市博物馆一事。2002年5月14日，晨刊刊载了报道：中华全国青年联合代表团于13日访问仙台市东北大学的片平校区，瞻仰鲁迅像并参观其曾经学习的教室。

2003年6月13日晨刊称因即将迎来鲁迅留学仙台100周年，建设鲁迅纪念馆的呼声日益高涨，东北大学信息科表示全力以赴的决心。12月17日，晨刊报道了县立大学信息中心举行"鲁迅研究关联文献图书资料"展，将展出鲁迅相关图书、杂志、资料等240件。

2004年是鲁迅留学仙台100周年的特殊历史时刻。以仙台为首的日本各地鲁迅纪念活动开展得如火如荼。3月12日，据晨刊报道，为纪念鲁迅与其恩师藤野严九郎相遇百年，在福井市举行"鲁迅展"。藤野先生批改的鲁迅解剖学笔记及《藤野先生》的原稿传达出师生间的真挚情谊。4月14日晨刊报道了来自鲁迅度过人生最后时光之地——上海虹口区的政府干部等6人于13日访问丰中市，并瞻仰与鲁迅颇有深交的当地生物学家西村真琴的墓碑一事。西村真琴是日本著名生物学家、医生，曾居住于上海，在中日关系乌云密布之际却始终对于和平充满渴望及信心，因一只无家可归的鸽子之故，与鲁迅结下不解之缘。西村获得鲁迅回赠诗作《题三义塔》，诗作最后两句"渡尽劫波兄弟在，相逢一笑泯恩仇"更是广受称赞。正是这两句诗句表明虽身处中日关系紧张之时，鲁迅却仍对中日两国消弭争端、和平共处充满期待和信心。这一段逸闻趣事亦在中日两国间传为美谈。

4月18日，晨刊再次报道为纪念鲁迅留学仙台医学专门学校100

周年，东北大学将于10月以鲁迅曾学习的"阶梯教室"为会场，举行纪念仪式，并将通过该仪式创立"鲁迅奖"，以表彰在东北大学学习研究、立志继承鲁迅志向的优秀中国学生。10月22日晨刊、23日晚报特辟专版对此纪念活动进行报道。鲁迅之孙周令飞、鲁迅恩师藤野教授之孙藤野幸弥等百余人出席了23日在仙台市鲁迅纪念碑前举行的纪念仪式。报道亦提及同日在仙台市青叶区青年文化中心举行的"谈鲁迅"研讨会，200余人参加。时隔数日，11月2日晨刊再次对鲁迅纪念活动进行了回顾。至此可知，《读卖新闻》从纪念活动计划之初至成功举办，乃至举办后均进行了详尽报道。

实际上，从中日关系发展情况来看，2004年是波澜迭起的一年。自时任日本首相的小泉纯一郎无视亚洲各国强烈反对、在其任内第四次参拜靖国神社后，中日关系蒙上了一层浓重的阴影。而此后两国之间矛盾不断浮现，一系列事件使得中日关系的发展陷入僵局。在此一年中，《读卖新闻》频繁对鲁迅纪念活动进行报道，其谋求改善中日关系这一目的不言而喻，另一方面也凸显鲁迅在联系中日两国情感方面所发挥的不凡作用。

继2004年鲁迅纪念活动的高潮，2006年2月19日晨刊又报道：为纪念中国北京鲁迅博物馆将鲁迅在仙台医学专门学校留学时的"解剖学笔记"电子复制版赠送给东北大学一事，"鲁迅和藤野先生"国际研讨会于18日在仙台市国际中心举行。2月22日晨刊报道了时任北京鲁迅博物馆馆长孙郁和馆长助理黄乔生于21日访问仙台市立五桥中学，围绕鲁迅功绩及其与日本关系这一主题进行演讲。2月24日，《读卖新闻》晨刊再次对孙郁馆长一行访日的进展进行报道。7月5日，晨刊报道中国国家旅游局局长邵伟一行从3日开始在仙台市进行为期两天的访问。11月28日晨刊报道：北京鲁迅博物馆将向芦原市和东北大学赠送鲁迅铜像，芦原市将向北京鲁迅博物馆及东北大学赠送藤野严九郎铜像。12月1日晨刊及2007年1月13日晨刊继续对铜像捐赠活动进行后续报道。为纪念鲁迅和藤野严九郎惜别百年，芦原市制作完成藤野先生的胸像三座。芦原市长松木干夫表示："以一百周年纪念为契机，怀念二人的亲密交流，促进今后中日友好发展。"2月6日，晨刊对"鲁迅展"将于仙台市的市博物馆举办一事进行了报道。2月21日，对该捐赠活动的进展进行了报道。希望通过捐赠使师生二人"再会"得以实现。此次胸像赠送活动具有纪念中日邦交正常化35周年的重要意义，同时也是日本外务省支持"2007中日文化体育交流年"的对象活动之一。4月6日晨刊对胸像赠送仪式进行介绍，北京鲁迅博物馆孙郁馆长等100人出席揭幕式。6月22日晨刊对21日举行的胸像揭幕仪式进行了报道。据报道，鲁迅与藤野严九郎的胸像揭幕仪式于21日在东北大学附属图书馆举行，约150人参加揭幕仪式。东北大学校长井上明久致辞表示："对东北大学而言，藤野和鲁迅在此留下的足迹是无比珍贵的财产。"时任中国驻日大使的王毅也表示，两人深厚的师生情能启发当今年轻人，中日两国必须携手共创未来。

《读卖新闻》对胸像交换捐赠这一纪念活动极为关注，此举充分体现进入21世纪后，日本欲加强与中国的友好交流合作之意向。而鲁迅作为中日两国的共同情结，更是成为万众瞩目的焦点。在日留学期间，鲁迅与恩师藤野严九郎教授的相遇相知被传为美谈，亦成为联系中日两国的坚实桥梁。

2009年4月24日晨刊报道了东北大学于23日明确了新建鲁迅纪念馆的方针。9月21日，《读卖新闻》晨刊报道，为纪念抗日战争中支持鲁迅开展文笔活动，并纪念为两国文化交流做出极大贡献的内山完造逝世50周年，相关人士于17日举行座谈会。会上，针对有人批判敢于指出中国的缺点、称赞日本优点的鲁迅是"亲日派""卖国贼"之问题，研究者指出这是极大的误解，鲁迅的伟大之处正是他敢于指出本国国民的弱点，并直面弱点，进一步指出正是鲁迅的赤诚爱国之心打动了内山，而对中国一视同仁的内山也获得了鲁迅的信赖，二人互相引为知己。2011年10月7日，晨刊报道东北大学在片平校区开设陈列鲁迅相关资料的"鲁迅纪念展示室"。

2015年8月19日，晨刊报道了东京大学文学部中国文学研究室与松本清张纪念馆共同主办的以鲁迅等20世纪作家影响关系为主题的"现代东亚文学史的国际共同研究"研讨会。藤井省三教授发表了"夏目漱石和鲁迅"的主题演讲。研讨会上，日本、中国、韩国的研究者以"现代东亚的鲁迅""东亚的松本清张和村上春树"等为主题展示研究成果，并展开讨论。学者们通过解读鲁迅言行和作品，致力于还原一个真实的、有血有肉的鲁迅形象。

这一时期，媒体也持续关注鲁迅研究资料的公开情况。2000年6月8日晨刊转载了上海《文汇报》7日关于鲁迅和前总理周恩来的远亲关系通过在浙江省被发现的史料得以确认的报道。2005年12月20日晨刊对北京鲁迅博物馆将鲁迅在仙台医学专门学校留学期间的解剖学等6册笔记的电子复制版赠与东北大学一事进行了报道。2006年1月28日，晚报报道了藏有丰富资料的中日历史研究中心将所藏4万件珍贵资料一次性转让给国际日本文化研究中心一事。所赠资料包括九一八事变至抗日战争前后在日本发行的《鲁迅全集》、鲁迅对日本著名作家小林多喜二的唁电等资料，也包括在鲁迅帮助下版画家内山嘉吉于1931年在上海举办讲习会，及文学家长与善郎在中国访问鲁迅等时的丰富资料。此类资料的大量转赠，不仅有助于推动中日两国的鲁迅研究，更可加深中日两国因鲁迅而结下的深厚情谊。

2月17日，晨刊报道鲁迅及恩师藤野严九郎教授拍摄照片之处是一家名为"大武"的照相馆。同年3月15日《读卖新闻》晨刊针对藤野先生照片的错用一事进行了报道。据报道，2005年出版的《鲁迅与仙台》等书中所用照片与藤野纪念馆所藏照片不同。9月10日，晨刊对佐藤明久先生将于12日在中国上海鲁迅纪念馆公开父亲遗物，即鲁迅晚年亲笔书法一事进行了报道。佐藤明久之父自20世纪30年代起，在上海日本人经营的书店工作，与为学习海外文学而穿梭于书店的鲁迅交情匪浅。佐藤表示，做出这一决定的出发点是希望父亲与鲁迅的深厚情谊能够促进两国友好关系的发展。这一报道再次印证鲁迅不仅凭借其发人深省的作品、与众不同的性格品质影响世人，更在中日关系的发展过程中发挥着不可或缺的重要作用。

2006年11月11日晨刊报道了在荒尾市宫崎兄弟资料馆中，发现了鲁迅的作品。鲁迅的作品写作于1931年，记录了其日本知已针对中国人的辛辣评论，且书上按有鲁迅指印，实属罕见。2010年6月24日晨刊描述了鲁迅赠予女性运动家高良的著作于23日由高良后代赠予东北大学一事。

这一时期发现的有关鲁迅的资料，虽数量不多，却对于推动鲁迅研究具有不可替代的作用。借助公开的鲁迅亲笔所书课堂笔记和书法等资料，可以更加准确而深入解读鲁迅其人、其风骨、其思想。此外，《读卖新闻》一直密切关注鲁迅著作及与鲁迅相关的日本作家作品的最新进展等。2002年8月24日，晚报登载了增田涉译作的鲁迅《故乡》的有关新闻。

2003年6月22日，晨刊刊登了周海婴所作回忆录《我的父亲鲁迅》书评。作者7岁时鲁迅即已去世，因而主要凭借回忆和传闻撰写，文中有诸多鲁迅鲜为人知的个人生活方面之事。2006年9月26日，晨刊介绍了山本正雄县议员关于鲁迅与恩师藤野严九郎之间交往的多年研究成果——《藤野先生和鲁迅的思想和生涯》一书。

《读卖新闻》晚报分别于2006年10月18日、25日在"世界名作游记"栏目中登载了松本侑子读鲁迅名作《故乡》所感，其中穿插鲁迅生平介绍。2007年1月28日晨刊报道了《藤野先生与鲁迅——惜别百年》一书将于3月出版，该书介绍鲁迅与藤野严九郎之间的深厚情谊，也记载了东北大学对藤野先生批改的鲁迅"解剖学笔记"的研究成果，以及以鲁迅和藤野先生之间的交往为契机芦原市与中国持续了20余年的交流活动。11月11日晨刊介绍蟹泽聪史所著《畅游文学的地质学》一书。报道指出鲁迅留学日本之前曾学习地质，他作为公费留学生前往日本，不久便写作《中国地质略论》，分析欧美列强对中国的地质调查，解读外国人对中国的侵略野心，并对其野心展开批判。虽然清政府希望鲁迅在东京大学学习冶金，然而鲁迅以医生为目标决定在仙台学医，最后走上了文学道路。读此报道，不难体会出鲁迅一生中经历的巨大转折点和所做的重要选择均源于其忧国忧民之心，源于其对祖国爱之深责之切的深切情感。

2008年4月21日晨刊对鲁迅编纂的木版画集《北平笺谱》进行了介绍，并提及该书是鲁迅赠予佐藤春夫的珍贵礼物。同年8月10日刊登了"今年夏天阅读的打动自己的一册书"募集活动中一篇推荐鲁迅《故乡》的投稿。作者情真意切地描绘出自己阅读该作的所思所想，表达出"故乡"二字于自己而言是无法割舍的牵挂。这亦表明鲁迅作品在日本所获得的认可和引发的强烈情感共鸣。

2009年6月14日，《读卖新闻》晨刊介绍藤井省三新译的鲁迅16篇代表作的共通之处为，文中均强烈流露出鲁迅对"没能帮助"贫困好友和患病去世父亲的悔恨，以及相比治疗身体病疾，治疗精神之顽疾更为重要的意旨。该文也强调鲁迅没有放弃希望。2010年8月8日晨刊中介绍了读书委员选择的"暑期一册"——鲁迅的《故乡》《阿Q正传》。报道进一步强调了鲁迅文学是体现不屈精神、极富力量的文学。

2011年3月29日，晨刊在鲁迅诞辰130周年之际，介绍了藤井省三的著作《鲁迅》，并表示对20世纪30年代中国都市发展的相关媒体章节颇感兴趣。7月31日，晨刊中刊登了东北大学教授对藤井所著《鲁迅——活在东亚的文学》的书评。书评指出该书在现有鲁迅论的基础上增加了对"竹内鲁迅"的偶像打破和"东亚共通的现代古典"的新鲁迅接受现状的报告，还对比分析了藤井和竹内译文的特点。

这一时期，关于鲁迅生平及鲁迅相关人物的报道亦时常见诸报端。2001年4月26日，晚报"名作之旅"栏目上刊登了介绍鲁迅家乡绍兴及《故乡》的报道。7月30日，晨刊报道了鲁迅的至交好友儿岛亨去世一事。自1933年开始直至战争结束，儿岛亨在致力于推动中日友好的内山完造所经营的内山书店工作，儿岛亨与书店常客鲁迅成为好友。战后，回到福山市后继续与鲁迅长子保持书信联络，并在日本大力介绍鲁迅。

同年5月16日，晨刊公开了周海婴先生手记中"关于父亲之死"一文。报道称虽有研究者提出因未及时施治而导致鲁迅病情恶化最终不治一说，但未能提出确凿资料，亦不能代表鲁迅研究界普遍看法。

2003年2月2日晨刊在"编集笔记"一栏中回顾了藤野先生与鲁迅相遇相知的师生情谊。7月5日，晨刊再次回顾了鲁迅留学仙台时与恩师藤野严九郎的交往，概括了鲁迅生平与作品。

2006年2月12日，晨刊在"奇才面谈"栏目中介绍了大村泉解读出鲁迅在笔记中寄望中日友好一事。东北大学经济学教授大村泉因中国环境问题研究而知晓鲁迅，之后对鲁迅及其作品产生浓厚兴趣。鲁迅留学仙台100周年纪念之时，他在学生支持下完成《鲁迅和仙台》一作。在2007年3月5日晨刊中大村指出鲁迅在仙台医学专门学校留学已过100年，然而校内关于鲁迅和其恩师藤野严九郎的故事依旧风靡。这一话题是以2005年12月北京鲁迅博物馆将鲁迅的《解剖学笔记》赠送给东北大学为契机。在鲁迅笔记研究基础上，大村做出"鲁迅作为医学学生不能说是优秀的，最终他转向文坛这一选择是明智的"这一大胆猜测。原因是虽然笔记中所画肌肉和骨骼线条流畅，但从医学专业学生的角度来看，并不严谨，多处欠缺重要部分。鲁迅借小说表达了对藤野先生深厚的感激之情。3月7日，晚报再次提及、描述了鲁迅对恩师难以忘却的感恩之情。鲁迅无法忘却对自己谆谆教诲、批改笔记、耿直正义的老师，即使回国成为作家，也将恩师的照片挂在墙上，日日激励自己。2012年10月1日晨刊又一次讲述了鲁迅与藤野严九郎的交往趣事。报道表达了希望鲁迅与藤野先生的情谊能感染更多中日两国年轻人为友好而努力的美好愿望。2013年8月31日晨刊介绍了从事鲁迅研究多年的佐藤明久成为上海鲁迅纪念馆的首位日本客座研究员一事。

2015年8月21日晚报报道藤井省三指出岩波文库出版的《阿Q正传·狂人日记》译文以轻快短句代替鲁迅原文中长句，失去鲁迅原文长句中蕴含的苦恼烦闷之感，导致译文与原著氛围不符，因此藤井尝试以长句重译鲁迅作品。在时隔不久的9月13日，晚报介绍了藤井的鲁迅文学观点。鲁迅从夏目漱石《哥儿》、森鸥外《舞姬》等日本文学中受到过激发，并确立了自己的文学观。另一方面，鲁迅也对佐藤春夫和太宰治等作家作品产生了影响。藤井还论述了鲁迅对村上春树等东亚文学的影响，如鲁迅的《阿Q正传》与村上的《1Q84》之间的关联。在《鲁迅和日本文学》中，藤井对《1Q84》描写的公社思想和中国研究者新岛淳良之间关系的论述也引人注目。

尤为值得关注的是，2009年9月8日晨刊对中国高中语文课本中鲁迅文章被删减一事进行了报道：鲁迅极富思想启发性的文章此前一直是高中语文课本中的重点文章，故此度删减引起教育界和文艺界热议，并指出因时代背景复杂、口语与文言体混杂、文章晦涩难懂而在师生间未获好评是删减原因。与此同时，认为"鲁迅是中华民族精神的代表"，持反对删减意见的人也不在少数。

《读卖新闻》对中国国内围绕鲁迅文章的议论也及时给予关注，可以看出日媒对关于鲁迅的一举一动的关注。

从中国方面来看，随着20世纪90年代中国的经济发展，中国访日游客人数剧增，中日两国展开了更深广、多样化的文化交流。作为中国了解日本的途径之一，鲁迅的重要性越发显著。这些亦可从当时的新闻报道中看出端倪。

此外，在第三阶段中出现了新的趋势，不仅有日本人前往鲁迅的出生地绍兴"巡礼"，也开始有普通的访日中国人前往鲁迅的曾游之地仙台进行"巡礼"。这是祈愿中日两国之间和平与更深的相互理解、交流的旅程。

结　语

纵观日本主流媒体关于鲁迅的报道，足见其覆盖面之广、延续时间之长，亦足可见鲁迅在日本所具有的不可忽视的影响力。日媒密切关注鲁迅，希望以此为两国关系注入活力，寻求中日和平友好之路。由此可知，鲁迅不仅是中国人心中无可取代的存在，其影响力在日本也是举足轻重。这种"鲁迅情结"已经深植中日两国人民心中，成为一种无形的牵引力。

鲁迅病逝虽已80余年，然而纪念鲁迅、怀念鲁迅之情却未见衰减。因鲁迅自身与日本之渊源，他在促进中日友好中发挥着重要的纽带作用。鲁迅业已成为一种时代符号，深深融入中日两国关系发展的历史血脉中。2017年正逢东北大学校庆110周年，6月2日至4日，东北大学医学部承办的"第116届日本皮肤科学会总会"在日本仙台国际中心及东北大学隆重召开。大会云集了5000多位日本国内外医学界的著名专家学者、药剂师及众多的医药界相关企业代表，在这一医学学科盛会之中，特设了"鲁迅"专题会场，邀请日本鲁迅研究专家藤井省三教授以及笔者进行专题演讲。值此重要纪念之际，东北大学医学部特邀曾在该校"弃医从文"的鲁迅"走进"盛会，其所深蕴之意亦不言而喻。

鲁迅是中日和平友好的象征——日本的报纸近百年持续从这一视角进行报道，为日本国民提供了多样且广泛的思考与实践线索。而中日两国也以鲁迅为纽带，在加强两国交流与理解方面不断努力，围绕鲁迅形成的印象在日本不断传播，将来应该也会继续对日本人，对日本与中国、东亚的关系产生巨大影响。这一切均可谓是"鲁迅效应"所带来的巨大影响力。

本文原刊于《当代作家评论》2018年第5期

论当代文学海外译介的可能与未来
——以贾平凹《高兴》的英译本为例

季 进 王晓伟

一

在中国当代文学的场域中，贾平凹无疑是最有实力也最具代表性的作家之一。相对于在国内文坛的重要地位和巨大影响，贾平凹作品的海外传播却不尽如人意，并未得到充分和有效的译介与传播。事实上，贾平凹作品的译介开始较早，早在20世纪70年代末，贾平凹的一些中短篇小说就通过国家外文局的《中国文学》杂志和"熊猫丛书"项目被译介到了海外，但由于种种原因，这些译介并未产生实际的影响。1989年，贾平凹的长篇小说《浮躁》获得美国第八届美孚飞马文学奖（Pegasus Prize for Literature）。该奖项致力于各国优秀文学作品的翻译与推广，在贾平凹获奖后，评委会即聘请著名翻译家葛浩文（Howard Goldblatt）将该小说译为英文，1991年《浮躁》的英译本Turbulence由美国路易斯安纳州立大学出版社出版。

几乎与此同时，贾平凹的作品也逐渐走进了海外汉学家的视野，《人极》《木碗世家》《水意》《即便是在商州生活也在变》等作品被收入海外汉学家编译的各种中国文学作品选集。可以说，《浮躁》的获奖与自主翻译，使贾平凹成为20世纪八九十年代最早为英语世界所了解的中国当代作家之一。

20世纪90年代中后期以来，随着中国影响力的增强以及中西方文学交流的日益频繁，莫言、余华、苏童、阎连科、王安忆、毕飞宇等当代作家的作品被大量译介到海外，特别是莫言荣获诺贝尔文学奖、中国作家屡获国际性的文学大奖等，似乎都表明中国当代文学的海外传播正在从边缘向热点转移。[①]但是，与此形成强烈反差的是，笔耕不辍、力作不断的贾平凹在英语世界的译介却归于沉寂，波澜不惊。尤其是贾平凹至今已出版了16部长篇小说，这样的创作体量，是当代作家中极为罕见的，理应得到海外世界的关注与译介。然而，在1991年《浮躁》英译本出版后的20多年里，竟然再没有一部长篇小说在英语世界得到过译介。直到一年前，随着《废都》《带灯》《高兴》这三部重要作品几乎同时被译介到英语世界，这种冷落沉寂的现实才有所改观。我们注意到，这三部小说的英译本皆出自英语为母语的翻译名家之手，正好呈现了学术出版、资助出版与商业出版三种不同的译介模式、翻译观念与接受图景。深入研究这三部小说的英译，不但有助于探讨贾平凹小说英译的现状和特点，也可能为探索中国当代文学"走出去"战略的多重可能性提供有益参考。

1993年出版的《废都》是贾平凹最富争议和最受关注的作品，出版后不久便被禁长达16年，2009年才得以重新出版。2016年1月，由葛浩文翻译的《废都》英译本由美国俄克拉荷马大学出版社出版。与《浮躁》一样，《废都》走的还是海外汉学家翻译、国外大学出版

---

① 季进：《作为世界文学的中国文学》，《中国比较文学》2014年第1期。

社出版的学术译介路径。国外大学出版社是中国文学海外译介的重要平台，但是他们的主要导向是为学术研究服务，主要目标读者是海外的中国文学研究者，而这部分受众数量极其有限，同时因为大学出版社非营利性的定位，很少开展宣传和推广活动，因此发行量有限，覆盖面较小，这类译本的影响只囿于少部分专业受众。《高兴》发表于2007年，延续了贾平凹对农民题材的专注，写了进城以后的农民的困顿生活与精神历程，故事生动，语言幽默，又饱含了作者对社会变革之际中国农民命运与城乡矛盾等问题的深沉思考。2017年10月，由英国翻译家韩斌（Nicky Harman）翻译的《高兴》英文版Happy Dreams走的是商业出版路径，由美国亚马逊跨文化出版事业部（Amazon Crossing）出版，通过亚马逊向全球发行，一时间引发广泛关注。而发表于2013年的《带灯》是贾平凹首部以女性为主人公的小说，被誉为体现了贾平凹"对中国文学传统的创造性转化"的"新世纪的长篇杰作"，[①]备受评论界好评。2017年，由美国杜克大学教授罗鹏（Carlos Rojas）翻译的《带灯》英译本The Lantern Bearer，由中国时代出版公司CN Times Books出版发行。事实上，早在2013年，即人民文学出版社出版《带灯》同年，该小说就入选了由国务院新闻办公室和新闻出版总署主导的"两个工程"（"中国图书对外推广计划"和"中国文化著作翻译出版工程"）计划，得到了翻译与海外出版发行的资助。也就是说，《带灯》英译本的翻译与出版走的是中国政府主导的"中国文学走出去"战略下资助出版的译介路径。

由于学界对《废都》和《带灯》所采取的学术出版与资助出版译介模式的利弊已有过一定的探讨，本文将重点讨论《高兴》英译本的译介模式与特点，兼与《废都》和《带灯》做比较，以此阐明，

---

① 李遇春：《传统的再生——为贾平凹长篇小说〈带灯〉新版作》，《长江文艺评论》2016年第5期。

中国当代文学海外译介的可能取向就是《高兴》英译本为代表的以目的语读者为归依、以归化为主的翻译模式，以翻译所提供的"间距"和"之间"的辩证，潜移默化影响与形塑西方读者对中国当代文学的想象与认知，从而在未来提供出何谓世界文学、何为中国文学的"中国方案"。

目前，中国当代文学的海外译介主要有两大模式：一种是自己主动"送出去"，另一种是西方主动"拿过去"。"送出去"是以中方为主导，站在中国文学本位立场的主动译介；"拿过去"是以西方为主导，从西方文化的立场所进行的选择性译介。显然，"拿过去"要比"送出去"译介效果更为理想，这已成为国内学术界与创作界的共识。毕飞宇就曾说过："我觉得我们最好不要急着去送，而是建设自己，壮大自己，让人家自己来拿。"[①]但是，这里还有一个重要的前提，那就是必须先让人家"看得见"，别人才能决定是否要"拿过去"。而且，更为关键的是，这个"可见度"不是作为绝对独立的国别文学的可见度。既然在过去众多带有偏见性的观念里面，中国当代文学仅仅充当了西方文学次等的模仿品，那么，他们在看到中国文学时，就不可能只是看到中国，也应该看到自身。在一个更具包容性的理解当中，全球化已经使我们无法"跳出世界（历史）的语境讨论中国"[②]、讨论西方，更遑论作为文化交互中介的翻译。也正是从这个角度来看，节译本或选译本的作用也不容忽视。谢天振就多次强调，现阶段中国文学外译中要重视传播手段和接受环境等方面的因素，"我们在向外译介中国文学时，就不能操之过急，贪多、贪大、贪全，在现阶段不妨考虑多出节译本、改译本，这样做的效

---

① 高方、毕飞宇：《文学译介、文化交流与中国文化"走出去"》，《中国翻译》2012年第3期。
② 欧立德：《当我们谈"帝国"时，我们谈些什么：话语、方法与概念考古》，《探索与争鸣》2018年第6期。

果恐怕更好"。①

由西方商业出版社主导的《高兴》英译就是一个典型的例子，先是通过节译进入西方出版社的视野，再通过全译本走入西方读者的视野。2008年，韩斌在读了贾平凹的新作《高兴》后就决定翻译该小说，并马上联系了一家西方出版社，同时联系贾平凹商讨英译本的授权事宜，但由于种种原因，译介并不顺利。同年，她先在英国主流媒体《卫报》发表了节译的《高兴》片断。2015年，亚马逊跨文化事业部的编辑看到了该节译，于是邀请韩斌完整译介该小说。亚马逊跨文化出版事业部是亚马逊集团旗下专门出版翻译作品的部门，现已成为美国规模最大、最具影响力的外国文学作品出版机构。从2010年该机构设立以来，已经先后将包括陈忠实、冯唐、路内等多位中国作家的19部中国当代文学作品纳入翻译出版计划，其中包括《高兴》在内的15部作品的英译本已在美国出版，亚马逊跨文化出版事业部也成为目前中国文学作品英译的重要商业出版社之一。

除了出版，亚马逊集团旗下世界最大的图书销售平台也是中国文学英译本最重要的海外销售渠道。《高兴》英译本的出版得到了亚马逊的重点推介，入选了Kindle First优选阅读项目。该项目通过每月新书信息推送，让会员在下月新书正式出版前以低价甚至免费从6本精选新书中选择一本提前阅读。入选的新书不仅在会员中享有较高的阅读量，而且会员的评论又会吸引更多读者，持续推动书籍销售。此次 *Happy Dreams* 纸质版于2017年10月1日正式出版，但8月起Kindle First的读者就可下载阅读电子版。截至2017年11月底，亚马逊和美国著名书评网站Goodreads网站读者的评论大部分都来自Kindle First项目的读者。这种发行和推广模式，也让中国文学不再

---

① 王志勤、谢天振：《中国文学文化走出去：问题与反思》，《学术月刊》2013年第2期。

局限于实体书店中东亚文学书架的某个隐秘角落,缩短了中国文学与西方读者的距离,更重要的是亚马逊根据读者阅读历史和习惯的定制化推荐策略,也有助于打破读者对中国文学心理上的隔阂,"比如说有人喜欢读悬疑小说,如果这本是悬疑小说就会进入个性化推荐,并不是跟中国的关键词挂钩,而是跟内容挂钩。打破了国家的疆界,并不是你对中国文学感兴趣才会看这本书,而是针对内容本身",①这在一定程度上有助于消弥西方读者把中国文学想象为"另类"(alternative)的某种集体无意识,扩大中国文学在西方的读者群。著名翻译家杜博妮(Bonnie S.McDougall)曾把中国文学的西方读者群分为两大类,一类是汉学家和中国文学爱好者,另一类是无偏好读者(disinterested readers)。②后者对中国文学题材并没有特别的偏好,而是更关注作品本身的可读性和叙事风格。这类读者数量庞大,却长期受到中国政府主导的出版社以及国外大学出版社的忽视,而亚马逊作为商业出版社追求销量的目标及其庞大的读者数据库,让他们在《高兴》的译介和出版过程中,都亟需并能够关注和覆盖这部分庞大的海外普通读者。

二

从"译什么""为谁译"到"怎么译",翻译的过程就是不断选择的过程。翻译观念作为译者对翻译活动的总体认识和理解,始终有形无形地制约着译者在翻译过程中的选择,影响宏观层面的翻译策略和微观层面的话语处理。从某种意义上看,翻译就是一个普拉特(Mary Louise Pratt)所谓的"接触地带"。它不仅使各种政经的、

---

① 《亚马逊助推中国文学走出去》,https://culture.ifeng.com a/20150831/44557104_0.shtml。

② Bonnie S.McDougall. "Literary Translation: The Pleasure Principle".《中国翻译》2007年第5期。

历史的、文化的观念有了一个空间化的存现形态,而且更是见证了它们之间共存、互动,特别是"根本不均衡的权力关系"。"接触地带"本指"殖民前沿",是帝国主义扩张的衍生词汇。不过,在承认殖民征服和武力统辖的前提下,近来的研究也不断揭示,被殖民者的能动力量,他们通过戏仿、征用各种殖民的话语为己用,最终达成一种反征服的效用。当然,在后殖民的视域里,"接触地带"所强调的是"被殖民者主体试图用与殖民者的术语结合的方式表征自己"的一面,而实际上,诸多的历史现实也揭示了殖民主体如何运用被殖民者的语言来进行政治管理的另一面。因此,以一个更具整体性的思路来说,"接触地带"毋宁诠释了接触双方互为征引和自我他者化的跨文化现象。[1]具体到翻译,它不仅启动了一个文化系统在面对域外文本时已有的各种操作案例,也同时会启动它关于自身论述的进程。面对他者,也同时是面对自我。因为它需要调动一切既有的"文学外交"礼仪和方案来做总体的规划和布局,也需要调动更微观层面的社会文化记忆来解说文本中的细节,从而认识到那些看似习以为常的概念如何包孕对话的生机。

《高兴》的译者韩斌是专注于中国当代文学英译的英国翻译家,一直积极推动中国当代文学在海外的译介与出版,也是当代文学海外推介网站纸托邦(Paper Republic)的创始人之一。她除了翻译实践,还通过写专栏、演讲、授课、读书会等各种活动,身体力行地将中国当代文学推介给英语国家的普通读者。她虽曾执教于英国伦敦大学,但她不同于葛浩文和罗鹏,并非传统的东亚系教授,而是翻译实践与教学领域的专家。她对中国当代文学的经典作家鲜少译介,反而特别关注中国新锐作家的作品,从虹影、韩东、严歌苓到安妮宝贝、巫昂、颜歌的作品都有译介。韩斌明确主张"读者中

---

[1] 〔美〕玛格丽特·路易斯·普拉特:《帝国之眼:旅行书写与文化互化》,第11页,方杰、方宸译,南京,译林出版社,2017。

心",强调译作必须能让目的语读者享受到阅读的乐趣。她认为翻译在本质上是某种形式的写作(authorship),是一种自我表达方式(translation as a self-expression),不同的译者有不同的表达方式和风格。翻译过程中面临的语言、文化方面的鸿沟,让译者不得不成为主动的改写者(active re-writer),因而她认为译者隐形的观点是荒谬的,译者理所当然拥有属于自己的声音。

因此,《高兴》的译介采取的是归化为主、异化为辅的翻译策略。异化是以原文为中心,强调原文文化,充分尊重原作的风格,归化则以目的语读者为中心,尽量照顾读者的阅读偏好和审美情趣。伽达默尔所谓"视界的融合",正是照应这种张力并存的状况,而不是完全依靠消解差异,来构成一种境界。① 一方面,文本要被理解,诠释者或者说翻译者就要主动地接近原文的语境和历史,"政治正确"地进行"异化";但另一方面,解读毕竟也是难免"偏见"和"意识形态"的"不正确"过程,因此,必须要做一种自我中心式的"归化",让译者现身,作者隐身。《高兴》作为一种"闲聊式"小说的代表,"闲聊式"的对话是其文本建构的重要手段,也是该小说叙事语言的最大特点,但是这种家长里短、鸡零狗碎般的话语碎片的"闲话风"以及原文中夹杂的大量对话、内心独白和梦境等都给翻译带来了巨大的挑战。即使在韩斌的预设中,所谓的英美读者,其主流的消费口味,仍习惯于接受连贯的、充满起伏的传统叙事模式。即使他们熟悉西方后现代式的拼贴、碎片等书写技巧,也暗自假设来自异域中国的小说,最主要的功能是讲好故事,而不是卖弄技巧,这些技巧他们已经见怪不怪了。所以,韩斌首先在叙事形式上对作品内容进行了调整。她通过段落分割、加入引号、括号或是斜体加以标记,使译文变得更为流畅连贯。例如小说第一章中刘高兴与卖

---

① 〔德〕伽达默尔:《真理与方法:哲学诠释学的基本特征》,第8页,洪汉鼎译,上海,上海译文出版社,1999。简要的总结见该书"译者序言"。

鸡小贩关于她是否骗秤的对话:

原文:胡说,啥货我掂不来!我说:你知道我是干啥的吗?我当然没说出我是干啥的,这婆娘还只顾嚷嚷:复秤复秤,可以复秤呀!

译文:"Bullshit! No way is that three pounds! I can always tell how much something weighs! Do you know what I want it for?" (Of course, I didn't tell her what I wanted it for.)

But she kept shouting, "Put it on the scales again! Go ahead and put it on the scales again!"

原文中这段对话包含在大段叙事中,译文通过分段和引号将对话分割开来,同时将旁白加入了括号,通过加入这些标记,更利于译文读者对小说的理解。出于同样的考虑,译者还把原文中很多间接引语改为了直接引语。例如原文中"韦达接电话了,问是谁,我说我是刘高兴,是孟夷纯让我给你个电话。韦达说孟夷纯出来了?我说她没有出来……"译文处理成了直接引语:

This time Mighty answered. "Who is it?"

"Happy Liu.Meng Yichun told me to call you."

"Is she out?"

"No."……

第二,译者的归化策略还体现在通过使用调整、增减,甚至改写等手段,加强译文的连贯性和逻辑性,把原文中语义模糊之处加以明晰,改善读者的阅读体验。译文中常见的调整手段包括调整句子结构和语序、整理逻辑以及叙事视角的转换等。例如原文中的这句:塔是在一堵墙内,树的阴影幽暗了整个墙根,唯有我的烟头的光亮,我一边吸着一边盯着烟头的光亮,竟不知不觉中纸烟从口边掉了下去。译文是:The wall enclosing the pagoda was overhung by trees and plunged in deep gloom. The tip of my cigarette provided the only light. I stared at it, and the cigarette fell from my fingers。译者通过调整句内语序与重心,对原文中白描式的叙述进行调整,把"从口边"调整为了"from my fingers",同时对原文进行了断句处理,使原来连续的、多主语的(塔、树的阴影、烟头、我)复杂构句形式,变成了短句连续表述,意思更加清晰,也更符合英语的构句特点。

译文中的增补手段主要是为了解释原文中一些独特的文化意象和背景。比如小说一开始就提到"以清风镇的讲究,人在外边死了,魂是会迷失回故乡的路,必须要在死尸上缚一只白公鸡",译文处理成了 Freshwind folk believe the spirit of someone who dies away from home has to make its way back. In case the spirit gets lost, you tie a white rooster to the body to guide it。原文读者都了解中国人魂归故里,入土为安的文化传统,但是英文读者却不具备这样的文化"预设",所以译者通过加入 has to make its way back 来减少翻译中的文化障碍(culture bump),改善阅读体验。译文中增补的 in case 和 to guide it 则把原文中隐含的逻辑关系明晰化,也体现了归化的翻译策略。

译者在翻译过程中对源文本也做了一定程度的删减,删去了一些冗余的叙述和那些对小说主题、修辞或其他文本功能无足轻重但却可能加大文本在目标语言文化中受阻性的表达。例如第六章中有一大段五富与高兴讨论女人和娶老婆的对话,既涉及了一些西方读者比较抗拒的歧视女性的话语,又提到了焦大和林黛玉等西方读者文化背景中缺失的文化意象,因此对西方读者的阅读体验而言会造成障碍,而这段叙述又与小说的主题关系不太紧密,因此译者采取了删减的处理方式。改写的手段在全文62章中几乎都有所体现,比如第35章共3000来字的原文用到了65次"说"来连接发话者与直接引语或间接引语,但是译文中直译成 said 之处却不足半数,有些地方直接用引号来取代,有些地方译者为了传达讲话人的语气和情感,则采取了增加修饰成分的方法,如:"黄八说:我不憋,你们才憋哩!"译为"It'll be you that bursts, not me," said Eight huffily。通过添加 huffily,增补了讲话人生气的情绪。还有一些地方,译者则用

added, muttered, decreed, addressed, exclaimed, suggested, retorted, asked, objected, demanded, barked, shouted 等方式来改写原文中的"说"。这些多样化的词汇，既有力揭示了原文的丰富层次，也有效避免了目标文本中用语重复的问题，展示了文本变化灵动的面相。又如该章中有"那个一米八左右的人解开上衣用衣襟擦汗，我已经清楚他在震慑我们"的描写来体现主人公内心极度害怕警察审问时的心情，译文把"一米八左右的人"用改写的手法译成了"One guy, towering over the rest of us"。如若采取直译的方式，由于中西方平均身高的差异，英语读者无法体会"一米八左右的"警察的身高和主人公中等身材的身高悬殊，给本来就胆战心惊的主人公带来的心理压力，也就无法理解为何主人公觉得"他在震慑我们"。通过改写的手法，译文的逻辑才能为读者所理解和接受。

同样出于译者是"改写者"的翻译观念，韩斌把小说原标题"高兴"改译为了 happy dreams。原标题的"高兴"既指主人公刘高兴，也带有一些反讽的色彩。译者结合小说情节和文本风格改译后的标题，也达到了一语双关的效果，既包含了主人公的名字，也暗含了译者对小说情节的解读，更重要的是这个标题比笼统意义的"高兴"更加具体，容易吸引目的语读者的阅读兴趣。可以说，从 happy 到 happy dreams 看似变化无多，却触及了赫什（Eric D.Hirsch）所尝试分辨的一组近似概念：meaning（意义）和 significance（意味）。在其人看来，文学诠释或者扩而广之的阅读、翻译过程，必然触及作者意图和读者（译者）意趣的分歧、对话，前者固定于文本，相对稳定，是为 meaning；而后者常变常新，是文本对读者发起的邀约，因人而异，充满 significance。有鉴于此，周宪主张以"交互解释"（inter-interpretation）来解说某一文本在跨文化旅行时，所形成的"复杂的、差异的和冲突的解释、渗透和抵制等关系"，并进而指出，"任何人的研究工作始终受到解释共同体（interpretive community）的解释规则的制约"。①该观念不仅把解释或者说翻译看成是历史性的，同时也是协作性的，直指"世界文学"的观念，必然不是指一个或若干个具体的文学文本，而是围绕着这些文本的世界性协作关系与过程。换句话说，"读者中心"在一个宏观的意味上，是解释"世界文学"发生的导向和动力。

"读者中心"的翻译观念还影响了译者在微观层面的话语处理。韩斌在译者后记和采访中就多次提到，她认为在翻译过程中最重要的就是为主人公刘高兴在英语中找到合适的说话口吻和风格，以求在译文中实现人物"言如其人"，符合小说整体人物形象的塑造，增强译文读者心中故事的真实感和可信度。《高兴》叙述的是底层人物的故事，这些人物说话的特点主要是表达不正式、口语化，夹杂着大量方言，甚至还有粗俗的语言，句型上多为短句。韩斌通过使用能表达相同意思的合适的俚语、俗语、方言词来再现原文的叙事语域，例如文中重复出现的"老婆""城里人""嫖客""骂人""把他的"分别译成了missus，city folk，her john，diss和Damn him。有的翻译理论家把翻译活动视为一种"权利游戏"，认为翻译作品很大程度上由编辑决定，而编辑最关心的是译文在目的语中是否"易读"。韩斌也多次在采访中提及了编辑对译文的影响，例如译者根据编辑的意见删去了译文中一些过于英国化的话语，改为了更符合美国读者阅读习惯的表达方式，比如原文中"我们……快快活活每人赚了五百元钱"，最初的译文是"We'd been really chuffed to earn an extra five hundred yuan each，…"，"chuffed"与叠词"快快活活"传达的语气相仿，但编辑认为这个词英国味太浓，所以最后修改为"We'd been pleased as punch to earn an extra five hundred yuan each，…"。又例如"胡说"的翻译，初稿译为Nuts to that 后改为

---

① 周宪：《文化间的理论旅行：比较文学与跨文化研究论集》，第22、23页，南京，译林出版社，2017。

Screw that，最后采用的是美国读者最熟悉的 Bullshit。正是译者在这些微观层面的细腻的话语处理，才使得《高兴》的英译本披上英美文学的外衣，获得普通读者的认可。

三

评价译作是否取得了预期的译介效果，必须在目的语语境中考察其译介效果和接受情况，这主要可从销量与评论两个方面入手。从销量来看，根据亚马逊网站的统计数据，截至 2017 年 11 月底，《高兴》英译本的销量排名远超《废都》和《带灯》。对译作的评论分为普通读者评论和专业评论两类。书评网站的评分与评论是考量普通读者接受情况的重要依据，根据美国主流书评网站 Goodreads 截至 2017 年 11 月底的数据，出版仅两个月，《高兴》英译本已有 510 次读者评分及 68 次评论，评分次数及评论量在中国当代文学英译本中已相当靠前，甚至超过了 2012 年葛浩文翻译的莫言长篇《檀香刑》的英译本 *Sandalwood Death*，而《废都》英译本仅有 31 次读者评分和 5 次评论，《带灯》英译本竟没有任何评分记录。值得注意的是，《高兴》英译本的读者评论中有相当部分都聚焦于故事情节和主人公的遭遇，提到了阅读小说时带来的乐趣及对了解中国社会的兴趣，肯定了译本的流畅性和可读性。除了普通读者的评论，还有一些专业评论刊发在《科克斯评论》《华盛顿独立书评》《出版人周刊》等权威学术性评论杂志和出版行业专刊上。《科克斯评论》在介绍了小说情节后，指出这部小说政治性不强，可读性很强，但是故事本身相对平淡。《华盛顿独立书评》的长篇评论肯定了小说的艺术价值，并把小说与中国社会现实相联系，认为刘高兴的故事是当代中国的缩影，并把他的遭遇与当代农民工在中国城市化进程中的遭遇联系起来。《出版人周刊》同样也着重讨论了小说中国工业化与农民工境遇、社会阶层分化的背景，认为小说展现了中国的政治历史和丰富的艺术传统，呈现了正在经历变革的国家所面临的代价。

可见，专业评论主要还是把中国当代小说看成是了解中国社会现实的窗口，甚至把政治性解读为中国当代小说自带的标签。而普通读者的评论则更倾向于关注小说本身的故事性与艺术性，重视小说的阅读乐趣及翻译给阅读带来的影响。这种读者群体的分野，也给我们带来了许多思考。我们对于翻译文学的定位是什么？中国文学走出去，是走向所谓的市场和通俗，还是允许它可以保持某种精英特性，一如现代主义作品出现在19世纪的西方那样，曲高和寡，应者寥寥？如果它需要的是市场，那为什么政府导向型的翻译成效甚微，市场是纯粹的阅读趣味和可读性吗？如果翻译注重的是异质性，为什么在普通读者中不能引起兴趣，反而在专业读者那里因为政治化的标签，而变得颇有市场？难道这是在变相暗示，普通读者甚至比专业读者更具民主意识和全球眼光，不愿意用意识形态的框架自我设限？还是普通读者根本就没有所谓的政治意识，只有浅薄的题材观念和阅读习惯？更进一步，难道中国文学真的没有所谓世界性的因素，它不是被打上国别文学的标识，就是被安置到流行市场中，这个世界性，是不同文学观念间的不间断磨合过程，还是其结果？

随着中国经济的崛起和中西文化交流的日益频繁，中国当代文学已经越来越紧密地成为"世界文学"的重要组成部分。要使中国当代文学的独特风貌在世界文学共同体中得以充分展现，译者在其中扮演着至关重要的角色。但是，作家与翻译家的沟通、作品代理人以及翻译版权等方面的诸多问题，长期以来成为制约贾平凹等中国作家"走出去"的"绊脚石"。当然，我们可以反问这块"绊脚石"到底从何而来？西方作家是否也具有如此强烈的走出去的欲望？也因此，走出去是走向世界？还是走向一贯困扰我们的中西等级秩序？走向一种新的西方认同？贾平凹在谈及为何自己的作品在海外未能得到应有的译介时，曾表示"我平时都生活在西安，和汉学家很少认识，性格也不善和外界打交道……翻译之事长期以来就成了守株待兔"。①从他的回答中，可以看到贾平凹已经认识到了与翻译家沟通的重要性，我们也欣喜地看到了他近年来对待翻译态度的转变。

贾平凹充分意识到了翻译的重要性，甚至把翻译看成是某种意义上的创作，"翻译和创作者是一样的，是另一种创作"，"所谓的世界文学就是翻译文学，不翻译谁也不知道你写得怎么样，因为谁也看不到。所以翻译的作用特别大，我自己也特别敬重那些翻译家"。②这与韩斌的观点倒不无相通之处。同时，为了克服与海外翻译家由于语言和文化差异带来的沟通障碍，贾平凹研究院已经与年轻的译者 Nick Stember 合作，全力打造其作品英译推广的英文网站"丑石"（Ugly Stone）。该网站力图全面介绍贾平凹的生平和创作，不仅有对《浮躁》《废都》《高兴》等已获译介的作品的评论和介绍，还特别详细地介绍了《秦腔》《古炉》《极花》《老生》等还未译介到英语世界的国内出版情况、篇幅、故事情节及作品评论等的具体信息，并提供了这些作品的部分节译作为参考。这种做法不仅可以吸引更多译者特别是海外翻译家对贾平凹作品的关注，缩短作家与翻译家的距离，而且还可以把翻译选择的主动权逐渐交还给译者。在翻译实践过程中，贾平凹也积极配合译者，参与译文的建构。在韩斌翻译《高兴》的过程中，贾平凹耐心地解答她对于源文本的问题，更有甚者，为了解释清楚"六角楼""炕"等一些地域特色的建筑和器物，他甚至给韩斌发去了手绘草图。我们希望有更多的当代作家也能充分认识到翻译的重要性，并积极参与到目的语语境下以译者为主导的译作的"创作"过程。

翻译文本的选择问题已经引起了中国学界的重视，它是中国文学世界性阅读成功与否的重要基础。对于翻译家而言，文本选择也

---

① 高方、贾平凹：《眼光只盯着自己，那怎么走向世界？——贾平凹先生访谈录》，《中国翻译》2015年第4期。

② 贾平凹：《翻译是另一种创作，我特别敬重翻译家》，新华网，2017-8-30。

是关乎其译介成败与否的关键。应该说，源语语境内的单方选择与主导已不再是主流的译介模式了，更为合理的选择，应该是在目的语语境中思考中国当代文学译介的文本选择问题，而在这方面深谙西方文学和文化传统、读者阅读兴趣与审美心理的目的语翻译家具有先天的优势，毕竟文学与文化的传播根本上是以接受方的文化逻辑为依据的，也就是说，中国文学的流向是西方所遵循的文化发展逻辑，所以这些翻译家更能从目的语文化发展的逻辑出发，来判断哪些中国当代文学作品更有希望在西方世界得到接受和认可。对于贾平凹作品而言，尽管《高兴》在国内的影响力远不及《秦腔》和《废都》等作品，但是不仅韩斌和亚马逊看重《高兴》英译的价值和市场，葛浩文也不约而同地把《高兴》作为贾平凹长篇小说英译的首选。在谈及对贾平凹作品英译选择时，葛浩文曾表示："我觉得他的《高兴》肯定在美国有读者。贾平凹希望我先翻译他的《废都》，我觉得《废都》在美国可能有读者，《秦腔》就不好说了。"[1]由于贾平凹的坚持，他最后还是先翻译了《废都》，但从《废都》英译本的销量和评论等方面来考察，无论是对汉学家等专业读者，还是对西方普通读者而言，这本被寄予厚望的英译本并未在英语世界产生很大的反响。因此，《高兴》的译介模式，应该成为未来中国当代文学海外译介的主导模式，在翻译文本选择方面，更多地参考翻译家的意见。当然，我们更愿意相信，这只是中国文学走向世界的初级阶段。在这个阶段内，扩大中国文学的影响力和中国作家的知名度，是首要问题。假以时日，未来中国文学译介的主导权还是可以重新回到我们自己手中。中国当代文学应该提供关于何为世界文学、何为中国文学的"中国方案"，透过主动的推介来强化中国参与世界文学体系建构的自主权，以中国的方式给出世界文学与中国文学经典

---

[1] 姜妍、〔美〕葛浩文：《贾平凹"秦腔"美国难找出版方 莫言不会外语受阻》，人民网，2013-10-15。

的标准，但这显然需要时间。

总之，考虑到中国与西方国家在对待翻译文学时接受语境与接受心态等方面的差异和不平衡性，在现阶段推动当代文学的海外译介最合理也最有效的方式就是以目的语读者为归依，以归化为主的翻译策略，潜移默化影响与形塑西方读者对中国文学的想象与认知，推动西方普通读者对中国当代文学的接受，真正让中国当代文学实现宇文所安所说的"在全球化的语境下，中国文学与文化传统应该成为全世界共同拥有的宝贵遗产"，使"中国文学成为一种普遍的知识"。[①]同时，在翻译实践中充分尊重异质文学与文化价值的翻译伦理，让中国当代文学与世界文学在交流中互相碰撞、增益和融合，从而不断拓展和丰富世界文学共同体的话语空间和内涵。正如同法国当代理论家朱利安（Francois Jullien）所言，我们必须在"间距和之间"当中，来思考中西的文化他者性："必须清理出之间以凸显出他者；这个由间距所开拓出来的之间，使自己与他者可以交流，因而有助于它们之间的伙伴关系。间距所制造的之间，既是使他者建立的条件，也是让我们与他者得以联系的中介。……必须有他者，也就是同时要有间距和之间，才能提升共同的/共有。"[②]换言之，恰恰是因为译本和原本，以及翻译所提供的"间距"和"之间"，世界文学才有了建立的可能，文学的话语也才变得更加多元和丰富。

本文原刊于《当代作家评论》2018年第6期

[①] 季进：《另一种声音——海外汉学访谈录》，第14页，上海，复旦大学出版社，2011。

[②] 朱利安：《间距与之间：如何在当代全球化之下思考中欧之间的文化他者性》，方维规主编：《思想与方法：全球化时代中西对话的可能》，第37页，北京，北京大学出版社，2014。

"神秘"极地的本土性与世界性

——迟子建小说的海外传播与接受

褚云侠

迟子建是具有"大气魄"的中国当代女性作家之一。如果说早期的迟子建还需要用频频回望童年与故乡的方式,去发现那一片黑土地所留给她的悲喜欢忧,随着1994、1995年《逝川》《向着白夜旅行》等作品的创作,虽然故乡仍然是她写作与生活的"地之灵",但其对生命与世事的洞悉、对至情与至善的感悟,显然已经让她自北极村出发,开始具备了走向世界的宽广胸襟和深远目光。

即便是走向了大洋彼岸,迟子建也永远是额尔古纳河的女儿,正是额尔古纳河畔的神秘舞步让她的作品具备了最中国也最世界的品格。那些神秘的中国边地经验不仅作为世界文化多样性的一部分为她开启了通往异域的大门,由神秘经验所引发的对人性、生死、现代性的思考更为她找到了与世界对话的可能性。

一、"热译"与"冷评":迟子建小说的海外译介与研究

神秘的事物通常是引人入胜的,或许正是由于迟子建小说中这种神秘性因素,使其小说在海外的传播与译介显得格外引人注目。相比其他20世纪60年代出生作家的作品而言,迟子建小说无论在翻译语种上还是在作品译介数量上都不算少,但和其在国内研究的丰富性形成对照的是,海外对其作品的研究却并没有充分展开,尤其在西方世界几乎可用寥若晨星来形容。在此,笔者对目前能够检索到的迟子建小说作品在海外的译介、传播情况以及研究现状进行了归纳整理,希望在资料的爬梳中发现一些值得思考的现象与问题。

迟子建作品译介目录

英文:

中文名	外文名	译者	出版社	年份
逝川	The River Rolls By		Chinese Literature. no. (Autumn 1995): 129	1995
亲亲土豆	Beloved Potatoes		Chinese literature. no. 2, (1996): 122	1996
雾月牛栏	Lost in the Ox Pen		Chinese literature. no. 4, (1997): 56	1997
银盘	Silver Plates		Chinese literature. no. 4 (1998): 74	1998
	SPECIAL—The Primary Sentiment		Chinese literature. no. 4, (1999): 143	1999
超自然的虚构故事[①]	Figments of the Supernatural[②]	Simon Patton	Sydney, NSW: Janles Joyce Press	2004

[①] 文集名,笔者译。
[②] Figments of the Supernatural 收录作品:Fine Rain at Dusk on Grieg's Sea (《格里格海的细雨黄昏》)、The Potato lovers (《亲亲土豆》)、Cow-rail in Fog Month (《雾月牛栏》)、Washing in Clean Water (《清水洗尘》)、Willow Patterns (《河柳图》)、Cemetery under Snow (《白雪的墓园》)。

续表

中文名	外文名	译者	出版社	年份
原野上的羊群[①]	A Flock in the Wilderness	Xiong Zhenru	China：Foreign Languages Press	2005
好时光悄悄溜走[②]	The Good Times Are Slowly Slipping Away	Ren Zhong, Yuzhi Yang	San Francisco：Long River Press	2005
与周瑜相遇[③]	An Encounter with General Zhou	Aili Mu, Julie Chiu, Howard Goldblatt	NY：Columbia University Press	2006
一坛猪油	A Jar of Lard	Chenxin Jiang	Pathlight：New Chinese Writing 2	2012
雾月牛栏[④]	Foggy Moon Corral		San Francisco, Calif.：Long River Press	2012
额尔古纳河右岸	The Last Quarter of the Moon	Humes Bruce	London：Harvill Secker	2013
我对黑暗的柔情	An Ode to Darkness	Wai Har Lau Can Zhou	Singapore：National Library Board	2013
一匹马两个人	A Horse and Two People	Karmia Olutade	Pathlight：New Chinese Writing summer 2015	2015
福翩翩	A Flurry of Blessings	Eleanor Goodman	Chinese Literature Today 5, 2（2016）	2016

法文：

秧歌；向着白夜旅行	La danseuse de yangge：Voyage au pays des nuits blanches	Dong Chun, Desperrois Jacqueline	Paris：Bleu de Chine	1997
旧时代的磨坊[⑤]	Le bracelet de jade：nouvelles	Dong chun	Paris：Bleu de Chine, Impr. Bialec	2002

---

① 《原野上的羊群》（小说集）收录作品：River rolls by（《逝川》）、Flock in the wilderness（《原野上的羊群》）、Beloved potatoes（《亲亲土豆》）、Lost in the ox pen（《雾月牛栏》）、Silver plates（《银盘》）、Bathing in clean water（《清水洗尘》）。

② 本篇选自 Ren Zhong and Yuzhi Yang, *Hometowns and Childhood*, San Francisco：Long River Press, 2005。

③ 本篇选自 Aili Mu, Julie Chiu, Howard Goldblatt, *Loud Sparrows: Contemporary Chinese Short-Shorts*, NY：Columbia University Press, 2006。

④ 本篇选自 Sun Huifen and others, *The Women from Horse Resting Villa and other Stories*, San Francisco：Long River Press, 2012。

⑤ 其中收录《旧时代的磨坊》《白银那》两篇。

续表

香坊；九朵蝴蝶花	La fabrique d'encens: suivie de Neuf pense es	Dong chun	Paris: Bleu de Chine	2004
世界上所有的夜晚①	Toutes les nuits du monde: récits	Stéphane Lévêque	Arles: Éditions Philippe Picquier	2013
晚安玫瑰	Bonsoir, la rose: roman	André Yvonne	Arles: Éditions Philippe Picquier	2015
额尔古纳河右岸	Le dernier quartier de lune	André Yvonne, Stéphane Lévêque	Arles: Éditions Philippe Picquier	2016

意大利文：

向着白夜旅行	Viaggio nel paese delle notti bianche		lsola del Liri: Pisani	2002
银盘	Sei piatti d'argento			
秧歌	La ballerina di yangge	Aulino Flavio	lsola del Liri (FR): Pisani, M	2004
旧时代的磨坊	Il braccialetto di giada: due racconti cinesi	Aulino Flavio	lsola del Liri: Pisani	2004
踏着月光的行板	Andante al chiaro di luna	Aulino Flavio, Di Toro Anna	lsola del Liri (FR): Pisani	2007
额尔古纳河右岸	Ultimo quarto di luna romanzo	Valentina Poti	Milano: Corbaccio	2011

朝文：

雾月牛栏	안개의 달, 외양간 울타리	배배도임	MINUMSA	2008
额尔古纳河右岸	어얼구나강의 오른쪽	金润珍	DULNYOUK	2011

日文：

朋友们来看雪	ねえ、雪見に来ない	竹内良雄	季刊中国現代小説	1999
逝川	ナミダ	杉本達夫	季刊中国現代小説	2001
原始风景	原風景	土屋肇枝	季刊中国現代小説	2001
清水洗尘	年越し風呂	栗山千香子	季刊中国現代小説	2002

---

① 其中收录《世界上所有的夜晚》《北极村童话》两篇。

续表

芳草在沼泽中	芳しい草は沼沢にあり			2002
花瓣饭	花びらの晩ごはん	金子わこ	季刊中国現代小説	2003
伪满洲国	満洲国物語	孫秀萍	河出書房新社	2003
雾月牛栏	霧の月（ミステリー・イン・チヤイナ 同時代の中国文学）	下出宣子	東方書店	2006
亲亲土豆	じやがいも（中国現代文学短編集）	金子わこ	鼎書房	2012
第三地晚餐①	今夜の食事をお作りします	竹内良雄，土屋肇枝	東京：勉誠出版	2012
额尔古纳河右岸	アルグン川の右岸	竹内良雄，土屋肇枝	東京：白水社	2014
一匹马两个人	老夫婦と愛馬	竹内良雄	季刊中国現代小説	

荷兰文：

额尔古纳河右岸	Het laatste kwartier van De maan	Mariëlla Snel	Vianen [etc.]: The House of Books	2013

西班牙文：

进城去！一些中国乡村故事②	¡A la ciudad! y otros cuentos rurales chinos	Rodríguez B., Enrique	Madrid Cooperación Editorial	2013
额尔古纳河右岸	A la orilla derecha del Río Argún	Xu Yingfeng, Serna Fernando Esteban	China Intercontinental Press	2014
亲亲土豆 选自《月光斩和其他故事》	Papas de mi corazón In La espada Rayo de Luna yotros cuentos	Guo Lingxia Isidro Estrada	Madrid Editorial Popular	2015

---

① 《第三地晚餐》（小说集）收录作品：『今夜の食事をお作りします』（《第三地晚餐》）、『原風景』（《原始风景》）、『ねえ、雪見に来ない』（《大家来看雪吧》）、『ラードの壺』（《一坛猪油》）、『ドアの向こうの清掃員』（《门镜外的楼道》）、『プーチラン停車場の十二月八日』（《布基兰小站的腊八夜》）、『七十年代の春夏秋冬』（《七十年代的四季歌》）。

② 文集名，笔者译。

通过对以上资料的分析，不难发现，翻译和研究迟子建小说最早且力度最大的国家是西方的法国和东方的日本。这与很多作家作品海外传播的状况呈现出类似的态势。法国于1997年就翻译出版了迟子建的小说作品《秧歌》和《向着白夜旅行》，甚至领先于深受中国文化影响的邻国日本一步。这是由于法国"中国蓝"、毕基耶两家出版社在迟子建小说的译介与传播过程中做出了巨大贡献。中国蓝出版社在选择待译文本时始终关注其对中国社会和芸芸众生的变化与状貌表现的力度，而毕基耶出版社则出于对中国悠久历史和神秘文化的好奇而决定致力于介绍中国文化。因此法国选取作品时的视角与早期中国向英语世界的推介有所不同，它率先选择了《秧歌》《向着白夜旅行》《旧时代的磨坊》《香坊》《九朵蝴蝶花》这样从未被翻译成英语，甚至未曾进入日本关注视野的作品，但它们大多表现了一个时代中国社会的转型并带有地方文化的色彩。法国的选择直接影响了一些西方国家的译介，之后意大利语的翻译在选择文本方面几乎与法国产生了同一性，那些被法国译介的小说篇目很快也出现了意大利文版。日本对迟子建小说的翻译虽略晚于法国，但却是关注迟子建小说最多的国家。日本的《季刊中国现代小说》从1999年至2003年曾连续译介迟子建小说作品，有关其作品的研究和文本分析也在同时进行着。甚至长篇小说《伪满洲国》的唯一海外译本也出现在日本。

虽然迟子建小说在英语世界的译介也并不算少，其英语出版物遍布于美国、澳大利亚、新加坡等，但似乎并没有哪一个英语国家真正致力于集中译介和研究她的作品。除却前面所提及的法国和日本关注较早外，大多数国家对迟子建小说的译介多集中于2000年以后。若以2000年为时间节点，不难发现，2000年以前是中国不断向外"推介"的阶段，凭借北京外文出版社的期刊Chinese Literature，从1995年到1999年，每年翻译推介一篇迟子建的小说。直到2004年，迟子建的小说集第一次在英语世界由澳大利亚的乔伊斯基金会结集出版，而这次大规模翻译与出版的因缘在于迟子建于2003年获得了由该基金会设立的"悬念句子文学奖"。作家的获奖与作品的翻译总是相互成就的，或许正因为中国外文出版社致力于向外推介迟子建的短篇小说，才增加了其获得国际奖项的机会，也正是因为作家在评奖中夺魁，其作品才在海外吸引了更多翻译家和出版社的目光。新世纪之后，迟子建小说海外传播的格局已不仅仅是单向性的了，最显而易见的变化是海外主动选择与国内推介双线并举。一方面中国还在借助外文出版社的"熊猫丛书"和施战军主编的《路灯》（Pathlight: New Chinese Writing）以及中美合办的《今日中国文学》（Chinese Literature Today）等期刊向英语世界译介和推荐迟子建未被西方世界充分关注的短篇小说；另一方面，西方世界开始更广泛地接受迟子建的文学创作，其作品译介的语种也扩大到意大利语、西班牙语、荷兰语等。

　　迟子建小说在海外的翻译可谓相对丰富，但从文学研究的角度来看，除却日本曾经用大约10年的时间持续性地关注了迟子建的小说作品外，截止到目前，英语世界尚没有出现针对迟子建作品的研究性文章。对迟子建小说作品较早且持续性的研究集中在东亚的日本，这与其作品在日本的广泛传播息息相关。竹内良雄和土屋肇枝不仅是其小说作品的翻译家，也是研究者。早在1999年，土屋肇枝就发表了文章《迟子建小说中的鱼》，[1]并整理了迟子建小说创作年谱；后又在2000年发表《再生的旅程——迟子建的〈白夜行〉》。[2]川俣優在2000年发表《迟子建小说〈白夜〉的意义》[3]和《关于迟子建

---

[1] 原文题名为《遲子建の中の魚》，《日本中国当代文学研究会会报》，1999.8。
[2] 原文题名为《再生への旅路——遲子建「白夜行」》，《野草》，2000.8。
[3] 原文题名为《遲子建における〈白夜〉の意味》，《明治学院论丛》，2000.1。

的小说〈北极村童话〉》;①在2003年发表《迟子建的生与死》。②2007年布施直子发表《迟子建的〈西街魂儿〉》。③以上研究成果几乎皆是对迟子建小说的跟踪阅读和单篇解析,停留在文本细读的层面上。2008年竹内良雄发表《迟子建的备忘录——从北极村到北极村》④一文,通过追述迟子建从北极村不安地出发,最后又回到北极村的人生历程,勾勒出了其文学创作的轨迹以及逐渐获得的作家存在的确信,"北极村"实际上就是她自己的世界,而迟子建要于文学中表现的也正是自己的世界。可见,日本对迟子建小说的接受肇始于2000年前后,并由此展开了对其的跟踪式研究,但微观细读多于宏观探索,且这种持续性的关注截止于2010年之前。韩国目前只出现过一篇涉及迟子建小说创作的文章,⑤并非是针对迟子建作品的专门研究,而是将两位中国作家和两位韩国作家放在一起进行了简要比较。而英语世界对迟子建小说的研究几乎处于空白的状态,直到2013年《额尔古纳河右岸》英文版出版后,英国《金融时报》《泰晤士报》《独立报》等各大报刊才纷纷发表书评,对这部小说给予了高度评价。但即便是作为迟子建小说中海外传播最广泛的作品,对其的关注也仅仅只是以书评的形式出现,这些书评大多只是对作品内容的介绍再外加几句作者的点评,谈不上对作品的深入分析。而在迟子建小说的海外读者反应中,大多数读者评论也止于对小说内容的概

---

① 原文题名为《遅子建の「北極村の童話」をめぐって》,《明治学院大学一般教育部付属研究所紀要》,2000.3。

② 原文题名为《遅子建における生と死》,《明治学院論叢》,2003.3。

③ 原文题名为《遅子建「西街魂児」》,《日本中国当代文学研究会例会报告概要》,2007.11。

④ 原文题名为《遅子建、覚え書き——北極村から北極村へ》,《中国研究》,2008.3。

⑤ 目前韩国唯一一篇涉及迟子建小说研究的文章为朴鍾淑2002年发表于《中国现代文学》的《네 잎, 두 가지, 그리고 한 줄기—池子建·신경숙·徐坤·은희경 소설에관하여》一文。(原文通篇皆为"池子建",笔者注。)

述，形成独立批评意见的极为罕见。

由以上分析不难看出，迟子建小说的海外传播存在着"热译"与"冷评"的现象，迟子建小说的海外译本数量一直居于国内著名作家前列，但对其作品的研究却远远落后于其他作家。这也就意味着，对迟子建小说的翻译推介和海外的实际接受效果之间其实存在着较大的差距，而这种"热译"与"冷评"之间所昭示的是东西方认知视角的差异和迟子建创作的本土性与世界性问题。

二、"神秘"：理解迟子建小说及其海外传播的一个关键词

迟子建于1964年出生于黑龙江省漠河县北极村，对她来说，故乡给予了她创作的一切。而那片她生活的黑土地，"当年人迹罕至，满眼是大自然的风景，人在我眼里是如此渺小。我自幼听了很多神话故事，这些故事跟《聊斋志异》有很大关联，跟居住在我们那里的鄂伦春族也有很大关联，他们信奉'万物有灵'。齐鲁文化①（来自民间的那部分）与少数民族的宗教信仰微妙融合，至今影响着我的世界观"。②或许是大自然神秘力量的召唤，或许是神话故事的滋养，或许是少数民族萨满信仰的熏习，在迟子建看来，世界上可能到处都充满着神灵。因此，在她的文本世界中，无论是山川河流还是日常生活，大多浸染了神秘的色彩。而"神秘"以及自其而衍生出的一系列特质，如对超自然现象、无处不在的死亡以及"万物有灵"的边地风俗的反复书写，也成为了理解迟子建小说及其海外传播状况的一个关键词。

正像迟子建自己所说的，这些来自"原始风景"的神秘文化，

---

① 迟子建祖籍为山东海阳，祖父母和外祖父母皆为山东人，后闯关东定居黑龙江。因此在迟子建身上有着齐鲁文化的传承。

② 迟子建、刘传霞：《我眼里就是这样的炉火——迟子建访谈》，《名作欣赏》2015年第28期。

影响了她的世界观,其实也影响了她的文学观。对于那些我们所不知的超自然现象,她始终怀着最原初的敬畏。同时对于科学无法解释的东西,恰恰是艺术所需要处理的。正如她曾经用"嫦娥奔月"的例子来阐释自己的文学观念时所说,她从小对月亮的想象就是基于"嫦娥奔月"的神话故事,这和现实中宇航员登上月球是界限分明的,而对于一个作家来说,要处理的经验就是这样带有幻想色彩的内容。[1]因此这些神秘的"原始风景",不仅仅构成了迟子建丰富的创作资源,也带给了她非凡卓绝的、超乎惯常思维的想象力。

其实迟子建小说真正意义上走进西方视野也是以"神秘"为契机的,无疑,其小说中的超自然现象和边地原始经验深深吸引了西方读者和翻译者的目光。迟子建小说中故事发生的地理空间以黑龙江少数民族聚居区域为主,边境少数民族与中原汉民族"子不语怪力乱神"的文化结构大相径庭,在白山黑水之间存在着的是一个"万物有灵"的世界。这显然为世界了解一个神秘的中国打开了窗口,其早期充满东北乡土气息的《香坊》《向着白夜旅行》等,也正是因为鲜明的地域特色和神秘经验受到了法国"中国蓝"出版社的垂青。前文已提到过,2003年乔伊斯基金会将"悬念句子文学奖"颁发给中国作家迟子建,从而开启了其小说在英语世界由中国推动走出去到西方国家主动引进来的转折之路。之后由该基金会负责出版的迟子建小说集名为《超自然的虚构故事》(Figments of the Supernatural),共收录了她6篇短篇小说。单从这本书的标题来看,对其所选取小说的共同特征就可见一斑了。其译者Simon Patton在此书的序言中更是直言不讳地阐明了他选取这些小说的理由:这6篇小说中都存在着超自然现象,它或许不是小说中最重要的部分,但一定是很微妙的元素,他翻译这些小说正是要探索迟子建作品中来自自

---

[1] 参见美国爱荷华大学2005年10月10日专题研讨会,Fantasy and Reality, Iowa City Public Library, October 10, 2005。

然的原初经验。①如在《格里格海的细雨黄昏》中，小镇木屋里深夜炊具的跳动，疑似是超自然的"鬼魅"所发出的声音，这种神秘将音乐家格里格与往生老人的灵魂联系在了一起；《白雪的墓园》中，父亲从咽气起就不肯去山上的墓园，所以他的灵魂就以一颗红豆藏在了母亲的眼睛里。Simon Patton 所说的这种"自然的原初经验"其实还包括植物、动物本身所具有的灵性，它们不仅可以和人类建构某种平等的关系，甚至还可以成为抵抗实用主义的力量。如《亲亲土豆》中土豆及其花朵的香气似乎都带有某种灵性；在《雾月牛栏》中，少年宝坠和几头牛所建立的跨越了一切障碍，平等而亲密无间的关系等，都是西方读者和翻译者所希望探索的。如此看来，Simon Patton 的序言不仅一语道破了他遴选迟子建小说的核心标准，也为读者理解这些作品奠定了一个"先入之见"。

自此，"神秘"似乎成为了打开迟子建小说海外译介和传播的一把钥匙，也成为了海外读者阅读与理解其小说作品的一个重要切口。迟子建小说海外译本的简介，几乎都会强调迟子建的"中国东北"女作家身份和她对中国东北少数民族地区生活的呈现。如作为"熊猫丛书"之一的《原野上的羊群》一书，收录了迟子建的6篇小说，而这6篇小说共同的特点是故事都发生在黑龙江，它们描述了东北少数民族地区人们的生活、习俗和地理环境，可以说它们几乎覆盖了迟子建在中国东北的独特生活经验。②2005年，迟子建受邀参加美国爱荷华大学"国际写作计划"的"作家驻校"项目，期间参与了有关"想象/幻想/现实"③的作家研讨会，迟子建将自己故乡的萨满

---

① 笔者译，原文见 Simon Patton. *Figments of the Supernatural*. Sydney. James Joyce Press. 2004. Preface。

② 参见 *A Flock in the Wilderness* 一书简介。Xiong Zhenru. *A Flock in the Wilderness*. Beijing. Foreign Languages Press. 2005.

③ 笔者译，原题为IWP Panel：Imagination/Fantasy/Reality，2005年10月10日于美国爱荷华城公共图书馆（Iowa City Public Library）举行。

文化和其所亲自目睹的萨满在"跳神"救人过程中所经历的一系列经验分享给听众,并提及这个已故的萨满形象被写进了她即将问世的小说中。这部即将问世的小说大概正是指她在2005年完成出版的长篇小说《额尔古纳河右岸》。她认为,一部伟大的作品应该是一种能够在现实地狱般的折磨之后抵达想象天堂的史诗,一个作家需要用宽广的心胸和眼界来处理那些非同寻常的想象和观念。[①]《额尔古纳河右岸》是对神秘边地经验书写的集大成者,可以说在一定程度上具有了"史诗"的特征。它是迟子建最成功的长篇小说之一,日后也成为了其在世界范围内影响最为广泛的作品。虽然迟子建小说海外译本的推荐语及其海外演讲对读者的影响都很难具体估量,但对于几乎完全陌生的作者来说,其在公开演讲中对文学写作观念的表达以及风格的展现,或多或少会为潜在的读者建构起一个阅读的"期待视野"。

而这种对神秘的期待的确影响了多年以后《额尔古纳河右岸》在海外的传播与接受。《额尔古纳河右岸》在国内出版于2005年,但在6年之后的2011年才第一次走向世界,一部长篇小说的阅读与翻译的确需要时间,而这一次历经漫长等待的跨界也很快引发了海外译介的共振效果。2011年首先出现的是意大利文版和韩文版的《额尔古纳河右岸》,其中意大利文版率先采用《一弦残月》这样挽歌式的译法,从而影响了之后英语、西班牙语和法语版本对书名的选择。《额尔古纳河右岸》在海外出版后,几乎对此书的每一条报刊社论都提及了它是一部生动民族史诗或民俗传说,用形象和绘声绘色的语言讲述了额尔古纳河畔"过去的生活",它不仅是一个部落的历史,也让我们看到了中国的转轨。《亚洲书评》在介绍迟子建的《额尔古

---

① 参见迟子建爱荷华大学演讲英文稿:My Heart Away in Thousands of Mountains,Translated from the Chinese by Hua Jiang,2005年10月10日。(美国爱荷华大学图书馆馆藏)

纳河右岸》时说:"我们有很多种理由去阅读一本书,最重要的理由应该是一本书能把我们带到一个不曾去过,而且也不能抵达的地方",而《额尔古纳河右岸》所展现的传统生活,"其节奏是由驯鹿的来去和四季的更迭来设定的,这个地方是一个由萨满和灵魂之鼓所构成的神灵世界"。①英国《金融时报》于2013年1月18日刊发了《亚洲文学评论》编辑凯丽·福尔克纳的书评,称《额尔古纳河右岸》是"一位具有罕见才华的作家对鄂温克人恰如其分的致敬"②;英国《独立报》上发表的社论称它"是对我们今天无法想象的生活方式的精细画像"③。无论是"部落的历史"还是"我们今天无法想象的生活",其实都是一种不同于汉民族的、遥远而神秘的边地生活经验,这一部绘声绘色的民族史诗是扎根于少数民族地区"万物有灵"的神秘世界之中的。从来自亚马逊网站和《额尔古纳河右岸》英文译者徐穆实在个人网站上收集的读者反应来看,大多数西方读者是喜爱这部作品的,他们几乎都从这部小说中读出了挽歌式的情怀,为一种消逝了的生活或东方(中国)传统感到悲哀。其中不少读者指出了对"萨满"和其神奇魔力的兴趣;对其中类似魔幻现实主义内容的着迷;对形态各异的死亡方式和奇异大自然景象的惊叹。甚至有读者专门留言讨论有关"萨满"的问题并产生了对"萨满每救助一个不该得救的人,她的一个孩子就会因此而死去"这种神秘现象的好奇;也有读者将《额尔古纳河右岸》和《狼图腾》相提并论,认为两部作品最重要的价值在于对神奇自然的书写。不难看出,"神秘"是贯穿迟子建小说海外推介和接受的一个关键线索,虽然它的充分"热译"自然和这部作品的艺术感染力密不可分,也

---

① 笔者译,参见 Asian Review of Books。
② 转引自康慨:《从额尔古纳河右岸到大洋彼岸》,《中华读书报》2013年1月23日,第4版。
③ 笔者译,详见《独立报》2013年2月1日发表的有关迟子建《额尔古纳河右岸》(英文版)的书评,作者为 Lucy Popescu。

与作家的女性身份、少数民族、中俄边界、日本入侵等这些海外读者感兴趣的文化标签有关,但不能忽视的是,"神秘"是引导着海外读者持续阅读、欣赏这部作品并产生对相应问题索解的重要因素。

而为什么西方翻译家尤其注重这种对超自然现象、由人与自然(包括植物和动物)和谐相处所构成的神秘世界的呈现和表达呢?一方面,西方文化中始终存在着对神秘的尊崇,而带有异国情调的事物往往被视为是神秘的。早在20世纪初期,西方学者就开始反思西方文明的历程了。艾伯特·史怀哲在《文明的哲学》中认为西方文明衰落的原因正是因为功利主义以及对生命敬意的丧失使其失去了基础。理性只是文明的一个方面,它同时还需要"灵性",也就是带有神秘色彩的东西,而这些恰恰可以在东方文明中找到。另一方面,在此时的西方学者看来,"迟子建的小说正与西方文化中所经历的现代性动态旅程形成了某种联系,与动物世界的再次和谐相处构成了对亚里士多德理性优越理论的另一种回应"[①]。澳大利亚哲学家彼得·辛格[②]于1975年在他的《动物解放》一书中就从动物观出发来考察西方现代性的进程。无论是古希伯来文化还是古希腊文化,人与动物的关系都是不平等的,甚至是统治与被统治的关系。希伯来文化认为人是有神性的,而动物没有,因此动物可以为人类牺牲也自然可以成为人类的食物。亚里士多德虽然承认人类也是一种动物,但是他用理性和非理性对他们加以区分,植物为动物而存在,动物为人类而存在,是一种单向度的成就关系。而彼得·辛格试图提出一种和动物世界重新融为一体的理论,从感知痛苦的能力出发,以

---

① 笔者译,原文见 Simon Patton. *Figments of the Supernatural*. Sydney. James Joyce Press. 2004. Preface.

② Simon Patton 在小说集英译本 *Figments of the Supernatural* 的序言中,谈到遴选迟子建小说的标准时,也提到了彼得·辛格的著作,但未对其中的观点做出详细阐释。

一种平等的道德理念来反思长久以来主导了西方人思维方式的人类（智慧／理性）优越论。而迟子建的这一类小说，如《雾月牛栏》等，正在有意或无意间，让人类重新反思了自身与世界之间的关系，理解了并非一切事物都是处于人类智慧与理性的掌控之下的。因此西方翻译家认为，迟子建作品中所呈现出的价值观念恰恰为这一理论提供了生动而有力的注脚。

三、"观看"的浅表化或"玄而未解"：迟子建小说在海外的困境

"神秘"的确是迟子建小说创作很重要的特质，这在很大程度上是由她的创作资源与生活经验决定的。对于走向海外的迟子建小说来说，"神秘"的边地书写使她的作品相对易于进入海外翻译家和读者的视野，但往往止于对神秘事物的好奇与追索不仅有意强化了海外对中国的"观看"心态，也限制了对迟子建小说的深入解读。

无论是中国出版社的推荐，还是西方翻译家的译介，都会强调迟子建的"中国东北"女作家身份和她对中国东北少数民族地区生活的呈现，这似乎是在有意迎合海外研究者和阅读者对中国故事的好奇与期待。《额尔古纳河右岸》的英译者徐穆实在访谈中提及，他本来想按照直译的方式翻译作品的标题，因为"这书名不仅忠实原作，也方便引起西方读者的好奇心。因为用'右岸'表达河流的方位有点莫名其妙，西方读者习惯用东南西北来表达。就算西方读者不知道这条河是几百年以来中俄边境的界线，单凭这种奇特的表达方式，也会引起他们的好奇心"。[①]而他在谈到翻译这部作品的缘起时也坦言：在他看来，"迟子建做到了一件很惊人的事情：她让我觉得，鄂温克族在20世纪的悲惨命运，通过活生生的人物，发生在我

---

① 康慨：《从额尔古纳河右岸到大洋彼岸》。

面前。"①徐穆实本人致力于翻译少数民族题材小说并推出他的个人网站"中国的民族文学",②其中一个直接目的就是针对一直流行的"中国神秘论"和"黑盒子"说法,他希望来切实地"提高中国现象的透明度"。③《周日独立报》在力荐这本书时更是直言不讳地说:"那种直接的、确凿无疑的口吻让人觉得它不是一部翻译作品,甚至根本不是一部虚构的小说。"④中国相对于西方来说是一个"他者",而少数民族的边地形象作为与汉文化截然不同的形态则被视为是"他者"中的"他者",而"他者"的他异性和不可知性是带来神秘感的重要原因,自我对神秘事物是容易产生好奇的。而这部作品活生生的表现、直接而确凿无疑的口吻,甚至使它呈现出了某些"非虚构"的性质,这显然为海外"观看"中国提供了一个生动的文本。而翻译家、评论者的这种"观看"心态也在很大程度上影响了读者对迟子建小说的理解,从目前所收集到的对迟子建小说的书评来看,翻译家、编者、社论作者的推介几乎成为了读者理解作品的入口,在这些非专业读者的评论中,囿于推介语者多,形成新见者少,甚至有些读者阅读后产生了误见。如在评价《额尔古纳河右岸》时,不只一位读者在这本书中看到了"男女平权"的思想。其实迟子建小说中的男女两性关系是基于"和谐"观念的基础之上的,和西方所谈论的"男女平权"有较大的差异,但西方读者在面对一个无法理解的"他者"文化时,往往会很自然地将其纳入到自我意识之中来收编或阐释这种他异的不可知性。只有一位读者提到在读完这本书后,更加理解了"我自己一个微小的行为会对其他人造成多么巨大

---

① 康慨:《从额尔古纳河右岸到大洋彼岸》。

② Ethnic ChinaLit: Writing by & about non-Han Peoples of China,https://bruce-humes.com.

③ 康慨:《从额尔古纳河右岸到大洋彼岸》。

④ 笔者译,参见《周日独立报》2013年2月3日发布的有关迟子建《额尔古纳河右岸》的书评,作者为Daniel Hahn。

的影响"，①这其实是意识到了一种基于东方古老循环论的"因果关系"。这与西方人普遍认知的"自我决定论"截然不同，根植于"自我""个人""私人"等概念的"自我决定论"，在美国语境中所指称的"自我"含义中占据着特权核心地位。而基于东方宗教文化中的"缘起论"则站在了"自我决定论"的反面，它认为世界是因"条件"而产生的，所有的存在都是相互缠绕和依赖的，因此并没有独立而不受任何其他因素影响的事物与个人。②这在很大程度上挑战了西方文化中的"个体本位"原则，也为西方读者接受这种生命伦理观念制造了障碍，当他们无法理解几乎颠覆了他们认知的文学叙事时，也就只能把其当作一种"神奇的现实"加以观看了。

不仅是这种因果关系，迟子建在小说中对很多问题的处理方式都是根植于东方/中国或少数民族边地经验之中的，她从黑土地的自然生灵中看到的是轮回的生命与人世间质朴的良善与温情。就像迟子建曾说过的："我对人生最初的认识，完全是从自然界一些变化感悟来的，从早衰的植物身上，我看到了生命的脆弱，也从另一个侧面，看到了生命的淡定和从容，许多衰亡的植物，翌年春风吹又生，又恢复了勃勃生机。"③因此对她来说，首先生命是轮回的，死亡也是可以从容面对的。正如在小说《逝川》中，吉喜的一生随着逝川奔流不止的冰水一起慢慢流走了，但是一代一代也就像这些每年如约而至的泪鱼一样生生不息。其次，死亡之后是有灵魂存在的。正像迟子建自己所说的："也许是由于我生长在偏僻的漠北小镇，我对灵魂的有无一直怀有浓厚的兴趣。在那里，生命总是以两种形式存在，一种是活着，一种是死去后在活人的梦境和简朴生活中频频

---

① 参见美国图书分享型社交网站Goodreads。
② Gary Storhoff and John Whalen-Bridge. *American Buddhism as a Way of Life*. New York. State University of New York Press. 2010.
③ 迟子建：《生活并不会对你格外宠爱》，选自《精品励志文摘 心灵的感悟》，第158页，长沙，湖南人民出版社，2010。

出现。"①例如在《向着白夜旅行》中"我"和死去丈夫的幽灵结伴出行,由于"我"至今仍无法接受丈夫马孔多的死亡,于是丈夫的灵魂在"我"的想象和思念中复活了,无人能看见的马孔多与"我"共同完成了生前未尽的北极之旅。这种处理死亡的方式是与东方古老的圆形世界观及时间观紧密相连的,虽然她碰触到一个西方格外关注的议题,但迟子建所形成的死亡意识几乎是完全建立在东方古老的"循环论"哲学基础之上的,这与主导西方的线性逻辑存在显著差异。对生死及一些形而上问题的思考使迟子建的很多小说具备了世界性因素,但形成基础与救赎方式上的差异性无疑也增加了西方读者接受的难度。

以迟子建在海外传播中最为广泛的《额尔古纳河右岸》为例,她对文化富有精神深度的揭示远远不只停留在西方读者所试图"观看"的神秘民俗上,这部小说不仅用优美流转的语言勾勒了鄂温克民族生活的"原始风景",更重要的是作家思考的深度与参悟生命的气魄。在神秘而苍凉的额尔古纳河右岸,一个古老的民族安闲而宿命地生活在那片神奇的黑土地上。百年来的沧海桑田,死亡与诞生,完成了一个又一个鄂温克人生命的轮回,也完成了一个民族命运的轮回。一个世纪以来,正是这些外来的侵扰、城市的诱惑不断破坏着一个民族的宁静,撞击着鄂温克人的心灵。虽然时光退去了鄂温克民族代代相传的生活方式与古老习俗,但生活在希楞柱里的人们永远懂得,"让人不厌倦的只有驯鹿、树木、河流、月亮和清风"。②20世纪以来,我们不断思考着"现代性"的问题,随着科学技术的引入,"现代性"的不断激进,人类似乎找到了更为先进的生存方式,无止境追求的文明以一种敌意的形式对抗着本土的、传统的、古老的,也是最为贴合人类自性的生活。小说中的瓦罗加说:"他们

---

① 迟子建:《秧歌》自序,第2页,南京,江苏文艺出版社,1997。
② 迟子建:《额尔古纳河右岸》,《收获》2005年第6期。

不光是把树伐了往外运，他们天天还烧活着的树，这林子早晚有一天要被他们砍光、烧光，到时，我们和驯鹿怎么活呢？"①在这样一片遥远而神秘的土地上，这种"额尔古纳河右岸式"的生活恰恰最具有稳定性和秩序性。现代性对纯净心灵与幽静自然的戕害最让人悲痛欲绝，这也不禁让人们思考是不是传统真的一定不如现代？原始的文化是否也具有维系人类生存的巨大能量？外来的所谓"先进"与本土的所谓"落后"之间到底形成了一种怎样的张力关系？《额尔古纳河右岸》抛出了这样的问题。面对着历史的巨大空场与人类文明进程中的一系列问题，迟子建试图以一种悲哀的方式为额尔古纳河右岸的鄂温克人守灵，用灵魂的复活对抗着总是激进的乌托邦。这是迟子建小说在呈现民风民俗的过程中，对文明、传统与现代性深刻的思考。

虽然这种由作家身份与经验、小说叙事的地理空间所带来的"神秘"使迟子建作品获得了成功走向世界的潜质，但对其创作中神秘根源认知的匮乏、对穿透神秘而抵达的思考深度的忽视，很大程度上制约了海外对迟子建小说的评价。理解的难度或许正是致使西方"热译"却鲜见评论和研究的重要原因，"观看"的心态让他们对迟子建小说的理解停留在了浅表的层次，而没有致力于对其作品的深入剖析和探索。因此到目前为止，除却日本研究者曾经深入到迟子建小说的内部对其"生死观"进行研究外，其作品在西方的接受效果如何仍是一个令人存疑的问题。

四、结语

由以上分析来看，其小说中的"神秘性"因素，包括对超自然现象的呈现、对地域特色的彰显以及死亡意识，都对迟子建小说在海外的传播与接受起到了重要的推动作用。但是，这种"神秘性"

---

① 迟子建：《额尔古纳河右岸》，《收获》2005年第6期。

及其衍生出的一系列特质在海外得到了多大程度上的理解是值得思考的问题，事实上迟子建小说与海外尤其是与西方对话的可能性应该是更为宽广的。

　　根植于特定地域的神秘性书写无疑让迟子建小说得到了海外读者的青睐，不难看出法国"中国蓝"出版社在选取迟子建小说时格外重视那些呈现神秘民风民俗的作品，如《秧歌》《香坊》《旧时代的磨坊》《北极村童话》《额尔古纳河右岸》等，它们或多或少都沾染了一个旧时代的传统气息，这种气息是一个前现代的中国所特有的，也是特定时期的特定地域所特有的。正如迟子建小说集的西班牙译本中所论述的那样，这个译本为西班牙语系的读者提供了一种除报纸、电视、互联网之外的了解中国的方式，作者沉浸在一个古老的却又快速发展的世界，从中读者可以发现中国人民的动态和复杂经验。这种类型的书写之所以得到翻译家和读者的欢迎，在某种程度上是因为它们为海外了解中国打开了一个窗口，但在我看来，迟子建的小说创作远非是一种"地方志"式的写作，也不仅仅是充满超自然现象的志怪小说，如果仅仅把它们作为去了解中国神秘经验和风俗的写作就未免有失粗浅了。诚如前文对《额尔古纳河右岸》等作品的分析，她不断在描述风俗史的过程中展开思辨的维度，在古老与现代、地方与世界文化的碰撞中反思着一个国家或族群在进入现代性社会过程中所面临的问题。这种介入现实的立场、视角与叙述方式是迟子建小说中最为难能可贵的品质之一。同时，迟子建小说中的神秘现象和死亡意识也并非是一种故弄玄虚的制造悬念和恐惧，而是在一种参透世事的从容之下，对世俗生活中不尽如人意之处的谅解与释然。因此正像其作品的英文翻译者Simon Patton所说的那样，是一种"优雅的错乱"[1]，那些超自然的现象并不仅仅是功

---

[1] 笔者译，参见Simon Patton. *Figments of the Supernatural*. Sydney. James Joyce Press. 2004. Preface。

能性地存在于文本中，而是被赋予了意义的指涉。

　　但显而易见的是，海外尤其是西方的读者群还并没有意识到迟子建作品的意义与价值，由此而造成了一种译介与接受之间的"逆差"。也即迟子建作品在海外的翻译和推介十分广泛，但似乎接受情况并不太理想。或许大多数读者对其作品的理解与期待还只是停留在从一个侧面"观看"中国的现状与独特经验，将"神秘性"只当作中国地域文化的一部分，而没有去反思其作品中更具有世界性价值的议题与元素。

　　这种现象造成了迟子建小说海外研究的"缺席"，而这种相对的空缺也在一定程度上阻碍了其作品更为广泛地传播与接受。但随着"额尔古纳河"流向远方，无疑已经打开了这种既具有现代性反思，又深谙中国婉约传统的写作与世界文学对话的可能性，我们之后要期许的是如何将这一对话更为深入地进行下去。

本文原刊于《当代作家评论》2018年第6期

论美国的中国现当代文学研究的"批评回流"

杨 肖

中国现当代文学从诞生至今已有百年历史。无论是国内还是海外,学者们的中国现当代文学研究成果都十分丰厚。海外的中国现当代文学研究与国内的文学发展及文学批评之间存在着多维度、多层面的关系,而蕴含其中的"批评回流"问题应该给予格外关注。

一、"批评回流"的发生过程

"批评回流"是指海外文学研究与本土文学及文学批评之间存在的一种关联现象,笔者将其称之为"批评回流"。"批评回流"现象可以发生在任何两个或多个国家和民族之间,具有跨文化交流的本质。

探究"批评回流"的问题,首先要了解"批评回流"的发生过程。这里,分别以"甲"和"乙"来代表两个不同的国家,以此分析"批评回流"的生成。甲国的文学作品或批评著述,设代码为A,传入乙国;乙国的学者将其作为研究对象进行研究,得出研究成果

B；B以乙国的研究成果转回甲国，这就形成了一个"回流"，这是"批评回流"最基本的发生方式。例如，中国作家钱锺书的作品以及相关文献传至美国学者Theodore Huters（胡志德）所生活的世界，引起了Theodore Huters的关注，他将钱锺书的生平与创作进行整体研究后，形成了他的专著 *Qian Zhongshu*。这本书于20世纪80年代前后传入中国，对中国的钱锺书研究产生了颇多的影响。这就是一个最基本的"批评回流"过程。

在现实中，"批评回流"虽都是以最基本的发生方式存在的，但是情况常常较为复杂，往往是几个"批评回流"错综地交织在一起。下面以两个回流的交织为例来探讨更为复杂的"批评回流"。见图1。

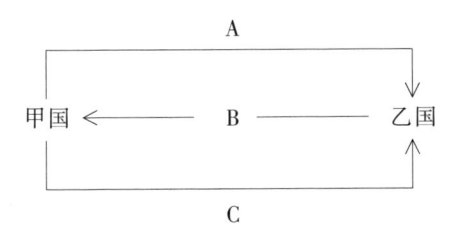

```
            A
      ┌─────────┐
      │         ↓
甲国 ←──── B ────  乙国
      │         ↑
      └─────────┘
            C
```

图1 双"批评回流"交织示意图

图1所示为两个"批评回流"的交织。甲国的A传入乙国，成为乙国的研究对象；乙国的学者对A进行研究得出B；B作为乙国的研究成果传至甲国，A和B一起完成了第一个回流；再看第二个回流的时候，B的身份发生了变化——它在第一个回流中是研究成果，而在第二个回流中是以一个研究对象的身份进入甲国的，以令甲国学者进行研究。甲国学者对B进行研究后得出C，而C又以研究成果的身份传至乙国，B和C一起构成了第二个回流。这里应注意的是，B在第一个回流中是研究成果，而在第二个回流中就成了研究对象。这种身份上的变换，使B在不同的回流中承担的角色和实现的价值发生了变化。

譬如，中国文学理论的相关内容（A）向海外传播，传到了荷兰（当然，可以是世界上的任何一个国家），荷兰著名的汉学家佛克马

(当然，可以是世界上任何一个国家的任何一人）对其产生了极大的兴趣，开始研究中国文学理论并得出自己的研究成果：《中国的文学教义及苏联影响》（Literary Doctrine in China and Soviet Influence：1956—1960，1965）（B），随后，佛克马的著述《中国的文学教义及苏联影响》（B）返回到了中国，完成了第一个"批评回流"。在第一个回流中，佛克马的《中国的文学教义及苏联影响》是作为研究成果出现的。再来看第二个回流，佛克马的著述《中国的文学教义及苏联影响》（B）来到中国以后，受到了中国学者王宁教授的重视，他对佛克马的著述进行研究，并得出第二个回流当中的研究成果：《佛克马的比较文学和文化理论思想》（C），该研究成果（C）返回荷兰，完成了第二个回流。

以上只为说明"批评回流"的发生方式和过程。在现实中，虽然"批评回流"都是以其最基本的方式存在，但是由于数量繁多，它们往往是以网状形式错综复杂地交织在一起。

还应该指出的是，"批评回流"返回本国后，境遇是不一样的，有些是得不到呼应的，它便慢慢沉寂；有些或因其见解的深刻，或因其意见的尖锐，会产生不同程度的反响；有些甚至会产生一石激起千层浪的效果。

关于这一点，可以夏志清的学术经历观之。20世纪五六十年代，还是在冷战的背景下，中国现代文学因多方因素的推动，传入美国。夏志清想要展开研究，便找到这些原材料作为研究对象："耶鲁那时候中文部门书籍极少。它所藏的现代文学作品我全数翻看过后，就每月到哥伦比亚大学中日文系图书馆去借书：通常是上午动身，下午看一下午书，再挑选自己需要的书籍、杂志，装一手提箱返纽海文。"[①]而后，他开始撰写《中国现代小说史》。20世纪60年代初，他在美国出版了这部专著，用英文写成。当此书于1979年译成中文出

---

① 〔美〕夏志清：《中国现代小说史》，第8页，上海，复旦大学出版社，2005。

版后（繁体字版），恰逢中国已逐渐步入改革开放时期，他的研究成果不久就以各种途径返回大陆，一个"批评回流"便形成了。这个"批评回流"引起了轩然大波，赞同的、批评的声浪此起彼伏。有人被他的独特见解所吸引，恭之为师；有人则以《中国现代小说史》为靶子，发声批评。不管是哪一种情况，都表明了这样一个事实：他与他的《中国现代小说史》已经创造了一个批评场域，而通过这个批评场域的活动，人们对中国现代文学的发展提出了诸多的思考，"批评回流"的功力由此也便可以看出。

综上，"批评回流"有以下几个要点：第一，"批评回流"是跨国的，即存在于两国或多国之间。第二，在"批评回流"任何一个过程中传出的都是研究对象（无论是文学作品，还是批评著述），传回来的都是研究成果。第三，"批评回流"返回后可以引发不同的效果。

随着科技的进步和信息时代的到来，在当下，传播工具已十分先进，传播速度更是超越了历史上的任何一个时代，这就令"批评回流"现象更加凸显出来。在古代这种"批评回流"的往返很慢，因为将一个国家的文学传出本国就要花费很长时间，再由海外学者进行研究后返回到原国家就需要更多时间，这在交通和通信不甚发达的时代，要完成这样一个回流过程是比较缓慢的。当下"批评回流"的时间明显缩减，以前百年才能完成的回流，如今可能当天就能实现。因为消耗在路途上的时间大大缩短，这便使"批评回流"的发生愈加频繁，同时也使"批评回流"的数量剧增。虽然"批评回流"总是以其最基本的形态存在，但这些数量剧增的"批评回流"交织在一起，便形成了一个庞大的网络体系。

二、"批评回流"的双重指向

"批评回流"对国内的研究而言，一般会有两个指向，即同构指向和异构指向。同构指向是指"批评回流"的见解返回本土后，与本土主流批评群体的观点向度基本相同。异构指向正好相反，是指"批评回流"的见解与本土主流批评界的观点呈相异向度。当然，所谓主流批评界也不是一个铁板一块的整体，这里，是指相对处于中心而不是边缘地带的批评声音。

现以美国的中国现当代文学研究为例来看"批评回流"的双重指向。

先观同构指向。应该说，与国内中国现当代文学研究有同构指向的"批评回流"是比较多的，最早在美国展开鲁迅研究的巴特勒特、王际真等人的研究即是如此；20世纪八九十年代赴美国的新一代华裔学者中的一批人也多是如此。观其后者，因为他们的童年以及大学多是在中国度过的，他们思考问题的立场与方式和国内学者比较贴近，因此同构指向的成果偏多。

再观异构指向。异构指向往往显示出与国内现当代文学研究的差异性，通常是另一种声音、另一种立场、另一种意识形态的产物。众所周知，夏志清对张爱玲、沈从文等人的评价就与当时中国国内的研究形成了异构指向。再如，王德威在《海外中国现当代文学研究的历史、现状与未来》一文提纲挈领地梳理了美国的中国现当代文学研究的学者阵容，对于20世纪60年代至80年代美国的中国现当代文学研究他有过这样一番叙述："从60年代末到80年代，欧美学界也出现一系列以作家为重点的专论，触及名家包括巴金（Olga Lang），钱锺书（Theodore Huters〔胡志德〕），戴望舒（Gregory Lee），丁玲（I-tsi Mei Fewerwerker〔梅仪慈〕），老舍（Ranbir Vohra），茅盾（Marian Galik〔高立克〕），卞之琳（Lloyd Haft），沈从文（Jeffrey Kinkley〔金介甫〕），萧红（Howard Goldblatt〔葛浩文〕），周作人（David Pollard〔卜立德〕）等。"[①]看到这番梳理，人们

[①]〔美〕王德威：《海外中国现当代文学研究的历史、现状与未来》，《当代作家评论》2006年第4期。

不得不思考，欧美学界这时期没有人从事鲁迅研究吗？而对鲁迅的研究国内却是重镇。这里，无论是研究者的忽略，还是梳理者的忽略，都表现出了与国内研究的异构指向。

异构指向形成的缘由是多方面的。意识形态是一个很重要的因素，同时，资料的真伪、传播的途径、研究者的视野等都在其中发挥作用。事实上，无论是同构指向还是异构指向，"批评回流"越丰富，对我国的文学和文学批评越有利。

三、美国的中国现当代文学研究"批评回流"举要

美国的中国现当代文学研究是在汉学研究的背景下产生的。最初它是从属于汉学研究的；而后逐步分离并独立出来；进而又向外部拓展。这就表现为三个阶段，笔者将其命名为前学科化时期（从中国现代文学的起始至20世纪50年代末）、学科化时期（20世纪60年代初至80年代末）和跨学科时期（20世纪90年代初至当下）。

从美国的中国现当代文学研究起步至今，"批评回流"颇多，在国内引起的反响也确实不少。这里，选取反响较大的三次"批评回流"作为举要来研究。第一次是夏志清以中国现代文学为研究对象而撰写的《中国现代小说史》与国内的"重写文学史"的关系；第二次是李欧梵、王德威基于中国现当代文学的研究而提出的"现代性"问题与国内的"现代性"风潮之间的关系；第三次是20世纪80至90年代赴美的大陆学者基于对中国现当代文学的研究而采用的"文化视角"与国内的"文化研究热"之间的关系。

（一）冲击波——"重写文学史"

夏志清的《中国现代小说史》的英文版于1961年由耶鲁大学出版社出版；中译繁体字本于1979年在香港出版；第二个中译繁体字

本于1991年在台湾出版；中译简体本是2005年由复旦大学出版社出版的。但它的实际影响是从20世纪70年代末就已经开始了，"夏志清的《中国现代小说史》是一部有相当影响、也是有相当争议的中国现代小说研究的学术著作，可以说，20世纪70年代末以来的治中国现代文学的专家、学者几乎都或多或少地受到过这部著作的影响"。①人们都已经注意到了几年之后在中国出现的"重写文学史"与这本书的关系。

文学史研究是20世纪以来中国学术研究的一种范式。成书于1904年的林传甲的《中国文学史》应是首开纪录。②而后，文学史研究就逐渐成了中国学术研究的一种路径，正如陈平原所说："中国学界之选择'文学史'而不是'文苑传'或'诗文评'，作为文学研究的主要体式，明显得益于西学东渐大潮。从文学观念的转变、文类位置的偏移，到教育体制的改革与课程设置的更新，'文学史'逐渐成为中国人耳熟能详的知识体系。作为一种兼及教育与科研的著述形式，'文学史'在20世纪的中国产量之高，传播之广，蔚为奇观。"③

20世纪80年代，先是在中国大陆掀起了"重写文学史"的讨论。最早出现在《上海文论》的杂志上。1988年，陈思和、王晓明联袂在《上海文论》上主持"重写文学史"专栏，正式提出了"重写文学史"。陈思和认为："'重写文学史'的提出，并不是随意想象的结果，近十年中国现代文学的研究确实走到了这一步。"④不过一场反响强烈的讨论如果没有众多因素的融入是不能够被激发起来的，所以有学者说："1980年代的'重写文学史'潮流，并不仅限于1980年代

---

① 复旦大学出版社：《中国现代小说史》出版前言，第1页，上海，复旦大学出版社，2005。
② 〔美〕王德威：《被压抑的现代性——晚清小说新论》总序，第1页，北京，北京大学出版社，2005。
③ 同上。
④ 杨庆祥：《上海与"重写文学史"之发生》，《现代中文学刊》2010年第3期。

后期在《上海文论》上的专栏，它其实是'文革'后文学史写作和研究的基本趋向。"①而夏志清的《中国现代小说史》及其相关论述可谓"重写文学史"的冲击波。

"重写文学史"的讨论是于夏志清的《中国现代小说史》传入中国几年后发生的，显然已经有不少学者看到了夏志清的《中国现代小说史》与"重写文学史"之间的联系，如陈子善等人的如下说法。

陈子善在大陆版《中国现代小说史》的"后记"中说："回顾上个世纪80年代以来中国大陆现代文学研究的每一步进展，包括'20世纪中国文学'命题的论证，包括'重写文学史'的讨论，包括对沈从文、张爱玲、钱锺书等现代作家的重新评论，直到最近'重建中国现代文学研究学科的合法性'的提出，无不或多或少、或直接或间接地受到《中国现代小说史》的影响和激发。"②类似的评论并不少见，"夏志清《中国现代小说史》自20世纪70年代末通过各种渠道进入大陆后，曾给重写文学史带来重要启示"③。就连夏志清本人也得到这样的信息反馈："龚教授认为80年代末、90年代初，在国内引发热烈争议的'重写文学史运动'的也就是我这个《小说史》。"④由这诸多人的观点可以看出，夏志清的《中国现代小说史》的确可谓"重写文学史"的冲击波。

（二）催生剂——"现代性"思辨

另一次在国内引起明显反应的"批评回流"是李欧梵、王德威

---

① 冷霜：《在两次"重写文学史"之间》，《文艺争鸣》2008年第2期。
② 〔美〕夏志清：《中国现代小说史》，第500页，上海，复旦大学出版社，2005。
③ 李钧：《"重写文学史"视野下的郭沫若研究——兼及夏志清〈中国现代小说史〉》，《文化学刊》2011年第1期。
④ 〔美〕夏志清：《中国现代小说史》，第1页。

关于"现代性"的学术讨论在大陆引发的"现代性"批评热潮。

《文学评论》曾发表过关于此问题的论述:"在李欧梵、王德威之前,'现代性'一词从未如此备受关注,以至于成为观照这一段文学历程的核心观念。在此之前,'中国现代文学'中的'现代'一词,似乎是一个'不证自明'或'语焉不详'的概念,没有人深究其特定内涵……正是在李欧梵、王德威之后,'现代性''现代性转型''现代化进程'等才开始在研究者们笔下频频出没。因此,完全可以说,李欧梵、王德威对20世纪中国文学研究的首要意义在于,他们以'现代性'为核心观念,拓展了一片较之'新民主主义'文学史观和'启蒙主义'文学史观更为广阔的学术天地。"①

当然不只是一个人注意到这个问题,一谈起"现代性"研究的始作俑者,不少人都会指向李欧梵和王德威,"最早写这方面文章的是海外的一些学者,如王德威,他们的研究很快影响到国内,目前就有许多年轻学者在争相模仿"。②李欧梵的确在"现代性"方面做足了文章。他写的与"现代性"相关的专著就不少,诸如《现代性的追求:李欧梵文化评论精选集》(台北麦田出版股份有限公司,1996)、《徘徊在现代和后现代之间》(李欧梵口述、陈建华访录,上海三联书店,2000)、《未完成的现代性》(李欧梵讲演、季进编,北京大学出版社,2005)、《中国现代文学与现代性十讲》(北京大学出版社,2005)、《现代性的中国面孔》(人民日报出版社,2011)。还有他写的关于"现代性"的文章,如《二十世纪中国历史与文学的现代性及其问题》等。而王德威同样不放过"现代性"。他的最能代表其学术成果的著作即是《被压抑的现代性——晚清小说新论》(北京大学出版社,2005),另有《抒情传统与中国现代性:在北大的八

---

① 周新顺:《"现代性"的迷思——李欧梵、王德威中国文学现代性研究述评》,《文学评论》2007年第4期。

② 温儒敏:《谈谈困扰现代文学研究的几个问题》,《文学评论》2007年第2期。

堂课》(生活·读书·新知三联书店,2010)等。由此,他们催生了中国"现代性"的讨论。用现代文学研究的一位著名学者的话来说:"现代性理论正在中国现当代文学的知识场域游荡,它对我们这个学科领域已经有覆盖性的影响。90年代以来的大多数研究现当代文学的论述,几乎都会使用现代性这一统摄性的概念,或者干脆就以现代性作为基本的论述视角,诸如现代性与后现代性、反现代性的相互冲突与依存关系,以及文学作为民族国家寓言的观念,就成为重新书写文学史的逻辑起点"。①

诸多有关"现代性"的研究文章,并非都朝一个方向发展,而是具有多元的倾向。有赞扬者说:"事实上,我们对海外汉学的精髓还没有真正领悟,而海外汉学中那些最优秀的部分的确能为我们的研究提供参照和反思的视野和资源。"②也有人对此提出质疑,认为"现代性"的讨论太空泛,就像顶戴了一个大号的帽子,可以戴到每个人的头上,可以关联任何一个问题。

这充分说明我国学术界的成熟。它早已经告别了关门闭户的时代,有接受"批评回流"的健康的心理。《海外中国现代文学研究译丛》的"编辑缘起"有这样一段话:"经过二十多年的发展与积累,中国的中国现代文学研究和西方的中国现代文学研究,已经处于一个常态的互动状态,曾经有过的食洋不化,甚至崇洋媚外的心态与行为,其弊端早已为学界识别,如同我们早已不再固步自封、妄自尊大一样。今天我们已经能够更从容、理性地对待'他山之石'。因为有了学术研究的自主性,中国现代文学研究才有今天这样的格局。"③

---

① 温儒敏:《文学研究中的"汉学心态"》,《文艺争鸣》2007年第7期。
② 〔美〕王德威:《抒情传统与中国现代性:在北大的八堂课》,第321页,北京,生活·读书·新知三联书店,2010。
③ 季进、王尧主编:《海外中国现代文学研究译丛》编辑缘起,第2页,上海,上海三联书店,2008。

(三) 弄潮者——"文化研究热"

美国的中国现当代文学研究的"批评回流"在国内引发的又一次大的回响，是中国现当代文学研究中的"文化研究热"。这次的"批评回流"来自一群大陆旅美学者。

有学者曾说："这些年来，文化研究被大为推广，似乎有点泛了。翻开当前现代文学的文章，很少不和文化研究挂上的。一些大学的中文系都可以改称文化学或者社会学系了。这恐怕又是美国潮流，据说美国的大学文学系也都纷纷往文化研究靠拢。"①这里传出一个明显的信息——文化研究的始作俑者是美国的一些学者。

这"美国潮流"的第一波该是李欧梵，而后大陆旅美的学者群让它荡起了大的波浪。李欧梵在《中国现代作家的浪漫一代》（中译本自序）中明白无误地宣称："非但整个世界变了——全球化的资本主义浪潮早已席卷一切——而且文学研究的学术典范（paradigm）也变了：文学研究和文本细读已被摒弃，带之而起的是'文化研究'。"②

大陆旅美学者更是将"文化研究"向前推进。他们的"文化研究热"大体上包括如下内容。

第一，对视觉文化的关注。在美国的中国现当代文学研究中，视觉文化研究早已登堂入室。大陆旅美学者常常通过对电影的研究而向世界解说中国，这样一来，便使得许多美国学生接触中国的文化也是以电影或电视为媒介的。譬如周蕾，她的《妇女与中国现代性》整个第一部分都是以《末代皇帝》为蓝本在讨论电影艺术；王

---

① 温儒敏：《谈谈困扰现代文学研究的几个问题》，《文学评论》2007年第2期。
② 〔美〕李欧梵：《中国现代作家的浪漫一代》，第1页，王宏志等译，北京，新星出版社，2005。

斑的《历史的崇高意义》也以差不多四分之一的篇幅讨论诸如电影《聂耳》《青春之歌》等影片;张英进的《审视中国——从学科史的角度观察电影与文学研究》更是以二分之一的篇幅谈了对中国电影的研究,而且放在文章的开首部分。其内容正如他自己所说:"第一部分注重跨文化的视野,首先概述中国电影研究在欧美近三十多年来的发展,然后分析主要的理论和批评方法,内容多属于'电影研究之研究',重点揭露西方中心的话语霸权,兼论好莱坞与国际电影节,涉及心理分析、观众学、民族性、全球化、本土化、纪录片、早期电影、身份政治等理论问题,最后一方面以民国时期的上海电影为例提出都市文化史的设想。另一方面以美国电影研究的理论形成与近年的文化转向为例,以过渡到本书的后半部分的跨学科议题。"①这个美国的大陆学者群都在力图打通文学与文化的疆界。

第二,将文学研究与各式各样的理论研究交织在一起。将文学研究与理论研究交织,这也是许多学者的研究路径。譬如,刘康在《全球化/民族化》一书中,探讨中国90年代文学评论的发展走向以及关注的问题焦点时,既运用全球化的理论架构,又不离民族化的理论逻辑。从"全球化"的不容回避到"中国特色的批评话语",又从"新诸子百家和新保守主义"到"市场化意识形态",再从"海外汉学界的'后殖民主义批评'"到"两面作战与政治声讨",等等,他关注的问题是多元的,选择的理论视角也是丰富的。

美国诸多学者"文化研究"的"批评回流",作为"弄潮者",促发了国内的"文化研究热"。在知网上以"文化研究"为检索词,以"全文"为检索项,从1979年至以后的30年间,约有3236102篇文章。赞同者多之,批评者也颇有呼声:"我们看到许多学者兴致勃勃地把文化研究带进文学领域,研究的重力从文学挪移到文化,转

---

① 〔美〕张英进:《审视中国——从学科史的角度观察中国电影与文学研究》,第1页,南京,南京大学出版社,2006。

向无所不包的日常生活，实际上也容易把文学研究带入泛文化疆域，这可能就是使人感觉空泛的原因。文化研究给现当代文学带来了活力，但也有负面的影响甚至杀伤力。"①可见，由大陆旅美学者弄潮的"文化研究"在国内引起了很大的反响。

结　语

中国现当代文学从起步至今已有百年历史，在这百年间，中国本土学者和海外学者对中国文学的研究从未懈怠过，两者之中，本土学者的研究始终居于主导地位，海外学者的"批评回流"也多次与本土的研究发生碰撞。在这个过程中，海外中国现当代文学研究的"批评回流"是有"他山之石"作用的。第一，"批评回流"拓展了中国文学在海外的影响。第二，"批评回流"对中国现当代文学经典的形成起到一定的作用。第三，"批评回流"促进了海内外中国现当代文学研究的交流，在跨文化的语境中使中国文学有了更广泛的学术场域。

美国的中国现当代文学研究的"批评回流"多次在国内发生反响，这说明我国文学及批评领域已具有开放性的胸怀，在与"批评回流"碰撞的过程中，既有接纳，也有淘汰；既有争论，也有反思。海纳百川，中国文学在以开放性的姿态与世界对话。

本文原刊于《当代作家评论》2019年第3期

---

① 温儒敏：《谈谈困扰现代文学研究的几个问题》，《文学评论》2007年第2期。

六个寻找杜甫的现代主义诗人

〔美〕王德威 著　刘　倩 译

路伊吉·皮兰德娄（1867—1936）的《六个寻找作家的剧中人》（1921）是欧洲现代主义戏剧高峰时期的代表作品。剧本开始时，六个陌生人出现在一个话剧公司的彩排现场，声称他们是一个尚未写完的剧本中的人物，要求导演来排演这部剧本。在排演的过程中，这六个人物不断批评演员和导演对剧本的理解，向他们揭示甚至亲自出演剧中的情节，而这些情节构成了剧中剧的基础。最终，整部剧就是剧中人与演员和制作团队之间，甚至剧中人内部的一系列争执，在高潮时剧场里呈现出一种无序状态。

《六个寻找作家的剧中人》涉及了作为全球性运动的现代主义的许多核心问题，诸如模仿的边界、形式与程式的可能性、经典的评判标准，以及最重要的一点，作者主观意识的合法性。正如皮兰德娄剧作的题目所显示的，这部剧作的核心是寻找缺席的作者。在整部剧中，最重要的"剧中人"就是"作者"本人；而他的缺席，或者恰恰是他的无所不在，给剧作的排演既带来危机也带来狂欢化的潜力。皮兰德娄探讨了现代社会中作者的消失和作者的魅力，以及与之相关的——作者主观性、作者身份传统的起源和范式。他的观点对西方文学话语产生了经久不衰的影响，受到他影响的著作包括哈罗德·布鲁姆的《影响的焦虑》（1973）和罗兰·巴特的《作者之死》（1967）。

然而，当作者的缺席，甚至作者之死的概念被置于中国现代主义文学之中时，我们会面临一系列的问题，其中最紧迫的就是："作者"在中国文学传统中占据的位置是否等同于其在西方文学传统中占据的位置；当人们在中国语境中谈到"作者"时，是否一定会引发"作者和意图谬误"，或者"影响的焦虑"；最重要的是，在中国现代话语中，"作者"是否果真已被抛弃。中国现代主义诗人对杜甫这位"诗圣"和"诗史"传统的首要实践者的接受和挪用，能够很好地解答上述问题。

本文提出，虽然中国现代文学充满了偶像破坏的激情，但是在整个20世纪，杜甫始终是一位偶像，并处于许多文化甚至政治争端的根基。他激励并挑战了不同风格、代际和意识形态的诗人。被鲁迅称为"中国最为杰出的抒情诗人"的冯至（1905—1993），早在20世纪20年代中期就以杜甫为榜样。[①]而晚至2016年3月，居住在马来西亚的华语诗人温任平（1944—）借杜甫雕像批评槟城的政治问题。[②]20世纪70年代，美籍台湾诗人杨牧（1940—2020）引杜甫的诗歌作为其诗歌中概念和风格嬗变的灵感来源。在2000年，梁文福（1964—）回忆起自己当年通过默诵杜甫的诗歌来应对单调乏味的军训。此外，在当代中国，人们频繁地将杜甫的诗歌用于文化、政治

---

① 见鲁迅：《现代中国文学大系：小说二集》第5卷，第4页，赵家璧编，上海，良友图书公司，1935。

② 2016年3月，马来西亚槟城首席部长林冠英以半价购得豪宅，媒体反应热烈，网络热议。温任平有感于这一丑闻，得诗五行："林冠英向杜甫草堂走去/石阶被溽暑后的春雨打湿/随扈慌不迭忙，用木板铺路/主子的双足不能湿/湿了有损廉洁清誉"。

和商业用途，以至于2012年网络上出现了"杜甫很忙"的通俗用语。①

在过去的一个世纪里，作为"作者"的杜甫受到多位中国现代诗人的推崇，这促使人们重新思考中国文学现代性的动因。过去，学界认为中国现代主义文学的兴起是五四文学革命的一部分，而五四运动具有激进的反传统因素。此外，人们往往认为中国现代主义诗歌的根基是西方的文学形式。传统观点认为，中国现代主义诗歌不论在形式上还是在内容上都与中国古典诗歌南辕北辙。因此，中国现代主义诗人不断地在杜甫身上寻找灵感，甚至将其引为知音，这是一个引人深思的现象。对古代"诗圣"的寻找不仅指向现代作家和古代作家之间的对话关系，还为追溯中国文学现代性的谱系提供了重要线索。

因此，本文受皮兰德娄剧中情景的启发，介绍六位寻找杜甫的中国及华语语系现代主义诗人：黄灿然（1963—）、西川（1963—）、叶维廉（1937—）、萧开愚（1960—）、洛夫（1928—2018）和罗青（1948—），介绍他们的期望、愿景、借用和改写。为了便于比较，我也会讨论到冯至，他写杜甫的诗歌受到了很多关注。这些诗人以杜甫的名义形成了诗歌共和国里的想象共同体。在下文中，我会将这些诗人置于两个相互关联的主题下。第一组诗人黄灿然、西川和叶维廉，写作诗歌来膜拜杜甫，而第二组诗人则模拟杜甫。无论是哪种情况，我都会探讨这些现代诗人如何与"诗圣"展开想象中的对话，来探讨经典性及其颠覆、偶像崇拜和"影响的焦虑"等问题。最重要的是，本文力图去理解这些诗人在不同历史境遇中对杜甫遗产的继承，来重温"诗史"的概念。

---

① 2012年3月26日，中国新闻博客"豆腐部"发表了一篇文章，题为"'杜甫很忙'——网民开玩笑用photoshop处理中国古代诗人"，该文很快引发了全国性的轰动，开启了用多种当代风格"重画"这位诗人的官方形象的风潮。

膜拜杜甫：黄灿然、西川和叶维廉

冯至毕生对"诗圣"的追寻最好地体现了中国现代诗人与杜甫的关系。1938年12月，冯至和家人为躲避日军战火，长途跋涉后到达云南昆明。一年之前，冯至已经享有"现代中国最为杰出的抒情诗人"的声誉，并且已经是研究歌德、里尔克和整个德国文学的一流学者。冯至向来视杜甫为知音。在他的文集《北游》（1929）题词里，冯至引用了杜甫的诗句"独立苍茫自咏诗"。①但是他向西部荒芜之地的艰难跋涉才使他真正懂得了杜甫在安禄山叛乱（755—763）中感受到的悲悯情怀。1941年，冯至写下了这首绝句："携妻抱女流离日，始信少陵字字真。未解诗中尽血泪，十年俨作太平人。"②这首七言绝句与冯至最为人知的现代诗相去甚远。该诗证明了冯至仿效杜甫将诗歌视为历史的做法。

虽然中国现代文学号称是反传统的，但是正如冯至的诗歌和诗学所显示的，中国现代文学不仅没有摆脱"诗史"话语，反而将其强化。战争年代的满目疮痍和度日艰难迫使冯至去思考一系列的问题：生与死的循环、改变的必要性、选择和承诺的重担。在他的作品中时常能看到里尔克和歌德的影子，但是当他思考在灾难性的历史时期中诗人的角色之时，是杜甫给了他灵感。灵感的结晶是一部包含27首十四行诗的诗集，题为《十四行诗》（1942），这可以说是冯至最好的作品。在这部诗集中，冯至明确地赞美了这位诗人中的诗人：

---

① 杜甫：《乐游园歌》，仇兆鳌：《杜诗详注》第2卷，第103页，北京，中华书局，1979。

② 冯至：《祝〈草堂〉创刊》，《冯至全集》第4卷，第226页，石家庄，河北教育出版社，1999。感谢 Dylan Suher 帮忙翻译了这首诗以及本文中的其他诗歌。

你在荒村里忍受饥肠
你常常想到死填沟壑
你却不断地唱着哀歌
为了人间壮美的沦亡
战场上健儿的死伤
天边有明星的陨落
万匹马随着浮云消没
你一生是他们的祭享
你的贫穷在闪烁发光
像一件圣者的烂衣裳
就是一丝一缕在人间
也有无穷的神的力量
一切冠盖在它的光前
只照出来可怜的形象①

该诗作于1941年，正值中国人民陷于战乱的困难时期。通过对杜甫的推崇，冯至显然是要将战争期间中国诗人的命运与杜甫相提并论，因为杜甫也曾遭遇安禄山之乱，并思考过文明分崩离析之时诗歌的意义。在十四行诗中，冯至着重探讨了杜甫对琐屑之事与宏大之事的态度，对生死自然循环与宇宙永恒的沉思。他唯一没有直接面对的事情就是战争。然而，战争和与之相关的一切事物——逃难、人际关系的崩溃、文化的毁损，以及最重要的死亡——都构成了此诗的背景。然而，冯至并不想宣传爱国主义。他所渴望的共同关系要比公民之间的纽带更为宏大而理想主义。这种人际关系既承认个体自足，又承认集体的充实，既认可存在主义的孤寂，又认可

---

① Dominique Cheung. *Feng Chih*. Boston. Twayne Publishers. 1979. p.83.

个体与一切生灵之间的本质联合。

　　这种对杜甫的推崇在之后的几年内成为一种修辞学上的比喻，包括杨牧、余光中、大荒、洛夫、叶维廉、陈义芝、西川和黄灿然在内的诗人都使用过这种比喻。在此我们集中讨论黄灿然、西川和叶维廉。香港诗人黄灿然写作《杜甫》一诗时同样使用了十四行诗的形式，仿佛是透过冯至来与杜甫对话：

　　　　他多么渺小，相对于他的诗歌；
　　　　他的生平捉襟见肘，像他的生活。
　　　　只给我们留下一个褴褛的形象，
　　　　叫无忧者发愁，叫痛苦者坚强。

　　　　上天要他高尚，所以让他平凡；
　　　　他的日子像白米，每粒都是艰难。
　　　　汉语的灵魂要寻找适当的载体，
　　　　这个流亡者正是它安稳的家园。

　　　　历史跟他相比，只是一段插曲；
　　　　战争若知道他，定会停止干戈。
　　　　痛苦，也要在他身上寻找深度。

　　　　上天赋予他不起眼的躯壳，
　　　　装着山川，风物，丧乱和爱，
　　　　让他一个人活出一个时代。

　　黄灿然想象中的杜甫，是一位遍尝时代的创痛，却因为其坚毅的美德和人文主义的远见而活出极致的诗人。这种观点与冯至的观点相互呼应，后者将杜甫视为在任何艰苦境遇中都能保存自身的楷模。黄灿然则认为，诗人的自我道德律令要求他揭示现实的模糊表象，从而展示人与人之间，甚至人类与神灵之间的交流："上天赋予他不起眼的躯壳，装着山川、风物、丧乱和爱，让他一个人活出一个时代。"

类似地，西川也谈到了杜甫悲天悯人的情怀和他在生活和诗歌中表现出的坚韧。他的诗歌一开头就探讨了杜甫的忍耐力，及其对下层人民的认同，接着，该诗聚焦到一个具体的历史时刻——"这天晚上"，在这个时刻，西川与正在吞噬自己的荒凉前景达成了妥协。正如西川所说，杜甫的诗歌具有改变他人的力量，它改变了西川对自己的存在的看法：

> 你的深仁大爱容纳下了
> 那么多的太阳和雨水；那么多的悲苦
> 被你最终转化为歌吟
> 无数个秋天指向今夜
> 我终于爱上了眼前褪色的
> 街道和松林

黄灿然将杜甫视为高高在上的伟人，而西川则寻找与这位唐代诗人之间更为亲近的关系，甚至为了更好地理解他的魅力而赋予了这种关系些许私人化的色彩。他宣称杜甫的声音吸引了他的注意，而这是一种"磅礴、结实又沉稳"的声音，就像"茁壮的牡丹迟开于长安"。在诗歌结尾他表示，杜甫是"一个晦暗的时代"里"唯一的灵魂"。

如此一来，西川暗示了一种寓言式的解读该诗的方法：人们会猜测西川所处的"这个夜晚"是否也是一个"晦暗的时代"。如果是这样，西川是否在渴望诗歌灵感的爆发，就如同两百年之前"茁壮的牡丹迟开于长安"？无论如何，西川一方面似乎确认了他与自己偶像之间的精神联系,一方面却突然保持了沉思的距离。与此前的亲切语气不同,他在诗歌结尾时采用了凝重而嘲讽的语调。

> 千万间广厦遮住了地平线
> 是你建造了它们,以便怀念那些
> 流浪途中的妇女和男人
> 而拯救是徒劳,你比我们更清楚
> 所谓未来,不过是往昔
> 所谓希望,不过是命运

这里,我们能够区别西川与黄灿然塑造杜甫这位作者形象的策略。黄灿然崇拜杜甫,是因为后者借助诗歌的理想来同历史偶然性达成妥协。相反,西川对诗意的救赎与历史动荡之间的斗争之结果并非充满信心。因此,他在诗歌结尾提出了消极的辩证观点:他之所以认同杜甫,是因为杜甫太清楚,任何想用诗歌拯救苍凉现实的企图都是徒劳。

华语诗歌老将叶维廉自20世纪60年代开始就以写作现代主义诗歌而著称,多年来他创作了一系列与杜甫有关的诗歌。与上述两位诗人不同的是,叶维廉试图将杜甫分离出历史语境,将关注点聚焦到诗人创造的整体审美结构上。正如他在《春日怀杜甫》中所写。

与黄灿然和西川的诗歌不同,叶维廉的诗歌没有谈及杜甫的生平;相反,"杜甫"的出现更像是激发了反应链的触发点,这与传统诗学中"兴"的功能相类似。叶维廉想要表达的,是通过想象杜甫这位远古中国诗歌的"作者"所凝结的情感。在叶维廉看来,这位"作者"拥有"风的骨骼"和"水的履迹",能够从虚无中生发、创造。由此,叶维廉笔下的杜甫不像在黄灿然和西川诗歌中那样,永远处于历史境遇当中,而是成为诗歌纯粹形式的代表。叶维廉的诗歌给人们的印象是,杜甫像鬼魅一样飘逸,像姿势一样具有象征意义。叶维廉将杜甫"审美化"的方法可能与他对待中国古典和现代诗歌的独特方法有关。作为一位知名的批评家,叶维廉将中国诗歌创作视为主观性和世界的象征性的结合,这个过程最终达到超验的飞跃,产生"密响旁通"。①因此,就杜甫而言,"一种姿势/便够了/文字生/文字死/我全明白/一种手势/便够了"。

不过,正如批评家们指出,叶维廉的理论受到西方意象派的影响要大于其受中国古典诗歌的影响。②也就是说,他在诗歌中描写,甚至规定一定要有诗人与世界通过形象构造而形成的碰撞。因此,诗歌的语言和形象被视为媒介,有生命的与无生命的、主观和客观的世界通过该媒介建立起充满顿悟的联系。

叶维廉对杜甫和诗歌的看法受到了宇文所安的质疑。在对比中西诗学的时候,宇文所安指出:"在柏拉图式的世界蓝图中,'poiêma'即文学制作就变成了一个令人烦恼的第三等级。……在中国文学思想中,与'制作'相当的词是'显现'(manifestation):一切内在的东西——人的本性或贯穿在世界中的原则——都天然具有某种外发和显现的趋势。"③因此,在对比华兹华斯和杜甫的时候,宇文所安指出,前者的《1802年9月3日写于威斯敏斯特桥上》一诗是基于隐喻和虚构性的,而杜甫的《旅夜书怀》则暗示一种显现出来的联系:"(诗歌)显现的过程必须开始于外在的世界,其拥有优先权,却并非首要。潜在的图景追随其内在品性而成为显在的,逐渐从外在世界转向心灵、转向文学,这里面就涉及一种共情的、共鸣

---

① Wai-lim Yip. *Diffusion of Distances: Dialogue between Chinese and Western Poetics. Berkeley*. University of California Press. 1993. chapter 5.

② 张万民:《辩者有不见:当叶维廉遭遇宇文所安》,《文艺理论研究》2009年第4期。

③ Stephen Owen. *Readings in Chinese Literary Thought*. Cambridge. Harvard University Asia Center. 1992. p.21.译文引自宇文所安:《中国文论:英译与评论》,第19页,王柏华、陶庆梅译,上海,上海社会科学院出版社,2003。

的理论。"①杜甫被视为"以诗为史"观念的首要实践者。这个术语并非仅仅指诗人具有撰写历史和模拟现实的能力，还指诗人拥有远见，从而使他的诗歌得以与历史及宇宙的动荡发生共鸣。叶维廉的杜甫通过使用意象派的结构将诗歌从历史中抽离出来，而宇文所安的杜甫则通过与历史产生共鸣激发诗歌，二者相得益彰。

模拟杜甫：洛夫、萧开愚、罗青

在战后的岁月中，冯至继续研究杜甫，而此时他的意识形态经历了戏剧性的转变：他受到共产主义的吸引，开始支持革命。当他的《杜甫传》于1952年出版时，他已建立起"诗史"的新目标。在冯至笔下，杜甫成为唐朝的"人民的艺术家"，同情人民的苦难，预言了中国无产阶级大革命。②就在同一年，冯至将《我的感谢》一诗献给了毛泽东：

> 你让祖国的山川
> 变得这样美丽、清新，
> 你让人人都恢复了青春，
> 你让我，一个知识分子
> 又有了良心。
> ……

---

① Owen, "Omen of the World", p.21.译文出自本文译者。此外，刘若愚写道："诗人不能把一种经历看作是诗的'素材'并把它嵌入某一种'模式'中去。当他受到某种经历的刺激，譬如一种激情，一种思念，一桩事件等，才有诗兴，然后再考虑适当的词语，合意的诗体以及一系列的比喻。只有这样，原来的经历和体验方能转变为一种新的东西——诗。"〔美〕刘若愚：《中国诗学》，第114页，赵帆声译，郑州，河南人民出版社，1990。

② 见张晖的评论，第6章。

你是我们再生的父母,
你是我们永久的恩人。①

鉴于当时中国所有知识分子都受到严苛的意识形态的约束,我们禁不住要问杜甫对个人保持清醒的号召是否促使冯至在毛泽东所构建的社会中发现了什么问题;或者杜甫著名的"三吏三别"循环所体现的历史的悲悯,是否在冯至于三年自然灾害时期写作下面这首诗时给他带来过困扰:

在我们的国家里,
有一个道理本来很平常:
种田的不挨饿,织布的不受冻,
人民一年比一年更幸福,更健康。②

我并非在暗示冯至在《我的感谢》和《在我们的国家里》等诗中对毛泽东的崇拜不是发自内心;恰恰相反,我认为在新中国成立以后,至少在一段时间内,冯至等诗人感到有必要表达自己的"感谢",因为他们相信新中国重新激发了"诗史"的范式。事后看来,诸如《我的感谢》和《在我们的国家里》这样的诗歌更多地表达了共产党所认可的"诠释性的联系"——通过话语活动进行批评与自我批评的能力,而非"以诗为史"的微妙律令。因此,冯至想成为社会主义制度下的杜甫的努力,却以对"诗圣"和他本人的尴尬戏仿收场。③

---

① 冯至:《感谢毛主席》,《冯至全集》,vol.2,50-52.
② 冯至:《在我们的国家里》,《冯至全集》,vol.2,312.
③ 我这里指的是 David Apter 和 Tony Saich 在 Revolutionary Discourse in Mao's Republic 一书中的观点。David Apter and Tony Saich. *Revolutionary Discourse in Mao's Republic*. Cambridge, Mass: Harvard University Press. 1994. p.263.

冯至想成为现代杜甫的努力是失败了，这促使人们去思考作者意图与诗歌主人公之间永恒的辩证关系。当"以诗为史"的雄心被迫成为，或者说被驯化为政治宣传的回响，旅居海外的杰出诗人却在尝试对经典进行重新阐释，将其进行了戏剧性的转变。与冯至及其追随者们膜拜杜甫的诗学形成鲜明对比的是，这些旅居海外的诗人创造了模拟的诗学。我所说的模拟，不仅指这些诗人尝试通过模仿，甚至滑稽模仿来复活杜甫，而且还在种种不同的境遇中，大胆地使这位唐代诗人和他的诗作产生戏剧化的效果。这样做的结果是令人吃惊的，这让人们看到杜甫对历史的思考与当今社会仍然密切相关。以洛夫（1928—2018）的《公车读杜甫》为例：

剑外忽传收蓟北

摇摇晃晃中
车过长安西路乍见
尘烟四窜犹如安禄山败军之仓皇
当年玄宗自蜀返京的途中偶然回首
竟自不免为马嵬坡下
被风吹起的一条绸巾而恻恻无言
而今骤闻捷讯想必你也有了归意
我能搭你的便船还乡吗？

洛夫属于1949年之后逃往台湾的大陆移民一代。1953年从海军学院毕业之后，他在海军中待了20年，在此期间成为一名超现实主义诗人。洛夫写了一系列关于杜甫的诗作，其中《公车读杜甫》最受人欢迎。该诗有意将杜甫的《闻官军收河南河北》投射到现代台北。该诗一共有八节，每一节的小标题都是杜甫这首名诗中的一句话。由此，读者很难忽视诗歌主人公——大概是像洛夫自己一样身陷台湾的大陆移民——与战乱期间逃难的杜甫两人之间的对比。正如杜甫听说战争结束的消息后欢呼雀跃，期待回到家乡，洛夫似乎也在畅想，或者说幻想，可以开启回乡之旅——很有可能，这是指1987年戒严法结束后，成千大陆移民得以探访故乡之事。

洛夫诗歌最重要的反讽就在于，他用这辆台北公车线路上的站点来暗指中国的国家地理，以及杜甫的诗歌。熟悉1949年之后台北城市规划的读者会知道，该市所有主要街道都是按照1949年以前国民党统治下的大陆主要城市和地名来命名的。比如，公车载着诗人—乘客从长安东路到杭州南路，在隐喻的意义上，他是从中国北方的唐代都城长安到了中国南方的南宋都城杭州。无论如何，台北这座城市虽然可以在地图绘制上囊括中国，诗人—乘客却只能思考国家分裂的事实，而任何对过去的地理重构都只能增强当下的离散和失落之感。

洛夫的诗是这样结束的：

便下襄阳向洛阳

入蜀，出川
由春望的长安
一路跋涉到秋兴的夔州
现在你终于又回到满城牡丹的洛阳
而我却半途在杭州南路下车
一头撞进了迷漫的红尘
极目不见何处是烟雨西湖
何处是我的江南水乡

读者很难不注意到贯穿洛夫全诗的强烈张力。他把市民乘坐公车与中世纪帝王从首都出逃相提并论，这就触发了作为台北流浪人的生命中不可承受之轻的阴暗色调。同时,洛夫凸显诗人—乘客孱弱的身影,暗示他可能已经过于衰老,即使想回家也无法实现。而杜甫至少还可以计划着回到家乡。相比之下,他的现代化身只是下了公车(是否也结束了生命之旅?),蹒跚地走进了台北某处不知名的地方。最终,诗人—乘客唯有通过在想象的旅途中进入杜甫的诗歌世界,那个由《春望》和《秋兴》等名篇构成的世界,方能在他无法避免的失意现实中聊获救赎。

从公元8世纪以来,由于杜甫在诗歌中将个人的命运与王朝的灾难相提并论,"诗史"成为中国诗学中的经典术语。唐代文人孟启有句名言:"触事兴咏,尤所钟情。"①孟启探讨了"情"在境遇和情感方面的功能,因此阐明了历史经验与诗人心灵之间的互惠关系。孟启对"诗史"的探讨指出了自古以来就非常重要的诗歌显现的元素:"(诗歌)显现的过程必须开始于外在的世界,其拥有优先权,却并非首要。潜在的图景追随其内在品性而成为显在的,逐渐从外在世界转向心灵、转向文学,这里面就涉及一种共情的、共鸣的理论。"②正如宇文所安所说,杜甫的诗歌并不应该作为"虚构作品"来对待:"它是对历史时期之内某种经验的独特的真实记录,是经历、阐释并回应世界的人类意识。"③相反,它指向"真实、及时的

---

① 见张晖:《中国诗史传统》,北京,生活·读书·新知三联书店,2012。Leonard Chan 也指出,卢怀在唐代写作了《抒情集》。这本书已经失传,但从书名来看,这是一本关于难忘的事件的叙述和诗歌。同孟启的《本事诗》一样,《抒情集》强调通过对历史经验的诗意传达来表达情感。未出版论文。

② Stephen Owen. Traditional Chinese Poetry and Poetics: *Omens of the World*. Madison. The University of Wisconsin Press. 1985. p.15. 译文出自本文译者。

③ Stephen Owen. "The Self's Perfect Mirror: Poetry as Autobiography." in *The Vitality of the Lyric Voice: Shih Poetry from the Late Han to the T'ang*, edited by Shuen-fu Lin and Stephen Owen. Princeton. Princeton University Press. 1986. pp.74, 93.

自我揭示"。①

通过"模拟"这种戏剧化的形式，洛夫等诗人似乎将宇文所安的结论又向前推进了一步。他们认可杜甫诗学的抒情核心，但尝试用戏剧化的方式来表现其存在主义的维度。洛夫并没有用常规的方式向大师致敬，而是将自己的诗作置于不可思议的事件中，使得杜甫的诗歌和人生的主题、特点和事件都发生了反转。由此，作为"主人公"的杜甫似乎激发了一系列的关联事物，即抒情的与历史的、日常琐屑和历史灾难之间纠缠不清的关系。

《公车读杜甫》开启了当代诗人与杜甫之间的一系列戏剧化的对话。比如，在《杜甫》一诗中，香港诗人廖伟棠将杜甫写成一个憔悴不堪的现代生意人，面对着来自多方的压力。生活在1300年前的"诗圣"从他圣人的宝座上走下来，成为了在现代社会里努力谋生的职场白领。"他不是帝国暴力的牺牲品而是市场逻辑的受害者。"②在廖伟棠开玩笑的口吻和时间颠倒的讲述风格之下，隐藏着他对诗人面对灾难时的脆弱和坚韧，以及人类境遇永劫轮回的深思。同样，新加坡诗人梁文福笔下的杜甫回到的"家乡"不是别处，而是新加坡的地铁，而这时的新加坡政府正通过在地铁增加广告来宣传"诗教"。在此，前现代对王朝变迁的悲叹引发出后现代的城市规划工程，"诗史"听起来格外令人心酸。

在萧开愚的长篇叙事诗《向杜甫致敬》（1996）中，诗人"模拟

---

① Stephen Owen. "The Self's Perfect Mirror: Poetry as Autobiography." in *The Vitality of the Lyric Voice: Shih Poetry from the Late Han to the T'ang*, edited by Shuen-fu Lin and Stephen Owen. Princeton. Princeton University Press. 1986. pp.74，93.

② 见张松建的讨论：廖伟棠改编的现代杜甫是"一个被侮辱与被损害者，却在癫狂的咆哮中向世界发泄着令人啼笑皆非的敌意和怨愤！传统'杜甫'的神圣光环在此层层褪尽，而代之以颓废、伧俗、猥琐、癫狂的面目出现"，引自张松建：《一个杜甫，各自表述：现代汉诗中杜甫形象的变异（1940—2000）》，中国诗歌网。

杜甫"的举动是非常真诚的，并产生了强烈的共鸣。该诗一共十节，每节都聚焦于当代中国最受诗人关注的一个社会或政治问题。虽然不同于西川和黄灿然的诗，该诗从未出现杜甫的形象，萧开愚却要提出这样一个问题：如果杜甫不得不在当今中国生活和写诗，他会怎样回应？

萧开愚的诗是这样开篇的，读者能够即刻感受到诗人对政治的关注。

> 这是另一个中国。
> 为了什么而存在？
> 没有人回答，也不
> 再用回声回答。
> 这是另一个中国。
>
> 一样，祖孙三代同居一室
> 减少的私生活
> 等于表演；下一代
> 由尺度的残忍塑造出来
> 假寐是向母亲
> 和父亲感恩的同时
> 学习取乐的本领，但是如同课本
> 重复老师的一串吆喝；
> 啊，一样，人与牛
> 在田里拉着犁铧耕耙
> 生活犹如忍耐；
> 这是另一个中国。

在诗节中，萧开愚似乎在模仿T.S.艾略特的《荒原》。他描写了一系列人物,这些人物构成一幅生动的场景,显示出中国人生活中最真实、最质朴的一面。与国家要求的宏大叙事相反,萧开愚有意提出一个相对立的叙事,用插曲和快照的拼贴构成了中国人真实的生活。

柯雷认为:"(萧开愚)的诗歌信条在内容上与中国古典诗歌有许多相似之处——但是二者在形式上是不同的,他的诗歌大多数是自由体诗。然而,萧的作品可能扎根于一个可以辨识的世界,但是并非不同于中国古典诗歌。他的诗歌是对那个世界的简单反映。"的确,虽然他的诗歌揭示的是当代生活,他的观念里却有一些古典的东西,一些他愿意与杜甫的人文主义理想相关联的东西。但是,正如萧开愚所说,对当代诗人而言,当今人们向杜甫致敬:"问题不在于用貌似正义的眼光来垄断对杜甫的理解,而在于用它约束当代诗歌的主题确定和挖掘……另一方面呢,当代中国的诗歌越发孤立,也可以说越发游离了。好像需要社会批评的政治强力往大地上拽一把,跟生活的什么着力点挂个钩。"[①]

萧开愚认为,"生命的行动"不仅在于观察,还在于让中国人的世界充满诗意的想象和同情。在此,杜甫作为一个榜样浮现出来,因为他能够感受到社会的痛苦和需求,能够营造可以"提升诗歌,使其与生命的行动相联结"的社会批评和抒情愿景。通过一系列戏剧化的主体,萧开愚将自己的情感与世界的"事件"而非"场景"融为一体,由此使他的诗歌拥有了更为强烈的紧迫感。让人们惊奇的是,他甚至将他本人——进而将杜甫——与他所描绘的人物进行了认同。在诗歌的最后一节,萧开愚透露,对于他来说,向杜甫致敬意味着尊重逃学的孩子、妓女等被侮辱、受损害的人们。

---

① 萧开愚:《此时此地:萧开愚自选集》,第402页。转引自秦晓宇:《玉梯:当代中文诗叙论》,第106页,台北,新锐文创,2012。

当我穿过大街和小巷
走向某个家庭，我就是医生。
我就是那些等待医生的家庭中
着迷于药味的低烧成员。我就是和你
签下合同，白衣一闪的青年。
我就是小姐，嘴巴向科长开放。
我就是司机，目的地由你们吩咐。
我就是清洁工和扫帚。我就是电吹风
吹散的恶心的汗味，我就是喜悦
牢牢抓住的男人和女人。而不是悲哀
假意伺候的文人雅士。

通过用第一人称面对一切人与人的交往，萧开愚使他的声音在抒情和戏剧、个体和社会之间来回摇摆。最终，诗歌开头的几句在我们耳边回响："这是另一个中国。为了什么而存在？"通过戏剧化地探讨杜甫的怜悯，萧开愚体现出了夏志清一度称之为"对中国的执迷"的情结。

最后，现代经典杜甫在世纪末的台湾经历了一次"解构主义转向"。在《论杜甫如何受罗青影响》（1994）一诗中，罗青邀请读者对杜甫进行后现代解读。罗青是以创作现代主义和后现代主义诗歌著称的台湾诗歌老将，同时还以绘画和文学批评著称。他通过想象杜甫在当今社会遭遇的难题，来批判后现代性与历史之间的关系。诗歌一开头是一段玩笑般的宣言：

请不要捧腹大笑
更不要破口大骂

请不要以为我故意把

> 一篇论文的题目写成了诗
>
> 没有人会相信嫦娥
> 曾经跟太空人学过太空漫步
>
> 但她一定在敦煌观摩过
> 彩带舞——倒是不争的事实

罗青预感到读者会对诗歌的题目提出质疑，因此诗歌主人公在一开头就举了一系列证据来证明他的观点：嫦娥可能从未见过现代世界的太空人，但是她一定是从敦煌壁画上的仙女那里学会了飞翔的技能；庄子和老子不比当今中学生更了解他们自己，中学生们通过卡通和连环画已经掌握了古代圣人们的智慧。因此，

> 还是圣之时者孔丘
> 开通又明智，得看透了这一点
>
> 他任人打扮，穿着历朝历代的
> 衣冠到处活动，从不挑三拣四

罗青是在拿时代错误的狂欢开玩笑，过去和现在、严肃的与异想天开的东西全都打着后现代的旗号混在了一起。时代错误是时间上不一致的表现，往往与概念混淆和政治无序联系在一起。它可以体现为文化混合及心理错觉的后果。然而，在后现代的语境下，时代错误成为了认识论狂欢的不在场证明。它解放了时间感，从而也解放了历史，并使得历史变成无政府主义的无序状态。

在这里，杜甫的重要性在于，在中国文学文化中，诗人被尊为用诗歌语言对历史进行记载的最重要的人。如果像罗青嘲讽地指出

的那样，时代错误是人类文明的本质机制，那么人们可以得出这样的结论：历史无非是人类参与其间的经验，无论是事实上参与还是想象中参与，而由此，杜甫的诗完全可以被解读为将过去误读和重读为现今的大杂烩。罗青在20世纪80年代是后现代主义诗学的先行者，但是在下面要探讨的这首诗中，他对将历史和时间进行"自由"解构表现出强烈的批判态度：

  包青天可以参考虚构的福尔摩斯
  武则天可以剽窃美国的埃及艳后

  所有的电视观众都同意
  杨贵妃要健美的现代豪放女来演才像

  现在我只不过是说说杜甫受我影响而已
  大家又何必皱眉歪嘴大惊小怪

  罗青对后现代人们对以杜甫的诗歌为代表的文学经典的态度感到不满，所以他在诗中把杜甫的诗比作充满了模拟和戏仿的当代文化产业。但是他嘲讽后现代人们玩弄时代错误的方式可能会暴露他自己的轻浮，使他与自己批判的对象成为一体。罗青似乎意识到了自己修辞策略里内在的张力，他出乎意料地用严肃而有政治意蕴的转折结束了此诗。

  如果有人胆敢因此走上街头
  示威抗议胡搅蛮缠

  队伍一定会遭人插花游行
  趁机主张分裂早已四分五裂的国土

考虑到当时台湾的政治情况，罗青对政治游行和台独呼声的探讨突然指涉到席卷整个台湾的现实政治，由此具有了与后现代时代错误截然不同的历史意义。罗青在下面几行诗中阐明了他的政治立场：

> 届时将更加突显杜甫创作的
> 那句"国破山河在"
>
> 不单受了我
> 同时也受了我们大家的，影响

诗人用嘲弄的、刺耳的音调记载了已经和大陆分离的台湾在险恶的政治气候中面临着进一步的分裂。他故意"误用"了杜甫著名的《春望》，使之突然变成了对世纪末的台湾命运的痛苦见证。杜甫悲叹的是唐朝的灭亡，罗青则为台湾在政治、文化和语言上显示出的分裂迹象而悲伤——这些分裂源自1895年到1945年间日本的殖民统治、1949年国共分裂，以及近年来的"台独"运动。罗青暗示了其对本土的话语不赞成的态度，并把自己的时代错误作为对抗当今许多台湾人所说的历史必要性的一种策略。在诗歌最后，罗青对"台独"分裂的反思崩塌成了支离破碎的语言。该诗最后的短语"影响"在语法上和位置上都是崩离的，成为了两个独立的字，"影"和"响"。由此，包括杜甫在内的中国文化遗产的"影响"消失了，剩下的只有鬼魅的影子和过去的声响。

罗青的诗歌把我们带回本文开头所提到的皮兰德娄的《六个寻找作家的剧中人》。在这部剧作中，作家的消失引发了一系列现代主义的症候，使得剧中人开始创造自身的真实性。批评家们已经指出，在整部剧中，皮兰德娄复活了剧中剧的传统，追寻了作者主体性及其在现代语境下的"不可表现性"。他将人们的注意力吸引到戏剧及人类总体境遇的元小说特性上。

  我对六位寻找杜甫的中国当代作家的研究则为中国现代主义研究带来了不同的结论。从冯至有关人在战争时期命运的歌德式的沉思，到罗青对后现代价值观的嘲讽性的观察，这里面始终令人震撼的是，杜甫和他的诗歌一直被用作标尺，来衡量和质疑现代经验的原因和后果。因此，中国文学现代性的问题应该换一种方法来问。如果说皮兰德娄和他的西方同僚试图描述一个充满了元小说性的镜面反射的世界，一个化为空气的坚实世界，那么，现代中国诗人们则生活在一个元历史的世界中。然而，我所说的元历史，并非是指他们力图对过去进行修辞上的建构，即海登·怀特及其追随者所探讨的问题；相反，我指的是他们对有意义的过去，及其对当下的伦理意义，甚至政治意义施加了诗歌的咒语。"诗史"的"作者"杜甫从未在中国现代主义文学的舞台上缺席。对于诗人们来说，他永远是一位不可或缺的对话者，一位知音。对他们来说，膜拜杜甫和模拟杜甫指涉着中国诗歌走向现代的核心问题。

  本文原刊于《当代作家评论》2019年第4期

《九月寓言》：人类梦境的另一个维度[①]

〔罗马尼亚〕阿德里安·丹尼尔·鲁贝安 著　赵祺妹 译

中国作家张炜的小说《九月寓言》讲述了三代人的人生故事，这些故事以艺术手法凝聚时空，创造出一种所有人物都是当代人的感觉。这样的叙事艺术简单而现实，却又充满了抒情性和象征意义。在小说中，村民们的生活单纯、简陋，他们的行为粗俗，但从不缺乏诚意。这些村民其实是最近才到来的移民，一代人以前，他们在这里置房、定居。这个地区的原住民瞧不起新来的人，将他们贬低地称为"廷鲅"[②]——一种有毒的鱼——他们认为自己才是本地人。《九月寓言》是对发生在中国沿海村庄的事件和人际关系的寓言式回忆，讲述了几个主人公60年来寓言似的生活。这个故事史诗般地呈现了"廷鲅"群体的兴衰，他们的存在伴随着丰富的象征符号、传统习俗和命运迹象，正是这些要素将整个"廷鲅"群体联系在一起，同时将他们与围绕在他们周围的人格化的自然元素，即动物、植物、

[①] 本文系《九月寓言》罗马尼亚文版导语，译文有删节。
[②] 张炜：《九月寓言》，第6页，上海，上海文艺出版社，1993。此毒鱼即河豚。

季节和自然现象联系起来。

小说通过叙述者的声音呈现了这样的信念和忏悔：祖父母和曾祖父母一代是模范和原型人物，具有真正强大的人格；到了第二、三代人，人们的身心力量、意志和道德完整性持续衰减。子辈作为先驱者们"褪色的复制品"领导着当今社会的命运；而孙辈们作为"复制品的复制品"，将要在不久的将来继承未来社会。在现代社会中，这些在精神上"断代"的人物既找不到自己的位置，也没有专业的技能和意愿去承担应有的责任。

第一代人以最初的移民群体为代表，他们到来时，富含营养的红地瓜遍布原野。他们热爱生活，想要在这片土地深深扎根。他们是英雄，通过超人的远见和努力，克服了严酷的寒冬，走过漫长而艰难的道路使自己生存下来，并确保他们的子女过上更美好的生活。这一代人的子女是"廷鲅"的第二代，他们是领导村子命运的人。他们不做英雄的事，而是通过密谋保住自己的位置或赶走竞争对手。他们对自己的孩子十分苛刻。与此同时，又遵循和继承传统，这使得他们无法成功地对抗和创造自己的命运。但他们有能力通过让步和蜕变来抵抗，以便在新社会中找到一席之地。第三代人是承载着未来希望的孙辈，他们是天真的梦想家，没有继承父辈的职业，也没有柔韧和忍让的性格。

作者与他虚构的人物跨越了与中国近代农业社会转型的三个不同时期，同时也反映了20世纪以来当代世界的社会变迁。第一个时期可能处在两次世界大战之间，当时强大的巨人正在寻找一个新的开端，他们将为新系统奠基作为自己的使命。下一个时期属于那些放弃自己的愿望和梦想成为煽动者的人。在这个只需世故和妥协，不再需要英雄的时代，他们的使命是在身体上和精神上站稳脚跟，继续坚守传统和群体的根性。最后一个时期以当代的年轻人为代表，他们意识到当今世界的职业结构正在发生变化，文化传统和精神遗产正在消亡。在这样的世界里，人们急于享受唾手可得的利益和虚假的福祉,不惜以牺牲人类在物理、心理、精神层面上的健康,以摧毁地球上迄今滋养着人类的水、空气和土壤等自然资源为代价。

整部小说由围绕着主线情节发展起来的一系列小故事组成,在叙述的不同阶段,这些小故事对人物的内心和生活经历进行了周期性的陈述,展现出一种勇敢面对人生苦难的人文主义视野。与小说的存在主义意义极为相关的是,这些信念并不总是与现代社会一致接受的道德、尊严、正义或纯洁等高尚价值观产生共鸣,而是体现了一个生活在希望边缘,基于坚韧、身心自由、宽容以及寻求意志和选择自由的社会信条。

齐国古老的传统和文化是张炜的重要灵感源泉,他只做了一件事,那就是积累大量的历史文化知识,并从中联想出新的内涵。张炜就像一位来自过去的艺术家,讲述了他所创设和生活的空间,这个空间建立在民间文化和传统神话基础上。张炜实现了在文学中创造新语言的特殊潜能,他唯一感兴趣的事情是详细描述村民的乡村生活。因此,这里介绍了构成乡村生活的习俗和传统:冻猪皮、用地瓜蔓酿酒、在烈日下晒地瓜干——家家户户都用柳条筐储藏的日常食品,在磨坊里把各类粮食碾磨成面粉或面糊,用地瓜粉烙成黑煎饼,赶鹦姑娘唱数来宝,拔火罐或用点燃的艾棒艾灸……才华横溢的讲述者以其理想主义和道德情怀回顾了艰辛而奇妙的过去。

沿着这个寓言性的秋季故事,作者成功地创造了具有鲜明个性的人物,在火红地瓜的滋养下,他们的生活经历和内心想法使得他们之间产生了强烈的情感作用。赶鹦姑娘是这个群体中最重要的珍宝之一,她是一名身材出众的女孩,有着密实的长辫子和强壮的小马腿。她被形容为一只长着火一样鬃毛的珍贵的小马,而且,她还用甜美的声音唱着"数来宝"。[①]赶鹦的父亲"红小兵"是地瓜蔓酸酒的创始者,他的酒是村里第二个宝物。庆余——金祥的弱智妻子,

---

① 张炜:《九月寓言》,第24页,上海,上海文艺出版社,1993。

为村里带来了新型食物"瓜干黑面煎饼"。她的煎饼被认为是廷鲅村的第三宝。

张炜的魔幻现实主义以生动的效果、不可思议的神秘感和奇幻元素与现实细节的结合为特征。张炜是一位成功地将自己置于所有的体裁和文学范畴之上的大师——历史、小说、魔幻现实主义、存在主义、神话般的荒诞,并以自己的风格融合了所有的表现形式。但是,最后,他并没有停留在魔幻现实主义作家的定义上,事实上,魔幻现实主义作为一种贯穿小说收尾的叙事艺术存在于小说中,因为他从存在主义的角度描述了乡村生活的精妙和细微之处,而没有依附于人物的个人魅力,依附于他们的梦想和希望,即使他们追求爱、侵略、复仇、憎恨、物质和死亡的信念强大到足以构成命运。相反,小说转向存在主义的伟大主题:孤立、焦虑、理性的限制和对生活中戏剧性和悲剧性方面的兴趣。

小说的结局不是乐观的,也不是积极的,尽管它留下了廷鲅女孩肥与苍白瘦弱的年轻人挺芳之间的爱情,这是因为叙述的意义在于传达一种道德。其内在意义则是现代人在面对大众传统文化的毁灭时的焦虑;所谓的经济和社会发展摧毁了普遍的生命要素——地下资源、水、森林、野生生物,导致人类走向孤立、自我毁灭和存在的荒谬……

《九月寓言》是从生存论的主题出发的,这一信念贯穿于叙事的始终。为了在严酷的条件下生存,他们离开了出生地,去寻找新的命运。龙眼的母亲在适婚年龄悲痛地发现,她的家人拒绝喂养她生病的母亲,理由是食物不够,"没听说五十多的人病了还请医生"[①],这就是老妇人死去的原因。在饥荒时期,当肥还是个孩子时,她的父亲决定,为了给妻子和女儿保留食物,连树皮也不吃,直至饿死。这里揭示了另一个存在主义命题,即生活的戏剧性和悲剧性。几十

---

① 张炜:《九月寓言》,第126页,上海,上海文艺出版社,1993。

年前，整个移民群体是当地人一直以来敌视的目标，这一事实在一小群人中造成了孤立感、内疚感和焦虑感。后者又是一个存在主义命题，即异化的陌生人和外人不可逃脱的命运，这一命题以廷鲅人为代表贯穿故事始终。

在《九月寓言》中，存在主义与现实的联系是强制性的，而魔幻现实主义则向前迈进了一步，进一步探索同一现实中的魔幻元素。但是，在张炜的叙述中，二者是并存的。他探讨的母题是一个周期性回归的主题，这一点也从村庄的独特标志中体现出来，如村民使用的红地瓜。其他的主题是贫穷、孤独、恐惧、黑暗。作者揭示了人类梦境的另一个维度，即情感联系和反馈的能力，尽管存在着些许的不稳定因素，整个村子还是忠实地聆听着过去的艰辛故事。

魔幻现实主义是一种罕见的灵丹妙药，它为陷入丑陋物质世界的人们提供了一种救赎：通过添加叙述者和人物的存在主义话语和陈述，小说在世界全球化的背景下吸引了人们对个体存在母题的关注。现代生活观念演变的错误方向危及了地球的健康，也危及了人类和动物的生存，而地球恰恰代表着永恒的生存场所。

张炜在小说《九月寓言》中对中国村落的传说、现代历史、风俗和传统所做的所有复原，让我们明白，作者不仅是一位杰出的作家，更是一个具有丰富文化底蕴和伟大精神的人。张炜以苦涩、睿智和全面的反讽态度来看待过去半个世纪的历史事件，不见轻蔑感和盲目的偶像崇拜，而是带着真诚的渴望，提炼新的意义，与过时的观念与偏见进行辩论。

《九月寓言》的罗马尼亚译本代表了一个原始而野性的田园世界的发现，它真诚朴实，但充满诗意、象征和奇幻，通过对每一行、每一页、每一章的阅读，都不难感受到人们对土地的热爱和尊重，土地同时也滋养着他们的生命。就我个人而言，我深信《九月寓言》是一部描绘传统乡村的杰作，也是献给全人类的最美丽的作品，它是一种极致和谐的自然创造，在当今全球化和消费主义的趋势下，必须懂得如何保存和享有地球和自然界的原生态之美，因为一旦它们开始消亡，人类的生存也必将处于危险之中。

本文原刊于《当代作家评论》2019年第5期

铁凝小说在海外的译介与研究

王 玉

作为新时期以来的重要作家,铁凝的文学创作差不多与改革开放40年的文学一同起步。随着1983年小说《哦,香雪》获奖①,铁凝迅速进入当代文坛中心。铁凝小说的海外译介始于20世纪80年代中后期,最初译介数量不多。进入21世纪,依托中国崛起的大背景,中国当代文学海外传播的规模、体量迅速扩大,铁凝小说海外译介的数量、关注度也明显提升,传播区域不断扩大,但是接受程度始终不高,海外研究相对比较薄弱,与其国内影响、地位并不相称。值得一提的是,铁凝的长篇小说《大浴女》在海外受到较多关注,尤其是英语世界对这篇小说表现出很高的热情。由于中外文化、政治和关注焦点的差异,以及国外对作品的理解与国内有所不同,所以对其作品既有肯定赞誉,也不乏坦率尖锐的批评。铁凝小说的海外译介与研究也是观察当代文学的一个有效角度,可以借此清醒认识当代文学及其海外传播的发展与变化,以及存在的问题。本文拟

---

① 小说《哦,香雪》发表于1982年,1983年获全国优秀短篇小说奖。

通过对铁凝小说海外译介情况的梳理，借助"他者"的眼光，努力挖掘国内铁凝研究中某些被遮蔽的方面，希望能丰富铁凝研究并反思当代文学的批评与研究。

一、铁凝小说海外译介情况

铁凝小说的海外译介开始于1984年日本对小说《哦，香雪》的翻译。1989年"熊猫丛书"推出英文版铁凝中短篇小说集《麦秸垛》，同年，马德里教育出版社出版了西班牙文版《没有纽扣的红衬衫》，这是铁凝个人作品最早的两个独立海外译本。1989年的"熊猫丛书"中《最佳中国小说（1949—1989）》选译了《哦，香雪》。同年越南文版《现在的中国文学》选了《六月的话题》。21世纪以来，随着中国当代文学"走出去"步伐的加快，铁凝小说翻译的数量和种类迅速增加，整理见表1。

表1 铁凝小说海外译介情况

语种	作品名	译名	译者	出版社/期刊	年份
英文	麦秸垛	Haystacks and other Selected Writings	Li Ziliang；Zha Jianying	Beijing：Foreign Language Press	1989；1996；2009；2014
	永远有多远	How Far is Forever	Qiu Maoru；Wu Yanting	New York：Readers Digest Association	2010
	蝴蝶发笑	The Butterfly Laughs	Boulevard Fa	不详	2011
	大浴女	The Bathing Women	Hongling Zhang；Sommer Jason	New York：Scribner	2012
				London：Blue Door	2012；2014
				London：England Harpercollins Publishers	2012
				Waterville Maine：Thorndike Press	2013
	最佳中国小说（1949—1989）（《哦，香雪》）	Best Chinese Stories（1949—1989）（Oh, Xiang Xue）	David Kwan	Beijing：Chinese Literature Press	1989
				San Francisco：China Books	2013

续表

语种	作品名	译名	译者	出版社/期刊	年份
	中国20世纪短篇小说选：英语选集（《哦，香雪》）	Chinese Short Stories Of the Twentieth Century: an Anthology in English (Oh, Xiang Xue)	Fang Zhihua	New York: Garland Publisher	1995
	六个中国当代女作家（《孕妇和牛》）	Six Contemporary Chinses Women Writers	不详	Beijing: Chinese Literature	1995
	故乡与童年（《草戒指》）	Hometowns and Childhood	Ren Zhong; Yuzhi Yang	San Francisco: Long River Press	2005
	永远有多远与其他女作家的故事	How Far is Forever and More Stories by Women Writers (How Far is Forever)	不详	Beijing: Foreign Language Press	2008
	伊琳娜的礼帽：中国最新短篇小说（《孕妇和牛》《伊琳娜的礼帽》）	Irinas Hat: New Short Stories from China	Josh Stenberry	Portland Maine: Merwin Asia	2012
	中国短篇小说：新企鹅平行本（《哦，香雪》）	Short Stories in Chinese: New Penguin Parallel Text (Oh, Xiang Xue)	Balcom john	New York: Penguin Books	2013
	我的失踪	Been and Gone	Zhang Maijian	Chinese Literature 期刊	1990（8）
	马路动作	Street Theater	不详	French Center for Research Contemporary China 期刊	1997（5-6）
	春风夜	The Night Of Spring Breeze	Cara Healey	Pathlight 期刊	2016
越南文①	六月的话题	Câu chuyên thang sáu	梁唯茨	河内：青年出版社	1996
	四季歌	Bài ca bôn mùa	郑宝	河内：作协出版社	1998
	大浴女	Khát vong thôi con gái	山黎	河内：青年出版社	2003
				河内：作协出版社	2006
	无雨之城	Thành phô không mưa	山黎	河内：作协出版社	2004
	第十二夜	Đêm thư mươi hai	山黎	河内：作协出版社	2006
	埋人	Cāi táng	山黎	河内：作协出版社	2006
	棉花垛	mùa hái bông	山黎	河内：作协出版社	2006
	蝴蝶发笑	Bươm beam cũng phải bât cươi	山黎	河内：作协出版社	2006

---

① 铁凝小说在越南的传播资料参考华东师范大学阮明山的博士学位论文《越南对中国当代女性文学的接受》(2014)，华东师范大学阮氏妙龄的博士学位论文《越南当代文学的"他者"与"同行者"——中国新时期小说（1970年代末—1990年代初）在越南》(2013)。

续表

语种	作品名	译名	译者	出版社/期刊	年份
	孕妇和牛	Nươi đàn bàehùa và con bò	山黎	河内：作协出版社	2006
	安德烈的晚上	Buôi tôi cùa Anđrây	山黎	河内：作协出版社	2006
	对面	Dôi diên	山黎	河内：作协出版社	2006
	玫瑰门	Cùa hoa hông	山黎	河内：作协出版社	2007
日文	给我礼拜八	第八曜日をくださ	池泽实芳	东京：近代文艺社	1995
	没有纽扣的红衬衫	红衣少女	池泽实芳	东京：近代文艺社	2002
	大浴女	水浴する女たち	饭冢容	东京：中央公论新社	2004
	棉花垛	棉积み	池泽实芳	东京：近代文艺社	2003
法文	红衬衫（《没有纽扣的红衬》衫）	Le corsage rouge	La Pologne	Beijing: Editions En Langues é trangè res	1990
	大浴女	Femmes au bain	La Pologne	Paris: Editions Philippe Picquier	2002
	第十二夜	La douziè, me nuit	Liu Yan; Cornet Prue	Paris: Bleu de Chine	2004
	棉花垛	Fleurs de coton	Chevaleyre veronique	Paris: Bleu de Chine	2005
韩文	大浴女	不详	金泰成	서울시:실천문학사	2006
	无雨之城	비가오지않는도시:티에닝장편소설	金泰成	서울시:실천문학사	2007
土耳其文	永远有多远	Sonsuz ne kadar uzun	Razi Nuri	lstanbul: Kalkedon	2012
	大浴女	Yikanan Kadindar	Hauser Seda	lstanbul: Altin Kitaplar	2014
意大利文	棉花垛	Fiori di cotone	Laurenti Francesco; Ognissant; Valentina	Matelica: Halley	2015
西班文	没有纽扣的红衬衫	La Blusa roja sin bottons	Tisac Taciana	Madrid: ediciones SM	1989
泰文	永远有多远	T̄alo ̄, t ka ̄n na na ̄n khænai	Sirindhorn	Krung The ̄p:Na ̄nmi ̄Buk Phaplikhe ̄chan	2014
波兰文	大浴女	Kobiety w Kapieli	Gralak Anna	Krakow:SpolecznyInstytut Wydawniczy znak	2016
俄文[①]	中国变形：当代中国小说散文选《哦，香雪》《穿过大街和小巷》)	不详	托罗昔采夫 华克生编选	莫斯科：东方文学出版社	2007
	雾月牛栏：中国当代中短篇小说选《永远有多远》)	不详	司格林 中国作协编选	圣彼得堡：三合会出版社	2007

---

① 这条资料来自〔俄〕A.A.罗季奥诺夫：《中国文学走出去的步伐：苏联解体后中国新时期小说散文在俄罗斯的传播与接受情况》，《小说评论》2009年第5期。

一方面，铁凝小说的海外译介语言种类多，传播地域广。如表格显示，铁凝作品既有英、法、德、俄、西班牙、意大利、波兰文等欧洲主要语种的译本，还有日、韩、越南、泰国、土耳其等东南亚、中亚国家的译本，目前单行本越南文12种，英文4种，日文4种，法文3种，韩文2种，土耳其文2种，意大利文、波兰文、西班牙文、泰文各1种，十多种不同文字译本涵盖了欧亚大陆和美洲、大洋洲的广大地区。21世纪以来，《无雨之城》（韩文、越南文），《玫瑰门》（越南文），《大浴女》（法文、英文、越南文、土耳其文、日文、波兰文）的多种译本陆续出版。

另一方面，铁凝小说在不同地域的译介与传播情况极不平衡。与中国邻近的日本、韩国、东南亚地区各国的译介与接受明显好于欧美地区。据统计，2008—2015年间，莫言的《生死疲劳》在美国销量为11900册左右，[①]这是中国当代文学作品在美国销售量的最高纪录。在东南亚地区，2014—2017年间，铁凝的小说集《永远有多远》在泰国的销售量累计达到2万册，[②]这个数字还不包括为数不少的盗版销量。由此可见地区间存在的差异之大。中国作家在东南亚地区各国、日本、韩国等地一向比较受欢迎，铁凝是其中非常受欢迎的当代作家之一。越南文的铁凝作品种类较多，有9部小说集，3部长篇小说，其中《玫瑰门》只在越南有译本，在其他国家和地区还没有译本出版。在越南，铁凝小说的译介数量仅次于莫言。[③]在日本，铁凝小说译介数量为48部（篇），在中国作家中仅次于莫言。[④]大江健

---

① 见宁明：《莫言作品的海外接受》，《南方文坛》2016年第3期。
② 《中国当代文学走向世界文学舞台中央》，见中国作家网，https://www.chinawriter.com.cn/n1/2017/0331/c404043-29182574.html，2017年4月24日。
③ 〔越南〕阮氏妙龄：《越南当代文学的"他者"与"同行者"——中国新时期小说（1970年代末—1990年代初）在越南》，华东师范大学2013年博士学位论文。
④ 宋丹：《铁凝作品在日本的译介与阐释》，《小说评论》2017年第6期。

三郎称铁凝为"最为活跃且最有实力的中国当代女作家",盛赞"《大浴女》是最近十年来世界上最好的十部长篇小说之一"。①这部小说让读者了解了"文革"时期以及改革开放以来中国的社会情况,也表现了年轻人的心灵成长历程,日本评论界和读者对这本书有良好的反应。②

在欧美地区,铁凝小说有多语种译本,其中英文、法文单行本数量较多。但除了《大浴女》之外,欧美读者对铁凝其他作品的了解关注度并不高。最早的英文单行本《麦秸垛》(1989年初版)曾多次再版,其中包括《香雪》《六月的话题》《近的太阳》《晚钟》《没有纽扣的红衬衫》《麦秸垛》《死刑》等11个中短篇小说,囊括了铁凝20世纪80年代的代表作品。但这本书在海外影响甚微,海外读者和媒体对这本书非常陌生。其他欧美语种的单行本也遇到了类似情况,主流媒体和读者关注度很低。只有长篇小说《大浴女》备受关注,法国最早(2002年)翻译了这部小说。2012年以来,有三家英文出版社再版了这部小说,土耳其、波兰也先后译介了这部小说。可以说,《大浴女》让西方普通读者认识了作家铁凝。关于这部小说在海外的传播与接受,后面将详细介绍。

地区间的不平衡现象反映了地域文化、政治对文学译介与接受的影响。东南亚地区各国、日本、韩国同中国当代文化官方、民间的交往比较频繁,文学传播环境和社会基础较好。而欧美地区文化与中国文化差异较大。此外,这种不平衡现象还与当地出版媒体的推介力度有直接关系。在欧美地区,尤其是英语世界,铁凝小说译介与传播主要是中国出版媒体自主推出。进入21世纪,西方出版媒体的自主引入才逐渐增多。而东南亚地区各国、日本、韩国,一直

---

① 铁凝、〔日〕大江健三郎、莫言:《中日作家鼎谈》,《当代作家评论》2009年第5期。

② 铁凝:《灵魂在场——答〈大浴女〉英文版译者张洪凌》,《以蓄满泪水的双眼为耳》,第248页,北京,生活·读书·新知三联书店,2016。

以来基本由当地出版媒体自主引入,图书的推介也能及时跟进,对作品的传播和接受起到了很好的促进作用。铁凝在越南有很广泛的读者群体,当地媒体就顺势而为,推出相关报道。越南《文艺报》曾发文《铁凝——永远不放弃等待》,介绍铁凝事业上的成功和幸福的家庭生活,称铁凝是一位集美貌与思想于一身的优秀女作家。①越南出版的每一部铁凝译作,都邀请铁凝为其写序。

其次,最近十年,铁凝小说海外译介和传播数量增长非常快,译介、推送渠道出现明显变化,从以国内自主输出为主,转而以海外自主引入为主。铁凝小说海外译介单行本83%出现在21世纪之后,特别集中在最近十年中,如土耳其、波兰等也有了单行本。随着铁凝小说海外译介传播趋于活跃,译介与传播渠道出现明显变化,从过去以国内媒体输出为主,转为以国外出版媒体自主引入为主。中国当代文学海外译介与传播主要有三种基本途径,即通过中国内地出版媒介(自主翻译推出)、中国香港期刊与出版媒介、海外出版媒介(自主翻译引入)译介。不同传播途径对作品选择各有所好,中国内地出版媒介倾向于内容和艺术上的"正统和持重"、较主流的作品,海外(欧美)出版媒介则更青睐于批判当下社会政治、道德的作品,以及引起争议的、比较新锐的作家作品和体现地域风情的作品。②21世纪之前,铁凝小说海外译介基本通过"熊猫丛书"、《中国文学》等渠道自主推送,而海外出版媒介和海外汉学研究机构很少主动选择铁凝的作品。这种情况在欧美地区尤为突出。以哥伦比亚大学出版社为例,其先后出版的中国现当代文学作品选集有:《狂奔:新一代作家》〔王德威(David Der-wei Wang)、戴静(Jeanne Tai)编选,1994〕、《20世纪中国现代文学作品选》〔杜博妮(Bon-

---

① 转引自〔越南〕阮明山:《越南对中国当代女性文学的接受》,华东师范大学2014年博士学位论文。
② 刘江凯:《跨语境的叙述——中国当代小说的海外接受》,《山西大学学报》2014年第1期。

nie S.Mc-Dougall）、雷金庆（Kam Louie）编选，1997]、《高声喧哗的麻雀：当代中国短篇小说》〔葛浩文（Howard Goldblatt）等编译，2006]、《哥伦比亚中国现代小说选》〔刘绍铭（Joseph S.M.Lau）、葛浩文编译，1995]，这四种选本在海外被广泛认可，所选的中国现当代文学作品数量也多。杜博妮、雷金庆的选本，选了29位中国当代作家的作品，葛浩文的选本《高声喧哗的麻雀：当代中国短篇小说》涵盖了近40位中国当代作家。这几种选本，只有《哥伦比亚中国现代小说选》选了一篇铁凝的小说。

众所周知，海外出版媒介的自主译介，有助于推动作品的海外传播；而国内媒介的译介，往往很难进入海外主流图书市场。英文单行本《麦秸垛》（1989年初版）就是由国内出版媒介推出，虽多次再版，但并未真正进入海外大众读者视野和主流图书市场，以致2012年英文版《大浴女》推出后，Library Journal（《图书馆杂志》）的书评、柯克斯书评以及亚马逊等网站的图书推介，都误将其认为是铁凝的第一部英译作品。①究其原因，非常重要的一点是，铁凝小说不十分契合西方文学评价标准。西方世界对于文学性有他们的执见，波德莱尔、卡夫卡、昆德拉的作品所表现的存在的黑暗，人性的恶，荒诞、绝望的体验，几乎成为西方现代文学的"标配"，进而沉淀为一种普泛性的评价标准，并以此作为考量和评价中国文学作品的重要尺度。铁凝认为文学应该表现"对人类大的体贴和爱"，②她的小说没有刻意的叙事形式和技巧的实验，没有"越轨"的主题，而是"发现人类生活中残存的善"。③这样的作品显然不属于西方主流出版媒介青睐的文学类型。

---

① Library Journal. September 15, 2012. p.65.
② 赵艳、铁凝：《对人类的体贴和爱——铁凝访谈录》，《小说评论》2004年第1期。
③ 谢有顺：《发现人类生活中残存的善——关于铁凝小说的话语伦理》，《南方文坛》2002年第6期。

21世纪以来，这一状况明显改观，国外出版媒介自主引入成为主流，如《永远有多远》《玫瑰门》《大浴女》《棉花垛》《蝴蝶发笑》《红衣少女》《第十二夜》等，全部由国外出版媒介翻译出版。值得注意的是，西方出版媒介自主引入的焦点集中在铁凝20世纪90年代之后的小说。90年代之后，铁凝的创作也确实发生了不小的变化，许多小说以北京及周边城市为背景，城市的国际化进程与小人物的故事，是铁凝小说观察现实的角度。作为国际大都市，北京特有的地域文化韵味，对当下的西方读者是有吸引力的。

二、铁凝小说在海外的接受与研究

目前，铁凝小说在海外译介数量较多，传播地区广，但是接受与研究则是另一番情况。与同时期作家莫言、余华、毕飞宇，以及张洁、王安忆、残雪、迟子建等女作家相比，①铁凝小说在海外的接受远不及这几位作家，相关研究也较单薄，这与铁凝小说在中国当代文学的地位、影响并不相称。根据所收集的资料，海外研究主要集中在日本、东南亚地区和英语世界一些地区，不同地区的接受和研究情况不尽相同。

铁凝小说在日本、东南亚地区各国特别受欢迎，这些地区的研究成果相对多一些，其中日本的研究成果有一定新意。铁凝是日本读者非常喜欢的中国作家之一。日本的铁凝研究者大都是铁凝小说的翻译者，如池泽实芳、饭塚容、吉田富夫等。池泽实芳从比较研究的角度，指出《棉花垛》《大浴女》的某些情节、人物关系受到西

---

① 相关数据资料见刘江凯：《当代文学诡异"风景"的美学统——余华的海外接受》，《当代作家评论》2014年第6期；赵坤：《泛乡土社会世俗的烟火与存在的深渊——西方语境下的毕飞宇小说海外传播与接受》，《当代作家评论》2016年第3期；褚云侠：《"神秘"极地的本土性与世界性——迟子建小说的海外传播与接受》，《当代作家评论》2018年第6期。

方小说的影响。这一研究思路是国内研究所忽略的。日本学者白水纪子敏锐地指出小说《大浴女》主人公尹小跳经历了"弑母—弑父—与母亲和解"的心理成长过程,以母女关系的重构,解构了"恋父情结",并指出这是同时期中国其他女性作家作品中未曾出现的情节。①铁凝的女性书写确实有鲜明的特点,她并不满足于表现男女之间的对立、冲突,也不只表现对平等地位、权力的诉求,令人印象深刻的是她笔下女性的反省和质询,②包括对母亲角色、母爱、母性的反省和质询。小说中的尹小跳是一个具有很强的自我反省意识和能力的女性,当她了解到母亲不断整容,是希望消灭从前很多不愉快的记忆,荒诞残酷的"过去"也给她留下负罪感的阴影。随着尹小跳经历了与方兢、迈克和陈在的恋情,以及自我反省之后的成长、成熟,她"愿意理解"母亲,一定程度表明一直纠缠着尹小跳的负罪感的释然和摆脱,倒并不一定意味着解构"恋父情结"。其实,这部小说中是否存在"恋父情结"我认为也是值得商榷的。但是,不得不承认,日本研究者的认真态度和细读功夫令人敬佩。一定意义上,日本学者的解读有助于丰富《大浴女》的研究,也为我们反思、反省国内当代文学批评提供了一定的借鉴。

目前,越南出版了一部铁凝的研究专著《铁凝小说中的女性问题》③,越南主流媒体上关于铁凝创作研究的评论5篇:黎辉萧的《铁凝女文士:"偏心"女性?》(2008)、阮文元的《铁凝〈玫瑰门〉中的平等渴望》(2011)、黎氏青香的《〈玫瑰门〉中的女性形象》

---

① 〔日〕白水纪子:《活跃する女性作家——铁凝『大浴女』に见る娘の成长物语》,《『规范』からの离脱——中国同时代作家たちの探索》,第52、67—68页,东京,山川出版社,2006。转引自宋丹:《铁凝作品在日本的译介与阐释》,《小说评论》2017年第6期。
② 戴锦华:《真纯者的质询——重读铁凝》,《文学评论》1994年第5期。
③ 〔越南〕武氏青心:《铁凝小说中的女性问题》,河内,越南国家大学出版社,2007。

(2011)、山黎的《铁凝与〈大浴女〉》(2013)、阮玉幸的《〈大浴女〉中的女性形象》。①越南以及东南亚地区其他国家对铁凝作品评价很高,其基本观点与国内研究比较接近。

英语世界对于铁凝作品的接受呈现出一枝独秀的局面,只有长篇小说《大浴女》受海外传媒和读者青睐,其他作品则颇受冷落,相关研究也相对较单薄。一位研究者究其原因称:"因为她的官方身份,让西方学者认为这是一个有争议的话题,或者相反,认为没有足够的话题性,也许是因为其他的尚不清楚的原因。"②目前,除了《大浴女》的书评和研究之外,以英文写作的三篇铁凝研究论文:Yip Terry Siu-han(叶少娴,香港学者)的论文《空间、性别与身份:来自三个故事的全球局部相互影响》(2002)、③剑桥大学Chen H.-Y. S.(陈相因,台湾学者)的博士学位论文《维多利亚·托卡列娃与铁凝小说中的宗教道德与女性情欲的冲突》(2006)、④卡尔·迈克·谢利(Cara Mickell Healey)的硕士学位论文《北京有多远:铁凝小说〈永远有多远〉〈春风夜〉中的性别与首都》(2013,美国加州大学圣塔芭芭拉分校)。⑤卡尔·迈克·谢利从城市发展变化与女

---

① 见〔越南〕阮明山:《越南对中国当代女性文学的接受》,华东师范大学2014年博士学位论文。

② Cara Mickell Healey. *How far is Beijing? Gender and Captial in Tie Ning's How far is Forever and Night of Spring Breeze.* From University of California Santa Barbara, a thesis for the degree Master.

③ In Kwok-kan Tametal. *Sights of Contestation: Localism, Globalism and Cultural Production in Asia and the Pacific.* HK. The Chinese University Press. 2002. 叶少娴的论文收入该论文集。

④ Chen H.-Y.S.(陈相因). *Conflicts between Patriarchal Morality and Female Sexuality in the Prose of Viktoriia Tokareva and Tie Ning.* From University of Cambridge, a thesis for Doctor's degree.

⑤ Cara Mickell Healey. *How far is Beijing? Gender and Captial in Tie Ning's How far is Forever and Night of Spring Breeze.* From University of California Santa Barbara, a thesis for the degree Master.

性身份的关系这一角度，肯定铁凝的两个中篇小说表现了北京独特的文化：既传统、保守，又时尚、现代，充满活力，指出迅速国际化的北京就像女性活动的舞台，呈现丰富多彩的女性魅力及其生活方式。铁凝与托卡列娃同样处于各自国家社会转型的时代，陈相因的论文聚焦于政治、文化对这两位女作家的影响，以及她们对爱、家庭和性爱主题等不同的处理方式。陈相因对铁凝做出这样的判断：她不是一个完全的异见者，但她也不是一个简单直接的墨守成规者。他肯定《大浴女》结尾尹小跳拒绝陈在，进入心灵花园的情节，认为这是人物"不断地通过忏悔和赎罪来寻求精神净化"的结果，呈现强大"内在自我"的女性体验。对这一问题，由于立论的立场、角度不同，结论也不尽相同。国内有研究者从两性关系的角度，指出尹、陈最终分手的情节缺乏合理性，没有写出两人之间"真正亲密无间的情感"，以至于"人们弄不清作者……究竟想要发布什么信息"。①

值得注意的是，三篇英文论文的作者都具有良好的汉语水平，其中两位分别来自香港、台湾。对于国内的铁凝研究成果，三篇论文均有较多的引用和参考。陈相因一方面批评贺绍俊的《铁凝评传》"更多思想上的赞美"，缺少对作品的文学批评，同时也肯定该书文学社会学的研究角度，提供了许多有价值的作者生活细节，这本著作成为其论文重要的参考资料，多处引用。实际上，最早的英文铁凝研究来自北京大学陈晓明的《铁凝小说〈大浴女〉中记忆的解脱：私人和历史的陷阱》（2002，英文），这篇文章2001年在国内发表时题为"记忆的抹去与解脱"。②在为数不多的英文研究论文中，该文被多次引用。关于这篇论文，后面论述中将详细讨论。

---

① 徐岱：《符号的幻影：铁凝小说的诗学审视》，《浙江社会科学》2002年第6期。
② 陈晓明的论文《私人和历史的陷阱：铁凝小说〈大浴女〉中记忆的解脱》（英文）收入荷兰莱顿大学出版社2002年出版的论文集《中国人的隐私概念》（英文）。

综上分析，不同地区铁凝研究存在明显差异。日本的研究基本是文学性解读，他们关注作品的主题、女性人物形象、作家个人经历与创作的关系等问题，也对小说反映的社会问题和时代变化表现出兴趣，但是，研究始终立足作品与作家的创作，运用精神分析、女性主义批评、比较文学等理论和方法，体现严谨的治学态度，文本细读耐心而深入，不乏真知灼见。而英语世界更趋向于社会政治的阐释与解读，从英文论文的题目就可见一斑。英语世界的研究者似乎更愿意把文学作为方法，以此观察、理解和判断中国当代的现实与政治，某些观点难免失之简单、浅陋。一位英语世界研究者对小说《春风夜》的某些解读就令人匪夷所思。《春风夜》中俞小荷与王大学这对夫妻是外地来北京的务工人员，想在一个偏远简陋的小宾馆甜蜜约会，时值两会期间，治安管理比平时更严格，因忘带结婚证和身份证，约会不能如愿。研究者将这次失败的约会归咎于"国家干涉个人生活""官僚体制"，认为这种干涉造成的这对夫妇身体的分离，比因城乡差异所导致的情感距离，有过之而无不及。①然而，这对夫妻所遭遇的尴尬、他们之间生活习惯和观念出现的差距、令人意外又颇为伤感的结尾（俞小荷默许丈夫去找别的女人，还多给他一百元）等细节所传达的现实批判意味，以及这样的描写是否合理等问题，却没能得到应有的阐释。对于文学研究，不得不说这是一个遗憾。

三、"猫照镜"：英文媒介中的《大浴女》及其评价

长篇小说《大浴女》的英文版最早出版于2012年，有三家出版

---

① Cara Mickell Healey. *How far is Beijing? Gender and Captial in Tie Ning's How far is Forever and Night of Spring Breeze*. From University of California Santa Barbara, a thesis for the degree Master. 论文作者 Cara Mickell Healey 同时也是小说《春风夜》的翻译者。

社先后分别在欧洲、美洲推出该书的英译本。有趣的是，英文版的封面设计按照通俗小说定位，Scribner出版社推出的封面和蓝门出版社Kindle版的封面，是一位女性涂着红指甲的纤纤玉手和粉面红唇，俗艳画面的下方印着一行字：超过百万册的畅销书。Thorndike出版社的封面是一位短发妙龄少妇的黑白头像，眼睛像两口深井一样，令人难忘。出版社推介《大浴女》时，特别强调西方读者感兴趣的因素：政治、情欲、当代中国社会的变化，以及中美跨国婚姻和爱情，对铁凝作协主席的身份，也做了恰如其分的渲染。Goodreads是全球最大的英文在线阅读网站，阅读《大浴女》并评级的读者307人，其中，发表评论的读者48人，给出正面评价的读者30人（数据截至2017年5月13日）。

据统计，英文版《大浴女》推出之后的一两年内，来自英语主流媒体的重要书评有13篇，包括《卫报》（The Guardian）、《每日邮报》（Daily Mail）、《图书馆杂志》（Library Journal）、《出版者周刊》（Publishers Weekly）、《柯克斯书评》（Kirkus Reviews）、巴基斯坦的英文媒体Dawn、曼氏亚洲文学奖网站、Bookbrowse网站。媒体书评关注的焦点是小说人物的负罪心理、女性之间的复杂情感纠葛、时代变化等话题。这些书评与国内相关的研究观点有分歧，也有共识；有"人所不能言、不敢言"之见，也有因观念与文化隔膜而生的"不见"。这就如同小说主人公尹小跳观赏巴尔蒂斯系列绘画作品"猫照镜"的感受——不同主体之间互相观照、观察就是一种"遮挡"，被看到的与被有意无意遮挡的东西，是观察他者的方式，也是自我反省的角度。文学批评就如同猫照镜，既有洞见，也有误读。关于《大浴女》，中外不同语境中观点的差异以及差异的原因，更值得关注。

1. 性描写是严肃的，还是不必要的噱头？

小说《大浴女》是铁凝的心血之作。作者以极大的勇气对"中国特定年代里的一些灵魂的惶惑与痛苦的隐秘角落"进行审视和打量,铁凝自称这部小说是"一个写作的人以文学面对新世纪的比较真实的方法之一"。①小说初版(2000年)至今,国内的研究一直没有中断。研究文章对这部作品肯定者居多,且以对作品的阐释为主,关于作品创作得失的直接评价很少。21世纪初,女性"身体写作"、私人化写作成为文坛的热点话题,一度饱受争议。出现在这时期的《大浴女》虽然没有被归入"身体写作"范畴,其中大胆直率的性描写也引来不少批评,认为没有写出真正的情感,只是"无新意的色情表演的语言模仿"。②一直以来,王蒙是铁凝创作中肯的评论者,有赞许,也有批评。他认为这部小说的性描写总体上"得大于失",但是也指出性描写也可以用"一种更矜持与更含蓄的写法,更象征也更审美的处理"。③公允地讲,小说中的性描写是出于情节和表现人物心理的需要,尹小跳在即将与陈在结婚之前,陷入难以自拔的焦躁、惶惑不安的情绪之中,任性地对陈在提出身体上疯狂过分的要求。陈在虽有些茫然不解,却也能感觉到尹小跳的脆弱,有某种隐隐的危机和不祥之感。坦率大胆的性描写是尹小跳提出分手的心理铺垫。铁凝在一次访谈中也强调说"这个(性描写)很重要,不然就会没有力量"。④有趣的是,女性意识鲜明的英国汉学研究者蓝诗玲(Julia Lovell)认为小说的一些性描写"很糟糕",应该被审查或删除,代之以卡戴珊式的省略号。⑤至于为什么,她并没有进一步

---

① 铁凝:《美丽是痛苦所能达到的最高境界——〈南方周末〉记者朱又可采访笔记》,《以蓄满泪水的双耳为眼》,第298-317页,北京,生活·读书·新知三联书店,2016。

② 徐岱:《符号的幻影:铁凝小说的诗学审视》,《浙江社会科学》2002年第6期。

③ 王蒙:《读〈大浴女〉》,《读书》2000年第9期。

④ 铁凝:《灵魂在场——答〈大浴女〉英文版译者张洪凌》,《以蓄满泪水的双耳为眼》,第288-289页,北京,生活·读书·新知三联书店,2016。

⑤ Julia Lovell. Rewiew of Tie Ning's The Bathing Women. in The Guardian. 22 March 2013.

解释。难道蓝诗玲也像法国读者一样,不能接受中国文学作品的性描写?①另一位书评人汉娜·帕库拉(Hannah Pakula)则对小说冒犯禁忌的性描写表示一定赞许。②值得一提的是一位英语读者的坦率评价,他认为小说性描写不够含蓄,作者应该相信、尊重读者的想象力。③

2. 负罪与救赎之间构成什么关系?负罪感是如何解脱的?

主人公尹小跳的"心灵忏悔"是贯穿小说的线索,童年尹小跳有意识不去阻止三岁妹妹尹小荃掉下窨井,致其死亡,这成了尹小跳成长中挥之不去的心理阴影,让她与幸福的爱情、婚姻一次次失之交臂,甚至因为负罪感而自虐式地救赎。负罪感的形成与摆脱对应着两个时代,负罪感是"文革""遗产",最终的解脱是在改革开放的时代,这也构成小说的潜在结构和丰富复杂的主题。主人公的负罪感是一种自我灵魂的拷问,是沉重、深刻的,也缠绕着对时代的无声控诉。蓝诗玲对小说的心理现实主义(psychological realism)表示了肯定,认为小说成功写出了女性复杂的心理,避免直接描写中国社会政治冲突,又揭示了时代留下的伤痕,这不同于"(中国)男性作家所喜欢的战争、革命、民族国家等宏大政治命题"。④另一位女性批评家扎拉哈迪哈(Zara Khadeejamajoka)则持尖锐批评的态度,她认为尹小跳和尹小凡的罪恶感既不可信,前后也不连贯,而是来去自如、随心所欲。对小说叙事上的跳跃、迂回,这位书评人显然很不适应,尖锐指出小说结构混乱,人物关系缺乏说服力,这

---

① 季进、周春霞:《中国当代文学在法国———何碧玉、安必诺教授访谈录》,《南方文坛》2015 年第 6 期。何碧玉说,法国人性观念开放,文学中的性描写也很大胆,但是他们不能接受中国当代作家开放露骨的身体器官的描写。

② Hannah Pakula, https://www.amazon.com/The-Bathing-Women-A-Novel/dp/1476704252.

③ https://www.goodreads.com/book/show/13547868-the-bathing-women.

④ Julia Lovell. Rewiew of Tie Ning's The Bathing Women. in The Guardian. 22 March 2013.

些"不是作者在进行风格实验，而是作者偷懒"。①由于中西方文化的差异，对于小说中的负罪感与救赎会有不同的理解和感受。王蒙也对尹小跳自虐性的救赎提出过疑问："一个不认为自己罪孽深重的人就不能出现强烈的向善为善的内心需要么？……是有了善的动机才有忏悔，还是有了忏悔才有善的动机呢？"②实际上，尹小跳一方面为尹小荃的死而忏悔，另一方面又一直在内心进行自我无罪的辩白。当陈在告诉她，尹小荃掉下去的前一天晚上，是唐菲掀掉了那个井盖，而唐菲从未对此有过负疚，尹小跳的负罪感由此有所释怀。具有西方宗教背景的书评人认为，小说以人物负罪感的形成与摆脱作为叙事动力，后半部分（所表现的20世纪八九十年代社会生活）似乎忘记了前面"黑暗时代"的主题和尹小荃的死，写主人公寻找爱情，这是难以理解的。③同样的批评、质疑还来自曼氏亚洲文学奖网站一篇没有署名的长文。受到大江健三郎的赞誉引导，作者阅读了这部小说，但是，他不完全同意大江健三郎的观点。该文作者认为，小说前后两部分在主题、结构上是脱离的，将人物心理的阴影作为前后两个时代，也就是小说结构之间的联系，缺乏说服力。某些人物描写没有达到他期望的高度。英语书评注意到了人物负罪感，但是，他们的阐述更多集中在小说结构、主题的不统一，人物心理和情感描写的得失等"技术"方面。实际上，这些技术问题与尹小跳负罪感形成与摆脱所依赖的社会环境，以及人物的心理成长、成熟纠缠在一起。换句话说，这些"技术"问题的背后，是人物心理逻辑的合理性、可靠性问题，牵扯到对中国当代历史的认识与判断，个人与历史关系以及自我反省等复杂命题。对此，英语世界的几位书评人提出了问题，不乏某些尖锐坦率的洞见，但是，也许是受书

---

① Zara Khadeejamajoka, https://www.dawn.com/news/1024396.
② 王蒙：《读〈大浴女〉》，《读书》2000年第9期。
③ Zara Khadeejamajoka, https://www.dawn.com/news/1024396.

评篇幅所限，未展开细致、合理的分析。关于这一问题，国内学者陈晓明的文章则更为深入。

《大浴女》在国内发表不久，陈晓明的英文论文《私人和历史的陷阱：铁凝小说〈大浴女〉中记忆的解脱》在海外出版。文章从小说叙事动机和叙事方式入手，对叙事逻辑和心理动因进行分析。文章指出，小说以尹小跳的自我审视开始，随后转换成对历史的审视，因为个人的罪恶"放在历史语境里，则变成了一些过错。根源在历史，而不是在于人本性"。个人与历史的转换，给个人负罪感找到了解脱的出路。因此，"随着自我审视和道德化升华，叙述人使尹小跳逐步从这个原罪般的动机中解脱出来。爱欲的快感代替了对原罪的审视，关于人生错误的思考代替了原罪的忏悔"。"这些生动的反思没有追究人性的原罪，也淡化了历史之恶。"①文章对尹小跳负罪心理和叙事逻辑的批判性分析，是深刻的，也委婉地表达了对小说复杂主题的困惑。对尹小跳负罪感的质疑和批判，另一篇国内研究文章表达得更直接，指出尹小荃之死只不过是尹小跳性爱展开的线索，"尹小跳在曲折、艰难的性追逐中完成她的灵魂忏悔"。②并对小说"灵魂忏悔"的情节线索和结构的合理性表示质疑。

在20世纪90年代中期的人文精神讨论中，对于随着市场经济出现的物质主义和犬儒主义的尖锐批判，与对于80年代的理想主义、

---

① Chen Xiaoming. "The Extrication of Memory in Tie Ning's Woman Showering: Privacy and the Trap of History". Edited by Bonnie S.McDougall and Anders Hansson. Chinese Concepts of Privacy. Leiden. Brill Academic Publisher. 2002. pp.195-208. 这篇文章是陈晓明于2001年参加荷兰莱顿大学举办的关于"中国人的隐私概念"工作坊所提交的论文。2002年收入论文集《中国人的隐私概念》（英文，荷兰莱顿大学出版社出版）。该书的编选者是杜博妮和韩安德。陈晓明发表于国内的文章《记忆的抹去与解脱》（《读书》2001年第3期），其中关于铁凝小说《大浴女》的分析和阐释，与这篇文章的观点一致。

② 李万武：《文学对"做爱"的堂皇加冕——也评〈大浴女〉》，《文学理论与批评》2001年第3期。

思想解放的缅怀和珍视,为更多人所接受和认同。主人公尹小跳在90年代的市场经济环境中如鱼得水,而小说叙述者将80年代与尹小跳的第一个情人方兢一起打包,反省中难掩不屑之意,"那真是一个崇拜名人、敬畏才气的时代啊,……那的确是一种愚昧,由追逐文明、进步、开放而派生出的另一种愚昧"。[1]作为同代人,陈晓明指出:"铁凝对于方兢这个超级文化符号的书写,就具有了反思一个时代的意义。……作为80年代的文化英雄,在方兢夸大的巨大的欲望背后,其实只有性无能的本质。是否作者也在反省一个时代的夸大的文化想象的本质意义呢?……方兢的衰落,不只是一个人年龄的老化,更重要的是一个时代的隐退。这种象征性的描写包含着作者对一个时代的特殊理解。"[2]蓝诗玲对于小说中两个时代的描写不以为然,认为对"文革"的批判简单化,却将90年代"depicted as a paradise of economic and social fulfilment"(描写为经济和社会的满足感的天堂),认为这明显是与官方立场一致。不得不说,蓝诗玲的观点落入西方式的政治解读窠臼,推理和结论的生硬也就在所难免。

小说作者对历史的理解必然反映在小说结构、人物形象等方面。陈晓明的文章并未明确指出这一点,他在文章中表示,自己的分析"无助于在审美趣味和审美价值上判断一部(这部)作品的优劣"。[3]英文书评也许是由于缺乏感同身受的"中国经验"以及在中国当代语境中的"问题意识",主要直面文本本身,如小说结构、人物心理描写等文学性、"技术性"的问题,因此,多了些文学批评的纯粹与坦率。而陈晓明等国内学者的研究更多从个人与历史的关系、女性意识与成长等宏大问题展开,更关注文本内在逻辑与社会政治之间的联系。一定意义上,陈晓明的"社会历史"批评与海外"审美"

---

[1] 铁凝:《大浴女》,第150-151页,北京,人民文学出版社,2013。
[2] 陈晓明:《记忆的抹去与解脱》,《读书》2001年第3期。
[3] 同上。

批评之间互相"观照",打开了这篇小说更大的阐释空间。值得注意的是,陈晓明这篇英文论文出版于2002年,比这部小说英文版问世早了十年。作为一篇学术性文章,它不一定被更多的大众媒体和读者关注到。不过,英语世界为数不多的铁凝研究论文都不同程度引用了陈晓明文章的观点。另一方面,那些重要英文书评提出的问题,也与陈晓明的观点形成呼应和对话。可以说,在西方研究者和书评人的视野中,这篇文章无疑是一个重要的潜在对话者。这种"研究先行"的模式,在当代文学的海外传播中并不多见。它是否推进了作品的传播与接受,有待进一步确认。

海外读者与媒体对铁凝作品的接受经历了一个从冷到热逐渐升温的过程。对于小说《大浴女》,媒体书评不因她的官方身份溢美,或者因此形成意识形态的偏见,而是基本从文学性的角度,给出比较客观坦率的评价。西方读者和媒体的"进步"以及海外传播与接受环境的"改善",不只是因为中国的崛起,更重要的是,越来越多的优秀中国文学作品"走出去",以一种润物细无声的方式影响、培育着西方读者,也在改变西方对于中国文学的传统偏见。

本文原刊于《当代作家评论》2020年第2期

新诗、文体问题与网络文学

——贺麦晓教授访谈录

易 彬 〔荷兰〕贺麦晓

2016年9月至2017年9月间,易彬教授在荷兰莱顿大学从事访问学者工作,其间制订了"中国文学在荷兰"的研究计划,主要工作包括:荷兰汉学家系列访谈;中国文学在荷兰接受、传播资料的搜集与整理。荷兰汉学由来已久,中文版、英文版的研究专著均有出版,荷兰汉学的历史脉络已经得到了比较清晰的梳理,但近二三十年来,荷兰汉学家在中国文学的译介与研究方面所做的大量工作尚未得到很好的梳理,不为国内学界所知晓。本次访谈是2017年7月7日贺麦晓教授从美国返回荷兰之际,在莱顿大学汉学系进行的。访谈全程使用汉语,访谈稿由易彬教授整理,经过了贺麦晓教授本人审定。

《雪朝》,早期新诗史

易彬:从2016年9月开始,我在莱顿大学做访问学者。"荷兰汉学家系列访谈"是我着手进行的研究计划。我注意到,您最近这些年的研究工作，比如文体问题研究、网络文学研究，在中国国内得到了很多的关注，著作也被翻译出版，但您当年在莱顿大学时期所做的很多工作，中国国内的相关材料不多。所以，今天首先想请您从莱顿大学时期谈起。

贺麦晓：我是1982年进入莱顿大学中国语言与文化系，1987年毕业，其间去中国辽宁大学留学了一年。一开始的时候，我对汉语比较感兴趣，主要是想学语言；后来觉得我们系里面教文学的老师，包括伊维德老师（Wilt Lukas Idema，1944— ）、汉乐逸老师（Lloyd Haft，1946— ），他们的课都特别有意思，就决定继续攻读博士学位。从1989年开始，导师就是伊维德、汉乐逸两位老师，1994年毕业。博士论文就是这本《雪朝：通往现代之路上的八位中国诗人》（A Snowy Morning: Eight Chinese Poets on the Road to Modernity, Research School CNWS, Leiden, 1994）。①

易彬：当时莱顿大学中文系的中国文学教授为从事古典文学研究的伊维德先生，中国现当代文学的研究比较薄弱，新诗方面也只有汉乐逸先生关于现代诗的研究，您为什么会选择早期新诗作为研究对象呢，有什么特别的契机吗？

贺麦晓：当时本科的时候，我上了汉乐逸老师的"中国现代诗歌"课，课程论文就是写早期新诗人徐玉诺。那时候徐玉诺在西方还没有多少人知道。

易彬：就是这篇《艺术为了什么？：徐玉诺的诗歌和叶圣陶的美学原则》（Art for whose sake?: The poetry of Xu Yunuo and the esthetic principles of Ye Shengtao）吗？

贺麦晓：这是最后的定稿，当时念本科的时候当然还没有写得这么仔细，但是从那时开始，我就已经比较喜欢查原始文献资料了。

---

① 访谈当天，采访者带去贺麦晓教授不同时期的著作、论文多种，相关信息穿插在谈话之中。

我找到了徐玉诺20世纪20年代的一些诗，翻译并且做了一些解读，交给了汉乐逸老师。我觉得早期民国的东西特别有意思，又比较喜欢诗歌，就决定将徐玉诺和他周围的那几个诗人作为博士论文的选题。我知道他们有一个诗歌合集，1922年商务印书馆出版的《雪朝》。不过，莱顿大学的图书馆里并没有那本书，后来通过汉老师找到瑞典的马悦然老师（Goran Malmqvist，1924—2019），他从斯德哥尔摩大学（Stockholm University）图书馆给我复印了一本。我第一次看到原书，已是毕业以后，在香港中文大学图书馆。有些人知道我研究早期新诗，也曾怀疑它们的研究价值。我的观点是：从纯粹的美学价值来说，它们可能不是很好的诗歌，但从历史和文化的角度来讲，还是会涉及很多诗人，关于他们的讨论还是很有价值的。所以，我有时候开玩笑说：我不研究文本，我研究文人。这些早期诗人为什么要这样写，他们肯定是有自己的想法的。当然，刚刚开始的时候，我也不太清楚到底要做什么。单纯的翻译、解读好像并没有很大的价值，但我沉下来去看跟这些人相关的杂志、资料，了解到他们都是文学研究会成员，然后又去找文学研究会的资料，就这样慢慢地了解了那一段历史，最终决定写1917年到1922年《雪朝》出版的那一段新诗的历史。全书分为五章，详细讨论了朱自清、周作人、俞平伯、徐玉诺、郭绍虞、叶绍钧、刘延陵、郑振铎这八位早期新诗人的诗歌、诗学理念以及他们的作品被接受的情况，对早期新诗的现代性提出了新的观点。当时用的理论，即接受美学理论，也算是比较新的，至少在中国文学研究界还没有很多人用过。

易彬：我注意到您有一次谈到文学研究会，通过找资料后发现"有很多不同的看法呈现出来了"。[1]

贺麦晓：我当时搜集了很多中国国内的学术文章，也到北大图

---

[1] 见刘涛、〔荷兰〕贺麦晓：《文学外部研究与内部研究——关于文学社会学研究方法的对话》，《西湖》2009年第6期。

书馆、其他图书馆去查过资料,发现当时很少有人用比较独特的看法去研究早期新诗的历史。所以,当时我们做的研究,它的价值在于看到了一些别人没有看到的资料,提供了一些中国学者无法提供的观点。当时西方学界没有人知道这些资料,早期新诗历史在西方大概还是第一次被写得这么仔细。现在的研究局面当然很不一样了,现在中国各种各样的方法和角度都有,资料也很容易找,这么短的、窄的博士论文选题大概也是不会通过的,但当时我的大部分时间都花在找资料上了。

吴兴华,新诗"通还是不通"

易彬:我个人比较早注意到您的名字,其实是因为您的那篇吴兴华研究,《吴兴华:新诗诗学与50年代台湾诗坛》。①当时吴兴华在国内诗坛还少为人知,能否谈谈您是如何"发现"吴兴华的?

贺麦晓:我一直对诗歌有兴趣。博士论文就是写早期新诗人。之后的每一本书里面都有一些跟诗歌有关系的内容,比如这本《文体问题:现代中国的文学社团和文学杂志(1911—1937)》(Questions of Style: Literary Societies and Literary Journals in Modern China, 1911—1937, Brill Academic Publishers, 2003),也有刘半农翻译散文诗之类的内容。关注吴兴华是因为我去了伦敦大学亚非学院以后,有一位来自香港的博士生,叫作吴昌南(Stephen Ng)。他的博士论文是写香港诗歌,以戴天为中心,把整个香港新诗史都研究得很仔细。是他给我介绍了吴兴华的故事:吴兴华的诗最初在中国内地发表,1949年以后,用笔名"梁文星"先是在香港发表,然后又在台湾发表。虽然吴兴华自己生活在北京,但是他的诗在香港和台湾有了一

---

① 〔荷兰〕贺麦晓:《吴兴华·新诗诗学与50年代台湾诗坛》,谢冕等主编:《诗探索》2002年第3—4辑,天津,天津社会科学院出版社,2002。

定的影响。我觉得这个故事特别有意思,而且也很喜欢吴兴华的诗,就翻译了一些,并且写了那篇文章。实际上,当时香港、台湾诗歌界的很多人都知道吴兴华的名字,梁秉钧老师比较早就写过关于吴兴华的文章。

易彬:不知您后来有没有注意到吴兴华作品的出版情况,先后有上海人民出版社2005出版年的两卷本《吴兴华诗文集》和广西师范大学出版社2017年的五卷本《吴兴华全集》,您后来还有相关研究吗?

贺麦晓:我也注意到了这些出版情况,它们对于吴兴华研究都很重要。解志熙、张松建等人关于吴兴华的研究工作做得比我仔细得多。不过我后来也另外写过一篇关于吴兴华的文章,通过论述吴兴华作品的传播、接受及研究,来展现吴兴华作为现代诗人是如何生成的。①

易彬:吴兴华全集的出版,可能会引起一些新的话题。

贺麦晓:当时我在北京的时候,曾去看望过吴兴华的妻子,她也给过我一些资料。当然,不光是我一个人有,别人也会有这些资料。当时除了吴兴华的诗和故事之外,最让我感兴趣的是他的诗歌在台湾发表的时候,同时也发表了一篇诗论。关于那篇诗论当时有过一个小的论争。已经到了20世纪50年代,但是那个论争中还是有人在说:诗歌用白话写不知道会不会成功,用白话写也要能够吸引工农兵之类的。当时我特别惊讶:新诗已经40年了,完全知道好诗是什么、现代主义是什么,怎么还会觉得形式那么重要,怎么还会觉得诗歌是为了跟老百姓交流,这让我想到,中国的新诗跟西方的现代诗确实有不同的地方。后来我就写了《通还是不通:中国现代诗歌研究与教学中的一些问题》②。实际上,现代主义诗歌不是为了

---

① 〔荷兰〕贺麦晓:《吴兴华作为现代诗人的生成》,李春译,《中国现代文学研究丛刊》2017年第12期。

② 〔荷兰〕贺麦晓:《通还是不通:中国现代诗歌研究与教学中的一些问题》,曾昭程译,《社会科学论坛》2006年第2期。

读者而写的，它是一种艺术的东西。比如汉乐逸老师，他一直写诗，出版过10本诗集。他获得荷兰最重要文学奖的那年，其诗集只卖出10本。

易彬：我做汉乐逸老师访问的时候，也聊过这方面的话题。您文中对于"顿"和形式的关注，也会让我想到汉乐逸老师对于卞之琳诗歌形式的研究。

贺麦晓：当时吴兴华给了我很多启发，但是他的保守也给了我很多烦恼。吴兴华诗歌的形式本身当然没有问题，但是新诗并不一定要有形式，一定要押韵，或者语法一定要通。

易彬：《通还是不通》一文是十多年前在中国国内刊物上发表的，现在来看，您目前所遇到的读者或者学生方面的情况，还是这种状况吗？您觉得有改变吗？

贺麦晓：我现在的思路大致还是如此。诗歌在中国文化里面一直占有很重要的位置。在荷兰，我很少会碰到一个知识分子告诉我现代诗歌都不行，都不如古诗；但是在中国，我经常会听到这种声音。有些人会有一种无意识的意识形态，会受到一种关于诗歌的价值体系的影响，会认为新诗不行，古诗比新诗更好。我想，可能每一个文化大概都会有这样的情形。荷兰诗歌可能没有这方面的问题，但艺术会有，有人会觉得伦勃朗的画是最好的，最晚也是梵高，梵高以后的画大概都不行。在英国，就是莎士比亚最好，谁都不如莎士比亚。

鲁迅，多多，民国诗选

易彬：我注意到，1988年的一本荷兰文版的书里，有您翻译的鲁迅的《雪》[①]，能谈谈这方面的情况吗？

---

① Lloyd Haft, ed. *China: verhalen van een land*. Amsterdam. J.M.Meulenhoff. 1988.

贺麦晓：这可能是我最早发表的译文。当时汉乐逸老师编一本书，我就翻译了鲁迅《野草》中的这篇作品。任何一个研究中国现代文学的人都要面对鲁迅，我写《文体问题》的时候，因为用的是文学社会学的方法，非常关注人与人之间的关系，也注意到鲁迅人际关系的一些情况。我有时候觉得鲁迅的影响是被后来的制度扩大了，不过实际情形也不一定如此，比如1998年我采访施蛰存老先生的时候，[①]主要问的是当年的一些人物和关于他的一些论争，其中也提到："20世纪30年代鲁迅的地位是不是像现在这么高？"他的回答是："现在低了。"

易彬：鲁迅作品在荷兰的反响如何呢？

贺麦晓：汉学家鲁克思（Klaas Ruitenbeek，1951— ）做了很多鲁迅作品的翻译工作，包括几乎所有的小说和其他一些作品。我觉得他所翻译的鲁迅还是有一点影响的。喜欢文学、知道鲁迅的读者，会去找来一看。当然，我想西方的读者，包括我自己的学生，他们也会接受、会喜欢鲁迅的作品，但是也不一定会认为这是他们读过的最好的作品。我个人觉得，《野草》中的一些篇章写得很不错，从中也可以看出鲁迅对于文学的理解，包括文学文本应该是多元化的，应该有不同的阐释，文学不是宣传，这些东西他都很清楚。我之所以喜欢《野草》里的一些诗，主要是因为有一些非常美的意象，有很多解读的可能性，而且它的形式也比较独特。要说中国新诗里的现代主义，鲁迅的因素是很重要的。

易彬：有观点认为，新诗的现代主义是从《野草》开始的。

贺麦晓：对。我也很难想到比《野草》更早的作品。

易彬：但是西方读者可能很难凭一部《野草》来认定鲁迅的重要性。

---

① 访问时间为1998年10月24日，当时陪同前往的陈子善先生后有简略的记载，见陈子善：《施蛰存先生侧记》，《素描》，第30页，济南，山东画报出版社，2007。

贺麦晓：我给西方学生教中国现代文学的时候，一般会给他们看《狂人日记》。《狂人日记》是中国比较早的一个新小说，它和当时整个的历史、文化语境相关联，有很多值得讨论的地方。鲁迅写他故乡的那些怀旧类小说，也很有诗意。

易彬：我注意到您翻译了不少多多的作品。

贺麦晓：我翻译过多多的散文和小说。他当时给荷兰报纸的文化副刊写专栏，都是新写的稿子，我们当时把它叫作随笔。开始是每个星期一篇，后来变成每个月一篇。当时还没有电脑写作，也没有邮件，多多是提前一天将手写稿传真到莱顿大学汉学院，每篇大概800字。专栏文章后来合成了两本小册子出版，另外还有一本短篇小说集。第一本专栏册（1991）由我翻译，第二本专栏册（1996）和小说集（1994），是我和柯雷（M.van Crevel，1963— ）一起翻译的。

易彬：多多的专栏写作持续了多长时间呢？

贺麦晓：后来频率就越来越低了，持续了可能有五六年吧。多多刚到荷兰的一段时间内，是在媒体里面很有名的人，在电视上露面，在报刊开专栏，大家也都喜欢看他的随笔。他经常写他对荷兰的一些观察，当然，也会写北京的、中国的一些情况。很多人都很关心他。多多本来就是很有才华的一个诗人，他当时来荷兰是接受鹿特丹国际诗歌节的邀请，纯粹是因为他的诗歌。他当时在诗歌节朗诵的诗感动了很多人，很多人都认为他是一个很好的诗人。

易彬：多多之外，当时其他来荷兰的中国诗人，您有关注和接触吗？

贺麦晓：和中国诗人的接触主要还是通过柯雷，因为他跟中国当代诗人比较熟悉。虽然我当时不研究当代文学，但通过柯雷的介绍，跟那些诗人也都挺友好的，他们也都变成了我的朋友。有一些能在荷兰见到，每次去北京也会见到一些。北岛也在荷兰待过一年。

易彬：2016年出版的《民国时期中国诗选》（The Flowering of Modern Chinese Poetry: An Anthology of Verse from the Republican

Period，McGill Queen's University Press），也请您介绍下相关情况。

贺麦晓：这是一本整个民国时期的诗选。译者本来有两位美国学者，Herbert J.Batt 和 Sheldon Zitner，但后者已经去世了。所以，我主要是和 Herbert J.Batt 合作。他原来是教英国文学的，在中国也教了很多年的书，他的中文挺好，翻译过几本中国现代小说集。我们前后合作了十多年。他让我给书的每一部分写一个序，然后再写一个总序。这些工作花了不少时间，加上解决版权问题、寻找出版社，到2016年，诗选终于出版。当时，我刚刚从伦敦大学到美国圣母大学（University of Notre Dame），而 H.J.Batt 正好是20世纪60年代的圣母大学毕业生，所以我就请他到学校做了一个讲座，同时邀请了一些民国诗人的后代到我们的校园，朗诵他们父母的诗，搞了一个小活动。郑敏的儿子和女儿、穆旦的儿子、纪弦的儿子都去了。我觉得这本书挺有价值的，读民国诗歌的人可能也不一定很多，但是有了这样一个英文选集，感兴趣的学生可以找来看看。

易彬：和其他中国新诗的英文选本相比，这个选本有什么新的特点呢？

贺麦晓：奚密的选本《中国现代诗选集》（*Anthology of Modern Chinese Poetry*）1992年出版，是整个20世纪的诗选，不光是民国时期的。她的选本比较偏向于现代主义，我们一直都还在用。之前是许芥昱的《二十世纪的中国诗》（*Twentieth Century Chinese Poetry: An Anthology*），1963年出版的，出版时间很早了，选的诗人和作品也比较有限。所以，有这么一个新的选本还是挺好的，选的诗人比较多，有50位诗人，超过250首诗歌，其中选了比较多女性诗人的作品，这也是好事情。

布迪厄，文学场，现代文学文体问题

易彬：请您介绍下这本《现代中国：文学场》（*Modern China:*

Literary Field，1996）的情况。

贺麦晓：1994年我博士毕业以后，在莱顿的国际亚洲研究院（International Institute for Asian Studies）做博士后。这是1996年1月，由我组织的国际亚洲研究院工作坊（Workshop）的论文集。[①]当时，我已经开始使用布迪厄（Pierre Bourdieu，1930—2002）的文学场（literary field）理论。工作坊的每一个与会者都提交一篇运用"文学场"的概念来讨论中国现当代文学的论文。会后，我留了一本论文集给莱顿大学图书馆。1999年出版的《二十世纪中国文学场》（*Literary Field of Twentieth Century China*，Curzon Press）就是这个工作坊的部分论文的选集，共收论文9篇，作者包括王宏志、陈平原、冯铁（Raoul David Findeisen）、文棣（Wendy Larson）、胡可丽（Claire Huot）等人，也有我的论文和长篇导论。当时介绍最新的西方理论到中国文学研究领域里面的还不是很多，所以它虽然只是一本论文集，但是因为用的是一个比较清楚的方法，出版之后还真有一定的影响。很多人看了这本书，很多图书馆都买了，被引用的次数也比较多。它可能是我的书中读者最多的一本，对我作为学者事业的发展来说，起了不小的作用。

易彬："文学场"的理论，在您随后的《文体问题：现代中国的文学社团与文学杂志，1911—1937》一书中，有非常充分的运用。当时的主要研究动机是什么呢？

贺麦晓：1994年我在IIAS做博士后的时候就开始研究文学社团。1996年去了伦敦，大概是2001年写完，2003年出版。主要是因为我在博士论文里用的很多杂志资料涉及文学研究会，后来找到了文学研究会的更多资料，包括会员名单之类的，因为我一直对那些人感兴趣，就决定要研究文学社团。当时，伊维德教授建议我去学习文

[①] 部分情况见〔荷兰〕贺麦晓：《"现代中国文学场"国际研讨会》，《世界汉学》1998年第1期。

学社会学（sociology of literature）的理论方法，把我介绍给荷兰南部的蒂尔堡大学（Tilburg University）。他们那边当时有一个团队，不光是用历史的方法，也用社会学的方法来研究书，包括出版、书店、文学奖等，研究整个作为社会机构的文学，现在可能会叫作Book History或者Sociology of the Book。他们在理论方面也做了很多工作，他们给我介绍了布迪厄，说如果要做文学社会学，非得看布迪厄的书不可。当时，布迪厄的《艺术的规则》（The Rules of Art）一书刚刚出版。这本书改变了文学社会学的方法理论。在此之前，文学社会学大部分的方法都有马克思主义文学理论背景，就是把文学当作社会现象的反映。布迪厄是第一个比较清楚地走到另外一个方向，从反映变成反射，讲到习性、资本、文学场，把整个事情变得复杂多了。听起来有些好笑，布迪厄的作品真的是改变了我的生活。以前没有意识到的问题，突然一下子意识到了，不光是跟文学有关的，也是跟学术、社会有关的，跟我自己的背景、我在学术界遭到的一些困难有关的。从此以后，我基本上就一直用同样的角度来展开研究。布迪厄讲的是差异（distinction），人和人之间怎么样造成差异，我一直到现在都还在追问这个问题。我看文学作品的时候，不一定是看作品是什么意思，我在看作者和他的出版商、他的编辑，他们怎么样去构造和其他的文学产品的差异。

易彬：1996年，您在中国思想类杂志《读书》第11期发表了《布狄厄的文学社会学思想》，那对中国学者而言，也是非常早的介绍了。

贺麦晓：当时我在北大做访问学者，导师是乐黛云老师。她和她的研究生每个星期都有一个讨论会。大家都在看理论，每个星期都会有人介绍一篇理论文章。我当时刚看完布迪厄的一本书，那时布迪厄的书还没有被翻译为中文，我就做了一篇关于他的介绍。当时花了很多时间把布迪厄的一些概念用中文词汇表达出来，手写了大概20页左右，拿到乐黛云老师的讨论会上念出来。大家都觉得非常有意思，乐黛云老师就介绍给《读书》杂志发表了。据说当时北大一些年轻的学人像姜涛、胡续冬，好像都受了一定的影响。

易彬：姜涛的著作《"新诗集"与中国新诗的发生》（北京大学出版社，2005）广受好评。

贺麦晓：姜涛关于早期新诗的这本书非常不错。他用布迪厄的方法，把整个新诗，包括文本，包括它的环境，包括所有的东西，都写了出来。我是一直很佩服他。他很客气，说是之前看了我的那篇文章，受到了启发。

易彬：我注意到您也谈到了对王晓明老师关于五四社团研究的不同观点。

贺麦晓：王晓明老师之前发表了《一个杂志和一个"社团"——论五四文学传统》，讲《新青年》和文学研究会。因为当时读了很多五四时期的资料，我不同意他的看法。后来在一个讨论会上，我把我的不同观点都说了出来。当时北岛正好也在场，因为王晓明老师的论文是在《今天》（1991年第3—4期合刊）发表的，所以，我的反驳文章《文学研究会与"五四"文学传统》随后也在《今天》（1994年第2期）上发表了。胡志德教授（Theodore Huters）和我后来把王晓明的文章翻译为英文，发表在《现代中国文学与文化》（Modern Chinese Literature and Culture）第11卷第2期（1999年10月1日），同时也发表了我的反驳文章的英文版本。后来在上海，我跟王晓明老师认识了。他也读了我的那篇文章，他说我还是不同意你说的，我说我也不同意你说的，但我们还是变成了很好的朋友。最有意思的是，我们约好第一次坐下来吃个饭、谈个话的那一天，正好就是5月4日。他送我一本书，我也送他一本书。我们两个人都写了赠词，但没有写具体日期，就写"五四"。很长时间内，每次到上海，我都会跟王晓明老师见面。1998年研究《文体问题》的时候，我还在他的学校做过访问学者。当时他还在华东师大。我在华东师大图书馆查了不少的资料。王晓明老师、陈子善老师，还有当时在上海社科院的袁进老师，都给过我很多帮助。

易彬：我很期待《文体问题》中文版（北京大学出版社，2016）在国内的反响。我个人是觉得，这本书如果能够早10年被翻译成中文，影响可能会更大。我之前请译者陈太胜教授跟您联系，将《1930年代审查制度和文学价值的建立》那一章，放到我主持的学报栏目上发表了。①这一章真是非常精彩，涉及审查的诸多方面因素。

贺麦晓：那一章我很早就已经在中国做过一些讲座，很早自己也做了译文。因为其中的故事还真的是很有意味的。我觉得那本书有一些内容现在已经过时了，因为现在有数据库，但是关于图书审查那一章我自己还是最满意的。我觉得用布迪厄的方法，比较重要的一个启发就是：在中国，不管是现代还是当代，审查官也是文学场里的一个活动者，不能把审查官放到文学场外面去。在文学场内部，审查官、作者、出版商，各种各样的互动都是可以研究的。这种工作不容易做，但还是可以研究的。布迪厄自己就没有意识到这一点，他自己写到审查的时候，只是把它看作一种外在的力量。我研究审查，是把它看作一种内在的、文学场内部的力量。

易彬：关于现代文学研究著作的翻译，我注意到一个中国学者的研究著作翻译为英文的情况，那就是您翻译的陈平原老师的《触摸历史与进入"五四"》（Touches of History: An Entry into "May Fourth" China, Brill Academic Publishers, 2011）。相关情况，也请您介绍下。

贺麦晓：那是我和我的学生一起翻译的。当时，北大出版社跟Brill Academic出版社签了翻译合同，好像国内也有一点经费支持，然后就找译者。我在北大上过陈平原老师的课，受过他的影响，当时我知道Brill要找人翻译他的书，就觉得应该是我来做。陈平原老

---

① 〔荷兰〕贺麦晓：《1930年代审查制度和文学价值的建立》，陈太胜译，《长沙理工大学学报》（社科版）2017年第2期。

师本来希望可以在"五四"90周年（2009）的时候出版，但很遗憾未能如愿。

易彬：中国学界对于陈平原老师这本书的评价很高，不知它翻译为英文之后，反响如何？

贺麦晓：问题可能在于，对"五四"这段历史感兴趣的外国人，一般都懂中文，不一定需要看英文。但我还是很希望有一些人来看，因为这本书确实是很好，特别是开头那一章用新历史主义的方法，尤其精彩。其中讲到"五四"那一天到底发生了什么，后来在各种各样的回顾里面又被写成什么样的。有一个细节是写，"五四"那一天是什么天气，先是找当时的资料去查证是什么天气，然后看20世纪50年代的回忆材料，其描写的天气完全不一样，把它描写得非常戏剧性。现在，陈老师的另外一本著作也要被翻译出版了，写武侠小说的《千古文人侠客梦》，由剑桥大学出版社出版，是另外一个人翻译的，我写的序。

网络文学，管理制度和它的意识形态

易彬：从早期的研究，到后来的文体问题研究，再到现在的网络文学研究，文学社会学的理论方法始终贯穿于您的研究之中。下面，想请您谈谈网络文学研究的情况。

贺麦晓：我花了很长时间来研究杂志和文学，写《文体问题》的时候我就意识到，做文学社会学研究的时候，媒体也是一个比较重要的东西。每一个社团都有他自己的Style，叫作"体"或者"风格"。我们看一个杂志就可以感受到他们的Style，不光是从小说、诗歌，也从整个杂志的格致，看得出来他们是一种什么样的团体。而且，文学场里面的其他人也都有这个能力，都能看得出不同的杂志之间、不同的团体之间的差异，都是"体"。当时的杂志也是一个很新的媒体，所以给"文学场"带来了变化。21世纪前后，相对于传统媒体来讲，网络就是一种更新的媒体。我意识到中国有人开始讨论网络文学，把它当作一种和一般的文学不同的东西。有时候一模一样的线性文本，比如说诗歌，完全可以在纸质版里面发表、出版，但是一发表在网络上就被认为是网络文学。这种差异我觉得特别有意思，就像布迪厄有一篇文章写摄影变成艺术的过程：以前的艺术当然是绘画之类的，摄影怎么就变成了艺术，变成了艺术以后它是怎么适应博物馆的惯例，怎么把它放在一个框里面挂在墙上。这个过程很有意思，一个新的媒体怎么样被旧的制度采纳。我觉得这真是一个机遇，没准是一个新的"文学场"正在定型。先就是想看看，后来就写成了一本书，《中国的网络文学》（Internet Literature in China，Columbia University Press），在2015年出版。

易彬：那您的网络文学研究，是从什么时候真正开始的呢？

贺麦晓：我第一次在课堂上讲到中国的网络文学是在2000年。当时中国有一个争论，有人在讨论什么是网络文学，网络文学和文学有没有区别。之后，我先是在上课的时候讲，后来在亚非学院校内做了一个讲座，再后来，美国有人请我去参加一个会，就开始慢慢地介绍中国的网络文学现象。一开始的时候，并没有找到一个方法或者角度，大部分的工作都只是介绍性的。因为西方基本上没有人知道网络上有文学，西方讲电子文学（Electronic Literature），主要是指实验性特别强的、在纸上没办法做的、电子的、多媒体的、超文本之类的东西。他们觉得在网上发表线性文本跟纸质文本没有什么区别，根本不算新的文学。但我慢慢发现中国的网络文学真的很独特，里面还是有一些新的东西，作者和读者的互动就是一种新的现象，虽然它的文本本身没有什么实用性，但是网络文学的整体语境是很新的，我关于中国网络文学研究的最早思路基本上就是这样来的：反对西方电子文学的定论，试图证明中国网络文学的独创性在于它的社会功能，不在于它的美学功能。后来写《中国的网络文学》一书时决定做三件事情：一个是介绍中国的网络文学，因为很多西方读者不知道；一个是讲中国网络文学在文学上有哪些新的东西，对于传统文学观念提出一些什么样的挑战；第三是在网上发表作品，给中国文学的出版管理制度带来了一些什么样的挑战。那本书写得很简单，但是我自己很喜欢。看了那么多年的网络文学，搜集了那么多资料，最后觉得很自由，因为网络文学的线索实在是太多了，很难找到一个固定的线索，那么，就不用太多考虑什么东西有没有代表性，就写了自己喜欢写的。但是，《中国的网络文学》出版之后，第一个出来的书评就说，书里面讨论的作者都是男性，一个女性作者都没有。这完全是对的，我自己完全没有意识到这一点，我以为我那么自由，其实一点都不自由。不是说书里面没有提到女性作者，而是比较深入研究的那些实例确实都是男性。

易彬：关于网络文学，您的最新研究进展到了一个什么程度呢？

贺麦晓：与早期相比，现在中国的网络文学已经变成一种产业了。但我注意到另外一个问题，因为之前参加一个关于中国数字文化的小型讨论会的缘故，我翻看了十几年以前搜集的一些网络文学资料。我发现当年那些资料到底有多少还能在网上找得到，是一个很大的问题。

易彬：中国学者也注意到了这个问题，很多网络文学的原始文献都找不到了。

贺麦晓：这本来也不一定是个问题，问题是，国内一些网络文学教材、网络文学史，已经认定了网络文学的经典作品，会说网络文学第一代经典、第二代经典之类的，这样的归纳也很好，便于教学，问题是，那些经典作品可能找不到了。这是一种很奇特的现象，我们在教其他文学课程的时候，如果跟学生讲哪些是早期的重要作品，一般来说，学生都是可以找得到那些作品，但是目前来看，网络文学的教学可能做不到。西方网络文学很早就已经有人注意到这个问题，他们有一些网站保存了很多原始文献，作者自己也可以上传。我有很多早期中国网络文学的资料。因为当时我知道怎么保存，当时我就意识到如果我不存它，将来可能就没有了。我不清楚中国网络文学是不是从一开始就有人这么做过，或者有没有这方面的档案。所以，现在我觉得我可能有责任把搜集的那些资料拿出来，至少拿一部分在什么地方发表，或者放在某一个网上档案里面。既然已经有了历史记载，而且学者们已经认定哪些早期作品是经典，那么，在教学生的时候，我们至少应该有这些资料。

易彬：除了网络文学之外，您目前还有其他的研究计划吗？

贺麦晓：准备研究习近平主席在文艺工作座谈会上的讲话中所用的那些美学概念，它们的背景是什么，从哪里来的，什么时候开始在中国使用的。说到底，也还是对文学和政府、文学和法律、文学的管理制度等方面感兴趣，只是扩大到国家领导人借用的那些美学观点、概念。比如，习近平说："追求真善美是文艺的永恒价值。""真善美"到底是从哪里来的？中国自从1978年以来，很多人都在讨论这些话题，为什么选择"真善美"这三个概念，是有很多内容可以讲的。这三个概念在历史上往往被用来建立一个价值体系，不光是在中国，在别的国家也是如此。习近平关于文艺的讲话确实是在建立一个价值体系。这个价值体系强调中国自己的传统，是很有中国特色的，但是像"真善美"这些概念源自西方。所以从比较文学的角度来说，这可能是一件值得做的事情，这些话题有很大的可比性。实际上，《中国的网络文学》那本书虽然是2015年出版的，但是资料都是到2012年为止的，之后中国网络文学的管理制度也有一些变化。我想了解到底是哪些方面发生了变化。我相信西方媒体肯定是把它过分简单化了，里边有一些细节是可以展开比较研究的；但是同时我又想把研究范围再扩大一点，不光写网络文学，还想写整个的文学和艺术，写管理制度和它的意识形态。这个是我从来没做过的事情，我很感兴趣。我在《中国的网络文学》绪论里说道：一方面，我反对西方媒体的偏见，不满西方媒体关于中国网络的报道，他们不知道中国的网络文化其实很丰富；另一方面，我也想比较客观地描写中国的实际情况。如果我认为有什么问题，我也不会讳言。因为我学的是布迪厄的方法理念，不会出于一种意识形态的信仰来批评中国的某些情况，我会比较客观地去观察，也会试着比较客观地说出我自己的一些看法。我想，像我这样身份的学者去研究习近平的文艺思想也是有可能的。

本文原刊于《当代作家评论》2020年第2期

论海外汉学家鲁迅研究的方法论问题

王张博健　李掖平

半个世纪以来，海外汉学家，尤其是美籍华裔汉学家的中国现代文学研究构成了这一领域的学术重镇，但对他们学术成果的质疑却从未中断过。从1962年普实克对夏志清的批评，到2000年在香港学术会议上刘再复与夏志清的当面交锋，①一直到当下的一些批评文章。海外汉学家的鲁迅研究在现代文学研究中影响较大，但学界对其研究的方法论问题似乎从未进行过彻底清理。在此，我们暂且搁置意识形态分野，仅从方法论角度对他们的鲁迅研究进行系统的考察。以夏济安、夏志清为代表的海外汉学家的方法论传统是比较清晰的，T.S.艾略特、利维斯、兰色姆、瑞恰慈、燕卜孙、布鲁克斯、韦勒克、透纳尔、华伦、布鲁姆、特里林、威尔逊，②从这一串被赞赏的批评家名录中，可以看到其方法论的脉络。在他们的鲁迅研究

---

① 袁良骏：《一场跨世纪的学术论争》，《鲁迅研究月刊》2009年第5期。
② 夏济安：《夏济安选集》，沈阳，辽宁教育出版社，2001。同时可见季进：《对优美作品的发现与批评，永远是我的首要工作——夏志清先生访谈录》，《当代作家评论》2005年第4期。

中，不仅有对新批评和利维斯理论的执着借用，还有对它们的致命的误用。对这些误用的清理比指出他们运用了什么理论更重要。

一

海外汉学家的鲁迅研究最醒目的一点是坚持文本中心形式主义方法论，作者的意图、读者的接受都可以不予重视。从这一点上看，他们确实把握了新批评理论的某些精髓。但是，当他们把理论与具体研究对象相结合时，却出现了严重的失误——既有文本细读的失误，也有对新批评理论顾此失彼的应用失误，他们的研究其实进一步放大了新批评理论本身的内部矛盾。夏济安的《鲁迅作品的黑暗面》是细读式批评加心理实证主义的成果，在此文中我们看到了瑞恰慈理论变异后的影子。瑞恰慈在新批评内部受到批判的心理实证主义，在夏济安那里却被很好地接纳了。《鲁迅作品的黑暗面》一文是从对一个意象的来源考察开始的，即"肩住黑暗的闸门"意象来自哪里。之所以这样做是因为意象分析是文本语义分析的重要方面，而且这个意象是贯穿整篇论文的一个核心。但是夏济安认为鲁迅的"肩住黑暗的闸门"意象来自《说唐》的一个故事，①这种说法很值得怀疑。《说唐》第四十回讲到，绿林好汉雄阔海扛住隋炀帝设下的陷阱的闸门，放走陷入比武圈套的众英雄们，他自己却被巨闸压死了。夏济安对这个意象来源的判断没有充足的依据。《说唐》（《说唐全传》的前半部）一书出自清代，我们在《鲁迅全集》正文中找不到关于《说唐》的信息。鲁迅在《中国小说史略》中也没有论及此书，但在后记中写道："于谢无量《平民文学之两大文豪》第一编知《说唐传》旧本题庐陵罗本撰，《粉妆楼》相传亦罗贯中作，惜得见在后，不及增修。"②由此

---

① 夏济安：《夏济安选集》，第14—16页，沈阳，辽宁教育出版社，2001。
② 鲁迅：《鲁迅全集》第9卷，第297页，北京，人民文学出版社，1981。

可知，鲁迅在1924年前并未接触《说唐》，写于1919年的《我们现在怎样做父亲》里的"肩住黑暗的闸门"意象不可能来自《说唐》。古代武将扛住闸门救出危难兵士的故事有不少，最有名的是《左传》中关于孔子的父亲叔梁纥的一段记载。《左传·襄公十年》载："偪阳人启门，诸侯之士门焉。县门发，郰人纥抉之以出门者。"[①]在著名的偪阳之战中，鲁国军队误入偪阳国在城里设下的圈套，叔梁纥奋力托举闸门，救出了误陷城中的鲁军士兵。鲁迅在1926年写的《无花的蔷薇之二》中曾提到孔子的父亲叔梁纥。[②]显然鲁迅对叔梁纥的生平事迹非常熟悉。我们并不就此断言"肩住黑暗的闸门"意象必定来自《左传·襄公十年》，但是，说它与《左传》有关，却比夏济安信心十足地断定它源自《说唐》更具合理性。奇怪的是夏济安这个结论却得到了海外汉学家王德威等人的继承和认可。[③]从这个例子我们看到了封闭式文本细读的缺陷。《左传》与鲁迅"肩住黑暗的闸门"意象的关联，是一种天然的历史文化的关联，而说这个意象与《说唐》有关，却是一种研究者搭建起来的不确凿的文本关联。用后者替代前者的做法不具有合理性，这已经显示出夏济安纯文本式分析的偏误。

1962年底至1963年初，夏济安在即将成为美国永久居民（Permanent Resident）之前，曾多次与夏志清讨论过自己刚刚完成的关于鲁迅与死亡问题的论文，[④]他们都对这篇文章非常看重，但是夏济安的鲁迅研究是文本实证主义与心理实证主义混合的产物。在文本分析时，他的实证主义是把语言的最低共同点当成了理性意义；而在

[①] 左丘明撰、杜预集解：《春秋左传集解》，李梦生整理，《四书五经：大儒注本》第4册，第434页，南京，凤凰出版社，2015。
[②] 鲁迅：《鲁迅全集》第3卷，第261页，北京，人民文学出版社，1981。
[③] 王德威：《现代中国小说十讲》，第36页，上海，复旦大学出版社，2003。
[④] 王洞、季进：《夏志清夏济安书信选刊（五）》，《东吴学术》2019年第2期。

对鲁迅进行心理分析时，他的实证主义不考察鲁迅的社会经历，而仅以文本分析为基础。夏济安虽然使用了新批评的文本细读法，但是他似乎完全忘记了瑞恰慈的语境理论。在瑞恰慈的理论中，文本细读与语境说是一种互为补充的辩证关系，他虽然强调细读，但也强调语境，即"词语表示它语境中没有出现的部分，并且是没有出现部分的替代物"。[1]瑞恰慈的语境理论并没有排除语词与时代、历史的关系，这正是他的理论有可能与时代、历史建立联系的隐含的通道，因为他强调我们所有的意义都可以"追溯到遥远的过去"。[2]然而，夏济安从鲁迅的文本中却只看到了一种"闹剧式的夸张修辞法"，[3]他认为鲁迅缺少"现代艺术和艺术家的完整与独立性"，[4]他说鲁迅写了一些阴暗的梦，这些梦"一片空旷""都带有那么一份光怪陆离的美和精神错乱的恐怖，是十足的梦魇"。[5]他还指出鲁迅是"写死之丑恶的老手"，《狂人日记》《祝福》《白光》《孤独者》《阿Q正传》都写了死亡，[6]总之，鲁迅是"一个病态的人"[7]，因为他写了阎王、无常、女吊等阴魂鬼影。夏济安所说的这些是鲁迅作品中有目共睹的现象，但这些文本现象并不能成为判定鲁迅黑暗、病态的证据。如果据此说鲁迅病态，那么，写地狱的但丁、写《恶之花》的波德莱尔、写《鬼魂奏鸣曲》的斯特林堡等，也都可以被戴上病态的帽子。夏济安论述鲁迅黑暗的一个重要证据是，鲁迅写过阎王、

---

[1]〔英〕瑞恰慈：《论述的目的和语境的种类》，赵毅衡编选：《"新批评"文集》，第301页，北京，中国社会科学出版社，1988。

[2] 瑞恰慈说："有一点十分重要，即要认识到我们所有的意义都可以追溯到遥远的过去；它们就像有机物那样，互相滋生发展，而且相互之间不可分割。"见赵毅衡编选：《"新批评"文集》，第293页，北京，中国社会科学出版社，1988。

[3] 夏济安：《夏济安选集》，第16页。

[4] 同上书，第18页。

[5] 同上书，第19-20页。

[6] 同上书，第21页。

[7] 同上书，第23页。

女吊、黑白无常等。李欧梵秉承其老师的观点，说鲁迅有"一种对'黑暗之力'的迷恋"。①王德威继续秉承这种观点说："诚如夏济安指出，鲁迅对中国人生的阴暗面，其实有非理性的迷恋。"②"批评家早已指出，鲁迅对死亡和人之心灵的幽暗面，有着不足为外人道的迷恋。"③但是，如果我们认真揣摩鲁迅这些回忆文章，就会发现《朝花夕拾》中的鬼魅和地狱是充满喜感、寄托平等观念、有战斗意义的形象。《朝花夕拾》虽是一本散文集，但其中某些篇章却继承了清末讽刺性鬼魂小说《何典》的传统，鲁迅不仅为重印《何典》写过题记和后记，而且还有对《何典》的直接借用："一双空手见阎王。"④说鬼正是说人，也就是鲁迅所说的："在死的鬼画符和鬼打墙中，展示了活的人间相，或者也可以说是将活的人间相，都看作了死的鬼画符和鬼打墙。"⑤正是这种确凿的文本继承关系，才使得鲁迅的《无常》等篇章具有了幽默与讽刺并存的辛辣格调。

在《朝花夕拾》的许多篇章中，有一个长期被忽略的怀旧式儿童视角与现实成人视角相重合的视角，无视这个独特视角的存在正是导出鲁迅黑暗论的关键。怀旧式儿童视角与现实成人视角相重合的特殊视角，恰恰是一个不可被忽略的"语境"。瑞恰慈强调语词的意义是语境中没有出现的部分，他认为"通过限制认为一个符号只有一个实在意义"是一种"迷信"。⑥信奉文本分析的夏济安恰恰陷

---

① 〔美〕李欧梵：《铁屋中的呐喊》，第5页，尹慧珉译，长沙，岳麓书社，1999。
② 王德威：《现代中国小说十讲》，第36页，上海，复旦大学出版社，2003。
③ 王德威：《想象中国的方法：历史·小说·叙事》，第139页，北京，生活·读书·新知三联书店，1998。
④ 鲁迅：《朝花夕拾·无常》，《鲁迅全集》第2卷，第270页，北京，人民文学出版社，1981。并见张南庄：《何典》第三回，第70页，北京，工商出版社，1981。
⑤ 鲁迅：《〈何典〉题记》，《鲁迅全集》第7卷，第296页，北京，人民文学出版社，1981。
⑥ 〔英〕瑞恰慈：《论述的目的和语境的种类》，赵毅衡编选："新批评"文集》，第300页，北京，中国社会科学出版社，1988。

入了这样的"迷信",他不关心阎王、无常、女吊等字面背后丰富的历史文化意义,而是把词语的字面意义当成了唯一的意义,并由此过渡到对鲁迅的心理实证主义的臆测。鲁迅散文中的无常、鬼魂、女吊就是兰色姆所说的图像符号(审美符号),无论对东方人还是西方人来说,它们都没有,也不可能有唯一的被界定的意义:"图像符号是一个特别体,一个特别的事物是难以界定的,也就是说它超越一切界定。……一个特别的事物具有太多的属性,也具有太多的价值。"①夏济安完全没有理会兰色姆精辟深刻的忠告,他彻底模糊了图像符号与科学符号的界限,并以此为基础展开对鲁迅心理状态的实证主义描述。在鲁迅的这类文章中,怀旧、喜感、战斗性比黑暗的压抑更突出、更重要。《无常》一篇中有"无常先生""无常嫂""无常少爷"等人物的称谓,也有作者童年时对活无常的既畏且喜的心理状态,更有乡下人如何扮演无常、"下等人"何以喜爱无常的原因:"公正的裁判是在阴间!"②这与但丁在《神曲》中偷换地狱概念,把地狱变成一个代表人民审判恶势力的审判庭的做法何其相似。这样的描写恰恰传达出了对人间正义的追求,并体现出对人间鬼魅的透彻骨髓的讽刺。可见,这篇文章仍然是心智强健的战斗性散文,并没有夏济安所判定的"病态"。在《女吊》中,鲁迅写了绍兴的另一种有地方特色的鬼——横死的女吊,她是唯一由横死的鬼魂而获得"神"的尊号的"一个带复仇性的,比别的一切鬼魂更美,更强的鬼魂"。③鲁迅说:"被压迫者即使没有报复的毒心,也绝无被报复的恐惧,只有明明暗暗,吸血吃肉的凶手或其帮闲们,这才赠人以

---

① 〔美〕约翰·克罗·兰色姆:《新批评》,第199页,王腊宝、张哲译,南京,江苏教育出版社,2006。
② 鲁迅:《朝花夕拾·无常》,《鲁迅全集》第2卷,第270页,北京,人民文学出版社,1981。
③ 鲁迅:《女吊》,《鲁迅全集》第6卷,第614页,北京,人民文学出版社,1981。

'犯而勿校'或'勿念旧恶'的格言,——我到今年,也愈加看透了这些人面东西的秘密。"①这篇散文的主旨其实很明晰,即赞扬反抗压迫的复仇精神,夏济安正因为看不到这一点,才把它看成是鲁迅"黑暗、病态"的证据。夏济安的矛盾在他自己的论述中也显露出来:"鲁迅在探讨这种奥秘方面并没有太大的成就;他还是在愤怒地反对社会的罪恶方面较有表现。"②这里论者采用了强行把探讨人生奥秘与反对社会罪恶分开的做法,这二者其实是不能分离的,社会是人生的场域,人生是社会化的存在。虽然鲁迅在反对社会罪恶方面成就显著,但夏济安对此不予讨论,而专门讨论鲁迅在探讨人生奥秘方面的"不足",这显然是一种选择性论证策略;况且鲁迅在探讨这种奥秘方面的成就并不像夏济安所说的那样贫乏,反而是相当深刻的。夏济安暗含的价值标准是:探索人生的奥秘比反对社会罪恶更重要,这正是一个泛化的、抽象掉具体历史内容的超级标准。总之,夏济安的鲁迅"黑暗、病态"论只是在技术操作层面借用了新批评的方法,他既没有把握住瑞恰慈所倡导的从语词中看出"意思""情感""语调""用意"四层意义③的理论精髓,也没有听从兰色姆区分图像符号(审美符号)与科学符号的忠告,从而走向了看似精致的强行阐释。

二

夏志清的鲁迅研究之所以令人瞩目,是因为他的极端化结论引发了巨大争议。比如,他认为:鲁迅的文学史地位不及张爱玲;鲁迅后期并未接受马克思主义;鲁迅支持左翼文学和中共的行动是破

---

① 同上书,第619页。
② 夏济安:《夏济安选集》,第26页。
③ 徐葆耕编:《瑞恰慈:科学与诗》,第46页,北京,清华大学出版社,2003。

坏文明等。很显然，夏志清的鲁迅研究受到冷战思维和政治偏见的左右，这些荒谬的观点受到批判是必然的，在此我们只考察他在方法论上的矛盾。

夏志清坚持认为："文学的好坏没有什么中国标准、外国标准的，中外文学的标准应该是一样的。"①夏志清非常崇拜埃德蒙·威尔逊，他在访谈中特别提到威尔逊的《阿克瑟尔的城堡》，但是，威尔逊却迫切地告诫我们说："使美学价值独立于其他所有价值，这样的观点绝对是非历史化的，是绝无可能的尝试。"②威尔逊的告诫对夏志清是完全无效的。夏志清无节制地放大自己定见的底气到底来自哪里呢？仅从方法论角度看，主要来自他对一个世界化的文学传统的笃信，同时还有对某些非历史的超级原则的坚持。从夏济安日记和夏志清访谈中我们得知夏氏兄弟都受到了T.S.艾略特和利维斯的影响。问题的关键是，他们是怎样理解和应用艾略特和利维斯的"传统"概念的？

T.S.艾略特认为文学传统是一个具有广阔意义的东西，它首先包括历史意识，这种历史意识包括一种感觉，即不仅感觉到过去的过去性，而且也感觉到它的现在性。这种历史意识迫使作家把全部文学看成一个同时存在的体系。③艾略特说：作家"必须明了欧洲的心灵，本国的心灵——他到时候自会知道这比他自己私人的心灵更重要几倍的——是一种会变化的心灵，而这种变化，是一种发展，这种发展绝不会在路上抛弃什么东西，也不会把莎士比亚、荷马，或

---

① 季进：《对优美作品的发现与批评，永远是我的首要工作——夏志清先生访谈录》，《当代作家评论》2005年第4期。

② 〔美〕埃德蒙·威尔逊：《阿克瑟尔的城堡》，第89页，黄念欣译，南京，江苏教育出版社，2006。

③ 〔英〕T.S.艾略特：《艾略特诗学文集》，第2页，王恩衷编译，北京，国际文化出版公司，1989。

者马格德林时期的作画人的石画,都变成老朽"。[①]艾略特讨论文学传统时所强调的历史意识是把全部欧洲文学、自己国家的全部文学视为同时存在的整体体系的意识,新批评注重文本分析的做法与这种观念亦有关联。据夏志清回忆,其兄"大学毕业后初读艾略特(T. S.Eliot),使他终生服膺的是艾略特对'传统'概念:一个认真写诗的英国诗人,不特要使本国前辈诗人活在自己的脑袋中,而且要把自己的感性和自荷马以来的欧洲的心灵(the mind of Europe)溶为一片"。[②]夏氏兄弟的鲁迅研究其实是把艾略特的传统概念进行了误用的批评实践,他们基本上把这个概念换算成了"欧洲的心灵";质言之,他们把艾略特的传统化约为仅剩下欧洲文学传统,并痛快地扔掉了"自己国家的全部文学"的另一半,欧洲文学的标准被转换为一个通用的评价中国现代文学的铁律。适用于欧洲人的"欧洲的心灵"未必适用于亚洲人,也未必适用于美洲人或非洲人,这是一个再简单不过的道理。夏志清把鲁迅与贺拉斯、本·琼森、赫胥黎相比,说鲁迅不够资格跻身于世界著名讽刺家之列,因为"这些名家对于老幼贫富一视同仁,对所有的罪恶均予攻击"。[③]鲁迅与这些西方作家之间并没有多少可比性,他们所面对的实际问题也极少相似之处。有了一颗恒定的"欧洲的心灵",也就不奇怪夏氏兄弟"施舍"给鲁迅的文学史地位如此之低了。文学传统永远是多源汇聚的、发展的传统,而不是同质同源的、恒久固化的东西;任何文学传统必先扎根于本民族传统之中,然后才对世界文学传统产生影响。用一把至尊的通用尺子来裁决鲁迅,正是他们的鲁迅研究所坚持的"传统"。

利维斯是夏氏兄弟所推崇的文学批评家。与其说利维斯发现了

---

① 〔英〕T.S.艾略特:《艾略特诗学文集》,第3页。
② 夏济安:《夏济安选集》,第215页。
③ 夏志清:《中国现代小说史》,第40页,刘绍铭等译,上海,复旦大学出版社,2005。

一种文学传统，不如说他重构了一种新传统。在他的《伟大的传统》一书中，菲尔丁、狄更斯、哈代、福楼拜、屠格涅夫、伍尔夫都不够伟大，①只有他赞赏的五位作家（简·奥斯丁、乔治·艾略特、亨利·詹姆斯、康拉德、D.H.劳伦斯）才是伟大传统的承载者。从利维斯不容置疑而又缺乏系统的论述中，我们可归纳出他建构的伟大传统的大致意思：在上述五位作家那里都有对"道德紧张关系"的关注，对"人性的潜能"的礼赞，对"高等文明"经验的关切，都有成熟严肃的"兴味关怀"。②夏氏兄弟真正从利维斯那里借来的不是别的，而是对文学史进行重新洗牌的勇气，这是一种具有强烈排他性的文学史观。

艾略特曾说哈姆雷特的情感无"客观对应物"，③因而《哈姆雷特》不是莎士比亚的杰作；利维斯借用"客观对应物"这个著名的概念来赞扬康拉德；④而夏济安则说鲁迅所写的梦境一片空旷："在他的作品中实找不到一个象征性的相等的东西。《阿Q正传》也许可算是配得上，但它在结构上有缺点。"⑤在夏济安的批评过程中，显然有借用"客观对应物"概念的痕迹，但是当夏济安模拟前贤的批评精神时，却把象征的整体性机制彻底忽略了。无论是阿Q、狂人，还是过客、死火、坟墓等都有丰富的象征意义，但却不能说是没有客观对应物的象征，鲁迅的象征是他所处时代的能体现本质的整体性象

---

① 〔英〕F.R.利维斯：《伟大的传统》，第6、29、30、36、214页，袁伟译，北京，生活·读书·新知三联书店，2002。
② 〔英〕F.R.利维斯《伟大的传统》，第11页有"道德紧张关系"问题的讨论；第20页涉及"人性潜能"；第19、21、23、24、267页论及"高等文明""高度文明化举止""优雅文明交往"问题；第7、212、213、216页论及成熟严肃的"兴味关怀"，其实就是对道德意义和高等文明的关怀。
③ 〔英〕T.S.艾略特：《艾略特诗学文集》，第13页，王恩衷译，北京，国际文化出版公司，1989。
④ 〔英〕F.R.利维斯：《伟大的传统》，第288页。
⑤ 夏济安：《夏济安选集》，第30页。

征。象征与比喻不同，它未必一定要有具象的对应物，正如伽达默尔所说，象征是感性事物与非感性事物的重合，象征并不限于话语领域，因为它并不通过其他意义关联才有意义，它自身显而易见地存有意义，"象征的意义都依据于它自身的在场，而且是通过其所展示或表述的东西的立场才获得其再现性功能的"。① 现代艺术唤起时代性共鸣的依据不在于它与现实的一一对应关系，而在于它对现实的整体性把握。鲁迅是伟大的时代提问者，提问的方式和力量常常来自象征。夏济安、夏志清对鲁迅的诘难，是先从艾略特和利维斯那里借来了排他性的勇气，再拿着现实主义（追求客观对应）的"鞋子"去套现代主义（追求总体象征）的"脚"，并混淆了象征与比喻的机制和功能的操作。如果我们借用利维斯的传统概念来观察鲁迅和张爱玲的话，说张爱玲的作品比鲁迅的作品更能体现一个时代的"道德紧张关系"，或者说张爱玲的作品更能体现"人性的潜能"，恐怕都难以成立。

利维斯对"高等文明"的关切与倡导也显然影响到夏氏兄弟。夏济安《鲁迅作品的黑暗面》一文最终的结论是："若以五四运动为揭橥除旧布新的普及运动，则鲁迅并非代表人物。他所代表的应该是新与旧的冲突及其他超越历史的更深的矛盾。……胡适才是五四运动的真正代表，他的致力于进步，显得不含糊而且贯彻始终；他的一生充满了稳定，安详的乐观的光辉。在他的文明世界里鬼魂是没有力量的。"②

读完这个结论我们终于恍悟了，他所有的论述都是为了推出这样一个终极结论。夏志清对鲁迅支持革命的行动有明确的指责，他认为鲁迅的这种做法贻害后世："鲁迅特别注意显而易见的传统恶

---

① 〔德〕伽达默尔：《真理与方法》，第93页，洪汉鼎译，上海，上海译文出版社，1999。

② 夏济安：《夏济安选集》，第27页。

习,但却纵容、甚而后来主动地鼓励粗暴和非理性势力的猖獗。大体上说来,鲁迅为其时代所摆布,而不能算是他那个时代的导师和讽刺家。"①夏志清这里所指责的显然是鲁迅对左翼文学的支持,他不顾历史境况,祭起一面"文明"的旗帜来反对鲁迅,这个文明与利维斯的"高等文明"很相似,但却真正是缺少"客观对应物"的东西。要求鲁迅在内忧外患、风雨飘摇的历史条件下遵循超级抽象的文明,这是用现时价值贬低历史价值的做法。如果我们愿意,随地都可以捡起一个永恒原则,然后用它来否定历史的阶段进程。夏志清显然把欧美的文明当成了全球的尺度,并由此将学术探究推向了肆意攻击。

夏济安的鲁迅研究最终所导向的也是"可爱的传统""安详的乐观""稳定"等原则,他说:"当周作人、林语堂等人想再发现一个安详、更可爱的传统中国时,'过去'对鲁迅仍是可咒诅的,可憎的,但却又有吸引人的地方。"②可爱、安详、稳定当然是人人所渴望的,但是,"可爱的传统中国"不是仅凭作家就能够建构起来的东西。如果仅靠写作就能建构起这些东西,我们便可以直接用完美的文本取代残酷的现实,而不必殚精竭虑地去探究国运衰败的根源。夏济安给出的评判准则只不过是时代变迁后某些地方、某些个人的心态罢了;事实上中国近现代历史并没有把这样的从容心态恩赐给现代作家。用新批评的另外两个代表人物的观点,可以圆满地回答夏氏兄弟不能理解鲁迅的原因:"有时,我们并不能对作家创造的那个领域加以充分领会,除非我们考虑到和他有关的另外两个领域,即:作家自身的生活领域,以及我们自己的生活领域。"③夏济安、夏志清文学批评的意趣与鲁迅当时的历史时空并不接壤,用不具实在

---

① 夏志清:《中国现代小说史》,第36页。
② 夏济安:《夏济安选集》,第28页。
③ 〔美〕克林斯·布鲁克斯、罗伯特·潘·华伦编:《小说鉴赏》(下),第587页,主万等译,北京,中国青年出版社,1986。

性的抽象原则引领文学史研究必然会走向主观谬见。

正是在上述的这些原则之下，才有了夏志清对鲁迅小说、杂文的极低评价。他说鲁迅的杂文有生动不俗的意象、例证，有绝妙的语句，也有冷酷狠毒的幽默，鲁迅杂文整体来说"使人有小题大做的感觉"。[①]反复阅读夏志清的论述，就会发现，他的结论缺少最起码的证据，他很直白地用定见取代了证据。杂文本身就包含着短小即时、以小见大的特质，指责鲁迅杂文"小题大作"正像指责小说为什么要虚构、戏剧为什么要有舞台一样荒谬。夏志清说鲁迅诡辩、违背事实和逻辑，但在其整部文学史中却找不到具体例证。鲁迅能证明自己，夏志清却不能自证其说。在鲁迅与各色论敌的论争中，有铁的事实和无可辩驳的逻辑，最终的败北者都是后者，如果鲁迅仅靠诡辩，就绝不会有那些无法否定的文学史事实。

夏志清完全否定鲁迅后期接受马克思主义的意义，他认为，鲁迅虽然阅读过马克思主义和苏联文艺的书籍，但这对鲁迅几乎没有影响："无论从哪方面看来，这些书籍对他的性格和思想的影响极为微小。"[②]与同时期作家相比，鲁迅接受马克思主义的契机有所不同，他先接受进化论、尼采哲学、个人主义、人道主义等，最后才接受马克思主义，他因论战需要而系统研究马克思主义，这使他更迫切地要汲取马克思主义的精髓。鲁迅对阶级论的接受直接催生出《"硬译"与文学的阶级性》《"丧家的""资本家的乏走狗"》《黑暗中国的文艺界的现状》等经典名篇。很显然，我们并不能说这些文章与其早期文章"差异甚少"。马克思主义是鲁迅一生中所接纳的最后一种西方思想资源，这个事实本身就包含着通过比较而认可的思维轨迹。虽然鲁迅不是激进地倡导马克思主义的人，但一经认识到其真理性，他便有了超越早期所拿来的其他思想资源的表现。在鲁迅研究中，

---

① 夏志清：《中国现代小说史》，第37页。
② 夏志清：《中国现代小说史》，第40页。

早就有一种颂扬前期鲁迅、贬低后期鲁迅的模式，夏志清的论断无非是步其后尘而已，不过他做得更彻底，他直接说鲁迅只是基于论战需要而拿一点马克思辩证法做点缀，鲁迅并未接受马克思主义。没有对马克思主义的接受，就没有鲁迅的左翼十年，夏志清对鲁迅接受马克思主义这个事实的评论到了完全不顾及事实的地步。夏氏兄弟对鲁迅的批判，是从社会观到作品，再到实践行动的全面否定，但在借用"传统""文明"概念和原则时，出现了曲解概念的偏颇、抽象原则的泛用和论述策略的选择性盲视。

三

在某些海外汉学家的鲁迅研究中充满历史虚无主义的味道，从方法论上看，其呈现的结果是彻底抛弃文学研究与社会历史的关联，这又是一种致命的方法论缺陷。其实，他们的鲁迅研究并不是不要历史，而是想建构另外一种历史。"否定文学经典有时就意味着否定以往的社会实践。"[①]虚化历史经验的做法绝不是深化鲁迅研究的正确途径。鲁迅的历史意义不可能被作品的文本分析意义所遮蔽，夏济安只能在文本意义上讨论鲁迅的"黑暗面"，而很少联系现实，因为在他眼里，文本与历史的关系并不紧要。纵观海外汉学家的鲁迅研究，在对鲁迅启蒙身份的讨论中，从鲁迅选择文艺的初衷，到国民性批判，再到启蒙事业的有效性，都受到了质疑，这种质疑的最大操作前提就是悬隔历史。鲁迅是否在日本看到过那段著名的幻灯片首先就受到了质疑，李欧梵认为这个细节是鲁迅虚构的。[②]王德威、

---

① 王寰鹏、张洋：《"文学经典化"问题的哲学反思》，《东岳论丛》2018年第2期。
② 〔美〕李欧梵：《铁屋中的呐喊》，第17页，尹慧珉译，长沙，岳麓书社，1999。

刘禾等人也都对这种说法非常关注且基本持认同态度。[①]对鲁迅是否看过那段幻灯片,只能暂且存疑,值得思考的是,他们为什么对这个细节如此重视?笔者的理解是,他们把这个问题当成了重新认识鲁迅的基石,其逻辑是:如果能够动摇幻灯片事件的真实性,就能把鲁迅与启蒙事业最大限度地隔离开,然后就可以火力全开地讨论鲁迅对暴力、血腥、鬼魅等黑暗事物的非理性的迷恋。更进一步的逻辑就是:整个中国现代文学在追求正义的同时,也走向了鼓动暴力流血的歧路,这种倾向应该被彻底否定。王德威就明确表示,鲁迅在斥责中国人忽略砍头的严肃意义时,也成了"指点批判看客的高级看客"。"鲁迅的怀疑态度,既急懒又犬儒,并不亚于他笔下的群众。他是'与人民永远在一起'的。"[②]他还追问过:"但鲁迅自己呢?难道他不是观看其他同胞观看砍头的高级'看客'么?难道他不是靠着人肉盛宴补充营养的神秘食客么?鲁迅必定曾为这些问题自苦过。到底他是中国良知的守护者,还是中国原罪的共犯?"[③]这种追问否定了国民性批判的真诚性和有效性,在他看来,鲁迅恐怕只配做"中国原罪的共犯"了。王德威的逻辑很神奇,他巧妙地利用鲁迅的历史中间物式的自我反省意识,把批判者与被批判者等同起来——当然,他总算还给鲁迅留下了一个"高级"的形容词——然后再在此基础上,秉承源于夏济安的观点继续讨论鲁迅的"阴暗"。按照这种逻辑,批评腐朽者都是腐朽事物的观赏者,那么,鲁迅写砍头的小说就"不能不看作是一味求'全'却自我割裂、否定的极致演出"。[④]当夏济安谴责鲁迅的象征没有客观对应物时,王德威却

---

① 王德威:《想象中国的方法:历史·小说·叙事》,第136页,北京,生活·读书·新知三联书店,1998;〔美〕刘禾:《跨语际实践》,第90页,宋伟杰等译,北京,生活·读书·新知三联书店,2002。
② 王德威:《想象中国的方法:历史·小说·叙事》,第138页。
③ 王德威:《现代中国小说十讲》,第35页,上海,复旦大学出版社,2003。
④ 王德威:《想象中国的方法:历史·小说·叙事》,第139页。

把"砍头"坐实为鲁迅痴迷于非理性的罪证：一种源于李伯元的"难以遏抑'观赏'活地狱的冲动"。①王德威的论述让我们看到了某些海外汉学家鲁迅研究的脉络清晰的传承关系，他们一步步推演、积累鲁迅身上的负能量，最终把鲁迅的国民性批判推演成为一种观赏、表演行为。然而，我们在海外汉学界的历史学家那里却看到了不一样的对鲁迅的认知，对照海外历史学家与文学史家对鲁迅的不同评价，我们能得出怎样的结论呢？

比如，在美国汉学研究中，中国近现代史研究要比中国现代文学研究客观可信，通过费正清、史景迁与夏志清等人的比较就可以清楚地看到这一点。费正清、史景迁笔下的鲁迅要比夏志清、夏济安等人关于鲁迅的专门研究更为科学准确。出现这种现象的原因何在？研究者基本的历史素养的差异造成了此种现象的出现。史景迁在谈到小说《药》时，他是这样理解的："鲁迅还说过，希望是存在的，尽管它微弱得只有透过难以捉摸的征兆才能看到。……《药》发表之际，适逢《新青年》出版了马克思主义研究专号，也正值中国的青年刚刚知道在巴黎和会上中国的要求被西方列强无情地搁到了一边。这样，鲁迅发出的信息，被迅速地融入了社会主义革命和反对帝国主义的大潮之中，并成为宣告中国革命进入一个新的发展时期的文献。"②在谈到鲁迅的《阿Q正传》时，史景迁说："在鲁迅看来，辛亥革命后的中国没有什么改观，他要继续倾吐他心中的压抑，与梁漱溟、张君劢，还有英国的罗素相反，他要揭露'中国古老文明'骨子里所具有的那种'同类相残'的'吃人'本质。他以为，罗素也太容易上当受骗了，居然'在西湖看见轿夫含笑，就赞美中国人'。"③通过比较我们可以清楚地看出专攻历史者与专攻文学史者

---

① 王德威：《现代中国小说十讲》，第36页。
② 〔美〕史景迁：《天安门：知识分子与中国革命》，第106-107页，尹庆军等译，北京，中央编译出版社，1998。
③ 同上书，第174页。

的观点差距竟如此之大。史景迁"以文见史"的结论瞬间还原出鲁迅及其当时读者的境况；而夏济安等人以纯文本演绎为基础的"以文见人"的结论，却充满了强行阐释的臆断与推测，这是典型的囿于文本而不见历史的研究方法。某些海外汉学家不顾历史情境，更不讨论鲁迅的历史价值，只看到砍头、鬼魅等黑暗的意象，就由此推断出鲁迅对黑暗的"痴迷"、对血腥暴力的"怂恿"。这种把文学意象悬隔于时代而作超时空引申的做法并不值得效仿。某些海外汉学家鲁迅研究的方法与结论不仅给国内外鲁迅研究造成混乱，而且也给整个中国现代文学学科的公信力造成无可挽回的损失。

人物评价是史学研究的重要方面。一些海外汉学家鲁迅研究中刻意贬低鲁迅的做法，与其评价历史人物的方法有关。夏济安在讨论鲁迅时，用预设的结论替代了科学推理。费正清在讨论新文化运动时，多次提到鲁迅和胡适，他把《狂人日记》等称为"抗议文学"，[1]他对鲁迅有这样的评价："作家们相信他们的职责是教育民众，即教育他们的同胞们拯救中国。那些通常按英美模式独自追求浪漫主义或者'为艺术而艺术'的人不久就在像鲁迅这样的具有社会目标的人面前相形见绌，后者希望像精神抚慰者那样来拯救他们的祖国。"[2]而在评价胡适的《问题与主义》时，费正清给出了这样的判断："胡适的长期教育计划中没有短期的政治措施，它只能产生要求军阀政府保障民权的自由主义宣言，但毫无用处。"[3]在对鲁迅和胡适历史功绩的评判上，海外汉学界的历史学家要比文学史家更客观，因而其观点也更令人信服。鲁迅代表着一种新传统和现代性的塑形，无论在文学还是历史的范畴内，鲁迅同样具有着不可替代的作用。鲁迅在世和辞世后都不乏反对者，某种程度上是因为对某些人的情

---

[1]〔美〕费正清、赖肖尔：《中国：传统与变革》，第454页，陈仲丹等译，南京，江苏人民出版社，1992。

[2] 同上书，第458页。

[3] 同上书，第461页。

感结构来说，他常常是一种异己的力量。但鲁迅的这种力量却符合历史对文学艺术的真理要求。鲁迅承认他所属的这个民族曾经有过病态、屈辱的历史，他是试图改变这种历史的人；承认病态、屈辱是沉重的，但却比掩盖事实更勇敢。鲁迅的旨归是追求现代社会的健全人格，这个命题在今天的中国仍不过时。仅仅局限于文本演绎很容易误解鲁迅的伦理态度，更宽广的历史视域是限制强行阐释的必要条件，鲁迅作为伦理重构的发动者的意义最需要被历史地认知。

鲁迅的伦理抉择是一种历史的真理要求，这一点又通过艺术的真理要求反映出来，他的伦理标准和正义取舍仍然是当代人思考的重要支点。当代中国的伦理要求并没有与鲁迅伦理觉醒的正义要求相背离。鲁迅对黑暗事物的描写是以传统知识分子的家国情怀为中介的，现代国家与社会的诉求在鲁迅那里是实实在在地存在的。当海外汉学家借助西方语境理解鲁迅时，我们要特别提醒，不应该把鲁迅的伦理抉择和性格特征作无限西方化的阐释，比如在他身上找寻"原罪意识"等。鲁迅是一个站在历史分界线上的文化战士，要克服错位的诠释视域，首先应该从当时中国的社会文化背景出发。鲁迅对砍头、死亡、鬼魅的描写也存在一个最基本的伦理态度——他绝不是在展览黑暗，更不希望黑暗就此继续下去。

最后我们要说几句并非多余的话。虽然一些海外汉学家鲁迅研究的方法论存在诸多问题，但客观地讲，这些成果对中国现代文学研究是具有启示意义的：第一，新方法可以带来研究空间的拓展。开辟鲁迅研究的新空间问题值得高度关注，仅从学术拓展的角度看，海外汉学家在这方面的努力值得重视，他们为重新审视包括鲁迅在内的中国现代作家提供了一个可供参考、商榷的视角。第二，海外汉学家借鉴西方文学传统理论对鲁迅的研究，让我们认识到，鲁迅与文学传统的关系，尤其是鲁迅与中国文学传统的关系，是非常值得进一步探究的问题，它不仅涉及解读鲁迅的参照系问题，而且涉及对整个中国现代文学传统的认知问题。第三，方法论也必须被历史化之后才能契合研究对象，没有非历史化的可靠方法。文本与历史的天然关系，可以在不同研究者那里被有限度地调整，但这个关系和限度却是永恒存在的，作为特殊历史的文学史必须承认并科学地掌握这个关系与限度。

本文原刊于《当代作家评论》2021年第1期

《蕉风》与马华现代主义文学的发展
——以文学翻译为中心

岳寒飞　朱文斌

在马来西亚华文文坛的纯文学刊物中,《蕉风》是颇具代表性和影响力的。从1955年11月创刊起,到1999年2月被迫停刊,再到2002年12月复刊,《蕉风》历尽坎坷磨砺,却成为马华文坛延续时间最长的文学刊物,这或许可以称为一个奇迹。马华文学有着坚实的现实主义文学传统,而《蕉风》的创办则以兼容并包的心态和多元开放的文艺审美取向,丰富了马华文学的创作内涵。尤其是进入20世纪70年代后,《蕉风》不遗余力地译介、发表和推广现代主义文学作品和相关理论,切实为马华文坛开启了现代主义文学发展之门,虽然这或多或少受到世界文学思潮,尤其是台湾文坛现代主义文学之风吹拂的影响。《蕉风》对域外现代主义文学资源的"拿来主义"策略,不仅开阔了本土作家的文艺视野,也对马华现代主义文学创作产生了深远的影响。

一、 早期《蕉风》的办刊背景及文学翻译走向

《蕉风》一度被称为树起马华文学现代主义大旗的代表性刊物,但事实上追溯至《蕉风》创办伊始,我们会发现上述评价并不够全面。第1期《蕉风》的创刊词《蕉风吹遍绿洲》向读者声明其办刊初衷:"如何去了解一个地方,如何去了解一个民族,绝不是翻阅几本史地书籍,或诵读几篇宣传的文字所能济事的,必须深入社会的内层,浸润在实际生活之中,才能够慢慢地体会出来。换句话说:也就是要从一个地方,一个民族的文化面来认真观察,才能够找出正确的答案。沃野上的一山一水,生活上的点点滴滴,都可以透过文艺的笔法,清楚地体现在我们的面前,观微知著,这也许就是我们了解环境达到与其他民族和平共处的最好办法。"[①]从这段声明可以看出,《蕉风》创刊初期对文学创作的在地化和本土性追求颇为看重,且希冀透过文学的形式促进马来亚多民族之间和谐相处。

事实上,《蕉风》的本土化办刊方针是和当时风云变幻的国际局势紧密相关的。《蕉风》创办的时间为1955年,而1955年4月召开的"万隆会议"正是国际形势发生变化的分水岭。周恩来总理在会上提出的"求同存异"的方针与和平共处五项原则,得到与会29个亚非国家和地区政府代表团的一致认同,这是这些国家和地区摆脱殖民统治取得独立后讨论有关亚非人民切身利益问题的一次盛会。特别是周恩来总理在会上提出"取消海外华人双重国籍"的意见则对海外华人的生活产生了深远影响。生活在马来亚(后为马来西亚联邦)的华人也不例外,必须面临着"叶落归根"与"落地生根"的选择,大部分华人都选择了"落地生根",扎根于马来亚本土,开始脱离"人在南洋,心在中国"的状态。在这样的形势下,《蕉风》得以创

---

① 《创刊词:蕉风吹遍绿洲》,《蕉风》1955年第1期。

办,顺应时势的本土化办刊方针自然为后来马华文学的本土化推进作出了巨大贡献。

当时的马来亚常被人冠以"文化沙漠"之称,《蕉风》的创办者们事实上亦怀有一种为马来亚文艺正名的热情。《蕉风》在起步阶段并非一帆风顺,编辑队伍在创刊号中如是说道:"今年七月间,我们便打算出版这一份纯以马来亚为背景的文艺刊物。创办一个文艺刊物,本来便存在着物质与环境的限制,再加上马来亚文艺资料的缺乏,以及发掘工作方在伊始,要把'马来亚化'这四个字做好,实在是不容易的。"①原本在马来亚这样一个文化发展相对薄弱滞后的地区创办一份纯文学刊物,就已然是一种勇气可嘉的尝试之举,但《蕉风》的编辑仍然以一种极为谦逊的态度向读者坦陈:"我们所抱愧的是,这新生的幼儿目前尚有点失调——内容距理想尚甚遥远。例如:这一期便欠缺了马来亚土生的传说与歌谣,而我们所希望有的马来亚风土与人物介绍也未推出。"②清晰的办刊定位和积极的自我反省,近乎从《蕉风》创刊伊始就形成了,并成为一种传统在历届编辑团队中承传接续。

《蕉风》在最初创刊时,并未显现其对于现代主义文学的特殊关怀,反而在马来亚原生态文艺方面兴致极高。在《约稿》声明中,编辑指出:"凡以马来亚为背景之文艺创作,如小说、散文、戏剧、新诗、歌曲、寓言、童话、游记、杂感、随笔、民间传说、历史故事、人物特写、文艺评论、名著介绍及漫画、木刻、素描、摄影佳作等皆所欢迎,翻译作品须附原名及原作者姓名。"③首期刊出的作品几乎全是涉及马来亚本土社会生活和风土人情的,翻译部分自然亦是如此。钟剑雄翻译的《捕虎记》,原作者 W.Menard。小说讲述了主

---

① 《读者·作者·编者》,《蕉风》1955年第1期。
② 同上。
③ 《约稿》,《蕉风》1955年第1期。

人公"我"受杰克之邀,共同前往马来Kelan区的一处乡村猎捕屡次咬人的猛虎的故事。此外,小说对马来亚的自然风貌也做了较多描写。译作《捕虎记》是以马来亚为背景的创作,在一定程度上对于推广和宣传马来亚本土文艺起到了一定的作用,但整体来看,该小说在结构、叙事、人物形象及语言等多个方面都显得过于单薄无奇。

早期为了配合《蕉风》"马来亚化"的办刊目标,《蕉风》的翻译部分基本都是选择刊登以马来亚为背景创作的作品,其中将本土作家的巫文创作译成华文的例子不胜枚举。如《蕉风》第6期,疾风翻译的《巴豆的故事》是马来亚民间传说,同期予生翻译的《马六甲公主》为马来亚中篇连载历史小说;第8期钟剑雄译的《富有历史性的怪石》是作家Donald基于本土民间故事创作的短篇小说;第10期大威斯著、钟剑雄译的《百年前来自中国的帆船》讲述了早年下南洋的华人的乡愁情愫。其中,许多译作都未交代原著者的详细信息。此外,受限于原著本身在创作技巧、内涵意蕴、艺术审美上的水准,大多译作在艺术性上略有欠缺,且部分译作存在出现错字、语句生涩、重复赘述等问题,总体上均以推广马来亚文化为主要的翻译追求。

除此之外,早期《蕉风》在译作刊载上有时也选择东南亚其他地区以及部分阿拉伯国家的作品。第21期由印尼作家孙达尼(Utuy T.Sontani)著、吕卓译的《沙末的商品》,译者对原著者的身份及创作的基本信息做了简要交代。及至第25期,马摩西在翻译埃及女作家莎菲格编著的历史小说《苏丹娜》时,用了半页篇幅介绍了翻译背景、作家简介及故事梗概,便于读者更好地阅读和理解。马摩西在编者按中指出:"这本与天方夜谭相提并论的文学宝藏,被莎菲格女士以现代写作手法,加以整理,去其糟粕,存其精英,使僵化隐伏的灵魂,重新复活,仿如昨日的新闻,在欧洲和中东的文坛上,放一异彩。"[①]可以看出,该时期译者在选译作品时,不仅仅以"马来

---

① 〔埃及〕莎菲格:《苏丹娜》,马摩西译,《蕉风》1956年第25期。

亚化"为单一追求，已开始在艺术性和审美多元化方向上迈进，以更加开阔的眼光去选择译介的对象，且开始对现代文学作品进行尝试性的译介和推广。

及至第32期，译作的篇幅有所增加，且体裁也趋向多样化。该期刊出了马摩西译、埃及作家慕安奈斯创作的小说《奸滑》，以及吕卓翻译、印尼作家孙达尼创作的独幕剧《女招待》。前者讲述了在一个充斥着奸滑算计、投机取巧、欺诈作祟的异化世界里，人与人之间信任缺失，人性道德滑坡，但仍不乏在黑暗中坚守底线者。后者讲述了一个在灯红酒绿中谋生的女招待，在经历了种种讽刺、嘲笑、怠慢后，最终选择跟随流浪汉浪迹天涯自由过活的故事。两篇译作都反映出现代社会中人的异化现象，物欲横流的环境中，人性、道德、伦理面对了前所未有的挑战。两篇作品在内容和题材上都与现代人的现代生活及现代情感相关联，体现了译者对于表现现代社会现实作品的翻译偏好。但实事求是讲，这些译作在艺术技巧层面和厚重度上仍存在不足。

除了直接翻译域外作品，《蕉风》也开辟版面专门介绍现代主义作家作品，以文坛杂话的形式对现代主义文学进行宣传普及。第38期发表了马摩西的文章《象征派诗人李金发》，马摩西从个人切身的阅读经验出发，向读者分享了其对李金发象征主义诗歌，尤其是对李氏翻译作品的体悟："在我的感受中，李氏的作品，不论创作或翻译，都是第一流的。他了解西方真实的风俗习尚，而他又能灵巧运用方块字，故其翻译的西洋诗，信手拈来，全成妙谛。"[1]马摩西在文中道明了此篇推广文章的初衷："这位在中国新文学史上象征诗的拓荒者，南洋的青年想必对他很陌生，这就是我写这篇介绍文字的动机。"[2]紧随该文章之后的便是李金发翻译的法国诗人Paul Verlaine的

---

[1]〔马来西亚〕马摩西：《象征派诗人李金发》，《蕉风》1957年第38期。
[2] 同上。

诗歌《巴黎之夜景》,并以"现代佳作选"为栏目名。

值得注意的是,《蕉风》第38期的《文讯》分为国际、星马、台湾三个板块,对于本土内外文艺界的最新动向进行报道,显示出编辑与国际文艺发展接轨的开阔视野,兼容并包的态度和求新求变的精神,大力开展域外现代主义文学和文艺理论的译介及宣传。而单独将台湾文坛的讯息列为一个板块,主要是因为受当时国际局势的影响,马来亚的中文书籍大部分都是从台湾地区引入,且《蕉风》内部编辑队伍中有不少人曾留学台湾,因此台湾地区的文学作品,尤其是现代主义文学作品时常在《蕉风》上刊出。《蕉风》在20世纪50年代末大量刊载台湾现代诗,在《文讯》版面持续更新台湾文坛新动向,台湾现代文学的领军人物如白先勇、王文兴、黄春明、余光中等都曾一度被马华青年作家视为文学创作的楷模。1959年,白垚创作出《麻河静立》,被称为马华文学史上第一首现代诗,而白垚本人曾留学台湾,其在执编《蕉风》时对现代诗的宣传和推广用力甚多。其在《现代诗闲话》(1964)中谈道:"马华现代诗是直接承继台湾现代诗传统……马华现代诗的'质'或多或少都是台湾现代诗题材的变奏。"①

在以现实主义文学为宗的马华文坛大背景下,《蕉风》开始翻译推广现代主义文学的实践受到不少质疑和责问。首先,是来自读者的阅读不适,如《蕉风》自第116期译介了毛姆的小说《疗养院》,不满的声音逐渐增多,有论者将其归纳为:"其一,翻译文字,阅读不习惯;其二,现代主义文学表现方式与本土作品差距太大。"②以至于编者不得不做出适当调整,选刊较为精简短小的西方文学作品,折中处理。其次,质疑《蕉风》是以现代主义话语去挑战现实主义

---

① 转引自〔新加坡〕何启良:《马华现代诗与马华社会》,《蕉风》1977年第292期。

② 黄子:《一份重构马华文坛版图的杂志》,《蕉风》2008年第500期。

话语的地位,"如李锦宗等论者,现代文学的出现,使马华文艺思潮开始分裂为两个派别——即封闭式现实主义和现代文学"。[1]更有甚者以文化殖民予以批驳,如洪堪的《不要再作殖民地!》对马来文艺工作者追随中国大陆及港台地区文学、刻意模仿欧美文学的行为嗤之以鼻。这一论断显然言辞过重,有失偏颇。诚如温任平所述,1959年至1964年是马华现代主义文学新的内容与形式的探索试验阶段。[2]实际上,《蕉风》是以第202期陈瑞献接任主编为标志,转型成为主推现代主义文学大本营的。

二、陈瑞献的编辑理念及其对现代主义文学的推介

1965年新加坡独立建国,在此之前,是作为马来西亚联邦的成员,彼此之间在政治、经济、文化等方面血脉相连。从文学的领域来看,彼时马华文学的出版销售中心实际上设立在新加坡,及至新、马分家后相当一段时期内,两地的报纸及文学副刊也存在互通共享的情况。随着局势变化,《蕉风》从原创刊地新加坡迁移到马来西亚,新加坡诗人、文学批评家及翻译家陈瑞献(牧羚奴)于1969年接力编辑《蕉风》。陈瑞献是新加坡现代主义文学的旗手和主将,在其接手《蕉风》编辑事务后,开启了革新改版和《蕉风》办刊历史新的纪元。由于大量刊载新、马两地作家的现代主义文学作品及现代主义翻译作品,《蕉风》第202期也被视为继第1期创刊号"纯马来亚化"/"写实主义"、第78期"新诗再革命与人本"/"个体主义文学"两次重要革新之后,第三次革命性的典范转型。[3]

陈瑞献此前在新加坡积累了丰富的编辑经验,其在《南洋商

---

[1] 黄子:《一份重构马华文坛版图的杂志》。
[2] 见〔马来西亚〕温任平:《马华现代文学的意义和未来的发展:一个史的回顾与前瞻》,《愤怒的回顾》,第63—86页,安顺,天狼星出版社,1980。
[3] 见张锦忠:《PJ二一七路十号,ENCORE》,《蕉风》2008年第500期。

报·文艺》和《南洋商报·文丛》工作期间所形成的编辑理念和编辑方针，在其执编《蕉风》后得到了延续和进一步发展。《蕉风》自第202期开始，首创文学专号、专题、专辑，策划推出"蕉风文丛"，且突出强调文学翻译的必要性和重要性，由此实现"在一个闭塞的风气里，让人们多接触不同的事物，化闭塞为开明，化停滞为进步"①的文化理想。从20世纪60年代末到70年代初，《蕉风》在翻译领域取得了显著成绩，"如由梁明广翻译的《尤利西斯》和陈瑞献与郝小菲合译的《尼金斯基日记》，由陈瑞安与安敦礼合译的沙姆尔·毕克的《结局》，在当时都是第一个中译本。当前马来西亚顶尖的马来诗人暨艺术家拉笛夫，也是由陈瑞献发掘，并和马来亚女诗人梅淑贞合译拉笛夫的马来诗歌，以'蕉风文丛'出版拉笛夫第一部中巫对照诗集《湄公河》。拉笛夫是先在中文世界走红，而后才被马来文学界认识与肯定"。②陈瑞献亲力亲为，翻译/合译了大量现代主义作品，为马华文学在现代主义潮流的发展中蓄力，从这个角度来看，可以说陈瑞献试图将现代主义运动的种子移植到马华文化语境的土壤中。除了陈瑞献之外，该时期活跃在《蕉风》的译者还有新加坡的蓁蓁、郝小菲、完颜藉、迈克、孤鸣，以及马来西亚的赖瑞和、梅淑贞等。

陈瑞献自1969年起开始主编《蕉风》，到1974年将接力棒传给后辈，一共编辑了61期，其主编期间的一系列举措对马华现代主义文学的发展影响深远。李有成在回忆其与陈瑞献在《蕉风》共事的经历时，谈到陈瑞献的贡献："有不少西方的作家与诗人第一次被介绍到新马文坛来，相当热闹，的确为文坛开了几扇窗户。我们真的很开放，只问作品好不好，有没有创意。有不少年轻作者受到鼓舞，都愿意试着把作品寄到《蕉风》来，特别是实验性的作品，所以那

---

① 《诗专号》，《蕉风》1969年第205期。
② 方桂香：《新加坡华文现代主义文学运动研究——以新加坡南洋商报副刊〈文艺〉、〈文丛〉、〈咖啡座〉、〈窗〉和马来西亚文学杂志〈蕉风〉月刊为个案》，厦门大学博士学位论文，2009。

几年也出现了一些年轻作家。"①仅新加坡的作者，就有英培安、完颜藉、贺兰宁、南子、流川、夏芷芳、迈克、林也、郑英豪等人在《蕉风》中崭露头角。马来西亚现代主义文学的代表作家也都曾在《蕉风》上发表过作品，如温瑞安、温任平、梅淑贞、赖敬文、赖瑞和、宋子衡、李有成等，均有多篇作品被刊登。及至20世纪70年代中期，将《蕉风》视为一份现代主义文学杂志的观念已成为马华文艺界的共识，其业已成为马华文坛现代主义文学的大本营。

陈瑞献引领了马来西亚现代主义文学的风潮，无论是从其本人的现代主义文学创作实绩，还是大量翻译现代主义文学作品，以及在积极鼓励青年作家大胆尝试实验性创作等方面，都做出了极大的贡献，而其编辑理念也被《蕉风》后起的编辑新秀们所继承和发扬，因此谢川成把20世纪70年代后期的《蕉风》称为后陈瑞献时期。后陈瑞献时期，《蕉风》继往开来，为现代主义文学的宣传和推广事业助力。有论者将该时期《蕉风》对现代主义文学的传播策略概括为：一、继续译介西洋现代文学的作品，凸显翻译的重要性；二、继续推出专号、专题和专辑、特辑；三、大量刊登马华作家作品，积极培养马华现代作家。②这个时期，承担翻译工作的学者主要包括王润华、李有成、何启良、凌高、赖瑞和、眉孃等。在翻译内容上不仅涉及现代诗、现代小说、现代戏剧，而且翻译了诸多现代主义文学批评的文章，尤其是比较文学研究领域的论述，为马华现代文学的创作提升、理论建构、学术研究提供了养料。

相较而言，后陈瑞献时期的马华文坛对现代主义文学已经从热烈推广阶段，进入到怀疑反省阶段。不少作家和学者开始反思现代主义文学的不足，如过于重视修辞和技巧，刻意扭曲文字不讲求句

---

① 方桂香：《新加坡华文现代主义文学运动研究——以新加坡南洋商报副刊〈文艺〉、〈文丛〉、〈咖啡座〉、〈窗〉和马来西亚文学杂志〈蕉风〉月刊为个案》。
② 见〔马来西亚〕谢川成：《〈蕉风〉70年代：后陈瑞献时期现代文学的传播策略》，《蕉风》2017年第511期。

法结构,局限在狭隘的自我情感中自怜自艾,对社会现实和时代风尚缺少关怀和表达等。《蕉风》第292期(1977年6月)推出的"诗专号"刊出了何启良的《马华现代诗与马华社会》、叶啸的《什么生活写什么诗》、张瑞星的《天上人间我自有音乐——对现代诗的一点感想》,以及江旗的《雪花风叶知多少》、温瑞安的《倒影还是侧影》、杨升桥的《余光中的〈北望〉和〈九广铁路〉》等关于现代诗的论述文章。其中,何启良在文中对于马华现代诗在反映马华社会生活和精神面貌上有无作为的问题给出了否定答案。张瑞星则引用杨牧的话来解答诗歌该如何反映时代、深入社会的问题,即"所谓'社会性'仍然要从个人的良知和感情出发,良知指导感情,探索个人生命和群体生活的意义"。①可以看出,该时期《蕉风》在传播现代主义文学的同时,也保持着一种相对冷静的姿态,对现代主义予以自省和批评,广开言路,听取不同意见。

20世纪80年代开始,马来西亚文艺界加强了与域外文艺界的互通交往,邀请国外知名作家到马来西亚举办讲座沙龙。常在《蕉风》上刊登作品的一些现代主义文学作家来到马来西亚,与马华文学的作家、学者和读者展开近距离对话。以余光中为例,早在1964年《蕉风》第136期中,耶律归就曾介绍过余光中的《万圣节》和《钟乳石》,第141期刊载了余光中的《升起现代文学的大纛》(余在文中对台湾现代主义文学的形成和发展进行了细致论析)。1982年,余光中首次赴马来西亚,而此前《蕉风》已累计刊载余光中的作品或者与其相关的文章多达14篇。同年,《蕉风》第351期发表了余光中的《现代诗的新动向》,并推出了《蕉风人物:余光中》,以及多篇关于余光中的对谈文章和研究论文。1989年,余光中第二次赴马,《蕉风》第424期整理出了《风,也听见,沙,也听见——记余光中来马

---

① 〔马来西亚〕张瑞星:《天上人间我自有音乐——对现代诗的一点感想》,《蕉风》1977年第292期。

大中文系一席谈》。余光中在对谈中强调现代主义书写中，某种时刻的写实还是需要的，进而以丰富边缘文学的内涵与价值。①从《蕉风》对余光中作品及文章的推介传播的时间跨度之久和频次之多，我们亦可管窥《蕉风》在刊载域外现代主义作家作品时所付出的勤勉与心力，进而打通了世界其他国家和地区的现代主义文学进入马华文坛的传播路径，对马华现代主义文学的培植和创作生态的营造产生了深远影响。

三、复刊后的《蕉风》及其文学翻译

《蕉风》从1991年第444期，到1997年第481期，均是由小黑和朵拉一起主编，前后长达6年4个月，共计出版38期。小黑在第444期中呼吁在如今这样一个日趋工商业化的时代，面对急剧变幻的社会环境，马华作家理应更加自强自立、认真积极地发展文学事业。值得注意的是，第444期刊发的林过的五首诗歌是由陈瑞献特别推荐的，可以看出老一辈主编功成身退后仍然在为《蕉风》的发展出谋划策。《蕉风》第459期则专门策划了"陈瑞献专号"，以表达《蕉风》对这位老编辑，同时也是马华现代主义文学潮流的弄潮儿和领军人物的致敬。《蕉风》自1999年2月第488期起开始停刊，在《休刊号》中，编辑向读者坦言《蕉风》销售持续亏损的现实，以及吉隆坡的友联文化事业有限公司负担较重不得不做出调整，"为了应付蕉风目前的局面，以及筹备如何去筹募蕉风今后出版基金的问题，我们编辑部的编辑和顾问们，决定出版了1999年1、2月号第488期之后，暂时先停止出版。在我们的预定计划中，大约在1999年的年

---

① 见〔马来西亚〕李树枝：《升起现代文艺的大纛——〈蕉风〉余光中与马华现代主义文学》，《蕉风》2017年第511期。

底或者明年的年初，蕉风将再次和读者见面"。①

实际上，出于资金筹集困难等现实原因，《蕉风》并未如期按照预计的时间顺利复刊，其再度整装出发是在2002年12月，第489期在迟到了近4年之后终于又和读者见面了。复刊后《蕉风》由许通元等人主持工作，而翻译板块，即"翻译馆"主要由沙禽（陈文煌）负责。第489期《复刊号》专门推出了"沙禽特辑"，不仅刊登了沙禽的诗作《夜游穿过边界》《为何午餐需要诗》《挤巴士的政治无意识》，还刊载了沙禽参与的两场关于诗歌的对谈：《沙禽诗辑座谈会：诗的创作与次要问题》和《次要诗人与不入流诗人的一场私谈》，此外还有何启良的评论文章《大音沙禽》。沙禽的诗人身份及其诗歌理念，一定程度上影响了其在文学翻译的体裁、题材、风格、表现手法等方面的选择倾向，如其认为现实主义理论存在弱点，"因为真实事物已经在我们生活里面，我已经也耳闻目睹，很熟悉了，那么如果再写这种体裁，就没有新意……反而是陌生的东西才有吸引力""一首诗一定要完整地呈现，就算它不可解，它还是一首完整的诗，不要让现实中的东西来感染它""诗一定是小众化的……我认为诗到了最后有一个把关。把关就是这个诗如果对公众没有吸引力，它对个人还是有用"。②

复刊后的《蕉风》在作品翻译部分，以诗歌数量为最，且沙禽是参与诗歌翻译工作频次最多的译者，表1是从第489期（2002年12月）至第511期（2017年7月），沙禽在《蕉风》上译介的作品信息统计。

由此可以看出沙禽对诗歌翻译的热衷和执着，尤其是对世界各地现代主义诗歌的译介，不仅关注那些表达个人情感及精神自由的现代诗作，也翻译了不少用现代主义技法表达的对政治、历史、社

---

① 《休刊号》，《蕉风》1999年第488期。
② 〔马来西亚〕沙禽、房斯倪、许维贤、许通元：《次要诗人与不入流诗人的一场私谈》，《蕉风》2002年第489期。

会、宗教、种族等宏观议题思考的诗歌。沙禽的翻译视野十分开阔，几乎每期推出的诗人都来自不同国家，且在选择译介对象时并不以诗人知名度的高低下判断，既翻译大众所熟识的诗人诸如保罗·策兰、托马斯·特朗斯特罗姆、伊夫·博纳法等，也有不少来自第三世界国家的诗人诗作。这样的翻译策略源自沙禽对弥补当代马华文坛发展短板的思考，以及建构其内心理想诗坛的想法，即"我理想中的诗坛不一定要有大诗人（无法强求），但一定要有很多次要的诗人（这是诗坛运作的基础）"①的文艺宏愿。

表1

期数	年／月	译作	原作者	备注
497	2007／1	诗歌：《显微镜下》《1751》《童话》《蝇》《寄生物》《查理大帝的断想》《鱼》《伟大和强悍》《实验动物》《肺脏消失综合征》	［捷克］荷鹿 Miroslav Holub（1923—1998）	以诗为显微镜，剖析事物之间的牵连、政治、历史，在知性和反讽中彰显诗艺
501	2009／10	诗歌：《出行》《黑暗口占》《致将军》《落脚》《咏叹调Ⅰ》《波希米亚蛰居滨海》《岛屿传来的歌》	［奥地利］英姿柏·巴曼 Ingeborg Bachmann（1926—1973）	以波希米亚精神自诩，自然之美和历史恐怖、道德现实和玄想、失乐园，生命和死亡、重进和绝望
502	2010／4	诗歌：《尝试讴歌这残缺世界》《自动扶梯》《灵魂》《破晓时分》《电机悲歌》《仓促的诗》《九月》《难民》《贝壳》《轻轻诉说……》	［波兰］亚当·扎卡耶夫斯基 Adam Zagajewski（1945—）	"新浪潮"诗派代表，激情、反讽、孤寂感
503	2011／3	诗歌：《死亡赋格》《我是第一个》《受难晨祷》《赞美诗》《所有那些睡姿》《让人结结巴巴的世界》《你也言说》《丰盈的宣告》《他们内里有土地》《炼金式》	［德国］保罗·策兰 Paul Celan（1920—1970）	表述无法表述的悚栗，拒绝阐释
504	2011／12	诗歌：《献诗》《书的开始》《在书的门槛》《书》《沙漠》《沙漠Ⅱ》《记事本Ⅱ》《落幕》	［法国］爱德蒙·杰贝 Edmond Jabès（1912—1991）	超现实主义，后现代，拼贴手法，问答形式讨论犹太人的存在困境、书写的同构性
505	2012／8	诗歌：《序曲》《更深处》《野外》《树和天空》《压力之下》《巴德伦达的夜莺》《开放和封闭的空间》《快板》《半完成的天堂》《钟乐》《林中空地》	［瑞典］托马斯·特朗斯特罗姆 Tomas Tranströmer（1931—2015）	2011年诺贝尔文学奖得主，奇诡灵动的意象、"秃鹰诗人"，诗歌充满音乐感

---

① ［马来西亚］沙禽、房斯倪、许维贤、许通元：《次要诗人与不入流诗人的一场私谈》，《蕉风》2002年第489期。

续表

期数	年/月	译作	原作者	备注
506	2013/4	诗歌：《诗艺》《类似寓言》《霜》《从旧日子走来的保加利亚妇人》《万里长城》《给母亲的摇篮曲》《如果》《远方的引介》《有妇怀孕》《有尾巴的卡珊德拉》《从容》《孩子和大海》	［保加利亚］布拉嘉·狄米特洛娃 Blaga Dimitrova（1922-2003）	关怀社会，针砭时弊，1960年诗风转变，重视内省、宇宙情怀、女性角度，1970年对专制政权发表异议
507	2014/3	诗歌：《字词的死亡》《我还没和字词玩够》《求道》《游戏》《墙里的麦克风》《手》《舌头》《这黄昏，这玩具》《在焚毁的村庄》《渴望牢狱》《手杖》，评论：《论诗：〈黑衣新娘〉后记》	［斯洛文尼亚］爱德华·科治贝克 Edvard Kocbek（1904-1981）	天主教徒，激进社会主义者，法国超现实主义，德国表现主义
508	2014/12	诗歌：《再次心灵》《被杀戮的我们》《没有血迹》《要是我的苦难有喉舌》《我的窗》《秋临》《你告诉我们怎么办》《你来之前》《牢狱清晨》《在你的海洋眼(歌)》《牢狱黄昏》	［巴基斯坦］法依兹·阿默·法依兹 Faiz Ahmed Faiz（1911-1984）	现实中激进的斗争者，痛陈道义的沦丧，感性，政治诗，在乱世中凸显个体生命的顽强
509	2015/11	诗歌：《耍戏者之歌》《在备受考验的时刻》《他者的自画像》《有时我跳下海洋……》《历史》《核保护伞》《给世纪末的祷文》《爱的栖居地》《边缘人》《方法论》《青年巫师艺术家的肖像》	［古巴］埃贝托·帕迪亚法依兹 Heberot Padilla（1932—2000）	对当权者冷嘲热讽，左派，作品被指斥个人主义、反革命，社会议题，批判讽刺
510	2016/8	诗歌：《静止的脸》《天堂的悲哀》《寻诗》《不要自杀》《象》《七面诗》《肮脏的手》《一只牛看人》《残余》，评论：普拉多(Adelia Prado)的《每个人为卡洛斯·德伦蒙写一首诗》	［巴西］卡洛斯·德伦蒙 Carlos Drummond de Andrade（1902—1987）	现代派先锋诗人，合办现代派杂志
511	2017/7	诗歌：《圣比亚乔教堂，在蒙特普齐亚诺》《让一个所在给造成》《再次夏天》《"过客，这些是字词……"》《全部，全无Ⅲ》《黄昏的字词》《井》	［法国］伊夫·博纳法 Yves Bonnefoy（1923—2016）	超现实主义，存在主义

在沙禽看来，文艺创作要想取得突破性发展和质的飞跃，首先得打开门路，不能闭门造车，要与世界文坛接轨，因此其广泛翻译各国的诗歌，尤其是现代主义甚至是后现代主义诗歌作品，以启发国内那些或是过度胶着于技巧的学院派，或是过度胶着于生活表象的本土派。其次，沙禽认为，当下的马华文坛要想取得长足的发展，以实现薪火相传，首要的不是在心理上预设一份重担，徒增内心焦

虑，如黄锦树、陈大为等人反复强调创作经典的重要性；而是将创作作为生活上的必需品，以生命之热爱浇灌文学的嫩苗。"我认为我们在这个大马的环境之下呢，我相信我们需要的是一种把文学当作生活的需要会比较容易发展起来，若我们抱着一种建构经典的理想，我想反而你会走到一半就放弃，因为那不是那么简单的事情。"①当然，沙禽并非将两种观念对立起来，而是以一种更自由包容的心态去鼓励马华作家们的文学创作，这一观念其在诗歌《次要诗人》中早有表述。

除了沙禽之外，该时期也有不少其他译者在《蕉风》上发表翻译作品，如扶风、林家乐、许维贤、张清芳、张依苹、冼文光、王智明、黎韵孜等，但在译作数量上远不及沙禽。统而观之，复刊后的《蕉风》继续推进对现代主义文学的译介和传播，尤其是现代主义诗歌，且翻译视域更加开阔，不再拘泥于中国大陆及港台地区，显示出其与世界文坛接轨的意向。其次，专门开辟"翻译馆"显示出对翻译的重视，且几乎所有翻译作品前都附有较为详细的原作者生平概述、创作历程、风格特色等信息，方便读者快速了解。此外，翻译部分时常刊发学术性较强的文论，如第495期发表了韩少功译、葡萄牙作家费尔南多·佩索阿的《一个喃喃自语的天才及其遗作——佩索阿〈惶然录〉读后》。第501期刊载了许维贤译、法国学者雅克·德里达的《"噢，同志们，这里根本没有同志。"——评述德里达〈友爱的政治学〉中文版与其他》，以及许维贤与张清芳合译的德里达的《完全的敌意——哲学的缘由和政治的幽灵》。第505期刊发了黎韵孜的《威雷伯访谈录》等。这些对马华文学的读者、作者和学者进一步阅读或研究相关作家学者的作品，都极具参考价值。

从配合"马来亚化"的办刊理念，侧重翻译以马来亚为背景创

---

① 〔马来西亚〕沙禽、房斯倪、许维贤、许通元：《沙禽诗辑座谈会：诗的创作与次要问题》，《蕉风》2002年第489期。

作的文学作品，到陈瑞献时期对现代主义文学进行爆发性的译介和推广，以至21世纪《蕉风》复刊以来，沙禽对现代主义、后现代主义诗歌的翻译热忱，以及更加多元化的翻译选择，《蕉风》的翻译给我们提供了一个管窥《蕉风》与马华现代主义文学发展之关系的独特视角。以此观之，充分利用"拿来主义"的策略，对中西文学进行量体剪裁，为马华文学的多元发展和突破创新广开门路，培养和引荐了大批现代主义文学创作人才，是《蕉风》对马华现代主义文学发展的卓越贡献之一。

本文原刊于《当代作家评论》2021年第2期

"偶然"的诗学

——《哈佛新编中国现代文学史》中的"文"与"史"

顾文艳

王德威在《哈佛新编中国现代文学史》(以下简称《哈佛文学史》)的长篇导论《"世界中"的中国文学》中，开宗明义地提出了"何为文学史"与"文学史何为"的"大哉问"。这不仅是任何一部优秀文学史都应有的文学本体论与历史诗学的问题意识，也体现了作者在西方"后学"语境下如何重写中国现代文学史的理论自觉。尽管王德威特别强调了作为理论资源与灵感来源的太史公的编年纪传体和钱锺书的"管锥学"，但是从全书结构和内容来看，西方后现代理念如水银泻地，无处不在，明显地支撑着这部文学史的整体编撰结构。100多篇体例迥异的文章星罗棋布，[①]编年史的宏大叙事在复数的"小叙述"中消解殆尽，"星座图"上的叙述片段取代了连贯的

[①] 该书英文版 *A New Literary History of Modern China* (Cambridge: Belknap/Harvard University Press, 2017) 共有155位合撰者，收入161篇文章，大陆版则替换了将近20篇，台湾版则将删除和增补的一并收入，共有184篇。

历史叙述,刻意强调"文学性"的"众声喧哗"盖过了文学史的谨严法度。现代中国的"文"与"史"也在持续的互证中完美地进入了本雅明的版图和巴赫金的想象。①这样的尝试与实践,一方面在文学现代性的历史书写中追溯中国传统"文"与"史"的对话关联,另一方面在"世界中"的后现代叙述实验中似乎再次印证了传统文学史的"没落",②两者之间构成了有趣的张力。

应该说,"文"与"史"的关系是《哈佛文学史》书写的理论核心,也是我们进入和评说《哈佛文学史》的重要路径。"文"与"史"的关系,本身就错综复杂,若从中西传统概念入手更是扑朔迷离,很多理论专著也未能阐释清楚,更何况是一部实践性的文学史著作。但是,王德威旁征博引、高屋建瓴的导言,显示了从片段式的叙述中窥天指地、考古"文"与"史"之互动关联的壮志雄心。"如何将中国传统'文'和'史'——或狭义的'诗史'——的对话关系重新呈现"③,成为《哈佛文学史》的核心问题。事实上,无论是中国古典"诗史"传统,还是西方亚里士多德有关诗(文学)之放眼"普遍"而不囿于"个别"历史的论述,抑或是后现代重提的"历史诗学","文"与"史"的对话最终还是要回到文学与现实的关系,即文学原理的问题。④因此,《哈佛文学史》关注的重点不是作为不同文体类型的"文"与"史",而是中国"诗史互证"传统与西

---

① 王德威:《导论:"世界中"的中国文学》,《哈佛新编中国现代文学史》(上),台北,麦田出版公司,2021。本文所引《哈佛新编中国现代文学史》内容皆出自此版本,只注明页码。

② René Wellek. "The Fall of Literary History". in Reinhart Koselleck/Wolf-Dieter Stempel (Hg.). *Geschichte-Ereignis und Erzhlung*. München. Fink Verlag. 1973. pp.427-440.

③ 王德威:《导论:"世界中"的中国文学》,《哈佛新编中国现代文学史》(上),第34页。

④ 张晖:《中国"诗史"传统》,第6页,北京,生活·读书·新知三联书店,2016。

方摹仿论范式下"文学与历史(现实)互为文本"[①]的可能性,正是基于这种可能性,群星错置的"星座图"式的文学史书写才得以正名。本文尝试从"文"与"史"的问题出发,探讨《哈佛文学史》所呈现的文学史观和书写形态。

一、"文"与"史"的辩证

相较于国内大同小异的中国现代文学史的书写范式,《哈佛文学史》片段式的著述体例无疑是别具一格的。然而,若放眼域外,连贯的线性叙述和整体性的历史建构早已不是文学史书写必不可少的任务。诚如王德威所述,这部文学史承续了哈佛大学出版社法国、德国和美国文学史新编的篇幅体例和拼组式结构,也可以与"近年英语学界'重写中国文学史'"多项成果并置进行横向比较。[②]哈佛版"新编文学史"系列的第一本《新编法国文学史》,诞生于后现代主义风潮之下,解构强调连贯性和整体性的大历史,由此框定了基本的编写体例:以一条时间轴陈列一个个文学时刻,每一个时刻以一篇字数相近的散文来呈现。2010年出版的第三本《新编美国文学史》更是选择了具有挑衅意味的文学史姿态,不仅挑战"历史"的连贯性,还把"文学"的概念直接扩张到了整个精神文化和物质文化层面,把文学史写成了一个现代民族国家的"创造"史。《哈佛文学史》承续了这个系列"反文学史"的传统,一方面沿用以编年顺序串联时间节点的基本结构,另一方面把叙述对象从"文学"扩大至"文化"范畴,由此形成了王德威所说的"文化的穿流交错"和"文与媒介衍生"。值得一提的是,作为海外汉学界"重写文学史"

---

① 王德威:《导论:"世界中"的中国文学》,《哈佛新编中国现代文学史》(上),第34页。

② 同上书,第37页。

风潮下的一种尝试，这部文学史的体例与同一时期问世的其他几部不以"史"命名的中国现代文学史编著体例亦相吻合。这些编著在形式上都有片段化的倾向，叙事不求连贯，甚至侧重探寻历史缝隙，试图通过碎片性的知识生产重建文学史的整体性。①

以此观之，《哈佛文学史》非但不是横空出世的独异的文学史写作，反倒可以看作典型的海外学界回应文学史写作"整体性"式微的学术产品。但是，如果我们就此把这部文学史简单地视作后现代理论框架下的碎片叙事，把主编在导言中苦心援引的中国文论传统理解为牵强附会的类比，那么我们只能看到一幅整体性被消解之后，重新用碎片拼凑起来的现代中国的文学图景，从而忽视了这本文学史的另一种辩证对话式的读法。这种读法不要求将每则文学化的叙事看作片段式的历史原形，而是邀请读者立足文学史的无数时空节点，来探索"文学"与"历史"的辩证关系，以此构建每个人关于现代中国的文学史认知。只有秉持这种辩证对话的读法，《哈佛文学史》才能如主编所设想的那样，"投射一种继长增成的对话过程"②。构成这本文学史的100多则文学化的叙事也就不再仅仅是历史"星座图"上的文学时刻，也是隐藏着"文"与"史"、文学与现实、历史虚构与建构等辩证性命题的线索坐标。

我们不妨从最能体现这本文学史整体规划观念的开篇之作与收尾之作读起。开篇《现代中国"文学"的多重缘起》点出了3个年份，将中国现代文学史的起点追溯至晚明文人杨廷筠受西方传教士影响重新定义"文学"的1635年；同时并置周作人在1932年和嵇文甫在1934年沿着不同的精神史谱系将中国文学现代性的起源溯源至晚明的论述；收尾之笔《中国科幻文学展示后人类未来》把历史下

---

① 季进：《通过碎片来重建整体性的可能》，《南方文坛》2020年第2期。
② 王德威：《导论："世界中"的中国文学》，《哈佛新编中国现代文学史》（上），第24页。

限定格在2066年，这是韩松科幻小说《火星照耀美国》虚构场景里的年份。1635年和2066年，虽然可以视为线性历史纪年的起止，但是文学史开放性的呈现方式总是令人质疑起止年份作为象征坐标的意义功能。事实上，首尾两篇同《哈佛文学史》大多数按照年份日期、事件简述和文章标题格式开场的篇章一样，聚焦的时刻是多重且跳跃的，并不囿于单一的事件、时空或人物。1635年的坐标，本身就和另外两个同样未曾在中国现代文学史上被赋予过重大意义的年份1932年和1934年合并在一起，成为复数的文学"缘起"，呈现出一种时代错置、模棱两可的开放性叙事：中国现代文学史的书写从晚明起笔，也许是当时的一位文人在西方文化的影响下打开了连通世界的"文学"新视野，也许是因为20世纪30年代有两位作家同样在晚明的文学遗产里发现了具有现代性意涵的启蒙思想。该篇作者李奭学的叙述笔调平稳，信而有征，字里行间却充斥着巨大的不确定性，好像1635年，或者任何一个年份、一个事件作为文学史的起始坐标都是可以被动摇或被替换的，"以有意的以今搏古，对历史进行一种现代意味的介入"[①]，这种"现代意味"正源于《哈佛文学史》历史叙事时空错置的不确定性和偶然性。

同样，尾声聚焦的2066年是一个文学想象中的未来时空，它和该篇提及的其他虚构时空一样随意而平凡，比如刘慈欣《中国2185》中的未来时空。选择2066年而不是2185年作为这部文学史的终点坐标，或许是因为"火星照耀美国"这个虚构事件背后更为明显的政治阐释空间，或许是希望再遵循一次文学史以文学作品而非文学生产为事件坐标的书写惯例，或许是因为主人公"西行"之旅的设定更加符合"世界中"的编写理念，或许也是为了以"美国"的文学表征结束这本由美国学者主导、在美国出版的文学史。不管是哪一

[①] 李奭学：《现代中国"文学"的多重缘起》，《哈佛新编中国现代文学史》（上），第61页。

种或哪几种原因，2066年作为科幻小说中的偶然年份，成为一本文学史的叙事终点，指向了关于现代中国的文学现实和历史想象。编者或许没有试图以此宣告一部文学史的终结，但确实果断地把文学中的历史虚构接入了文学史的历史建构。

由此可见，1635年和2066年作为编撰者为现代中国文学拟定的起讫节点，实际凸显的是历史叙事与文学虚构之间辩证性的关联。如果说1635年是中国现代文学"缘起"多重历史叙事可能性之一种，那么2066年也恰好因其虚构的象征性而被选中，成为中国现代文学历史叙事的"结局"之一。前者视史为诗，展现了历史叙事的开放性；后者借文著史，用小说时刻投射文学史编年，似乎都是在提醒读者留意历史重构的多种可能性。因此，《哈佛文学史》一方面勾勒出一套开放的、不稳定的、动态的文学史的言辞结构；另一方面呈现出一种文史互通的文学史写作姿态，并贯穿于整部文学史编年形式下纵深的情节脉络。开篇有关"文学"现代定义的讨论在后面的一些篇章中，不断得到开放性的回应，比如在1755年的坐标点上，胡志德的《十九世纪中国的学问复兴》从戴震给友人的书信开始，谈及以"书写"为内涵的"文"之地位在政治历史转折中的变化；陈国球的《"文"与中国最早的文学史》从1905年林传甲以"文乃一国之本，国民教育之始"一语编订文学史讲稿说起，讲到黄人在同一时期相似社会动机下更具现代性的"文学"观念和文学史书写。这些篇章虽然都从作为文学史编年顺序标识的某一个年份开始叙述，涵盖的叙事时空却往往纵横交错，错置多个年代坐标，主导这种错置书写的便是极富现代意味的偶然：1913和2011被放置在同一个历史坐标上，是因为该篇作者董启章2011年得知香港导演陈耀成拍摄了关于康有为的纪录片《大同》时，"刚巧"①读完康有为1913年的

---

① 董启章：《〈大同书〉：乌托邦小说》，《哈佛新编中国现代文学史》（上），第250页。

《大同书》；1934年1月1日《边城》出版和1986年3月20日《红高粱》付梓，沈从文的英译者金介甫把这两个文学事件合并成一个文学史坐标，他发现沈从文和莫言在这两个中国现代文学史的"关键时刻"都正好31岁；胡志德叙述自己偶然在香港街头书店里第一次遇见《围城》的1972年，文学史的叙事主体和叙事对象偶遇，时间纵向倒退回《围城》出版的1942年。

在这些错置的篇章里，编年顺序仅仅是呈现事件的历史排列形式，每一个共时事件的书写都带有历时性的情节化倾向，或者说文学性的叙事元素。在一个个历史与文学共同的偶然时刻，"文"与"史"的辩证关联于焉成形：文学主体和文学文本因历时错置获得历史感知，历史主体和历史叙事在共时结构中渲染文学色彩。

二、"偶然"的现代时空

我们看到，文学和历史的互通在《哈佛文学史》中的呈现，很大程度上是基于共同的"偶然"。大大小小的"巧合"支配着历史的叙事情节和叙事节奏，"偶然"的真实的历史纪年和虚构的文学时刻共同标识了文学史的进程。实际上，集合155位来自不同国家、不同写作背景的作者的文学史编写过程本身，也充满着"各式各样的随机性和偶然性"[①]。文学史的书写实践与其力图再现的历史图景共享这种形式特征，一方面体现了作为文学史"写作对象"和"写作过程本身"的历史充满不确定性的"本相与本质"，[②]另一方面也揭示了这本文学史聚焦的是一个由"偶然"掌舵的现代中国的历史时空。

说起偶然（contingency）与现代性，我们自然会想到王德威曾经

[①] 王德威、李浴洋：《何为文学史？文学史何为？——王德威教授谈〈哈佛新编中国现代文学史〉》，《现代中文学刊》2019年第3期。

[②] 同上。

在《被压抑的现代性》中所作的阐释与实践。王德威在20世纪末的"世纪末"回望中发现,晚清文学所包含的丰富多重的现代性,在"五四"启蒙的主流话语中被压抑,汇入了单一的现代中国文学叙事。这种文学史观一味强调单一的"现代性"概念,仅仅关注围绕这个概念展开的历史事件及其因果关联,却忽视了文学现代性的历史进程中由"偶然"支配的历史缝隙。王德威立足的"世纪末"(fin-de-siècle)是19世纪西方现代性迸发的理论原点,他拒绝遮蔽的"偶然"指向的也是在波德莱尔"过渡、短暂、偶然"①的定义中持续变形的现代时空。在王德威设想的历史图景中,"有幸发展成为史实的,固属因缘际会,但这绝不意味稍稍换一个时空坐标,其他的契机就不可能展现相等或更佳(更差)的结果"。②这样的历史观接续了他一再援引的哈佛生物学家古尔德(Steven Jay Gould)的反进化论逻辑,③同时也几乎可以看作德国社会学家卢曼(Niklas Luhmann)的现代社会系统论考察中"偶联性"(Kontingenz)概念的转写。因此,当王德威在《被压抑的现代性》中呼吁文学史要在"历史偶然的脉络中"想象那些"隐而未发的走向"时,④其实也已不无偶然地预示了多年后编写中国现代文学史的方法与意图。

在这本《哈佛文学史》中,"偶然"的瞬间被纳入了"历史脉络","隐而未发"的现代性也得到了发散的想象。编者拟定的另一个中国现代文学缘起的坐标1792年,就同时代表了历史的偶然和幽隐的现代:以马噶尔尼为首的英国使节团访华,拉开西方列强侵略

---

① Charles Baudelaire. "Le peintre de la vie moderne". in *Oeuvre Complètes de Charles Baudelaire III：L'art Romantique*. Paris. Calmann Lévy, 1885. p.69.

② 王德威:《被压抑的现代性》,第23页,宋伟杰译,台北,麦田出版公司,2011。

③ 王德威:《被压抑的现代性》第22页和《哈佛新编中国现代文学史》(上),第29页。

④ 王德威:《被压抑的现代性》,第44页。

倒逼中国现代化叙事的序幕,在清末历史怀旧中隐现"现代体验"的文学巨著《红楼梦》又恰巧在同一年问世。事实上,"偶然"的指向也决定了《哈佛文学史》的整体编排原则,同样可以回溯到王德威在《被压抑的现代性》中清楚勾勒出的"'时代错置'(anachronistic)的策略与'假设'(subjunctive)的语气"。①"时代错置的策略"在编年史框架下的主要功能是通过原始历史素材的重组排列进行情节化统筹,以此"搅乱(文学)历史线性发展的迷思,从不现代中发掘现代。"②如果说"时代错置"的策略可以视作这本文学史的文学性特质,也就是历史"诗性"的表征,那么虚拟语气的叙事更是为历史著作注入了文学情感,因为它要求编纂者"将自己置于充分自觉的假想叙事中"③。借用钱锺书所说的"史必征实,诗可凿空"④,这样的处理就是将或可"凿空"的"诗"性纳入了"史"之"征实"的再现系统。于是,我们看到文学史的主人公们在一系列或直接或暗藏的"假如"中重新登场:假如鲁迅没有在1918年晚春的街头遇见钱玄同(哈金《周豫才写〈狂人日记〉》),假如张爱玲没有离开上海去经历1941年日军占领下的香港生活(李欧梵《张爱玲在香港》),假如老舍在1953年选择留在美国(苏真《老舍和美国》),他们代表的中国文学"现代性"——那些归根结底基于个人生命体验的文学创作及其历史意义——又会以什么样的方式被填补或空置?假设语气的疑问,邀请读者和作者一起在"偶然"的现代时空中,想象历史主体的另一种命运,想象中国文学史演变更多的可能性。

值得注意的是,进入历史想象的"主体"不仅是传统文学史中为人熟知的主角(作家),还包括许多过去被视作历史配角,甚至未曾被主流文学史提及的人物。编者力图用广义的、具有现代性内涵

---

① 王德威:《被压抑的现代性》,第44页。
② 同上。
③ 同上。
④ 钱锺书:《谈艺录》补订本,第38页,北京,中华书局,1984。

的"文"之"媒介衍生",代替狭义的"文学"概念,文学史主体的"文学"活动领域也从书面文本扩至视听影音,主体更是涉及政客、商旅、传教士、歌手、演员等各个现代社会的不同身份。还有的主体甚至是在身份不明的情况下参与了叙事——全书最富"假想叙事"意味的篇章应属周文龙的《寻找徐娜娜》。作者的叙述始于一项有关20世纪上半叶国文教材课程的研究,叙述对象则是他意外发现的文献和人物:一本夹了试卷的国文教科书,一个在试卷上答题、在教科书上涂鸦的中学女孩徐娜娜。全篇主体篇幅是在虚拟语气下假想这个突然出现在1948年历史脚本里的女孩的身世。在此之前,作为学术研究者的叙述者已经以虚设为线索,细读徐娜娜的眉批涂鸦,完成了20世纪中国语境下"国民文学"的历史重构。①作为文学史的写作者,叙述者假想历史主人公的命运走向,继而为濒临民族国家大历史转折点的1948年勾画出"文"与人的命运分岔。更戏剧的是,徐娜娜在故事的结尾脱离了作者的幻想,"来到现实的具体历史位置"②,以徐格晟的真实身份给他写信。想象中的主人公在故事的结尾来到叙述者的生活中,或反过来说,文学史的书写主体与书写对象发生互动关联,一起进入了历史。

毋庸置疑,书写者的主体意识在这本文学史中得到了极大的彰显。除了周文龙写徐娜娜、董启章写《大同书》、胡志德写钱锺书等"夹议夹叙"的篇章外,还有很多文学史重要时刻的亲历者"现身说法",比如追忆父母"文"事的朱天文和王安忆、记录个人文学体验向历史时刻转变的莫言和余华、作为观察者和亲历者参与了文学史争辩与重建的李欧梵和陈思和等。不得不指出的是,这种"众声喧哗"的编排方式难免有堆砌文学史原始素材之嫌,文学史的作者群

---

① Joseph R. Allen. "Nana's Textbook: Building a National Literature in Chinese Middle School". Modern Chinese Literature and Culture. Spring 2015. pp.109-166.

② 周文龙:《寻找徐娜娜》,《哈佛新编中国现代文学史》(上),第562页。

体本身就复杂多元，书写者主体意识的彰显使得最终呈现的文学史形构愈显庞杂。那些以回忆自叙参与文学史写作的方式无可厚非，但是风格迥异的个人化叙事拼贴，一定程度上也带来了一些混乱的印象，历史书写的随机性不可避免地给阅读体验造成了波动。如果说对于英语世界的文学爱好者来说，理解朱天文写父亲朱西甯时的真挚绵密的感情（《小说的冶金者》）和马尔克斯的互文并不算困难，那么要读懂王安忆写母亲茹志娟创作生涯中的"三个悖论"（《公共母题中的私人生活》），却可能需要先通读一部分中国当代文学史教程。全书不少篇章对阅读者都有近乎严苛的文学史知识要求，还有部分文学性较强的散文被直接安放到某个特定坐标，其文学史意义却主要是象征性的，需要读者更多的个人体验与解读。比如从李娟阿勒泰散文中选用的《突然间出现的我》，叙述汉文化主体与新疆哈萨克族群的文化交流，固然符合《哈佛文学史》"华语语系"的设计，可是这篇原本独立的散文作品不经处理就占据了2007年的历史坐标，略显随意之余，似乎也把本来应该属于文学史的"文学讲述"文本直接抽调出来变成了"历史叙述"，把阐释作品文学史意义和解析历史文学性的任务全权交付给了读者。

当然，不管文学史叙述是否成立，这样的设置悄然完成了从主体性彰显到主体性隐退的过渡，实际上鼓励了文史辩证的文学史读法，也可以看作文学与历史在"偶然"的现代时空互为文本的表征。在中国文学现代性的历史书写中，写作主体时而需要"随机"错置的时间重组，时而依靠卢曼意义上的"偶联性"虚设来主导叙事风格，时而在个别纵情的文学时刻投身于历史之无常，使得整体《哈佛文学史》充满了"偶然"的"文"与"史"的往返对话与辩证关联。

三、"世界中"的历史诗学

作为一本呈现中国文学现代性的文学史著作，《哈佛文学史》的书写范式与书写内容若合符契，现代意识在具有双重意义的"偶然性"书写（时代错置的"随机"和假设语气的"偶联"）中极其明显；作为一本具有再现功能的文学史著作，它所呈现的历史图景又是饱含争议的，许多片段都是对中国现代文学传统观念甚至学科建制的解构。"现代性"并非从文言转向白话的一蹴而就，而是新的语言体式下能指与所指的断裂层面（宇文所安《晚期古典诗歌中的彻悟与忏心》）；"五四"并非中国现代文学传统之"实名"，1919年5月4日对于"五四"文学经典来说是一个无关紧要的日子（贺麦晓《巨大的不实知名：五四文学》）；民族国家的政治疆域无法确定"中国文学"的内涵与外延，它们甚至还偶尔融合成同一个时空坐标（陈绫琪《双城记》）。部分传统文学史中的现象与惯例也受到了挑战，比如全书明显加强了女性在文学史书写中的比重，包括在女性普遍匿名的晚清也添置了有关女性写作的讨论（魏爱莲《早期现代中国的女性作家》）；文学史的事件坐标只有一部分围绕文学作品的生产、刊发和接受，更多的是选取历史主体（作家、翻译、学者、演员、歌手等）生命中的重要时刻作为坐标，其中还有一部分倾向于标记主体消亡的时刻（如秋瑾、瞿秋白、鲁迅、郁达夫、老舍、阮玲玉、三毛、邓丽君、李小龙等）。更有甚者，编者在"文"的谱系学视野下重新择选文学史的书写对象，将过去不可能被视作"文学"范畴的多元文体纳入历史聚焦。文学史的时空边界不断向外挪移，中国现代文学的研究框架也在对"中国""现代""文学""历史"等关键词的重新诠释中不断得到延展。

在这个意义上，《哈佛文学史》破旧立新的学科意义，或许可以用樊骏在20世纪80年代末对中国现代文学未来学者的期望来概括："消解现有的格局，把现代文学研究纳入更大的学科之内，或者重新建构新的学科。"[1]这本文学史消解传统格局的贡献是显而易见的。在

---

[1] 樊骏：《中国现代文学论集》（上），第521页，北京，人民文学出版社，2006。

西方后现代理论的影响下，编者放弃了以作家、作品、文学运动为主干的历时性叙述模式和书写范式，择取了碎片式的历史呈现法，消解了时代、学科、主体与客体、文学与现实等既定概念之间的界限，呈现出全新的文学史风貌。至于它如何为文学史写作，乃至中国现代文学学科发展带来建构性的设想，我们很难直接从这些消失的边界中找到答案。本文上述两节主要讨论了这本文学史写作的文学属性及其现代性特征，将其视为具有文学性的文本来解读，特别强调建基于时代错置的叙事法则和基于"偶然"的现代时空体之上的"文"与"史"的辩证对话。这种文学史的叙述形构如何使然，也就构成了历史诗学的问题，应该可以为我们提供更多具有建构意义的线索。

论及历史诗学，似乎又不得不回到后现代的建构理念。无论是错置时代还是强调偶然，不管主体意识是凸显还是隐退，种种"情节编排"手法都表明《哈佛文学史》依循的是元史学的历史观，即一切历史叙述都存在"固有的"（inherently）虚构性。王德威在导论中援引的"史蕴诗心"趋向于用历史叙事的情节碎片展现史之"诗性"。历史叙事活动被限制于片段式和编年体的基本框架，形成的情节模式简短而多元。一个原本连续的故事可以由散落在不同时间坐标上的多个叙述活动拼组而成，并且需要读者按照特定人物线索参与情节形构。鲁迅的故事从王德威并置论述鲁迅发表《摩罗诗力说》和王国维发表《人间词话》的1908年开始，辗转到哈金的虚构叙述"周豫才写《狂人日记》"的1918年，再延至汪晖书写墓碑意象引述鲁迅写《墓碣文》的1925年，最后到张爱玲"文章身后事"记录鲁迅逝世的1936年，鲁迅形象与文学史叙事同条共贯，如影随形。与文学史以正统"作品"为主要情节线索的"鲁迅故事"不同，同样是在不同叙事模式下穿插于编年史纵轴，张爱玲故事只集中于她（文学）生命中两个重要的异乡（1942年的香港和1952年的美国），而沈从文故事的情节主线则集中在中华人民共和国成立前夕文学生涯的变故（1947年和1949年）。虽然《哈佛文学史》在诸多方面都无先例可循，可是鲁迅、张爱玲、沈从文三位的人物情节线索却隐现了海外学界的学术行迹。他们在不同历史坐标的反复登场，很容易令人想起他们在夏志清《中国现代小说史》里分别作为三个历史分期代表的出场。[①]可以说，《哈佛文学史》的叙述处理，与夏志清半个世纪以前以审美标准、按照作家作品编排的文学史书写存在显而易见的对话关系：1936年坐标上的《文章身后事》和《中国现代小说史》中的鲁迅章节都以鲁迅逝世后被"神话化"的现象开篇；沈从文在抗战胜利之后的遭际扩展或印证了《中国现代小说史》中匆匆提及的一句"自然是缄默了"[②]；而侨居美国的张爱玲之所以能够重新撼动中国文坛，成为"文学史的异端"[③]，本身就与夏志清的大力褒扬密不可分。换句话说，《哈佛文学史》看似没有经过情节化的编年序列，存在着由多元叙事活动拼组而成的情节模式，同时也包含着对文学史书写传统的某些回应。

不仅仅是情节模式，《哈佛文学史》中不断出现的中西比较也与《中国现代小说史》对西方文学典范的广泛征引颇可合观。只要对《哈佛文学史》的副文本索引目录稍作检阅，就不难发现其广博的世界文学视野和比较文学法则。然而，不同于夏志清主要基于文本审美特征的诗学比较，《哈佛文学史》的跨文化比较具有与整体叙事风格相一致的随机性，有时是基于恰巧共时的或者说是"同步态"[④]的

[①] 夏志清：《中国现代小说史》，刘绍铭等译，香港，香港中文大学出版社，2015。

[②] 同上书，第274页。

[③] 沈双：《文学史的异端》，《哈佛新编中国现代文学史》（下），第44页。

[④] 陈思和提出中外文学关系中存在"同步态"与"错位态"，前者指在世界文学同一性与共时性的发展下，中国文学与世界现代精神现象同步相通；后者源于中国社会环境的特殊性，表现形式是中国文学与世界文学在互相影响发展过程中的不协调。两种形态信号不断调节中国新文学在世界文学整体框架中的位置。见陈思和：《中国新文学史研究的整体观》，《新文学整体观》，第18—20页，广州，广东人民出版社，2018。

现代意识，比如用艾米丽·狄金森的"在家而无家可归"（homeless at home）①概括江湜与黄遵宪的漂泊诗意，或是类比波德莱尔与龚自珍运用古典体式书写现代精神，②更多时候则是直接突出作为中国现代文学史主角的跨文化主体，比如传教士、外交官、译者、跨国旅人等传播与接受主体。换言之，《哈佛文学史》关注的不是跨文化视域下的中国现代文学文本，而是现代中国语境下跨文化体验的文学叙事与历史场景。从汤姆叔叔到福尔摩斯，从白璧德到浮士德，从瑞恰慈到燕卜荪，从泰戈尔到奥登，异域文学人物与文化符码纷至沓来；同样地，来自中国的文人与文化主体也在不断变化的现代世界穿行嬗变，在异乡重识故乡，把世界经验带回本土。夏志清所说的"感时忧国"不再是阻碍中国文学作品达到世界文学水准的障碍，反而是促动具有现代民族国家属性的中国文学（文化）在国际场域里的"穿流交错"的推力。可以说，《哈佛文学史》在继承夏志清开创的文学史书写传统的同时，也重构了这个传统中中国现代文学的叙事主题与情节模式。

主导这场叙事重构的便是王德威借用海德格尔的理论术语"世界中"为这部文学史立下的主旨：中国文学始终处在一个动态的变化过程中，在一个"持续更新现实、感知和观念"的开放状态下遇见世界。③只有在时时刻刻变化着的"世界中"，中国文学主客体的历史存在才能被揭示。根据"世界中"的理论主旨，王德威为《哈佛文学史》的写作勾勒出四条编纂主线：时空的"互缘共构"、文化的穿流交错、文与媒介衍生、文学与地理版图想象。这几条线

---

① 田晓菲：《原乡里的异乡人：江湜与黄遵宪》，《哈佛新编中国现代文学史》（上），第117页。
② 〔美〕宇文所安：《晚期古典诗歌中的彻悟与忏心》，《哈佛新编中国现代文学史》（上），第97—101页。
③ 王德威：《导论："世界中"的中国文学》，《哈佛新编中国现代文学史》（上），第38页。

索在上述讨论中已有不同程度的介绍。时代错置和虚拟语气的叙事策略把"现代中国"这个相对稳定的历史时空,转而"共构"成一个不确定的、移动的、由偶然的瞬间拼组而成的文学时空,文学主体动态的国际交流与跨文化经验便是该时空下的重点书写对象;"文学"概念向"文化"范畴挪移扩张,文学地理版图的边界也在"华语语系文学"概念下逐渐消失。这些线索都指向一种动态的、"世界中"的文学经验,但是似乎也同时引向一个悖论:如果中国现代文学的发生始终处于"世界中"的巨变当中,那么这种"变化"的历史书写如何可能?我们又应该怎样讲述一个本身在持续变化、世界化的文学的历时故事?

辩证文史的历史诗学观念,可能正是化解这个悖论的对策。"世界中"本身就是一种历史观,并且具有强烈的现代意识,是将历史的"进程"视作变化的经验展开的"过程"。在这个过程中,历史的原生样态是杂乱无章的,在表象的时间顺序下呈现松散的关联;历史的故事叙述却是几经编排的,是主体以混乱无序、瞬息万变的外部世界为对象的叙说,也是对这种无序与变化的认知。无论是只言片语还是史笔恢宏,讲述(书写)既是文学性的叙说活动,也是认识论层面世界与"世界中"的再现。在此意义上,文学本身就是历史,是历史主体作为"叙事人"的讲述,与中国传统"诗史"概念,与王德威从"世界中"的概念推导出的"文"之定义恰相吻合:"'文'不是一套封闭的意义体系而已,而是主体与种种意念器物、符号、事件相互映照,在时间之流中所彰显的经验集合。"①文学史书写的特殊性就在于要对原本就是历史"讲述"的"文学"进行编排,是关于讲述的讲述,关于历史的历史。

王德威反复强调:"这部文学史不是传统意义上'完整'的大叙

---

① 王德威:《导论:"世界中"的中国文学》,《哈佛新编中国现代文学史》(上),第39页。

事。它创造了许多有待填补的空隙。因此，读者得以想象，并参与，发现中国现代文学中蕴含的广阔空间，或更重要的，一个'世界中'的过程。"①这部文学史的最终完成，其实有待于读者的想象与参与。一般而言，传统文学史的书写者，更多的是历史阐释者，文学史书写是伽达默尔所谓的"时间距离"②的阐释学，希望最大限度地摆脱主体的影响以追求客观真实公正，达到阐释的共同性与公共性，完成所谓的"信史"。然而，《哈佛文学史》却为我们展现了另一种文学史书写的叙事模式，打开了文学史阐释的巨大空间，曾经以信史为追求的书写者，却殷殷探问那些传统文学史"不能企及的欲望，回旋不已的冲动"，如何以"不断渗透、挪移及变形的方式"③共同构成了文学史的"星座图"。书写者与读者的参与互动、"文"与"史"的辩证对话、历史的偶然和幽隐的现代的碰撞，构成这部文学史的迷人面相。正是在这种互动与对话之中，我们可以铭记中国现代文学表现现实、记忆历史的巨大努力，聆听"世界中"的中国现代文学众声喧哗的独特声音。

本文原刊于《当代作家评论》2021年第3期

---

① 王德威：《导论："世界中"的中国文学》，《哈佛新编中国现代文学史》（上），第52页。

② 〔德〕伽达默尔：《真理与方法：哲学诠释学的基本特征》，第646页，洪汉鼎译，上海，上海译文出版社，2004。

③ 王德威：《被压抑的现代性》，第26页。

阿卜杜勒拉扎克·古尔纳
在中国的翻译和接受

熊　辉

作家阿卜杜勒拉扎克·古尔纳（Abdulrazak Gurnah）[①]生于东部非洲坦桑尼亚联合共和国的桑给巴尔岛，在英国获得博士学位并在肯特大学担任教授职务至退休。古尔纳是国际后殖民文学研究的知名学者，更是一位创作成就突出的非洲阿拉伯裔作家，迄今已出版10部长篇[②]和多个短篇小说，其中《天堂》曾入围布克奖和惠特布莱德

[①] 国内对 Abdulrazak Gurnah 名字的翻译主要有如下几种：阿卜杜勒拉扎克·格尔纳、阿布拉扎克·格尔纳、阿卜杜勒拉扎克·古尔、阿杜拉扎克·贾娜等。除引文中的译名无法更改外，本文统一使用阿卜杜勒拉扎克·古尔纳这一译名。

[②] 古尔纳已经出版的10部长篇分别是《离别的记忆》(*Memory of Departure*, London: Jonathan Cape, 1987)、《朝圣之路》(*Pilgrims Way*, London: Jonathan Cape, 1988)、《多蒂》(*Dottie*, London: Jonathan Cape, 1990)、《天堂》(*Paradise*, London: Hamish Hamilton, 1994)、《令人羡慕的沉默》(*Admiring Silence*, London: Hamish Hamilton, 1996)、《海边》(*By the Sea*, London: Bloomsbury, 2001)、《遗弃》(*Desertion*, London: Bloomsbury, 2005)、《最后的礼物》(*The Last Gift*, London: Bloomsbury, 2011)、《砂砾之心》(*Gravel Heart*, London: Bloomsbury, 2017)和《新生》(*Afterlife*, London: Bloomsbury, 2020)。

奖,《海边》和《遗弃》则分别入围洛杉矶时报图书奖和布克奖的候选名单。2021年10月7日,古尔纳获得诺贝尔文学奖。然而,就是这样一位集后殖民文学创作和研究于一身的作家,却成了中国读者很陌生的诺奖得主,这不能不说是中国文学翻译和研究界的遗憾。①

一、被引用的学者

古尔纳首先是以后殖民研究者的身份进入中国读者视野的。随着后殖民文学研究的兴起,古尔纳的相关研究成果被中国学者多次提及并反复引用,成为知名的后殖民文学研究专家。需要特别指出的是,古尔纳在中国的学者形象带有一定的附属性和伴生性色彩,即人们并非以独立的学者身份将其引入中国,而是在研究非洲、印度或加勒比地区的作家时,常引用他的观点来阐述后殖民文学的特征。

古尔纳的名字频繁地出现在国内后殖民文学研究领域,几乎是和印度裔作家拉什迪联系在一起的,凡是研究后者的文章都会引用或参考他的论著。2009年,一篇名为《流散中的悲歌——萨尔曼·拉什迪〈摩尔人最后的叹息〉的后殖民主义解读》②的英文学位论文第一次将古尔纳的名字引入中国学界,该文论述了印度裔作家拉什迪的后殖民身份和流散政治立场,而长期关注殖民地文学的古尔纳正好对拉什迪有过深入的研究。于是这篇学位论文在参考文献中列举了古尔纳2007年在伦敦剑桥大学出版社印行的《剑桥指南之萨尔曼·拉什迪研究》(*The Cambridge Companion to Salman Rushdie*)一书。这是古尔纳的名字首次进入中国学界,但令人惋惜的是,作者

---

① 本文所搜集与古尔纳相关的文献资料,以及相关论断,截止日期为2021年10月。

② Zhang Bo. An Elegy in the Exile: A Postcolonial Reading on Salman Rushdie's The Moor's Last sigh. Henan University. April 2009.

在文章中并没有引用古尔纳的观点。只提古尔纳名字而不提其观点的情况可谓屡见不鲜，在如下几篇硕士学位论文中，如《印度民族道路之探讨——〈午夜的孩子〉的后殖民主义解读》①《迷失的家园——萨尔曼·拉什迪及其〈魔鬼诗篇〉的后殖民主义解读》②《萨尔曼·拉什迪〈午夜的孩子〉中的解辖域化主题》，③参考文献中均出现了古尔纳编著的《剑桥指南之萨尔曼·拉什迪研究》，但正文都没有引用其观点。2017年，一篇研究拉什迪的博士学位论文④在梳理研究现状时，提到了目前国外关于拉什迪研究的3部专著，其中之一便是古尔纳编著的《剑桥指南之萨尔曼·拉什迪研究》一书，这是研究拉什迪非常重要的文献，但作者在论述过程中并没有谈及该书对拉什迪做了哪些研究，仅仅点到为止。

中国学界真正引用古尔纳的学术观点始于近十年，同样与拉什迪研究联系在一起。2010年，一篇分析拉什迪《午夜的孩子》的文章两度引用了古尔纳《〈午夜的孩子〉的主题和结构》一文的观点，以证明《午夜的孩子》主题的混杂性。⑤2014年，另一篇文章引用了古尔纳对《午夜的孩子》的评价："《午夜的孩子》业已成为英语文学中后殖民研究的核心文本，不仅吸引了广大学者和评论家的关注，而且吸引了普通文学学生的目光。"⑥2015年，一篇研究拉什迪《摩尔

---

① Wu Yan. A Vision for the Indian Nation——A Postcolonial Analysis of Midnight's Children.Shanghai International Studies University. May 2010. p.48.

② 马旭瑾：《迷失的家园——萨尔曼·拉什迪及其〈魔鬼诗篇〉的后殖民主义解读》，第43页，兰州大学硕士学位论文，2013。

③ Hu Yue. Deterritorializations in Salman Rushdie's Midnight's Children. Shanghai International Studies University. May 2021. p.63.

④ 李敏锐：《萨尔曼·拉什迪小说中的非自然叙事研究》，第5页，华中科技大学博士学位论文，2017。

⑤ 任玉鸟：《五味杂陈的酸辣酱——拉什迪〈午夜的孩子〉中的后殖民混杂性解读》，《西昌学院学报（社会科学版）》2010年第1期。

⑥ 苏忱：《拉什迪〈午夜的孩子〉中被消费的印度》，《当代外国文学》2014年第1期。

人最后的叹息》的文章多次引用了古尔纳的观点,以论述这部小说对殖民话语具有非同寻常的解构意义。①2017年,有学者在研究拉什迪的短篇小说集《东方,西方》时,针对人们多关注其长篇小说的状况,而引用古尔纳的观点来证明拉什迪的短篇小说也是值得研究的,因为其中蕴含着"人类永恒的主题,如家园和世界、语言的力量"②等话题。2019年,一篇学位论文从后殖民角度分析拉什迪《午夜的孩子》时,引用了古尔纳的观点,认为作者采用了非线性和中断性的叙事时间,为的就是打破殖民者的话语权和对历史的掌控权。③

古尔纳伴随着后殖民作家和流散作家的研究热潮开启了他的中国之旅。除上面谈到的拉什迪之外,南非作家库切同样是古尔纳关注的作家之一。库切获得诺贝尔文学奖后,其在中国的翻译和研究一时成为热点,而古尔纳的库切研究是中国学术界相关研究不可回避的存在。比如有人在分析库切小说中的暴力和权力话语时,就引用古尔纳的观点概括性地对作家的创作进行了描述:"库切是一位才华横溢的作家,他通过知识理性和精神心理的结合,呼应了诸如卡夫卡、索尔仁尼齐、陀思妥耶夫斯基和贝克特等古典大师们的思考";同时从时代语境和全球政治文化背景出发,认为"库切的写作是根植于南非政治的复杂性和具有讽刺意味的现实,人类同情心的失败正是殖民主义和种族隔离的结果";④并认为他的作品是关乎生命

---

① 张晓红:《羊皮重写纸上的童话乌托邦——解读〈摩尔人最后的叹息〉》,《社会科学》2015年第2期。

② 郑婕:《永远的漂泊——论拉什迪短篇小说集〈东方,西方〉中的流动家园观》,《外国文学动态研究》2017年第3期。

③ Liu Ying. Negotiating Differences in the "Third Space": A Postcolonial Study of Midnight's Children. Shanghai International Studies University. May 2019. p.24.

④ Kristjana Gunnars & Abdulrazak Gurnah. "A Writer's Writer: Two Perspectives". World Literature Today. Vol.78(1) 2004. pp.11-13.

和权力的哲学思考,与艺术层面的语言和想象产生共鸣。①另一篇硕士学位论文《论〈耻〉中的后殖民创伤》专门研究库切小说《耻》,也引用了古尔纳与人合作的论文中的观点来评价库切的创作:库切的创作在历史的长河中承续了众多大师的理性思考,同时又是在后殖民时代对所居国度现实的切入。②古尔纳对南非作家的这种评价和定位无疑是准确的,这也使得他成为该领域最具权威性和代表性的学者之一。

古尔纳不愧是一位活跃的后殖民文学批评家,他对后殖民文学的论述给中国学界带来了很大启示。中国学者除引用他对拉什迪和库切的研究成果之外,也将他的观点应用到流散作家的研究上。有论者在研究华裔女作家谭恩美的《接骨师的女儿》时,采用了后殖民女性主义的视角,因此便引用了古尔纳对斯皮瓦克学术思想的论断:"斯皮瓦克学术生涯的发展伴随着从解构立场和由此而生的复杂知识轨迹,那便是从女权主义的角度对关于马克思主义中的资本与国际分工问题进行深刻的理论批判,从帝国主义与殖民话语的角度对民族特质、民族性、身份认同的探究与后殖民文化相关的移民和种族问题。这样的知识性轨迹使斯皮瓦克赢得了各类国际读者。"③由此阐明后殖民主义、女性主义和民族主义的混杂性及流散群体文化身份建构的特殊性。也有论者在探讨福特·马多克斯·福特的小说时,以其作品《好兵》为例分析他在革新小说写法上所做的努力,其中引用了古尔纳对拉什迪《午夜的孩子》叙事艺术的分析,认为

---

① Xie Fei. Nightmares of Apartheid: Discourse of Violence and Power in J. M. Coetzee's Fiction.Zhejiang Normal University. December 2010. pp.2-3.

② Gao Cai'e. A Study of Postcolonial Trauma in Disgrace. Xi'an International Studies University. May 2013. p.4.

③ Cao Yanyan. An Analysis of Cultural Identity in The Bonesetter's Daughter from the Perspective of Postcolonial Feminism. Liaoning University, April 2013. p.9.

这部作品采用的口头叙事有别于"从故事的开头到中间再到结尾"的线性发展模式，是一种"俯冲、螺旋或循环"的复杂结构。①古尔纳对拉什迪小说叙事时间之独特性的发掘，成为中国学者在论述后者小说时经常引用的观点。由于古尔纳十分关注非洲黑人文学的发展，因此人们在研究非洲文学时，自然会吸纳他的见解。2019年，一篇讨论"黑人精神"的文章采用古尔纳的观点指出："以桑戈尔与塞泽尔为代表的黑人知识分子们试图通过这种对传统文化的追溯，反对关于黑人野蛮、丑陋、愚昧的刻板印象，从而把欧洲人对黑人与非洲的想象推向文化批评界关注的中心。"②

在后殖民文学研究之外，古尔纳在中国还被视为严谨的文学史编撰者。2009年，徐江清在《外国文学研究》上发表了一篇评论布莱恩·麦克黑尔与兰德尔·史蒂文森主编的《爱丁堡二十世纪英语文学指南》(The Edinburgh Companion to Twentieth-Century Literatures in English)的文章，③认为这是一部集聚了当时英美国家重要学者的力作，其中就包括古尔纳在内。古尔纳撰写了这部英语文学史的第21章，名为《1993年，斯德哥尔摩：托尼·莫里森奖》。古尔纳以非洲裔美国作家托尼·莫里森1993年在斯德哥尔摩获得诺贝尔文学奖为开端，主要论述了20世纪非洲裔美国文学以及世界各地英语文学的崛起、发展和影响等，作者以重要作家作品为例，分析了政治历史、殖民文化和民族文化等复杂背景对他们创作产生的影响。这篇书评较之前的文章而言，明确了古尔纳"英语与后殖民文学研究专家"和"小说家"的身份，但古尔纳的学者身份还是盖过了他

---

① Niu Chunsheng. Spatial Form and Spatial Narritive in The Good Soldier. Shanghai International Studies University. December 2011.
② 柴庆友：《法农与"黑人精神"运动再认识》，《文教史料》2019年第23期。
③ 徐江清：《一部二十世纪英语文学史新力作——评麦克黑尔与史蒂文森主编的〈爱丁堡二十世纪英语文学指南〉》，《外国文学研究》2009年第3期。

的作家身份。目前,国内在研究非洲裔美国作家托尼·莫里森时,已经有人参考古尔纳撰写的这部分内容,例如在研究莫里森最有代表性的两部作品《所罗门之歌》和《宠儿》中的"性别"和"异质空间"问题时,关于作家的主要信息均出自古尔纳的文字。①

古尔纳是国际后殖民文学研究界公认的杰出学者,他对非洲、加勒比地区和印度的后殖民文学研究已经取得了公认的成就,中国学者在相关研究中引用他的观点也算是对其学术地位的确认与反馈。但美中不足的是,中国学界至今没有古尔纳学术著作的译本,也没有人去专门研究和阐释他的学术思想,希望今后能有学者对古尔纳的学术著作展开更全面的翻译和介绍。

二、被翻译的作家

与古尔纳的研究文章和观点在21世纪初年就传入中国不同,其小说作品的译介迟至近10年才拉开序幕,而且一直处于沉寂的状态。截至2021年10月他获得诺贝尔文学奖之时,他的作品没有中译的单行本,仅有3个短篇小说被译成中文,其中《博西》和《囚笼》收录在查明建等人翻译的《非洲短篇小说选集》中,另一个短篇《我母亲在非洲住过农场》的译文收录在卢敏主编的《中国英语教师教育研究》一书中。

2013年12月,南京译林出版社推出了查明建等人翻译的《非洲短篇小说选集》,正式宣告古尔纳以作家身份出现在中国文坛。这部短篇小说选集由被誉为"非洲现代文学之父"的尼日利亚作家钦努阿·阿契贝,以及澳大利亚的英尼斯共同编选,是《非洲短篇小说选集》和《当代非洲短篇小说选》的合集,前两部小说集曾于1987

---

① Chen Yuye. A Study of Gender and Heterotopic Space in Song of Solomon and Beloved. Shanghai International Studies University. May 2019. p.1.

年和1992年在英国海尼曼出版公司出版，26年后中国才翻译引进了这部代表非洲短篇小说成就的集子，这不能不说是中国对非洲文学关注的滞后。因为有26年的间隔，这部译作因此也不能完全反映当代非洲短篇小说的面貌，尤其不能廓清21世纪非洲文学的面貌。古尔纳不是中国读者和学者心中有代表性的非洲作家，这部小说集的主要译者查明建在"译序"中列举了非洲有代表性的作家，特别是享有世界声誉的非洲作家群，却没有点到古尔纳的名字。[1]而且从中国译介非洲文学的历史来看，古尔纳的作品也一直处于译介盲区，毕竟在他之前已经有尼日利亚、埃及和南非等国的多名作家获过诺贝尔文学奖，人们的眼光自然会投向这些声名显赫的非洲作家。在对入选这部非洲短篇小说选集的作品进行评价时，译者认为："从诺贝尔文学奖获得者纳丁·戈迪默笔下南非的严酷现实，到布克奖获得者本·奥克瑞所描述的奇幻世界，从莫桑比克米亚·科托的魔幻现实主义，到加纳科乔·莱思的超现实主义，既反映了当代非洲生活的变化，又表现了小说创作手法的更新。"[2]不仅非洲作家群中难见古尔纳的名字，就是对入选者的简要点评中，古尔纳也是被"遗忘"的作家，足见在获得诺贝尔文学奖之前，其在中国仍处于籍籍无名的状态。所幸的是，在《非洲短篇小说选集》和《当代非洲短篇小说选》中，古尔纳均作为东部非洲的代表作家进入了编选者的视野，成为与南非作家纳丁·戈迪默并肩入选两个集子的两位作家之一。古尔纳还是用作品证明了自身在非洲当代文学的地位。

《非洲短篇小说选集》和《当代非洲短篇小说选》先后收录的两篇古尔纳的作品是《博西》和《囚笼》，前者标注的国籍是坦桑尼亚，后者标注的国籍是桑给巴尔，其实桑给巴尔是坦桑尼亚联合共

---

[1] 查明建：《〈非洲短篇小说选集〉译序》，〔尼日利亚〕钦努阿·阿契贝、〔澳大利亚〕英尼斯编：《非洲短篇小说选集》，第2页，查明建等译，南京，译林出版社，2013。

[2] 同上书，第7页。

和国的构成部分,属英联邦成员国。《博西》这篇小说讲述了"我"和好友博西在海滩上游玩的经历,那是他们自由自在的快乐时光,但博西却在一次海上风暴中意外丧生,而"我"也因为阿拉伯人的身份而惨遭毒打,从此过上了悲惨的生活:"他们说我是阿拉伯人,就该死。……他们打我,往我身上撒尿,然后把我扔下,躺在沙滩上不省人事。"[①]博西在这篇小说中具有隐喻意义,他既是叙述者的朋友,更是他在至暗岁月中无法抹去的生活亮光和自由的象征。古尔纳的作品对故乡风景的描述勾勒出与那段幸福时光相映衬的恬淡之境,但同时也控诉了发生在桑给巴尔的政治和宗教迫害。另一篇《囚笼》也是对政治和宗教迫害的间接鞭挞。信仰伊斯兰教的年轻人哈米德为了生存漂泊到异乡,靠替人照看店铺解决基本的吃饭和住宿问题,店主并不给他支付工钱。那家店铺是他的救命稻草,但也成了囚禁他的牢笼,他成天寸步不离地守在店铺里,"有一年多的时间,几乎足不出户"。[②]即便是面对他喜欢的姑娘茹基娅,哈米德也不敢迈出追求的步伐,因为他没有能力去爱她,连基本的物质生活都不能满足她。这篇小说看起来是对社会底层青年悲惨生活的现实主义表现,但实际上更是对少数族裔和边缘人群不幸遭遇的揭示,他们在政治和宗教的压迫下不得不生活在狭小如囚笼的生活空间里,理想、自由和爱情对他们来说是遥不可及的奢侈之物。从翻译到中国的这两篇小说中,我们可以窥见古尔纳小说作品的主题之一斑,那就是带有强烈的自传色彩,作者总是站在族裔和宗教的立场上,表现非洲阿拉伯人艰难的生活处境。

2019年,《中国英语教师教育研究》一书收录了由杜晓妍翻译的古尔纳的短篇小说《我母亲在非洲住过农场》,这是古尔纳2006年发

[①] 〔坦桑尼亚〕阿卜杜勒-拉扎克·古尔纳:《博西》,〔尼日利亚〕钦努阿·阿契贝、〔澳大利亚〕英尼斯编:《非洲短篇小说选集》,第80页,查明建等译,南京,译林出版社,2013。

[②] 同上书,第312页。

表的短篇小说,译者翻译此作时应该还是在校大学生。该小说是关于欧洲人对非洲殖民想象的作品。作者通过两代人的对话和心理活动,刻画出实际的非洲农场和欧洲电影中的非洲农场的差异,从而告诉读者真实的非洲农场生活是苦不堪言的。小说中的女儿卡迪与同伴一起看《走出非洲》这部"帝国的怀旧激情电影",当看到影像中的非洲农场拥有"飞驰而过的车马和水晶玻璃",有"仆人"和"自由"的时候,女儿就会自豪地说:"我母亲在非洲住过农场。"以此向同伴们显示母亲"辉煌"的过往。而母亲穆娜只是在姨夫的农场里住过几星期,就如卡迪的朋友猜想的那样,"母亲不可能生活在真正的非洲农场里,那里有开阔的天空和浓浓的树荫,有刺槐大道和灯火通明的走廊。更可能的是,卡迪母亲的非洲是你在电视上瞥到的另一个非洲,街道上挤满了人,尘土飞扬的田野里孩子依偎着母亲"。实际情况也的确如此,母亲在非洲姨夫家的农场里过得并不快乐,她每天和姨妈阿米娜有做不完的家务,比如"清扫院子,做饭,洗衣服,清洗水果,把水果装在篮子里,运到镇上市场"[①]。偶尔有空的时候姨夫会带她到农场里转转,在一颗巨大的芒果树下的咖啡店里等姨夫喝完咖啡就回家。穆娜在农场的短暂生活中遭遇了一段没有结果的暧昧感情,姨夫的邻居伊萨悄然爱上了14岁的穆娜,每个夜晚都到窗下干扰她,姨妈见势不妙只能提前将穆娜送回了家,从而结束了卡迪所谓的母亲在非洲农场的生活。因此,对母亲而言,非洲农场的生活并非如影像中渲染的那般富有牧歌诗意。该短篇的翻译对中国读者而言,在宗教和政治迫害之外,增加了古尔纳对非洲普通人辛酸生活的描述。

从翻译的角度来谈古尔纳在中国的传播和接受,我们就不能忽

---

① 〔坦桑尼亚〕阿卜杜勒-拉扎克·古尔纳:《我母亲在非洲住过农场》,卢敏主编:《中国英语教师教育研究》,第393–398页,林晓妍译,武汉,武汉大学出版社,2019。

视关于其创作研究的文章在中国的翻译和讨论。与之前探究古尔纳关于后殖民文学研究的观点被中国学者反复提及和引用不同,翻译研究古尔纳文学创作的论文能够在三个维度上让我们进一步认识作家的面貌:一是有助于中国读者了解古尔纳小说的艺术特色和精神旨趣;二是有助于中国读者认清他在整个英语文学界乃至世界文学范围内的地位和历史贡献;三是传递给中国读者可能会忽视的作品的内涵和价值。简而言之,这类翻译会丰富和拓展中国读者对古尔纳的接受。在众多古尔纳研究中,缇娜·斯坦纳的成果无疑是最忠实于文本而又深刻的,她撰写的《模仿还是翻译:阿卜杜勒拉扎克·格尔纳〈令人羡慕的沉默〉和〈海边〉中的叙事模式和移民身份》一文,收录在2009年出版的《被翻译的人,被翻译的文本——当代非洲文学中的语言与移民现象》(Translated People, Translated Texts——Language and Migration in Contemporary African Literature)一书的第4章。蒂娜·斯坦纳的这本书通过分析4位非洲裔移民作家的作品,认识到语言在非洲裔作家文化和身份认同中起着至关重要的作用,她还分析了地域文化和环境对人性格和思维方式的决定性影响。在第4章中,作者运用文化和翻译理论,对比格尔纳《令人羡慕的沉默》和《海边》中运用的讲故事之散漫模式,从文化的角度探讨了故事讲述在移民生活中的重要作用,以及模拟和翻译的区别。幸运的是,对于蒂娜·斯坦纳这么重要的古尔纳研究专家的这篇文章,2021年的一篇硕士学位论文[①]对其有比较完整的翻译。这篇论文的重心虽然是在讨论学术术语的翻译问题,却是以蒂娜·期坦纳这篇文章为文本依托,作者在最后还附录了斯坦纳文章的中文译本,这算是国内首次对古尔纳作品研究的译介,对古尔纳

---

① Li Jiaying. English-Chinese Translation Strategies on Terms in Academic Works: A Case Study of Translated People, Translated Texts (Chapter4). Beijing Foreign Studies University. June 2021.

的中国接受而言具有重要的意义。斯坦纳通过比较古尔纳早期的作品《令人羡慕的沉默》和后来的作品《海边》,发现他的作品前后期有比较明显的区别:"《令人羡慕的沉默》中几乎看不到其他语言的影子,而《海边》中却保留了一些未翻译成英文的阿拉伯语和斯瓦希里语的词汇。"[①]古尔纳作品语言风格的变化,或者说讲故事的话语策略的转变,当然是一种文化身份的标识和一种对抗的姿态,这反映出古尔纳作为非洲裔移民作家在文化身份建构上的自觉意识。

古尔纳作为当代英语世界知名的后殖民文学作家,移民和流散身份赋予其创作焦虑和矛盾色彩,而非洲的历史背景和苦涩的成长经历铸就了其作品悲怆而坚韧的品格,这样的书写特质在全球化语境下必然成为不可或缺的珍贵文化元素,赢得越来越多读者的青睐,其作品的译介也势必会取得越来越多的成就。

三、接受与反思

作为学者的古尔纳,其论著至今没有被完整地翻译到中国;作为作家的古尔纳,其创作的10部小说在他获得诺奖之前也没有被翻译到中国。因此,古尔纳对中国学界和翻译界而言无疑是陌生的,人们对他的小说作品和研究成果的接受也是非常有限的。

古尔纳获得诺贝尔文学奖之前,国内专门研究他的小说创作的期刊论文仅有两篇,而且严格说来只是一种描述性的概括,并未真正对作家作品的精神和艺术加以探讨。2012年,张峰撰写的《游走在中心与边缘之间——阿卜杜勒拉扎克·格尔纳的流散写作概观》

---

① Tina Steiner. Mimicry or Translation: Storytelling and Migrant Identity in Abdulrazak Gurnah's Admiring Silence (1996) and By the Sea (2001). 引自 Li Jiaying. English-Chinese Translation Strategies on Terms in Academic Works: A Case Study of Translated People, Translated Texts (Chapter4). Beijing Foreign Studies University. June 2021. pp.34-35.

刊发在《外国文学动态》第3期，该文将古尔纳界定为移民作家或流散作家。文章将当时已出版的8部古纳尔作品的内容介绍到中国，总体上认为其作品"主要讲述了非洲移民的故事，深入解析了他们面对当代社会普遍存在的殖民和种族主义余孽时的痛苦与迷惘，用异化的人物性格映射了当代英国社会的脆弱一面"①。另外一篇研究古尔纳的文章是篇文献综述。这篇文章详细梳理了国内外古尔纳小说的研究成果，认为国外古尔纳研究起步于20世纪80年代末，主要从移民视角、后殖民视角、离散视角和世界主义视角展开，丰富了人们对其小说作品的解读。文章认为国内古尔纳翻译和研究比较滞后，"这与格尔纳这样一位重要的移民作家的研究及其在世界文学界的地位是极不相称的"②。古尔纳获得诺贝尔文学奖后，《殖民者的废墟与一枚来自中国的陶片》一文以古尔纳《天堂》中的人物优素福为例说起，认为殖民语境塑造了非洲人"胆小、顺从的性格"，并暴露出被隐藏的德国人在非洲的殖民历史。《天堂》《砂砾之心》和《新生》中的人物在殖民统治下觉醒了，但他们往往走不出殖民者设置的文化语境，反而会因殖民者给他们提供的各种知识陷入"复杂的身份危机"③之中。还有一篇文章分析了古尔纳被翻译到中国的两个短篇小说《博西》和《囚笼》的主题，认为通过这两个故事可以看出古尔纳创作的特点："他的悲伤和愤怒里不只掺杂在国家的流亡上，还牵扯到民族的流变上。而他的视野也显然更偏向于个体的经验，没有宏大的叙事，而是用个人际遇折射出漂泊的无根性。"④古尔纳常常

---

① 张峰：《游走在中心与边缘之间——阿卜杜勒拉扎克·格尔纳的流散写作概观》，《外国文学动态》2012年第3期。
② 姜雪珊、孙妮：《国内外阿卜杜勒拉扎克·格尔纳研究述评与展望》，《合肥工业大学学报（社会科学版）》2017年第3期。
③ 云也退：《殖民者的废墟与一枚来自中国的陶片》，《第一财经日报》2021年10月15日。
④ 张艾茵：《古尔纳：个人际遇折射无根漂泊》，《深圳特区报》2021年10月16日。

从个体经历和感受的角度，去呈现变幻的时代和个人生活的转折，是一种由内在视点去观照外在世界和历史的书写方式，读者能跟随人物情绪的变化更贴切地领悟作品的主旨。

在古尔纳获得诺贝尔文学奖后，中国各大报纸迅速刊发出不少评论文章。最早对古尔纳获奖进行报道的纸媒是《深圳商报》，2021年10月8日，在《今年的诺奖都颁给了谁》的系列报道中，短讯《文学奖：坦桑尼亚小说家摘获》明确界定了古尔纳的身份，"他既是作家，又是评论家"[①]。当天的《深圳特区报》在"人文天地"栏目以专栏的方式介绍了古尔纳在中国的翻译和接受现状，列举了国内仅有的两篇古尔纳研究文章的内容，流散作家、移民作家和后殖民文学研究者是这篇文章给古尔纳身份的定位。[②]10月13日，《中华读书报》发表了对尼日利亚作家理查德·阿里的访谈，他对古尔纳获奖表示祝贺："很高兴桑给巴尔和更广大的斯瓦希里海岸成了文学界、知识界瞩目的地方。"但他同时认为，非洲作为一块古老的大陆，其文学成就远比世人所见的获奖作品丰富得多。[③]10月14日，《光明日报》发表长文探讨了古尔纳的文学创作，认为他的小说主题是"挥之不去的离家之痛"，指出这是流散作家或移民作家创作的永恒主题。[④]也是在10月14日，有人借古尔纳获奖专门谈移民写作，认为现在移民作家的处境改善了，但他们的社会地位依然是边缘的。[⑤]《文学报》在同一天发文称，古尔纳是一个反思殖民历史和移民问题的作家，他的成

---

① 魏沛娜：《文学奖：坦桑尼亚小说家摘获》，《深圳商报》2021年10月8日。

② 张锐：《2021年诺贝尔文学奖得主古尔纳 难民作家关切难民命运》，《深圳特区报》2021年10月8日。

③ 康慨：《理查德·阿里：非洲的文学成果比获奖作品多得多》，《中华读书报》2021年10月13日。

④ 黄培昭：《记忆永远是古尔纳笔下的重要主题》，《光明日报》2021年10月14日。

⑤ 林颐：《借诺奖东风，说移民文学》，《中国科学报》2021年10月14日。

就充分说明"非洲文学不再是世界文学的边缘者,而是有着独特文学品格的世界文学劲旅"①。《文艺报》10月15日刊文介绍古尔纳及其创作,指出他是一位没有改变国籍的坦桑尼亚作家,他的作品对非洲怀有真挚的感情。②同日,《北京日报》发表文章认为,"身份认同和流离失所"是古尔纳书写的核心,更重要的是他突破了传统的殖民叙事,"没有将殖民者和被殖民者描述为恶魔与天使的二元对立,更没有表现一方对另一方的压倒性优势"③。

也有文章认为古尔纳属于"冷门"或"边缘"的小众作家。2021年10月13日,《中华读书报》通过10个关键词来评价诺奖的评选及获奖者的基本情况,认为古尔纳是一个小众的并不广为人知的作家,他的获奖依然是爆出了不小的"冷门",④道出了当时古尔纳在世界范围内翻译和接受的尴尬状况。《文艺报》在同一天刊登了中国驻坦桑尼亚大使馆文化参赞兼坦桑尼亚中国文化中心主任王思平的文章,该文详细介绍了古尔纳的生平和创作,并就其获奖后采访坦桑尼亚普通读者的情况记录如下:"古尔纳获奖前,在坦桑尼亚几乎无人知晓。笔者先后向坦桑尼亚最高学府达累斯萨拉姆大学、国家艺术研究机构巴加莫约艺术研究院和桑岛有关方面了解,都对古尔纳知之甚少。"⑤连古尔纳的出生地和祖国人民对他的关注和了解都很少,更不必说在遥远的东方了。10月15日,一篇题为《漂泊灵魂的

---

① 郑周明:《坦桑尼亚作家阿卜杜勒扎克·古尔纳获2021年诺贝尔文学奖:融合作家与评论家身份,反思殖民历史与移民问题》,《文学报》2021年10月14日。

② 卢敏:《阿卜杜勒拉扎克·古尔纳文学创作的广阔世界》,《文艺报》2021年10月15日。

③ 冯新平:《古尔纳:超越种族和殖民主义的写作》,《北京日报》2021年10月15日。

④ 康慨:《阿卜杜勒-拉扎克·古尔纳:十个关键词》,《中华读书报》2021年10月13日。

⑤ 王思平:《聚焦2021年度诺贝尔文学奖:走进阿卜杜勒拉扎克·古尔纳的文学世界》,《文艺报》2021年10月13日。

历史书写》的文章指出,古尔纳获得诺贝尔文学奖是去欧洲中心主义和发掘全人类文明倡议的结果,但非洲文学一直是人们关注的盲区,古尔纳正好是处于这个盲区中的作家,因此在中国没有受到太多关注,但他却是殖民历史和难民书写的代表性作家。[①]

古尔纳的创作具有"非母语性"特点。著名的现代黑人作家几乎都没有采用母语创作,而是使用原宗主国的语言或英语,这是非洲黑人文学较为普遍的现象,古尔纳也不例外。翻译家汪剑钊曾说,在整个非洲大陆,"许多争取民族解放、争取独立和自由的诗篇都是在运用了宗主国语言的状态下发展起来的"[②]。在非洲被整体殖民的语境下,很多上层的黑人家庭接受了原宗主国的文化教育,使他们难以再用母语来创作。黑人作家的"失语"状态为他们在殖民时期的语境中赢得了生存和发展的空间,但也预示着在民族意识逐渐觉醒的非洲大陆上必然会掀起一场波澜壮阔的独立运动。由于语言的障碍,非洲黑人作家的作品被翻译得最多的还是他们使用原宗主国语言创作的作品,反倒是那些更直接地反映黑人文化的民族语言创作没有得到广泛的传播,这是目前我们研究非洲黑人文学时面临的最大挑战。这也反映出黑人作家创作的悖论:他们越想建构本民族的文化身份,越摆脱不了殖民文化和语言对他们的"规训";而一旦他们采用民族语言而非殖民语言进行创作,那他们在世界文学之林中便无从发声,更不能担当起民族文化身份重建的责任。

古尔纳的创作也体现出浓厚的杂合性色彩。非洲是黑人作家的出生地,他们的童年生活大多在此度过,而求学地和成年后生活的地方多在原宗主国或其他欧美国家,对物质生活优越的原宗主国的依赖加重了他们对遥远而原始的出生地的怀念,从而在殖民地与宗

---

① 安仁:《漂泊灵魂的历史书写》,《金融时报》2021年10月15日。
② 汪剑钊:《导言》,《非洲现代诗选》(上),第6页,汪剑钊译,石家庄,河北教育出版社,2002。

主国的二元对立空间中产生了现实需求和精神原乡的双重矛盾。从创作的文化资源上讲，非洲黑人作家从出生起便处于二元文化语境之中，黑人文化作为种族记忆根植在他们的头脑中，同时他们又不可避免会受到殖民文化的影响；很多黑人在欧洲原宗主国接受过先进的文化教育，从而拥有双重文化背景，他们一方面熟知本民族的文化，另一方面也深谙殖民者的文化，从而使他们在具备较高知识素养的基础上创作出更有力的反抗之作。而正是这种非本土性和杂合性开启了现代非洲文学的历史。古尔纳采用英文创作，但同时他的作品中夹杂着民族语斯瓦希里语和族裔语阿拉伯语，也夹杂着东部非洲的风土人情和英国社会的复杂现实，这些因素共同赋予了他创作的陌生化艺术效果和丰富的言说空间。

古尔纳的获奖不仅再次彰显了非洲文学的成就，也是世界范围内后殖民文学、移民文学和流散文学的殊荣，其对殖民历史和非洲政治宗教历史的呈现，对人性的深层次挖掘等，足以证明他无愧于诺奖的荣誉。对于这样一位成就斐然而富有创作特色的非洲黑人作家，其作品在中国的翻译和研究必将成为有现实意义和价值的重要课题。

本文原刊于《当代作家评论》2022年第6期